〔日〕福泽彻三——著

王华懋——译

Tetsuzo Fukuzawa

Refugee in Tokyo

一个贫穷的年轻人

贵州出版集团
贵州人民出版社

版权贸易合同审核登记图字：22-2022-085号

图书在版编目（CIP）数据

一个贫穷的年轻人/（日）福泽彻三著；王华懋译
. —— 贵阳：贵州人民出版社，2022.11
ISBN 978-7-221-17270-9

Ⅰ.①一… Ⅱ.①福… ②王… Ⅲ.①长篇小说—日
本—现代 Ⅳ.①I313.45

中国版本图书馆CIP数据核字(2022)第163813号

一个贫穷的年轻人 YIGE PINQIONG DE NIANQINGREN

［日］福泽彻三 著 王华懋 译

出 版 人	王　旭	
总 策 划	陈继光	
责任编辑	唐　博	
装帧设计	别境Lab	
出版发行	贵州人民出版社（贵阳市观山湖区会展东路SOHO办公区A座，邮编：550081）	
印　　刷	万卷书坊印刷（天津）有限公司（天津市宝坻区马家店工业园盛举道3号1车间，邮编：301801）	
开　　本	880毫米×1230毫米　1/32	
字　　数	353千字	
印　　张	10.75	
版　　次	2022年11月第1版	
印　　次	2022年11月第1次印刷	
书　　号	ISBN 978-7-221-17270-9	
定　　价	59.80元	

一个贫穷的年轻人

Refugee in Tokyo

1

人们总是以为，今天有的明天也一定会有。照这个道理，昨天有的，今天也非有不可。然而，眼前的铁门却是下拉着的，门上贴着一张纸，用黑色马克笔写着："本店已因故停业，感谢各位三十年来的支持。"

"真的假的？"时枝修不解地歪了歪头。

这是商店街上一家老旧的中国料理店，虽然店内角落里布满黏腻的油垢，但饭菜的价钱便宜且分量充足，很受年轻人欢迎。自从上了大学，修成了这里的常客。

经营这家店的，是一对神色憔悴的老夫妇。

修不知道这家店已经开了三十年，它怎么会突然停业呢？生锈的铁皮屋顶上站着一只身形硕大的乌鸦，总让人觉得不吉利。

不过商店街上还在营业的店早已稀稀落落。

在这种冷清寥落的"卷帘门街"[1]上，店铺倒闭不是什么稀罕事，自从前年春天修搬来这里之后，就有越来越多的店铺相继歇业。

"明明昨天还开得好好的。"

修咂了一下舌头，在烈日暴晒的马路上迈开步伐。

已经是九月中旬，残暑却丝毫没有消退的迹象，连日气温超过三十摄氏度，暑气持续逼人，宛如夏天卷土重来。

这里位于东京近郊，距离市中心搭电车约三十分钟车程，虽然有段时期曾是繁荣的大型卫星城镇，但随着人口老龄化，这里已经日渐失去活力。这块土地原本是山区，因此绿意盎然，但除了车站，前方几乎全是住宅区，缺

---

1. 指商店和办公室接连歇业倒闭，造成整条街卷帘门深锁的景象。

乏观光魅力，跟修印象中的家乡北九州岛半斤八两，让人没有身在东京的真实感。不过如果住得离大学太远，上下学也麻烦。

在车站前的乌龙面店扒了碗丼饭[1]后，修的眼皮沉重了起来。他想回公寓再睡一觉，但昨天暑假就结束了，今天下午有课。尽管年年如此，暑假结束后的第一天还是让人提不起劲。

尤其今年酷热异常，就算坐着不动也会消耗体力。每天躺在空调风口正下方猛灌冷饮，就像在泳池里浸泡过久一样，身体机能都紊乱了。

至于暑假期间都在做些什么，盂兰盆节[2]以前他在便利店做兼职，与晴香约了几次会，跟政树他们喝了几次酒，之后还换了新手机，玩弹珠机[3]赢了五万元[4]，在游戏厅打出高分。除此之外，他什么都不记得了。正因为整个暑假都是这副德行，课题作业完全没做。一想到这里，修就更加忧郁了，想着要不要干脆逃课，今天继续放假算了。

他离开乌龙面店折回公寓时，政树发来短信说他在公园。一时间，修又动摇了。他觉得既然政树也在，去上个课也好。修犹豫不决，最后又往回走。

大学前的公园非常宽阔，甚至可以打棒球，但总是一片冷清。

附近或许是因为老年人口居多，完全不见半个孩童的踪影。以前好像还有秋千和滑梯，现在只剩地基，唯一称得上游乐设施的只有生锈的单杠。看起来曾经是玩沙区的地方，现在长满了杂草。

公园的一隅有几顶蓝色塑料布搭成的帐篷，数名中老年游民在此进进出出。他们似乎是被人从市中心驱离至此，当中只有一位是老人。老人身上裹着肮脏的毯子，靠坐在公园树下。他的秃头被太阳晒黑，布满皱纹的脸完全看不出年纪，嘴边白得吓人的胡须如杂草般丛生，因此看不出表情。或许是因为他那异于一般游民的诡异的外貌，学生们给他取了个绰号叫"天蛾人"。据说，天蛾人是美国传说的一种。

---

1. 日本对盖浇饭的通称。
2. 盂兰盆节，原为中国佛教祭祀祖先节日（即中元节），后在隋唐时期传入日本。日本的盂兰盆节在每年8月15日前后。
3. 弹珠机是日本一种很受欢迎的具娱乐与赌博功能的机器。
4. 指日元，后同。

公厕的后方，长发瘦子和短发胖子正蹲在地上。

瘦子是岛村政树，胖子是保坂雄介，他们和修一样是经济系三年级的学生。

"你完蛋了！"政树一看到修劈头就说。

"什么完蛋了？"

"跳蚤刚才打电话找你！"

"又是为了学分的事吧？暑假前就被他骂了一顿。"修哼了一声，在两人面前坐下，"但他为什么不直接打给我呢？"

"不知道。他说打不通。"

"啊，"修点点头，"之前换了手机号码，没告诉跳蚤。"

"跳蚤"指的是辅导员野见山[1]。

"跳蚤真是太烦人了。"雄介嘟哝说，"什么'明天一定要乖乖出席哟！''课题作业写了没有？'他以为自己是小学班主任啊！"

"像我们这种三流大学，不这样千叮万嘱，学生很快就会退学了。要是学生跑了，老师也不用混了，所以他才会叽叽歪歪，啰唆死了！"

"三流大学就该有三流大学的样子，让我们多放一点假嘛，国立大学和公立大学都放到这个月月底呢！"

修一面说着，一面注视着公园前高耸的玻璃墙建筑。这栋由知名建筑师打造的校舍，外观像办公大楼，一点书香气息也没有。

这所私立大学是二十几年前社会正景气时创办的。创办这所大学的法人在东京市中心一带从事教育事业，校长和理事长等管理层人员都是同一个家族的人。办校之初录取分数也很高，但或许因为受够了家族经营模式，优秀的教授们陆续离开，学校的录取分数就跟着一落千丈。

修报考的时候，这所学校已经被评价为"只要能用汉字写出名字就能考上"。修会刻意选择这种大学，除了因为以他的成绩只能上这种大学，还因为他想摆脱父母的干涉。

修的父亲浩之在家乡经营设计事务所。他在人前总是故作豪迈，但骨子里是个会为工作上的一点小失误烦恼到失眠的焦思苦虑人。母亲惠美子的个

---

1. "野见"（Nomi）发音近似"跳蚤"（nomi）。

性和丈夫相反，她不拘小节，做的菜粗劣无味，打扫和洗衣服也往往敷衍了事。唯一不敷衍的只有美容，化妆品换了一种又一种，她整天去美容中心和健身房，为保持年轻的外貌倾注全部心血。

也许是因为被夹在焦思苦虑与粗枝大叶之间，修养成了半吊子的性格。这种个性说得好听叫圆融，说得难听就是优柔寡断。他认为原因出在父母身上，两人又反过来责备独生儿子个性消极。

修没有特别想做的事，也没有任何目标。虽然补习过几次，也请过家教，但成绩还是不理想。他好不容易挤进县立高中，但那也是普通班录取分数最低的学校。上了高中以后，修的成绩依然毫无起色，就这样到了必须决定出路的时期。

"别上什么大学了，来爸的公司帮忙吧！"

"就算得重考，也要读所像样的大学，进大公司工作。"

父母的意见同个性一样南辕北辙，但修这次难得有主见，两种出路他都不要，他想上东京见见世面。而位于东京又不必担心考不上的学校，就是现在这所大学。修的父母当然不同意，他们说，这年头就算从籍籍无名的大学毕业，对求职也没有帮助，但修以从未有过的主见力争到底。

"我想离开家，试着一个人生活看看。"这样的恳求并非全是谎言。他想离家是真心话，他也期待一个人在东京的生活能带来某些改变。

实际上，来到东京以后，修的生活确实改变了。无论睡觉、吃饭或玩乐，他都可以不必顾忌父母的眼光，随心所欲，爱干什么干什么。

刚开始，他感到无比自由，认为这就是大人的生活。习惯以后，这种自在逍遥的感觉就消失了，他开始萌生许多不满：大学就算再烂也要求修学分，所以他必须去上课，也得写课题作业；光靠父母亲给的生活费根本不够玩乐，所以他非做兼职不可。

修明白，这样就心生不满，未免太不知足了，但同学里不必做兼职，光靠父母给的生活费就能住高级公寓、开进口车的大有人在。

眼前的政树有个在大企业担任高管的父亲，生活费是修的好几倍，就连做兼职也是凭借俊朗的外表当上时尚杂志的模特。尽管他不是随时有工作可接，但换算成时薪，让修在便利店的兼职收入望尘莫及。

相较之下，雄介就让人安心多了。他胖到被取了"代谢障碍"这个绰号，毫无女人缘可言。他父亲是中小企业的上班族，完全不能提供资助。整个暑假，雄介埋头拼命做兼职，一会儿当泳池救生员，一会儿又帮忙布置活动舞台，努力赚取生活费。

校舍里传来上课铃声。

"差不多该走了！"修站了起来。

政树却摇摇头说："不，我明天再去。"

"什么意思？你不是要上课才找我来的？"

"本来是，可是那家伙发短信了。"

政树翘起小指[1]，说现在要去看电影。

"噢，这样啊。"修噘起嘴唇，拍拍雄介的肩膀，"别管那个叛徒，我们一起努力学习吧！"

雄介忸怩地晃动着肥胖的身躯说："可是我现在要去做兼职……"

"上次那个活动布置的工作不是刚结束吗？这次又是什么工作？"

"在录像带出租店。"

"整天做兼职，你哪有时间上课？"

"可是不做兼职就没钱吃饭啊！"

"肉这么多，少吃一点又不会死。万一再被扣学分，你就要留级了！"

雄介鼓起肥厚的脸颊说："你修的学分明明比我少，还好意思说？"

"算了，"修再次蹲下来，点燃香烟，"既然你们都不去，那我也不去了。"

"你快去吧，学分修不够的话，你就真的——"

"我才不去！"修吐出烟来，把刚吸了几口的香烟扔在地上，"我懒得一个人进教室。"

"你再逃课，跳蚤乂要打电话来了。"

"帮我问他有什么事，我回去了。"修边打哈欠边说。

这时，天蛾人忽然从身后的公厕里冒了出来，修吓了一跳。只见天蛾人

---

1. 在日本，翘起小指表示"女朋友"。

捡起修刚刚扔掉的烟屁股，悠然地离开。

修耸了耸肩："那家伙搞什么啊！"

"啊——你完蛋了！"政树瞥了修一眼。

"又来了！这次又怎么了？"

"你知道吗？天蛾人会招来不幸！"

"胡扯！"

"我才没胡扯。在美国，天蛾人一出现就会发生灾难。"

"他又不是真的天蛾人。"

"可是他一生气，眼睛就会变成红色的。"

"那只是结膜炎吧？"

"听学长们说，天蛾人眼睛一变红，就会发动超能力！"

"这种屁话你也信吗？"

"总之，跟那家伙扯上关系准没好事。之前有人朝天蛾人丢石头，第二天骑车就出车祸住院了。"

"我又没干吗，是他捡了我的烟屁股！"

"说不定他对你有意思，想用烟屁股跟你来个间接接吻之类的。"

"咯咯咯——"政树爆出笑声，雄介也不好意思地跟着笑了。

"有什么好笑的！"修挥起拳头抗议。

"抱歉啦！"雄介抬眼跟他道歉。

两人回去以后，修仍留在公园里。他本来已经离开了，但没走几步就接到晴香的短信。晴香以为修在学校，约他下课后一起回家。修回了"知道了"，但还是不想去上课。他决定课间去找晴香，让她早退。

吉永晴香是比修小两岁的大一学生，是他在今年春天的迎新活动上认识的。从那之后他们就开始交往，但晴香与修不同，她不仅从不缺课，而且连课题作业也都按时交。不过，晴香要是真的那么认真地学习，就不可能进这种大学。不论她本人有没有意识到，她都应该是个喜欢装乖的人吧！

到了课间，修打电话给晴香，但信号不好，电话没能接通。如果不快点找到晴香，就得等到下节课结束。修跑进学校，往晴香上课的教室走去。

他快步经过走廊时，辅导员野见山正好从其他教室出来。

如果这时候被野见山逮住，课间就都要耗在这里了。修别开脸想蒙混过去，没想到野见山出声叫住他："时枝同学。"

"啊，老师好。"修装作一副这才发现的表情，连忙行礼，"我有点不舒服，所以迟到了。"

如果是平时，野见山一定会唠叨起来，但他今天很干脆地点点头："你的手机一直打不通，真伤脑筋。"

"对不起，我换号码忘记通知老师了，我稍后去教务处改资料。"

"那倒是可以，不过我有事跟你说。"

"学分的事，对吧？但今天不太方便，可以明天再谈吗？"

"不，不是这件事。"

修再次凝视着野见山的脸。

"那是什么事呢？"

"你没从父母那儿听说什么吗？"

"没有……"

"其实，你的学费一直没有缴。"

怎么会呢？修眨了眨眼睛："我会立刻联络家里，请他们快点缴清。"

"不必了。你家人之前已经通知过学校，请求暂缓缴费。"

"什么时候？"

"确切的时间我没有听说，不过现在肯定还处于欠缴状态。所以……"野见山支吾了一下，"非常遗憾，时枝同学，你在上个月就被开除学籍了。"

怎么可能！修想一笑置之，嘴唇却僵住了。

"开除？什么意思？"

"就是你在学校里没有学籍，已经不是我们学校的学生了。"

"这我知道，可是怎么会这样？"

"因为你没有缴学费啊！"

"那我要怎么办才好？"修喊道。

上课铃声响了，野见山不耐烦地说："嗯，就算被开除，只要补缴学费，应该就能复学吧！"

"什么叫应该？"

"不好意思，我要去上课了，详细情况你自己去问学务处吧！"

野见山逃也似的进了教室。

"上学期学费的缴纳期限是四月底，从那时起一直欠缴到现在。"学务处职员是个戴着银框眼镜、年约三十的男人，他以公事公办的语气这么说道。

"都欠那么久了，为什么没有人通知我？"修的身体探向柜台。

"延期缴纳的事，令尊请我们对你保密。"

的确像是爱操心的父亲会做的事，修叹了口气。

"付不出学费的原因是——"

"只说是经济因素，他希望我们无论如何同意延期缴纳。"

"既然都已经延期到现在了，可以再等一阵子？"

"令尊付不出学费时，我们请他填了一份学费缓缴申请书，但也只能延两个月而已。本来你在六月末就该被开除了。"

根据职员的说法，是因为父亲的恳求，校方才勉强延后开除手续。

"如果成绩再好一点就可以办理临时奖学金，不过以你的现状来看，恐怕不行啊！你连学分都没修多少。"

"可是，"修的声音变了调，"老师说只要付清学费就可以复学！"

"当然，缴清的话我们会再研究看看，但这个月月底已经是下学期学费的缴纳期限了。"

"我上、下学期的学费都一定会付清的，请问还可以继续上课吗？"

"这样我们很为难，开除就是开除。"

"可是复学的时候，我的学分——"

连修自己都觉得现在还提学分未免太自以为是了，但职员态度依旧冷淡："别说什么学分了，点名簿上已经没有你的名字了。"

"怎么这样……"修的声音哽住了。

父亲隐瞒学费欠缴的事固然令人气愤，但职员的态度更让他不快。修打算等缴清这笔钱后，再连本带利地投诉他们一顿。

"那就算了。"

修无计可施，颓丧地从椅子上站起来往外走，职员却叫住了他。

"干吗？"

"请归还学生证。"职员面无表情地伸出手说。

修怀着难堪的心情离开学校，往公园走去。他第一件事就是打电话回家。话筒里只传来冷冰冰的录音女声："您拨的号码是空号，请查明后再拨——"修脸色大变。打到父亲的公司，一样传来电话号码失效的录音。这么一来，就没办法了解状况了。他从来没打过父母的手机，甚至没有把号码输入通信簿。

究竟出了什么事？修在公园里来回踱步。

家里也就罢了，连公司的电话都成了空号，事态非同小可。父亲的公司虽然员工不到十人，但仍是一家不折不扣的事务所，电话打不通，恐怕意味着已经停业了。父亲之所以无法支付学费，肯定是因为公司的经营状况出了问题。

"倒闭"两个字冷不防地掠过他的脑海。

家里最后一次打电话来是刚放暑假的时候。母亲问他盂兰盆节回不回家，修说今年不回去。两人就只聊了这些，没什么特别奇怪的地方。生活费也是，直到上个月都确实收到了。不过大约一个月前，修在喝完酒回家的路上弄丢了手机，因为想换新机型，索性也把手机号换了。他没告知家里新的手机号码，所以他们就算打也打不通。

学务处职员说，上学期欠的学费大约是五十万元，加上下学期学费，合计约一百万元。这么一大笔钱，修不可能付得出来。如果父亲的公司真的倒闭了，别说复学，连生活费也会没着落，修只能自食其力，但他完全无法想象那种生活。

不知不觉间，下课铃响了，学生们鱼贯走出教室。

修前一刻还是他们中的一分子，现在怎么会变成这样？不，准确说来，他从上个月起就不再是大学生了，只是他自己不知道而已。尽管这么想，他仍无法相信自己已经被开除学籍的事实。

修回神一看，晴香站在眼前。

"你在发什么呆？我从刚才就一直给你打电话！"

"抱歉，出了一点事。"修强打起精神，露出微笑。

"出了什么事？"

被开除学籍实在难以启齿，但就算他隐瞒，晴香也会很快知道的。他简短说明状况后，晴香瞪圆了眼睛。

"怎么会这样！那你没办法再回学校了吗？"

"不，只要付清学费，好像还是可以复学。"

"可是还不清楚你家里出了什么事吧？"

"嗯，完全不清楚。"

"都大三了，不读完太可惜了！"

"没关系！反正我的学分也很危险，再说从这种大学毕业也找不到像样的工作。"修像要说服自己似的喃喃道。

"今天就来狂欢一场，庆祝我被开除吧！"

这天晚上，修和晴香到公寓附近的居酒屋喝酒。

虽然现在不是优哉喝酒的时候，但越是这种时候，就越想来一杯。

"人家不是说危机就是转机吗？垂头丧气也不是办法。"

随着醉意渐浓，修变得越发亢奋，仿佛想对抗心中的不安。

晴香却一脸冷静地问："你之后有什么打算？"

"我会先找份全职工作。比起当学生混吃等死，早点步入社会更好。"

几个小时前，修的脑海中完全不曾出现"工作"这个选项，现在他却滔滔不绝地说着，仿佛想说服不安的晴香似的，拼命描绘着未来。当然，他根本没有那样的雄心壮志，只是想到什么就说什么，好像只要说个不停，事情就会有转圜的余地。或许因为酒精的催化，修觉得静静地听着自己说话的晴香看起来分外可爱，便产生了占有她的欲望。

"要不要来我家？"走出居酒屋，修随即开口邀约，但晴香以宿舍门禁为由拒绝了。

修回到家，趴在床上。

今天发生了这么多事，修实在睡不着觉。他打了通电话向政树说明事情的经过，政树表示他会马上赶来。

修听见门铃声，开门一看，雄介也跟来了，应该是政树联络的。

"果然人生最少不了的就是死党！"修藏起低落的情绪，以兴奋的口气说道，"虽然晴香没有来，但就算是三更半夜，你们两个还是会为了我过来啊！"

"那当然了。你突然说你被开除了，我们都吓到了。"

政树和雄介在木地板上坐下。

这是一栋专门租给年轻人的公寓楼，不收押金和礼金¹，也不需要保证人。

"我们已经不是同学了，"修叹息着说，"但还是朋友吧？"

"废话，你怎么这么悲观！"政树好像刚洗过澡，撩起潮湿的头发说。

"就是，"雄介也附和道，"要是碰上什么困难，别客气，尽管说。"

"我还没有惨到需要你帮忙呢！"

修讨厌自己都到了这步田地还想打肿脸充胖子，但要向一向是调侃对象的雄介低头求援，他心理上还是很抗拒。

"都是政树害的！说什么天蝎人会招来不幸，害我真的碰到这种倒霉事。"

"别怪我，那只是玩笑话！"政树苦笑，"可是学校也太狠了吧，不缴费就马上开除学籍？"

"算了，我明天开始就要去找工作了，要比你们早一步进入社会啰！"

"找工作之前，先回家看看比较好吧！"雄介低声说。

"我也想啊！可是做兼职赚来的钱都花光了，根本没钱回家。"

"到北九州岛要多少钱？"

"新干线来回要四万多。坐飞机会便宜一点，可是机场离我家很远。"

"要四万啊！我们是很想借你的，可是没那么多钱啊！"政树说着，瞟向雄介。雄介怯怯地点头表示同意。

"不用担心，我会自己想办法。"

"不能把漫画或者游戏拿去卖吗？"

"嗯……"修环顾四周。

漫画和游戏是有，但数量不多，就算全部卖了也值不了多少钱吧！

他既没有名牌衣服，也没有贵金属，眼下唯一值钱的就只有刚进大学时

买的笔记本电脑，但机型老旧，就算卖也换不了几个钱。修舍不得，而且要是把电脑卖掉，他就不能上网了。

政树和雄介像在物色值钱的物品般，在房里四处走动。虽然他们是好意，但修心里还是很不是滋味，连忙出声制止："等赚到钱我就会回家，而且说不定在那之前就联络上父母了！"

第二天早上，修再打电话到老家和父亲的公司，但电话依旧不通。

在这种非常时期，家乡连半个可以依靠的人都没有，实在麻烦。修的亲戚们都住在远方，他已经不太记得他们的名字了，也不知道联络方式。他也想过请高中同学去家里看看，但电话号码已经换了，而且他家与邻居不太来往，老家附近应该也没人知道状况。

修试着通过免费的招聘杂志和网络找工作，却毫无头绪。对于行业类别、工作内容和公司好坏，他一窍不通，就连写简历和面试，也只有便利店兼职那一次经验。早知如此，大学期间就去修求职营销课了，修现在只有后悔的份。

他想先写简历，但被大学开除这种事在学历栏上该怎么写才好？修不知所措。因为没有大学文凭，他只能应征要求高中学历的公司，但这类公司多半条件很差。修只能说服自己：当务之急是找到工作，不能挑三拣四。不过，即便想去面试，他也没有一套像样的西装。

最大的问题还是修觉得踏入社会很不真实，无法想象自己进入某家公司任职的模样。但已经对晴香和政树他们夸下海口了，不找到工作实在很没面子。但照目前的状况来看，这根本难如登天。他仔细想想，就算现在找到工作，也得等上一个月才能领到薪水，在那之前生活费会先见底，还要等上更长的时间才回得了老家，而一旦成为正式员工，想回老家也很难请太多天假吧！

逃避问题时，借口就接二连三地找上门来。

"比起找全职，先筹钱才对。"

修一下子就妥协了，开始改找兼职，却没看到什么像样的工作。

便利店、餐厅、居酒屋、卡拉OK、弹珠店、快递、大楼清洁、工厂或仓库的捆包工……兼职的招聘信息大抵不出这几项。便利店兼职他做过，可是再做同样的事未免太无趣了。跟过去只是想赚点零用钱不一样，为了赚取生活费，修想找时薪较高的兼职。他心猿意马，精神散漫，连找兼职都专心不起来。

修还是记挂着老家的事，他担心父母，也希望能顺利复学。如果想厘清现状，在找兼职前还是先回家一趟比较好，但是要想回家，必须先设法筹到交通费。

修再次环顾房间。然而，就如同昨晚确认过的，不管卖掉什么，都不够拿来当交通费。唯一的出路只剩借钱一途，但应该没有地方愿意借钱给无业游民吧！就算有学生贷款，他已经不是学生了，连学生证都归还了。

修正烦恼该怎么办时，晴香打电话过来。

"还是联络不上家里吗？"

"嗯。既然这样，只能回家一趟了。"

昨晚才说要开始找工作的，修觉得尴尬，但晴香没说什么，这让修动起了歪脑筋。他和晴香约好下课后碰面，就挂了电话。

傍晚，修站在公园的树荫下。昨天以前，公厕后方还是他的老地盘，但现在他不想撞见同学。

校舍的玻璃墙面反射着夕阳的余晖，修看着看着，渐渐不安起来。

在昨天得知被开除的消息以前，他满脑子只想着逃课；不再是学生之后，却莫名地怀念起学校。平时不当一回事的学生身份，现在反倒宝贵极了。修觉得自己就像被抛到了不同的世界。

"要是能设法筹到钱，恢复学生的身份，我一定会好好上学。"这个连自己都觉得太过像模范生有的想法浮上心头，但修自己也清楚，这念头根本就靠不住。

下课铃声响起，晴香来到公园。

修提心吊胆地说出请求，只见晴香白皙的脸微微一沉。

早知道就不说了。就在修觉得后悔时，晴香点了点头："你一定会还我吧？"

"这还用说？"修松了口气，笨拙地道谢。虽然向比自己年纪小的女生求助，让人过意不去，但他也没有其他人可以依靠。这时，天蛾人冷不防地从他们眼前晃过，修牵起晴香的手，快步离开公园。

　　第二天下午，修在东京车站搭乘下行的新干线。他也想过省点钱坐飞机回家，但又懒得提早起床，而且从机场回老家很不方便。坐新干线的话，既可以抽烟，又能舒服地睡上一觉。事实上，开往北九州岛将近五小时的车程里，修几乎一路都在睡。

　　走出车站月台，修觉得胸口像被紧紧揪住般呼吸困难。上一次返乡是去年夏天，但他觉得仿佛离家已十年之久。踏出车站时太阳早已西下，四周暮色沉沉。为了慎重起见，他再次打电话到家里和他爸的公司，但依旧不通。

　　久违的故乡比东京凉爽许多，空气也十分清新，充满浓浓秋意，但修没有心思享受这些。等着自己的会是什么状况？一想到这里，他就像个等候宣判的被告，心中惶惶不安。

　　修踩着沉重的步伐，走过亮起霓虹灯的街道。

　　父亲的公司位于车站前繁华地带的巷子中。

　　小巧的灰色大楼一楼挂着"时枝建筑设计事务所"的招牌。修咽了下口水走近一看，明明是工作日，入口的卷帘门却拉了下来，连张公告都没有，不知道出了什么事。

　　修无可奈何，只好搭出租车前往老家所在的住宅区。

　　他不敢一路坐到家门口，在离家还有很长距离的地方下了车。

　　老家是两层楼的木造房屋，以建筑师的家来说造型过于平凡，毫无特色。由于母亲生性疏懒，庭园缺乏照料，每年夏天他都会被抓去拔草。他去东京以后，这个差事似乎就落到父亲头上了。

　　修从门缝窥看家中情形。

　　屋里没有半点声息。不出所料，庭院杂草丛生，但别无异状。他悄悄打开大门，东张西望。明明是回自己家，却好像闯空门似的，修紧张极了。他站在玄关前，提心吊胆地按门铃。希望母亲会若无其事地出来开门。修以祈求的心情等待着，却无人应门；转动门把手，门也锁着。他绕到庭院里，透过檐廊那一侧的窗户向里窥看，但家中一片漆黑，似乎没有人在。

　　杂草丛生的树丛处，秋虫唧唧。他抓住窗框扳了扳，窗户同样上了锁。

修走出大门，确定四下无人后，爬上围墙旁的电线杆。从电线杆中央伸出脚，可以够到一楼屋顶，爬上屋顶后能看到一道窗，那里是修的房间。

　　高中时多亏了这根电线杆，他才能避开父母的视线，在深夜进出家门。直到某次被母亲发现后上了锁，夜归时不得其门而入，他才动手脚调松窗锁的螺丝。从此，只要摇动窗框，就能打开窗子进家。只要窗锁还没修好，他就能靠这招进去吧！

　　果然不出所料，修摇了几下窗框，锁便松开了。他进了房间，脱了鞋，摸索着按下电灯开关。日光灯亮起的瞬间，修哑然失声。

　　八张榻榻米[1]的房间空荡荡的，就像人已经搬走一样。床铺、书桌、衣柜、书架全都不见了，他上大学时因为机型老旧而没带走的电视及CD播放器没了，明明不会弹还硬是买下的吉他也没了，甚至连墙上的海报都不见踪影。

　　"王八蛋！"修对着空气大骂一声，气急败坏地冲下楼梯。

　　每个房间都空空如也。是父母把家当都搬光了吗？还是别人干的？不管事情的真相是什么，他仅存的一点希望都破灭了。家里肯定出了什么不好的事。

　　这栋房子是父亲在修小学一年级时建的，他还记得从原本栖身的公寓搬过来时，父母脸上灿烂的笑容。

　　修在没有沙发也没有地毯的客厅中仰躺下来。原本垂吊在天花板上的水晶吊灯，不晓得是不是因为值钱，也被拆走了，客厅里没有一丝灯光。木地板很硬，修躺得背和腰都痛了。肚子很饿，口也很渴，但他完全不想动。

　　父母再也不会回到这个家了。他隐约有这样的预感，也觉得自己往后大概也不会再回到这里，于是想在自己家过上最后一晚。他闭上眼睛，一股寂寥涌上心头。高中时，他只想尽快离开这个家。这里没有特别快乐的回忆，也没有太多值得依恋的东西，然而，湿热的眼泪滑下眼角。

　　听见玄关处传来开门声，修睁开眼睛。

　　先前他在不知不觉间沉沉地睡着了。修揉着眼睛，抬起头来。

　　有人经过走廊。从脚步声判断，不止一个人。

　　瞬间，修的心中又涌现期待。他以为是父母回来了，但脚步声很响亮，

---

1. 榻榻米是日本传统房屋常用的铺地板的席子，也用来衡量房间大小。一张榻榻米的面积大约是1.62平方米。

像是穿着皮鞋直接进了屋。

修急忙起身。客厅门被打开，两个男人走进来，他们似乎发现了修，惊呼一声："啊！"

修还搞不清楚状况，眨着眼睛。其中一个男人厉声叫道："你是谁？"

男人体形圆胖，但光线昏暗，看不清楚长相。

"什么谁……"

修被男人的口气吓到，一时语塞。不过这可是他的家！

修重新振作起精神说："你们才是谁？居然随便闯进别人家里。"

"什么别人家？这里是我大哥的家！"另一个男人吼道。

这个男人个子极高，头顶几乎碰到天花板。

"我知道了，"矮个子的男人说，"你是时枝的儿子，对吧？"

修咽了咽口水。他觉得不该承认，但又想知道父亲的下落。

"是又怎样？"

"果然。"

他抬了抬下巴，高个子靠了过来，修这时才发现两人都穿着鞋子。他觉得苗头不对，连忙起身。

"我爸在哪里？"

"我还想问你呢！你爸跑哪去了？"

"我不知道。"

"你是独生子，怎么可能不知道？没关系，等会儿就来慢慢盘问你。"

"好了，走吧！"

高个子说罢，一手搭上修的肩膀。修瞥见那只手，吓得心脏几乎停止跳动。眼睛熟悉黑暗之后，可以清楚看见那只手缺了根小指。

"你说走，是要去哪里？"修的声音沙哑了，眼睛直盯着客厅的门。

"上哪儿去还轮得到你管？少啰唆——"

高个子话还没说完，修就使尽全力冲了出去。他穿过两人跑出走廊，再冲上楼梯。

"给我站住，喂！"

随着令人恐惧的怒吼，脚步声从身后追赶上来。

修冲进自己的房间，两脚跶上脱放在窗边的鞋子。

"妈的，想往哪儿逃！"

修将身体探出窗外，背部却被男人的手碰着了。他甩开那只手，沿着屋顶跳上电线杆，也没有工夫踏稳，便滑也似的到了马路上。男人们仍在身后追赶不休。

自从被开除后，倒霉事就接二连三，情况越来越惨。

为什么是我？修怀着泫然欲泣的心情，在夜晚的街道上不停狂奔。

2

边看漫画边吃东西是修的习惯。在自己的房间就不用说了；在外用餐时，只要店里有漫画，他一定会边吃边看。他对漫画没什么讲究，只要一边嚼着饭或零食，一边优哉地翻页，就觉得好不惬意。

然而，这阵子或许因为没有食欲，他都没碰漫画，三餐不是泡面就是便利店的便当。今天他依然毫无食欲，中午起床后只喝了一罐罐装咖啡。过了三点总算觉得有点饿，他便泡了碗杯面，却忘了设定时器，加上又呆呆地看着电视，打开盖子时汤汁都快被面吸光了。

泡得软烂的面连一半都没吃完，他把泡沫塑料碗丢进流理台旁的厨余篮时，门口传来轮胎尖锐的刹车声。修急忙探头看向窗外。

一辆黑色的小厢型车就停在公寓下方，他顿时心头一惊。

车门一开，随即传出震耳欲聋的流行音乐。下车的是住在楼下的年轻小姐，也许是男朋友送她回家吧！修松了口气。

从北九州岛回来已经一个星期了，他依旧有如惊弓之鸟。

那晚被两个莫名其妙的男人追赶，逃出老家后，修便没命地跑，虽然勉强甩掉了他们，但怕得不敢在外头闲晃，只好在车站前的漫咖过夜。他原本想在家乡待几天，寻找父母的行踪，但那两个男人不管怎么看都不像善良老百姓，如果是黑帮分子，他留在北九州岛就太危险了。第二天，修搭上最早一班新干线回到东京。虽然觉得他们不可能追到这里来，但修也没有十足的把握。那两个男人基于什么理由想知道父亲的下落，修无从得知，但看他们那样拼了命地追他，事态绝对非比寻常。

或许他们早就知道他在东京了，而且只要向大学打听一下，很轻易就可以查到这个住处。

"万一他们找上门来……"回到东京以后，修时常陷入不安。

他住在三楼，没办法跳窗逃生，万一楼梯也被堵死，他就真的完蛋了。

"还是先报警吧！"晴香说。

但修并没有被人殴打，况且那是在北九州岛发生的事，找东京的警察，他们不会受理吧？

政树和雄介也叫他先观望，真的出了什么事就立刻打电话给他们。虽然朋友这样说让人开心，但修觉得等出事了就来不及了。

不过，令人担心的事不止一件。

修还是不知道父母怎么了。回到东京以后，他打了好几通电话到父亲的公司，但一次也没有打通。父亲的公司可以确定不再营业了，从老家的样子看，父亲可能是趁夜潜逃了。

但是，父母会不联络唯一的儿子一下就这么做吗？

没有告诉父母换了手机号码，是他的疏失，但他们还是可以写信或打电报啊！不过，话说回来，父亲连学费延缴的事都没说，也有可能是不想让他操心吧！无论如何，既然无法主动做什么，就只能等父母联络自己了。这段时间——不，可能从今以后再也拿不到生活费了。老家被那些男人霸占了，也没有复学的希望了。换句话说，他必须完全自食其力才行。

这一整个星期，修都在看招聘杂志和上网找兼职。他想找全职工作，也已经对晴香和政树他们这般夸口了，但做全职得花上好一阵子才能领到薪水，这期间的生活根本无法维持。而且他原本以为父母会汇钱，所以连这个月的生活费都不够用，即使勉强付得出水电费和电话费，也付不出房租。

距离月底的扣款日只剩五天了，存款却只有四万元。再扣掉水电费和电话费，就只剩三万左右。房租要六万，所以还差三万。除了存款，他还有一万元左右的现金，但这是眼下全部的生活费了。不过，因为回北九州岛的交通费是向晴香借的，所以这星期他过得很节俭，省下了这一点钱，平常在父母汇生活费的这个时候，他手上早就没半毛钱了。

修再次体会到每个月十五万的生活费是多么庞大的一笔数目，不过这笔钱还包含房租，所以绝对称不上多。许多同学付了房租和电话费，每个月还有二十万元以上的零用钱，政树就是其中之一。他们今天优哉地享受着校园生活，而修却被学校开除，连学生都不是了。

"为什么只有我这么惨！"

或许是因为无法接受事实，修找兼职总是心不在焉。不过就算是短期兼职，也得等上一段时间才拿得到钱，想在几天内凑足房租差额，就只能找领日薪的工作。

领日薪的兼职中，车流量调查或商品贴标好像还不错，可惜时间配合不上；工地、货物整理，或雄介之前做的布置舞台等劳力型工作，修凭现在的体力实在做不来；警卫工作不必操劳，可是他讨厌穿制服。这样挑三拣四的话，修开始觉得要在剩下的五天内赚到三万元，实在是不可能完成的任务。那么就只能向别人借钱了，但是向晴香借的钱都还没还，他难以开口。

手头阔绰的朋友只有政树。不过政树对钱锱铢必较，修向他借过一千元，后来每次一碰面就被催讨；一起喝酒吃饭也是，付账时他连十元都要求平分。政树不可能借修三万元，就算肯借，也不知道会被讨债讨得多凶。

雄介是个老好人，但他自顾不暇，哪有闲钱可以借人。除非万不得已，修不想向朋友低头。

他想来想去，可以依靠的就只有晴香了。

这天傍晚，修和晴香约在大学前的公园见面。

上次与晴香碰面，是从老家回来的第二天，已经过了六天，会那么多天没见面，一方面是因为意志消沉，另一方面也是因为没钱。

"找到什么好工作了吗？"

电话里，晴香每天问同样的事。

他知道晴香是为他担心，但是每天这样追问实在令人心烦，再加上欠钱心虚，他觉得晴香好像在催他快点还钱似的。

"已经拜托政树和雄介帮我留意了，再等一下吧！"

修的口气忍不住变得不耐烦，晴香敏感地回应："干吗一副怪我的口气？我只是担心你——"

"如果我的口气让你觉得不舒服，我道歉。"

明明是自己先烦躁的，又得为自己打圆场，实在很累，可是不能在这时坏了晴香的心情。

"或许在你眼里我像是无所事事，但我可是在拼命找工作。"

"我知道。"

修催促着一脸不安的晴香快走。

暑气总算转弱，太阳西斜，把两人的影子拖得长长的。

公园深处，天蛾人正靠在树上抽着烟屁股。修见状，又有了不祥的预感。

晴香略垂着头，边走边问："要去哪里？"

"去哪里好呢？"修停下脚步，抱起双臂。

"要不要来我家？"

"可以是可以，不过我有点饿了。"

"那先去吃饭吧！"修喃喃地说，把手伸向裤子后口袋。

就在他想着皮夹里还剩多少钱时，晴香似乎察觉到他手头拮据，微笑着说："我刚拿到生活费，我请客。"

两人来到车站前的家庭餐厅。

修虽然没有食欲，但想到等会儿要开口借钱，还是表现得开朗一点比较好，于是一边说笑，一边扫光了汉堡焗烤套餐。

看着晴香在收银台结账的样子，他觉得应该没问题，但是在一决胜负之前，还得再加把劲。

离开餐厅后，他们绕到平时常去的酒吧。修打算等喝到微醺时再邀晴香一起回住处。

他们在吧台前并坐，听见了隔壁一对年轻情侣的对话。

"你去了哪家公司面试？"

"这还用说吗？"

男的说出某家电视台的名字。

"那是竞争最激烈的电视台啊！"

"我知道，毕竟在'大学生最想进的企业'中排名第一嘛！"

"以你现在的成绩没希望吧！而且我们大学——"

从对话判断，他们应该是市中心一所贵族大学的学生。

"所以呢，"男人用甜腻的声音说，"靠关系的啦，你也知道，我爸是那家电视台的赞助商啊！"

"嗯。"

"所以我可以任意进出。只要在那里上班，就是人生赢家啰！"

修斜眼偷看他们，发现两人身上的行头价格不菲，一想到那个男人说他父亲是赞助商的那番话应该不是吹嘘，内心就一阵不爽。

修大口喝着波本威士忌兑苏打水，在晴香耳边轻声说："我绝对不会输给那种人。"

晴香轻轻地点点头："你可以进更好的公司。"

但还有比去那家电视台更棒的工作吗？不争气的念头掠过修的脑际。

修改变话题，但邻座依旧高声炫耀着。这回他们聊起圣诞节出国旅游的计划，声音刺耳，让修和晴香的对话变得有一搭没一搭。他希望那对情侣快点滚出店里，但他们赖着不走。尤其那个女的姿色姣好，比晴香更符合自己的喜好，这让修更加恼恨了。

"我们走吧！"修忍无可忍地说。

"这么突然，怎么了？"

修用下巴指了指旁边："听了就生气！什么人生赢家？"

因为酒精作祟，修控制不住自己的声音。一阵尴尬的寂静后，他朝旁边一瞄，与男人目光相接。

男人发狠似的蹙起眉头："什么叫'听了就生气'？"

"没什么。"

"少装蒜了，分明是针对我！"

"是又怎么样？"修从高脚椅上站了起来。

晴香用力拉扯他的袖子。

修对自己打架的本事没有自信，但是晴香正看着，而且那个男人看起来也不怎么厉害，他觉得就算真的打起来，也总有办法赢过对方。

然而，那个男人甚至没有离开高脚椅，只是贼笑着。

"你是大学生吧？既然会在这里喝酒，是那所三流大学的学生吗？"

那个男人说出开除修的那所大学。

"这跟我念哪所大学没关系吧！"

"看你脸色大变，被我猜中了吧！是三流大学吧，毕业后哪里也去不了，所以才嫉妒我们吧！"

"你放屁！我又不是大学生！"

"哎哟，高中毕业啊？真可怜，注定要穷一辈子了。"

"妈的，小心我揍你！"

修胆战心惊地握起拳头，晴香再度扯了他的袖子。

"好笑吧？这家伙偷听别人说话，然后自己在那儿气个半死！"那个男人回头看着女伴说，"你说，是吧？"

女人点点头，用鄙夷的眼神看着修。

"要动手就快来！看我告不告你伤害罪，把你关进拘留所，再敲你一笔赔偿金。"

正当修举着拳头不知该如何是好时，店员从背后递过来账单。

离开酒吧后，两人在霓虹灯闪烁的路上走着。尽管修试图牵手讨好，晴香还是垂着头，盯着马路看。

都是那对狗男女，毁了他一整晚的计划！那种轻佻的男人怎么可能轻轻松松就成为人生赢家？就算靠关系混进电视台，肯定也会闹出丑闻，没多久就会被开除。晴香也是，一副觉得他也有错的样子，她到底是站在哪一边的？愤恨的情绪狠狠地揪住修的胃。

但话又说回来，修不想被晴香讨厌，也想继续原本的计划。

"刚才对不起。"他瞅准时机说。

晴香僵硬地点点头，但还是不肯抬头。

"我今天先回去了。"

她语气中带着叹息，慢慢地放开修的手。修觉得自己应该说点什么，但因为气愤难消，一时想不到恰当的话。

目送晴香离去的背影，修咬住嘴唇。搞砸了！他在心中呐喊着。他想追上去，又觉得纠缠不休可能会适得其反，只好弓起身子，跨出步伐。

修想回公寓，可是一个人实在太难熬了。为了打发时间，他走向雄介做兼职的录像带出租店。

雄介正在柜台整理DVD。他注意到修后，肥胖的脸上立刻堆满了笑。

"客人，要找电影的话，这里有不错的可以推荐哟！"

"笨蛋，不用了！"

修为了不被看出沮丧的心情，刻意臭着脸环视店内。

这似乎是家私人出租店，窄小的店内没有半个客人的身影。

"生意好冷清。在录像带店做兼职也挺轻松的嘛！"

"还好吧，不过这里的客人都是来租电影的，过一会儿才是高峰期。"雄介的表情变得僵硬，"那……你家那边怎么样？"

修默默地摇头。

一个其貌不扬的中年男子突然从柜台里探出头来。雄介说他是店长，修向他轻轻地点点头。

店长看了看雄介和修，问道："你们是同学？"

"嗯，不久之前还是。"

修说明他被学校开除学籍的事，店长说："最近'兼职族'很多，兼职的竞争也很激烈吧？"

"嗯，我正在找领日薪的兼职，可是一直找不到合适的。有没有什么建议呢？"修巴结地问。

他没期待能得到回应，没想到店长却说："想领日薪的话，派报怎么样？就是将广告传单投到信箱里。"

店长认识的房屋中介正在寻找日薪兼职人员，兼职不但可以选择自己方便的日子上班，而且视发送的数量，好像也有加薪的机会。

"没经验也可以吗？"

"应该可以吧，也有家庭主妇兼职做这个。"

修听说，做信箱派报走久了容易腿疼，但如果错过这次机会，明天又得唉声叹气地继续找兼职了。

"我想试试看，请帮我介绍一下。"修连忙行礼拜托。

雄介眨着眼睛，说了跟之前晴香一样的话："这么突然，怎么了？"

第二天早上，修来到录像带店店长介绍的房屋中介公司。

事务所位于老旧的商住楼一楼，生意看起来不是很好，好像也没有职员。

出来招呼他的是个五十岁左右、姓井尻的男人。他身材肥胖，长相敦厚。

井尻只瞥了一眼修递过来的简历，便说："那就请你开始上工吧！"他把一大沓传单堆到桌上。单色的廉价纸张上印着斗大的标题"物超所值的热门对象"。

"你可以发多少张？"

突然被这么一问，修不知所措。

井尻说，发出一张就是五元。修想回答"两千张"，但他没自信能派送那么多。他还在犹豫，井尻随即哼了一声说："你是新手吗？那顶多一千五吧！"

他不等修回答，就把传单塞进纸袋里。

一张五元，发满一千五百张，日薪就有七千五百元。

井尻在影印的地图上用荧光笔框出范围，交代他在这个地区分发。去那个地点搭电车单程要两百元，但井尻完全没有提交通费的事，他叫修发完后再回事务所。

修一抵达地点，立刻着手发传单。

一开始他以为很简单，没想到却没什么进展。这一带是宁静的住宅区，他一想塞传单，就在意起居民和其他路人的眼光，好几次都被人以怀疑的眼神盯着看，只好把就要塞进信箱的传单又收了回来。

这样也就罢了，家家户户信箱的位置都不同，需要花时间找，从纸袋里取出传单也需要时间。要是走进复杂的巷弄，哪几户人家已经塞了、哪几户人家还没塞，根本搞不清楚。

发了大概一个小时，修看看剩下的张数，差点昏倒。

"根本没减少嘛！"

修叹了口气，擦拭额头上的汗水。

在独栋楼房一户一张地塞，不晓得何年何月才发得完。他踮起脚四处张望，发现远方有一栋公寓大楼。修一边朝大楼走去，一边努力发传单。

他总算抵达大楼，正要进门时，一道尖锐的男声叫住了他："喂！等一下。"

只见一个秃头老人在标有"管理员室"的窗口里瞪着他。

"门口不是写着吗？这里禁止发广告传单。"

修垮着肩膀，折了回去，继续寻找公寓或大厦，但看上去户数越多的地方，有管理员的概率就越大。

傍晚时分，修来到像是公营住宅的大型住宅区。这里也贴了"谢绝推销与广告传单"的告示，但这么大的猎物，他没道理放过。

修趁管理员不在，把传单一一塞进信箱区的每个信箱。与在独栋楼房分发的效率天差地别，一眨眼传单就减少了。他觉得这样下去一定可以发完，但塞完所有的信箱后，还剩下三四百张。

发完最后一张传单时，已经六点多了，修从早上十点左右开始分发，算来竟花了八个钟头。中午他只到便利店吃了个面包，其余的时间都在不停地走路。

修浑身是汗，加上平日运动不足，小腿肿得厉害，回到事务所时已经累到几乎全身瘫软。

"辛苦了。好好地发完了吗？"井尻似笑非笑地问。

修点点头，井尻便从办公桌里拿出一个牛皮信封。

操劳成这样才赚七千五百元，太划不来了。不仅交通费自付，工作时还会口渴，所以修喝了好几罐果汁。扣掉这些花费，实际收入比七千元还少一点。但是现在再开始找其他兼职的话，实在来不及付房租。再工作三天，包括今天的薪水在内，收入合计就有三万元。如果交通费和果汁钱用生活费支付，就赶得上房租扣款了。

这天，晴香没有打电话来。修很想打电话告诉她自己已经开始做兼职的事，但对昨天的事她或许还在气头上。修打算，如果付了房租还有多余的钱，再找晴香出来吃饭。

第二天，修也一早就开始发传单。

虽然是跟昨天不同的区域，但他还是花了将近两百元的交通费。

他已经掌握诀窍，知道要挑选公寓或公营住宅，但双腿疲劳未消，分发的速度比昨天慢。过了下午三点，传单还剩下将近一半，照这个进度可能得发到晚上了。

走在没有尽头的住宅区内，修对每户人家都住着人这件事感到不可思议。

每个人都有家人、朋友或恋人，各自过着不同的生活。这是天经地义的事，而他自己却没有这样的天经地义。

修无家可归，也不知道父母在何方。他不久前还是学生，如今却在陌生的街道上发传单。

正当修沉浸在感伤里时，天色忽然暗了下来。

刚感觉到豆大的雨滴打湿了肩膀，一阵土沙般的气味随即弥漫开来，这是他小时候常在傍晚嗅到的气味。

"不好！"

修把纸袋夹在腋下，跑了起来。

瞬间，大雨就像莲蓬头开到最大似的倾注而下。修上身前倾，护着纸袋往前跑。马路前方有个公寓的停车场，他连忙冲了进去。

进度已经落后了还碰上下雨，真是祸不单行。没有雨伞寸步难行，但附近又不见便利商店。

修拍掉肩膀上的水滴。马路的另一头，一个褐色头发的年轻人跑了过来。

男人一冲进停车场，就发出"啊"的一声怪叫。

他将大纸袋放在地上，肩膀起伏喘着气，看着修微笑。

"你也在投信箱？"

"投信箱？"

"派报的。你在发传单，对吧？"

"嗯。"修点点头。男人看起来年约二十五岁。

"领日薪，还是看数量？"

"一张五元。"

"那跟我一样。今天发了几张？"

"一早就开始发了，大概有八百吧！"

"你是菜鸟吧？"男人笑道，"我从中午开始发，已经发了一千五了。只差五百张就发完了，却碰上这场大雨。"

"你看。"男人把纸袋打开。里头确实有五百张左右的传单。

"要怎么做才能发那么快？"

"当然有诀窍了！比方说，碰到独栋楼房区的时候，只走马路的其中一边。你看到信箱，都是左右左右来回发对吧？"

"嗯。"

"要是那样发，很容易搞不清楚哪几户已经发过了，也会迷路，同样的地方经过两次，白白浪费时间。拿到地图后，先想好要以什么样的顺序发才是行家。"

"原来如此。"修点点头。

男人一脸得意地点燃香烟。

"现在这种容易流汗的时候，矿泉水是必需品，万一脱水就完了。买果汁很浪费钱，对吧？"男人指着腰包里的矿泉水瓶说，"水分摄取太多也不行。要是在没有厕所的地方突然尿急，可是会憋死人的。"

男人的经验让修佩服不已。

不知不觉间，雨快停了。男人一边探头查看雨势，一边说道："还有一个必杀技。"

"什么必杀技？"

"我可以教你，不过你得陪我一下。那边有家弹珠店。"

"现在打弹珠的话，到晚上都发不完。"

"打完之后才能使出必杀技。做这种投信箱的兼职，偷闲也是工作的一部分啊！我最多玩一个小时。"男人说。

翘班让修觉得心虚，但他今天还没休息过，也想知道必杀技是什么。

男人自称横手。修问他是专门派报的吗，他说偶尔。看来他似乎是个兼职族。

还不到下午四点，弹珠店已经人满为患。大家也跟他们一样，翘班跑来打弹珠吗？这里穿西装和工作服像业务员似的人随处可见。

"看着，一秒就中大奖给你看。"

横手选好弹珠机，坐下来开始打，修在一旁看着。别说一秒中大奖了，横手根本是不停地补买钢珠，不过他却意气风发地说："上个月我派报途中跑来玩，赢了四十万呢！不但做兼职有工资，还赢了这么多钱，世上还有比这更爽的事吗？"

修不讨厌弹珠，听到这番话，手差点就往皮夹伸去。但现在是非常时期，必须节省一点，不能把钱投在不知道会不会中奖的弹珠机上。

三十分钟过去了，横手的弹珠机依旧毫无动静。

修百无聊赖地在店内四处闲晃，横手突然跑过来说："可恶！只差临门一脚，居然没钱了。"

"那我们走吧！"

"可是就只差一点了。这就叫潜伏期，弹珠机内部已经开出大奖了！"横手没头没脑，胡乱地吹嘘着，"借我一千，马上就还你。"

"啊？"修往后仰着身子，"不行，我没有闲钱借你。"

"不用担心，马上就还你。万一输了，我就去便利店提钱还你。"

修不知该如何回答，横手却连珠炮似的说了起来："喂喂喂，你太冷漠了吧？亏我还教你派报的诀窍，你是想知道必杀技才跟到这里来的吧？"

修不记得自己拜托过横手教他什么，但也不愿意和横手起争执。他不甘愿地掏出一千元，横手随即一把抢下，回到弹珠机前。

修觉得这次也不可能中奖，没想到横手的弹珠机很快开出大奖，而且是一波接一波。就这样"连中"了好几次，不一会儿工夫，横手身边就堆起一盒又一盒钢珠。

"看吧！我就说会中。"横手得意扬扬地说。

进店里已经一个小时了，如果不快点继续发传单，就得忙到晚上了。

然而，横手的弹珠机还在持续中奖。看这个样子，他暂时是不会罢手了。

修拿起放在弹珠机底下的纸袋说："我差不多得回去工作了，刚才借你的钱，可以先还我吗？"

"干什么！现在换钱，好运会被打断的，就不能再等一下吗？"

"嗯，不好意思。"

修已经受够这个来历不明的家伙了。

"既然你要回去，没办法，我就教你一招吧！"横手叹了一口气，站起来说，"看看时钟吧！已经五点多了，对吧？这个时间大部分公寓的管理员都下班了。也就是说，白天没办法进去发传单的地方，现在你爱怎么发就怎么发。所以在这之前先设法打发时间，然后再一口气解决会更快。"

修恍然大悟，但也不觉得多钦佩他，而且这份兼职也不能一直做下去。

"告诉你这么宝贵的信息，一千元就当学费吧！"

"哪有这样的？这算哪门子的必杀技！"

"你这人也太贪心了吧？好吧，那就告诉你我秘藏的绝招，过来一下。"

横手离开弹珠机，走了出去。修追赶上去说："我不想知道绝招了，把钱还我！"

"别啰唆了，过来吧！"

横手来到店内角落，冷不防地抢过修的纸袋。

下个瞬间，横手打开垃圾桶盖子，把整个纸袋连同传单全扔了进去。

"啊！"

修急忙伸手，横手却挡住他说："这就是真正的必杀技。一个动作，今天的任务量就搞定了！"

"别胡说了，万一被发现怎么办？"

"看把你紧张的。房屋中介公司的传单根本没什么效果，不会被发现的！一半拿去发，剩下的一半丢掉就好了。"

就在修不知道该如何是好时，横手拍了拍他的肩膀说："你还在干什么？工作都做完了，快点回家吧！"

修胆战心惊地回到事务所。

虽然他比昨天早回去三十分钟，但井尻并没有特别介意，照样发了日薪给他。修觉得自己好像占了便宜，心生愧疚。

扣掉借给横手的一千元，今天他只赚了六千五百元。不过，话说回来，如果刚刚选择继续发传单，一定得再花两小时以上吧！

"假设时薪是一千元，借给横手的一千元就当打水漂了吧！"

明明是早已了结的事，修却还在心里计较个没完。

这天晚上，政树打电话来。

"我听雄介说你在做派报工作？"

"嗯。"

"那赚不了几个钱吧？你干吗找那么没效率的兼职？"

"还能为了什么？这个月的房租付不出来，我只能找领日薪的兼职啊！"

"那就没办法了。等你付完房租再打给我吧！给你介绍更赚钱的兼职。"

修问他是什么样的兼职，政树却卖关子不肯说。

修说下个月再麻烦他，就挂了电话。

晴香依旧没有打电话来。连续两天没通电话，交往以来这是头一遭。或许她还在生气，不过那时修已经好好地向她道歉了。现在发球权在对手上，修觉得自己如果先低头就输了。

可能因为昨天没有认真派报的关系，第二天早上修的身体状况很不错。

修已经从那个叫横手的口中听到诀窍了，觉得今天一定进展神速。他打算努力到明天赚够钱付房租，然后休息一天，再考虑是否要继续做这份兼职。

修朝气十足地打开事务所的门，井尻却狠狠地瞪了他一眼。

"早上好。"修打招呼。

井尻没有吭声，那张一向温和的脸变得有些严峻。

修不敢多问，他把传单塞进纸袋，想尽快离开事务所。

"你根本没发吧？"井尻低声说道。

瞬间，修心跳加速。

"我发了啊！"他故作平静地回答，脸色却逐渐发白。

"我都知道了。"

修心跳加速，等着井尻说出下一句话。

"把传单丢进弹珠店的垃圾桶，人家当然会来抗议！如果偷偷摸摸地做，我还可以睁一只眼闭一只眼，没想到你居然堂而皇之地这么做。"

被发现了。修觉得眼前一片漆黑，但事到如今只能低头道歉。

"对不起！"修九十度鞠躬。

"不必道歉。"井尻以平静的声音说，"像你这样的兼职工我看多了。你们这种人只要没人看着，就不知道会做出什么事来。道歉也只是做做样子，你们根本不会反省。"

"对不起，因为别人起哄，我忍不住就……"

"算了，做都做了，没办法。"

修没想到他会这么说，抬起头来，没想到井尻伸出手说："我不会要你去警局说清楚，不过，之前的薪水，请全部归还。"

修狼狈地说："可是我不是完全没发，前天就好好——"

"那我问你，"井尻那张满月般的圆脸向他逼近，"盗用公款的上班族只要说自己平时工作都很认真就可以继续领薪水吗？"

接下来的两天，修都把自己关在房间里。被井尻当成小偷看待让他大受打击，做兼职的收入全部泡汤更令他无法振作。就好像好不容易吹鼓的气球突然泄气，修提不起劲做任何事。他想过打电话给政树，请他介绍赚更多钱的兼职，但如果不能领日薪，即使立刻上工也没意义。

修把两天的薪水一万五千元还给井尻。因为为了这工作还花了交通费和果汁钱，所以他不仅做了白工，还倒赔一千多元。

他要求井尻至少支付交通费，但井尻坚持道："我付了多少，你就还我多少。"

虽说错在自己，但井尻那完全不听辩解的态度还是令人气愤。当然，最让修生气的还是横手。

一想到横手那张脸，修到现在还会脑门充血。他那么熟悉派报工作，一定知道把传单丢在弹珠店会有什么后果。修借钱给他，他却恩将仇报，实在太可恶了！要是知道他在哪里，修真想痛揍他一顿。然而，除了横手这个名字，修对他几乎一无所知。

更重要的是解决燃眉之急。房租扣款日是今天，所以一定得迟缴了，既然如此，慌也没用。

仔细想想，修也有好几个同学欠缴公寓和宿舍的房租。被大学开除，父母又下落不明，都陷入这种窘境了，没必要再老老实实地遵守期限吧，就算迟缴一个月，应该也不会有问题。

晴香到现在都没有半通电话，这让修的意志更加消沉。

"要是关系就这样淡去怎么办……"

尽管内心焦急，但晴香可能同样心急如焚。修不想先低头示弱，所以忍住，不打电话。

到便利店买午餐时，他在弹珠杂志俗丽的封面上看见几个大字：惊人的新弹珠机登场！中奖不断，十万元立即到手！

修被勾起兴趣，忍不住翻看内容。里头写着赢得大量钢珠是多么容易，这让他想起横手说过自己趁着做兼职的空当打弹珠，一个月就赚了四十万元的事。虽然不知道这事有几分真实性，但连横手那种骗子都能赚那么多，他应该也不无机会，就算赢不到十万元，小赢个两三万也不足为奇。事实上，他上个月光是玩老虎机就赢了五万元。

修离开便利店，往车站前的弹珠店走去。不过，这时他还没有决定要玩，只是想去看看有没有杂志广告上的新弹珠机。

弹珠店里还真的有，但因为是新机型，全都坐满了客人，没有一台空着。而且就像弹珠杂志上写的，许多客人脚边都堆满了钢珠盒。

"看这样子抢不到了吧！"

修怀着既安心又失落的情绪，转身准备离开。这时，一个客人忽然起身，下一秒，修就以连自己也难以置信的飞快速度坐到弹珠机前。

他正要从口袋里掏出皮夹时，脑中响起一个声音："住手！"但是拿着千元钞票的手停不下来。

和其他客人不一样，修迟迟等不到大奖。每当三个数字似乎就要相同时，他都怀着祈祷般的心情紧盯盘面，但结果全部落空。

三十分钟后，修涨红着脸冲向银行。

皮夹见底了，他从三万元的存款中提领了一万。原本是怀着必胜的心情开始打弹珠的，现在却得为了赢回输掉的钱而拼命。他知道自己必须冷静下来，但脑袋像着了火似的，只想着要打弹珠。

接下来的一个小时里，修往返银行两趟。

终于，最后一颗钢珠被吸进最下方的洞孔。

"啊、啊、啊……"修内心呻吟起来。

别说房租了，就连生活费也输得精光，一毛不剩。他的脑浆仿佛化成灰烬，脑海中一片空白。

已经不是赌气的时候了。到了傍晚，修打电话给晴香。

在平时碰面的公园会合时，修见晴香噘着嘴唇。

"为什么不打电话给我？"

修才想问她这个问题，但现在不管晴香说什么，修都不敢反驳。

他絮絮叨叨地说明状况，晴香刚开始只是默默地听着，但当他说到想借生活费时，晴香的表情沉了下来。

"你的状况，我真的很同情。可是我也是学生，能帮的有限，希望你能明白。"

"嗯。"

"不好意思，我能借的不多。"

晴香从钱包里掏出一万元钞票，塞进修的手中。

就只有这些？这是修最直接的反应。他急忙将这个念头从脑海中驱离。光是肯借他一万元，就必须感激了。只要不抽烟、不喝酒，三餐吃得节省一点，就可以撑上好长一段时间。要是没有这笔钱，他就只能变卖家具了。

这天晚上，晴香去了修的出租屋。

久违的肌肤相亲之后，修觉得总算涌出干劲了。

"明天开始我真的会努力。"

修躺在床上，将晴香紧紧抱住。

3

两天后，管理公寓的房屋中介公司来信。邮差要求盖章签收，修觉得讶异，开封一看，映入眼帘的却是"租赁契约解除通知书"这样一行文字。

"台端以如下租金租赁下列建筑物"，信上以严肃的字句开头，文末则写着"请于本通知书寄达后一周内补齐欠缴之金额。若未于期限内缴纳，我方将直接解除与台端之租赁契约，恕不另行通知"。文字底下印有房屋中介公司商标、迟缴的一个月份房租金额和一个星期后的付款期限。

"怎么会这样……"

修震惊得说不出话来。他没想到，才迟缴房租两天，竟会接到解约通知。

过了一星期后的付款期限，真的会被赶出去吗？或许是吓唬人的，但真的公事公办也不无可能。不过，皮夹里只剩少得可怜的九千元了。两天前才向晴香借了一万元，现在已经少了一千元。修原本打算在找到工作之前不抽烟也不喝酒的，但断酒还可以，烟实在戒不掉。话虽如此，修还是把一天一包半的烟量减少到一包，三餐吃的也是比杯面更便宜的袋面，将一天的饮食费控制在五百元左右。

这种生活不可能永远继续下去。

房租也是，加上上个月欠缴的，这个月的房租很快也非付不可了。但修还是茫然想着，只要找到工作，总有法子可想。

修受够了上次的派报兼职，也向晴香表明了他会努力，所以就算是进小公司，也是全职工作更好。今天他在网络上找了一整天全职工作，可见已经没办法再这么优哉下去了。

修坐立难安，毛毛躁躁地环顾室内。他想找可以变卖的家当，但就算卖了衣服、漫画和DVD，甚至卖掉唯一值钱的笔记本电脑，也不够付房租吧！

他连回老家的旅费都凑不出来了，还有什么可想的？如果有自己的家电也就罢了，但电视、微波炉、冰箱和洗衣机都是出租屋提供的。进大学后他会选择住这里，是为了减轻父母的负担。这里不必付押金、礼金，还附有家电，他那时觉得非常划算，但现在看来打错了算盘。如果当时不顾虑父母的开销，租一般的公寓或大厦，今天就有更值钱点的东西可以变卖了。

修绞尽脑汁为自己找出路，突然灵光一现，想起政树说过有更赚钱的兼职，便立刻打给政树。

"那是存证信函吧！"

"什么是存证信函？"

"我也不太清楚，好像是在告人之前要留下已经通知过的证据吧！"

"那上面说的解除契约是什么意思？"

"应该是要叫你滚蛋吧！房租才迟缴几天就把人赶出去，未免太狠了。"

修哼了哼，说："就是，这家房屋中介公司还在电视广告里说什么支持年轻人，太过分了！"

"你那边的房租是多少？"

"六万两千二。"

"六万太多了，要是我能借你就好了——"

政树还是老样子，提到钱马上拉起防线，但修打从一开始就不指望他会借钱。

"我不是打电话跟你借钱。你上次不是说有赚更多钱的兼职吗？我是在想你能不能介绍给我。"

"哦，"政树松了口气似的喃喃地说，"是电话营销，就是打电话推销。"

"电话营销？那是要到处打电话吗？"

"对，只要打电话，时薪就有一千八百元，很好赚吧？"

"是很好赚，不过，要打给谁啊？"

"是家教中心，应该是打给家庭主妇。"

"家庭主妇啊……电话营销，我做得来吗？"

"几乎都是大学生在做，我想，应该没问题吧！"

"不过，要好一阵子才拿得到钱吧？"

"应该是没办法马上领到，不过，听说是付周薪。要我帮你问问还招不招人吗？"

因为没做过，修犹豫了一下，但无法再奢求什么了。

"好啊，拜托你了。"

挂了电话之后，修深深地叹了口气。

回到久违的老家，却被莫名其妙的男人们追赶，接着又被追讨房租，这一切都是父母下落不明害的。他们到现在仍音讯全无，是有什么原因无法联络吗？还是想和儿子断绝关系？即使联络上了，父母的状况也不是他能依赖的吧！尽管这么想，修还是无法抛开对父母的期待。

一直等不到政树的电话。万一对方已经不招人了，修就得寻觅其他兼职机会，但无论结果如何，都不可能赶得上在房租的支付期限内缴清房租。

晴香那里已经不能再借了。雄介本来就没什么钱，而且自从上次搞砸了派报工作以后，修就没再和他联络了。如果房屋中介公司的井尻向录像带店店长抱怨，事情也会传入雄介耳中吧！虽然修不认为自己有错，但好像搞得雄介很没面子，实在没脸再去见他。

修把水煮开，泡了已经吃腻的泡面。

进入十月以后，气温持续转凉，就算不开空调也没关系了。这些日子以来，修除了找工作和吃饭，根本无事可做。

还是大学生的时候，修一想到上课就觉得浑身无力，如果能每天放假，不知道该有多好。如今他真的如愿以偿，但有假没钱，只是闲得发慌，一点意思也没有。

修看着电视上的秋季美食特别节目，艺人从中午就开始大啖牛排。想到自己今天吃的仍是泡面，他就觉得凄凉极了。修以为自己对吃应该不怎么执着才对，但口袋一没钱，食欲就不可思议地变得强烈。

"这就是所谓的贫穷吗？"

修啜饮着碗里的汤汁，盯着电视里的牛排看。

入夜以后，政树总算打电话来了。

"电话营销的兼职公司叫你明天过去。"

"真的吗？那确定没问题了？"

"嗯。以往还要经过面试，不过，因为我的关系，对方马上就决定录用你了。"

政树说，他的高中学长就在这家电话营销公司里。

"他叫峰岸，大我们两届，好像赚了不少。你要好好向他讨教！"

"我知道了。那明天几点过去比较好？如果要穿西装——"

修打算开口向政树借，但话才说到一半就被他打断："不用穿西装！发型和服装也没有特别的规定。工作从下午两点开始，只要能做三小时以上就好，这么好的兼职没处找啰！"

"你说三小时以上，意思是做更久也行吗？"

"那当然了，听说工作日也是自己决定。"

"时薪一千八百元的话……"修急忙打开电脑的计算器计算着，"如果一天工作七小时，就有一万两千六百元。五天是六万三，六天就是七万五千六百元。顺利的话，就算付了房租还有富余！"

"太好赚了，对吧？等你赚了钱，记得要请客啊！"

"嗯。"

"那家公司在涩谷的……"

修还以为已经走投无路了，没想到一丝光明照了进来。早知如此，他就不去派什么报，直接去做电话营销就好了。虽然现在高兴还太早，但修还是喜不自胜。

和政树通过电话后，修顺势打给晴香。晴香以冷静的声音说："你说的电话营销就是家里常接到的那种吧？'恭喜您中了大奖！要不要考个证照'那类的推销电话。"

"是吗？听说是家教派遣，我觉得应该不一样。不过，不管是什么样的地方，总之，我会先工作，把房租付掉。何况我还欠你钱。"

"我的钱先不用管，不过……"

"不过什么？"

"我还是觉得你应该去找务实一点的兼职。"

"不会怎么样的！如果是什么不正经的地方，我赚到钱就离开。"

"那就好。总之，加油！"

还以为晴香会替他开心，谁知反应竟如此冷淡，修失望极了。

"庆祝你找到兼职，我们去吃点好的吧！"他本来还期待对话会如此发展，他想得太简单了。然而，已经涌上来的食欲却怎么也抑制不了。明天开始时薪就是一千八百元了，花个一千元也无所谓吧！

这天晚上，修去便利店买便当，顺便买了罐啤酒。可能是因为这阵子吃的净是泡面，便当和啤酒都美味得让他难以置信。

第二天下午，修搭上久违的电车。

做兼职的那家公司所在的商住楼，距离涩谷车站约十分钟路程。修打开贴着"家教中心GOOD"贴纸的大门，一个褐色头发的年轻女人走出来向他打招呼。假睫毛配上浓浓的眼线，让她看起来活像只熊猫，实在不像教育行业人士。事务所里的人也半斤八两，十几个年轻人不是和朋友闲聊，就是趴在办公桌上。每个人都穿着便服，发型不一，头发除了染成褐色，也有人一头金发或理成光头、朋克头，甚至有人穿鼻环。他们看上去几乎都是大学生的年纪，也是来做兼职的吗？

修正疑惑着，一名穿西装的长发男子跑了过来。这个男的也是，刘海儿挑染成金色，怎么看都不像从事教育工作的人。

"你就是时枝吗？我听政树说了。"

男人瘦削白皙的脸笑开来。他大概就是峰岸，听说比他们大两岁，看起来却将近三十岁。

"听说你想从今天开始做？"

"是的。"修点点头。

"那我把你介绍给大家。"

"喂！"峰岸喊道，那些年轻人慢吞吞地转过头来。

"他是今天新来的时枝，大家多关照！"

"是——"众人拖拖拉拉地应声后，又恢复原本的姿势。所谓的介绍就只是这样，修连开口说话的机会也没有。

"那现在就请你开始。不过，在这之前，先填一下这个。"

峰岸说完，吩咐修在椅子上坐下，接着在桌上摊开一份文件，上面印有修听过的信用卡公司名称。

"这是什么？"

"信用卡申请书。在我们这里做兼职的都办了。"

"一定要申请吗？"

"嗯，也不是强迫，不过，有一张比较方便，有急需的时候也可以借钱嘛！"

听到可以借钱，修心动了，但是他没有办过信用卡，觉得不安。

"可是我没有工作，这样也可以办吗？"

"这是以学生为对象的信用卡，没问题的。"

"可是我已经不是学生了。"

"咦？你不是政树的同学吗？"

"本来是，可是上个月被开除了……"

"这样啊，那办一般的信用卡就行了。"

峰岸拿出另一张申请书，放到桌上。那不容分说的气势，让修只能不情愿地握住笔。

"工作地点就写这里，写工作一年。年收入，我看看……就写两百万好了。"

峰岸一一指示他填写。修不懂为什么做兼职还得申请信用卡，而且填的是假数据，万一到时候穿帮怎么办？峰岸毫不理会他的担忧，满不在乎地说："附近有家文具店，等会儿你去买个姓名章盖下去就行了。"

填写完信用卡申请书后，峰岸又搬来一沓文件。

"这是名单，这边是工作手册。简而言之，就是照着名单上的电话一个个打，照着工作手册说话就行了，然后把对方的反应记录下来。"

峰岸说，名单上都是家中有中学生的家庭，工作内容则是打电话推销家教老师或体验课程。只要对方愿意进一步了解课程内容，接下来公司就会派推销员登门拜访，推销教材。

"咦？不是家教派遣吗？"

"也不是完全没有啦！如果对方要求的话。不过，基本上还是贩卖教材。"

修觉得，既然这样，公司就不应该叫什么"家教中心"。他越想越觉得可疑，然后峰岸又说了更可疑的话："还有，打电话的时候，你要说'我是

××大学的学生'。"

××大学是一流的私立学校，和修原本念的大学有天壤之别，何况他现在连学籍都没了，却自称××大学的学生，真的没问题吗？

修犹豫了，不敢答应，峰岸笑道："不会有问题的，实际去推销的是××大的毕业生，没错啊。"

"如果有人问起××大学的事，你就看这份资料。"峰岸拿出学校简介，"那你加油吧！如果成功拿到约访，时薪也会调高。"

"啊，现在立刻开始吗？"

"没有慢慢来的，总之，你先试试看吧！"

峰岸拍拍修的肩膀，离开事务所。

不知不觉间，周围的年轻人都手握话筒热情地打着电话。

好像只有自己在偷懒似的，修觉得心虚，连忙打开手册。

"抱歉，在百忙之中打扰您。我是××大学的学生，敝姓××。请问是××同学的家长吗？我们几个同学组了个家教社团，今天打电话给您是想关心一下府上小孩的功课……"

手册上的推销话术写得就像剧本台词，还附有许多详细的注释，帮助他们依据对方的反应变换不同的台词，但修没有自信能把话说好。但既然峰岸都说只要照着手册说就行了，就表示有人会上钩吧！修提心吊胆地握住话筒，按下名单上的第一组电话号码。电话铃响了几声，一个似乎是家庭主妇的女人接了电话。

"抱歉，在百忙之中打扰您。我是××大学的学生，敝姓××……"

"哦……"

"请问是××同学的家长吗？"

"是，有什么事吗？"

"我们几个同学组成了一个家教社团——"

修以沙哑的声音说到这里时，对方突然打断他："所以，是什么事？"

"呃，我们想要关心一下府上小孩的功课——"

"我们家不需要。"

电话被冷不防地挂断，修大大地叹了口气，放下话筒。和不认识的人说话让他格外紧张，说了不到一分钟手心就冒汗了。

修再次拿起话筒，拨打下一个号码。这次也在他切入正题之前就被挂断了。下一通，再下一通，依然如此。

修厌烦不已，正要拨下一通时，"啊，不行不行！"不知不觉间，峰岸站到他的背后。

"弯腰驼背的，声音会出不来，打电话要抬头挺胸。还有，刚才我监听了一下，你说话还是很僵硬！"

峰岸说，兼职人员与客人的对话内容全都通过线路被监听着。一想到自己烂到家的谈话内容被听到，修觉得丢脸极了。

"来这边，我让你听听什么是模范话术。"

峰岸招手叫修到自己的办公桌前。峰岸来到办公桌前，按下电话按钮，把话筒放到修的耳朵旁。里边传来口齿清晰的男声："我们几个同学组了个家教社团，今天打电话打扰，是想关心一下府上小孩的功课……"

"哦，我们家不用。"

听到女人冷漠的声音，修在心里暗自窃笑。他以为对方会跟自己一样遭到拒绝，没想到男人继续说下去："好的，我了解了。那么我想请教一下，您的小孩在上补习班，对吧？"

"对。"

"我们派遣家教老师到府上授课，有不少家长反应，在补习班很难开口请教考试的准备方法和平日的课业问题，请问府上怎么样呢？"

"我也这么觉得。可是家教太贵了，我们请不起。"

"说得也是。其实呢，针对这样的家长，现在有一种很热门的学习方法。冒昧请教一下，府上的孩子现在念几年级？"

"初一。"

"咦？是这样啊，"男人夸张地说，"我听您的声音很年轻，还以为是小学低年级！"

只要看过名单就知道小孩的实际年龄了，演成这样未免太假惺惺。

然而，女人好像很吃这一套，呵呵呵地笑了。

"初一的孩子最适合这种学习法了。不过，这不是可以介绍给每一位孩子的方法，因为需要家长的配合与协助。在这方面，妈妈您没问题吗？"

"啊，只要是我能办到的事……"

"好的。那么我们有免费的体验学习课程，会派专人到府上向您说明。明天的话，上午和下午哪个时段您比较方便呢？"

女人迟疑了，但男人继续说服，她便答应了到自家访问的事。

修咋舌不已，放下话筒。

"好厉害，打电话的是谁？"

"那家伙。"

峰岸用下巴指了指梳朋克头、穿鼻环的男人。

"啊！是那个人……"

那副完全无法从电话声音中想象出的外貌，让修惊讶得直眨眼睛。

"他叫谷冈，才大学一年级，可是每天都能拿到三个约访。"

"他刚才也成功了！"

"那是碰巧。一百通电话里面，只有一半打得通，这一半当中又只有一半愿意稍微听一会儿。其中，又只有一通电话能成功拿到约访。"

"那如果想要拿到约访，就只能打一堆电话了？"

"没错，谷冈每天都会打五百通左右。"

"那么多？像我，光打一通电话就紧张死了。"

"反正他们看不见你。碰上讨厌的家伙，挂他们的电话就行了。当然，话术很重要，不过，打多了自然就熟练了。"

听完峰岸的话，修心情轻松多了。

修模仿刚才谷冈的说话方式，继续打电话，不过，几乎都跟一开始的那通一样，切不进正题。虽然有两通稍微表示出兴趣，但其中一通碰上对方有访客就被挂了，另一通则在最后关头拒绝了。

直到下班时间九点，修打了近两百通电话，但一个约访都没有拿到。

或许是因为长时间以不习惯的敬语说话，修觉得疲惫极了。"不需要！""不要再打电话来了！"主妇们那种歇斯底里的反应，也造成了精神的严重损耗。

才上工一天，本来就不可能轻易拿到约访，或许久了就习惯了。尽管这么想，但是第二天、第三天，修还是没有拿到一个约访。

事务所墙上贴的业绩直方图上角落处也加上了修的名字。长条柱最长的是谷冈，其他人也都有不错的成绩。虽然没有业绩要求，但一连三天都没有半点成果，还是让修倍感压力。如果兼职人员里有可以商量的朋友就好了，但每个人上班的时间都不一定，工作时又得不停地打电话，根本没有机会交谈。

这天，信用卡公司打电话到事务所，确定持卡人身份。修担心自己谎报工龄和收入的事会被曝光，极其紧张。

晚上九点离开事务所时，他刚好和谷冈搭乘同一部电梯。修向他点点头，谷冈也有礼地低了下朋克头，微笑问道："成果如何？"

谷冈的态度就和他电话里的说话方式一样异于外表，十分和蔼可亲。

"完全不行，连一个约访都拿不到。"

"一开始每个人都是这样的。刚开始做这份兼职的时候，我也是连续三天都没有成果。"

"可是现在你成了第一名呢！"

"还好吧，我打的电话比别人多嘛！"

"只是这样而已吗？应该有什么秘诀吧？"

谷冈笑而不答。机会难得，修想向他讨教工作上的诀窍，但谷冈应该不愿意向别人透露吧！电梯门打开，两人离开大楼。

"再见。"修向谷冈道别。就要离开时，谷冈突然说："你想知道吗？"

谷冈的眼睛莫名地闪闪发亮，那诡异的气氛让修犹豫了，但他还是很想知道电话营销的秘诀，便战战兢兢地点了点头。

谷冈邀修来到附近的汉堡店。

一坐下来，谷冈就说要玩角色扮演，一方扮客户，另一方演推销员，练习电话话术。

"手册你已经会背了吧？"

"大概。可是要在这里练习吗？"

谷冈不理会修的问题，接着说："好，那你当推销员，我是主妇客户。铃铃铃，喂，这里是谷冈家。来，说话吧！"

周围都是年轻女客，谷冈却以大得离谱的音量高声说话。修不想在这种地方练习话术，不过是他要求指导的，而且谷冈异常热心的态度也让他无法拒绝。

"电话营销得在一开始的三十秒内决胜负。如果默不吭声，客人会挂电话的。"

修意识到自己的脸因为害羞而红了起来，连忙说："抱歉，在百忙之中打扰您。我是××大学的学生——"

"声音太小了！重来。"

修不敢反抗，重复说了好几次开头的台词，引来周围一阵窃笑。光是跟一个朋克头在一起就够引人注目了，这样简直是丢人现眼。

"今天打电话给您，是想关心一下府上小孩的功课——"

"不需要，谢谢。"

明明是练习，谷冈却拒绝了，对话没办法继续下去。修苦笑着，谷冈却说："对方说不需要你就挂电话，怎么可能拿得到约访？碰到拒绝就该反问回去，这是基本。"

"怎么说？"

"如果对方说不需要，你就问'那孩子在上补习班吗？'如果对方说补习班跟家教都不需要，你就问'那您对孩子现在的成绩满意吗？'如果对方说孩子念的是私立中学，你就说'私立的课程进度很快，课业一定很繁重吧？'总之，别让对方挂电话就是了。"

"原来如此。"

"可是家教很贵——碰到这种反应，就先肯定地说'是啊'，然后用'不过'来回应。好了，别光顾着佩服了，现在就来试试看。"

接下来，修不断练习着话术。虽然周遭的视线还是令人在意，但他的脸皮也渐渐厚了起来。

"我们有免费的体验学习课程，派专人到府上向您说明好吗？"

"这样收尾不行。收尾很重要，它是推销的最后一个步骤。"谷冈维持着一贯高亢的情绪说，"这时候不能说'我们派人去做说明好吗'，而是要笃定地说'我们会派人过去说明'。不能让对方有选择的余地。然后要求对方给出一个明确的拜访日期跟时间。"

总算练习完时，已经快十一点了。

"我还有很多技巧要教你，不过，今天就先到这里吧！"

修松了一口气，擦拭额头上的汗水。

"谢谢你，我学到很多。不过，你对电话营销真有一套呢！"

"还好，我从高一就开始做这个了。"

谷冈从高中到大学一直在做电话营销的兼职，同时担任朋克乐团的主唱。这下修总算理解为何他会是那副外表了，但电话营销和朋克乐团，他怎么都无法联系在一起。

"我想在大学毕业后专心搞乐团，所以正在存钱，虽然才存了五百万而已。"

"五百万！"

修瞪圆了眼睛。听说谷冈读大一，所以比他小两岁，今年十九，这样一个年轻人居然有五百万的存款，令人惊叹。

第二天，修铆足了劲去上班。比自己小两岁的谷冈都能赚到五百万了，自己也不能输。他碰上冷淡的反应也不气馁，每通电话都诚心诚意地去打。

昨晚的特训有了成果，修的说话方式和以前截然不同，对话也不再无疾而终。尽管没能成功拿到约访，但有几通电话一直说到最后。照这样下去，或许很快就可以拿到约访了。修刚这么想，接电话的主妇突然说："如果是××大学的学生，很欢迎来我们家当家教。我们正好在找家教呢！"他还没说明目的，所以有些错愕，但顺水推舟，很快就敲定了访问时间。

峰岸察觉到状况，探头看他的名单。

"噢，拿到约访了！"他大声说，"喂，有空的人听我说，时枝拿到第一个约访了！来，掌声鼓励鼓励！"

掌声响起，修的耳朵热了起来。

虽然只是运气好，但乘着这股气势，晚上他又拿到了一个约访。这个约访是他锲而不舍才拿到的，因此更加感动。他向谷冈道谢，谷冈满意地点点头说："帮到你就好。不过，昨天的只是基础中的基础，还得进一步锻炼话术才行。要不然干脆今晚……"谷冈的眼睛亮了起来。

"下次再麻烦你。"修急忙挥手婉拒。

工作结束后，修找晴香去居酒屋。晴香不太愿意，说时间已经很晚了，但修无论如何都想喝一杯庆祝一下。当然是晴香请客。

"这份兼职说不定还挺适合我的。"

修兴高采烈地喝着烧酒兑苏打水。

"虽然一开始做得不甘不愿，可是成功拿到约访真的非常痛快！"

"这么顺利，不错嘛！"

晴香似乎非常讨厌电话营销的兼职，反应还是一样冷淡。

"你对我做兼职的话题好像没什么兴趣？"

"没有啊！"

"我以为你会更为我开心的。"

"我很开心啊！可是，说是家教派遣，事实上却在推销教材，不是吗？客人不会在事后提出抗议吗？"

修后悔不该透露太多工作细节，连忙解释："如果真的不需要，应该会拒绝啊，而且我听说那套教材挺不错的。"

"那你没有实际看过教材了？"

"嗯，公司里好像没有。"

"明明是公司卖的教材，公司里却没有，也太奇怪了。再说，那种教材比一般教材贵很多吧？"

"是吗？这么说来，真不知道卖多少钱呢！"

晴香轻叹了一口气说："你做得开心就好，但我有点担心。"

难得的高昂兴致被这句话硬生生地浇熄。他希望晴香多鼓励他，晴香却总是泼他冷水。修想质问她是不是真的喜欢自己，但在这种状况下他强势不起来。

第二天，他对峰岸说想看看教材。

"这里是专门做电访的，教材放在营业处。"他以一副"问这种问题做什么"的表情说。

"教材很贵吗？"

"算贵吧！七十万左右。也有更贵的。"

"这么贵！"

"不过，那是依据教师指导手册编写的，内容很扎实。"

也许是不想被问到教材的事，峰岸的表情变得不悦。

修不再追问，但心里留下了疙瘩。学历造假，借家教派遣之名行教材推销之实已经让他很有罪恶感了，没想到教材的价格竟如此夸张。如果这套教材真的有价值，他当然可以接受，但听谷冈说，在书店买只需要花十分之一的价钱。修目瞪口呆地说："那不就是欺诈吗？"

"只是卖得比市面上的贵一点，才不算欺诈呢！是他们自己不小心买下来的。"

"这……不是我们怂恿他们买的吗？"

"是又怎么样？电视广告一年三百六十五天，天天都在怂恿大家买东西，不是吗？"

"是这样没错，可是总有个限度吧？"

"没错，这确实是暴利生意！以各种理由不接受试用期退货，所以买了教材的人家只能不停地分期付款，公司却可以立刻从合作的信用卡公司那里拿到现金。"

"信用卡公司明知道是这种生意，还跟这里合作吗？"

"这我就不清楚。就算知道，出了问题也会推说不知道吧！刚开始做兼职时，你也办了卡，就是那家公司。"

"太过分了！早知道是这样的工作，我就不做了。"

"你大我两岁，想法怎么这么幼稚？像这样满口漂亮话，到死都存不了钱。"

"存不了钱也没关系，我才不想为钱不择手段。"

"咦？你是在影射我为了钱不择手段吗？我甚至拨出自己的时间教你推销话术呢！而且连一毛钱的酬劳也没拿。"

"这我很感激，可是……"修支吾了起来，他没办法好好地说明内心的想法。

"我明白你的心情！"谷冈微笑着说，"我也曾经烦恼过，觉得牺牲别人来赚钱是不是太没良心了。可是搞乐团是很花钱的。如果自己很穷，就没办法为别人做什么了吧？"

修默然不语，陷入沉思。谷冈说得也有道理，如果经济拮据，连请晴香吃顿饭都没办法，只会不停欠别人，搞得自己越来越动弹不得。

"快点赚钱实现梦想，也是为别人着想啊，我们一起加油吧！"

谷冈似乎沉醉在自己的话里，眼睛又开始闪烁光芒。修无法反驳，只好含糊地点点头，但对工作产生怀疑之后，他就变得心不在焉了。

修以连自己都觉得无精打采的声音打着电话，接二连三地被挂断了。

只是这样也就罢了，没想到还有主妇反问："你真的是××大学的学生吗？"

他回答"当然是"，结果对方追问："那告诉我你念什么系？几年级？"

修急忙翻开××大学的介绍："呃，法律系三年级。"

"咦，法律系？那你叫什么名字？"

"敝姓时枝。"

"名字。"

"呃，请问您问名字要做什么？"

"我现在就打去你们学校问。"

"啊？！"

"你是××大学的学生吧？那就告诉我你的全名！"

万一真的被查证身份就完了。修浑身冷汗地挂了电话。

连续两天，修都没有拿到半个约访。他几次试着振作起来，却还是没用。

不过，开始做电话营销兼职到今天已经是第六天了，一想到至少赚到了房租，修肩上的重担就稍稍卸下。

到了晚上，峰岸招手叫他过去。修知道做兼职领的是周薪，以为准是为了这件事，没想到峰岸一脸不悦，托着腮帮子问："你知道'沙西米法则'吗？"

这个奇怪的问题让修觉得困惑："沙西米？生鱼片吗？"

"不是，是这样写，念作'沙——西——米'。"

峰岸在便条儿上写下"三、四、三"这三个数字。

"假设客户总数是十，那么有三成会劈头就拒绝，四成是不一定，剩下的三成是有点兴趣。这个法则适用于任何集团。"

"我第一次听说。"

"我们这里的兼职人员也是一样。有三成打从一开始就没干劲，四成是不一定，剩下的三成还算有干劲。"峰岸恶狠狠地瞪着修说，"我们公司只需要有干劲的那三成。"

"意思是我没有干劲吗？"

"我不知道你怎么想，不过，从数字来看，你就是没干劲。"

修垂头咬住嘴唇。

"如果你真的有心要做出成果，我愿意再观察一阵子，要不然的话……"

又不行了吗？修心想，情绪却没有因此消沉。以现在的心态继续做这份兼职，也只会被拿不到约访的焦急与罪恶感夹击，被客人责备的压力也深深地刺痛他的神经。这么一想，辞职的决心顿时涌现。

"我懂了，那我就做到今天为止。"

"这样啊，虽然遗憾，不过也没办法。"峰岸的表情忽然明快起来，"那么关于兼职的薪水，平常在实习阶段辞职是不算薪水的，不过，你是政树的朋友，我就特别算给你吧！"

这是修第一次听到"实习阶段"这四个字，不过，只要能拿到钱，他也没什么好抱怨的。接过峰岸递出的信封，修行礼道谢。

他原本准备就这样回去，但信封薄得让人起疑。修回到办公桌前，偷偷打开信封查看，眼睛眨个不停。里面只有三张一万元钞票和几枚硬币。时薪是一千八百元，一天工作七小时，一共六天，理应要有七万五千六百元才对。他急忙向峰岸确认，得到的回应却是："那是实习结束做出业绩之后的薪水。这次我特别算你时薪八百元，我们亏大了呢！我都没叫你谢我。"那种极度冷漠的说法，让修只能摸摸鼻子认栽。一开始没有先确认时薪是他的疏忽，事到如今也无可奈何。

修离开事务所时，谷冈面露冷笑地看着他。

第二天，修严重宿醉。

昨晚回到住处以后，他一个人借酒浇愁。因为想喝醉，便在便利店买了廉价威士忌，结果却弄巧成拙，如今都睡到中午了，宛如脑袋中央被钉了枚钉子，痛楚挥之不去。

修大口灌着矿泉水想要醒酒时，手机响了。看到屏幕显示时，他更不舒服了，是管理公寓的房屋中介公司打来的。房租的支付期限是昨天，但他以为今天再汇款也没关系，当然，前提是拿到全额的兼职薪水，但现在一切都太迟了。他叹了口气，按下通话键。

"昨天是房租缴纳期限，本契约今天正式解除，可以请你立刻搬出去吗？东西收拾好了吧？"

房屋中介公司的人连珠炮似的说，让修狼狈万分。

"怎么突然要人搬出去——"

"一点也不突然，一星期以前应该已经寄出书面通知了。"

"对，可是我还没有筹到钱。我一定会付的，可以再宽限几天吗？"

"今天已经预定刊登广告征求新房客了。房租支付的问题，今后将转由债务管理部门负责。"

"怎么这样！拜托再等几天。"修在电话的这一边低下头来。

"你说'几天'是我们再要等几天？这个月的房租缴纳期限也快到了。"

"那，最晚可以等到什么时候？"

"那就特别等你到后天吧。如果后天还是没收到钱，就请你立刻搬出去。"

这么短的时间内不可能筹到钱。他要求对方再多宽限几天，但对方不理他，挂了电话。

"王八蛋，每一个都把我当笨蛋耍！"

头痛和怒意让修用力地挠抓脑袋。从上个月开始，他就一直努力地筹钱，没想到一切都成了泡影。火烧眉毛下，他甚至没有力气去找下一份兼职。也想过干脆把手上的三万元当成本钱再去打弹珠，但要是输光了，他真的会彻底崩溃。话说回来，房租可以催缴得这么急吗？大学同学里也有好几个人迟缴房租，但从没看见他们被赶出住处过。这么说来，雄介也说过他曾经迟缴房租。

"你怎么了？一直都没联络，我很担心你！"修给久未见面的雄介打了通电话，雄介以毫无芥蒂的声音说道。

修还以为雄介会为了派报的事说他什么，但是没有。雄介还是老好人一个。

"房租？我的房东是个老婆婆，人很好，就算迟缴两个月，她也不会说什么。"

"一般都是这样的吧？为什么我住的公寓就这么不懂通融？"

"要不要找个熟悉法律的人问问看？"

"也对，可是我又没有熟悉法律的朋友……"

说到这里，电话另一头传来上课铃声。

"抱歉，我得去上课了。你方便的话，晚点再来店里吧！"

"上课"这两个字听起来好刺耳，修再次羡慕起大学生的身份。

傍晚时分，修来到雄介做兼职的录像带出租店。

他走进店里时，一个熟悉的胖男人正好从成人区探出头来，是之前派报兼职的房屋中介公司老板井尻。井尻双手抱着一沓DVD，"咦"了一声。

"你是上次来做兼职的……"

"你好。"修苦笑着，微微低头行礼。

虽然他认为兼职被开除并非自己的错，却还是有些尴尬。井尻似乎也想起了当时的事，没有再同他攀谈。

可能因为井尻是店长的朋友，雄介向他鞠躬哈腰，把DVD放进购物袋里。

忽然间，修想到井尻是做房屋中介的，或许熟悉房租问题。

"呃，我想请教一下。"他叫住正要离开店里的井尻。

"什么事？我正要去忙呢！"

修还是礼貌地问："呃，就是我住的公寓，因为上个月的房租迟缴，叫我搬出去。"

井尻不感兴趣地"哦"了一声，说："那是房东随便说说的。《租地租屋法》这条法律会保障房客的权益，就算另外签约说何时之前必须迁离，租屋契约也不能单方面解约。"

"所以我不立刻搬出去也没关系了？"

"除非法院判定房客已破坏租屋契约上的信赖关系，否则欠缴两个月左右是没问题的。不过，就是有你这种人，我们做房屋中介的才为难。"

井尻哼了一声，离开店里。

"太好了！"雄介说，"我还在想，如果你被赶出去，可以住我那里。"

"你的好意我心领了，我可不想借住在那种连浴室都没有的小房间里。下回房屋中介公司再打电话来，我就狠狠地骂回去。"修笑着挥出拳头说。

4

明明今早的宿醉已经让修吃足了苦头，但太阳下山后，修又想喝酒了。

井尻说，房客受到《租地租屋法》的保护，所以就算迟缴房租，房东也不能任意驱离房客。听到这番话，他整个都放松了。

离开雄介做兼职的录像带出租店后，修立刻打电话约晴香出来。

"我拿到做兼职的钱了，今天我请客。"

他想过与其把钱拿去买酒喝，倒不如多少还一点给晴香，可是做兼职领到的只有三万多一点，手上现金合计不到四万。在拿到下一份收入之前，他必须靠这些钱过活，所以还不到还钱的时候。

修在常去的廉价居酒屋里，小口小口地啜饮着烧酒兑苏打水。

听到修昨天辞掉了那份兼职，晴香放心地舒了口气，说："太好了，我还在担心万一你一直做电话营销该怎么办。"

"你说的怎么办，是要分手的意思吗？"

"也不到那个地步，可是我不太喜欢你做那种兼职。"

"我了解你的心情，所以才赶快辞掉……"

修知道这话是顺水推舟，他不想向晴香承认自己是做不出业绩被劝退的。实际上，做这份兼职确实让他很有罪恶感。

"但是一直做下去应该也挺赚钱的。"

"不管再怎么赚钱，那都是骗人的工作吧！"

"不过，现在这个时代，不狠心一点好像赚不到钱。"

"谁说的？"

"有个很会做电话营销的同事说的。他说，如果太穷，就没办法为别人做什么。"

他苦涩地想起谷冈的脸。此刻，他正用那与外貌南辕北辙、极尽讨好的声音哄骗着主妇吧！

"意思是为了赚钱可以不择手段？"

"嗯。像这样倒霉的事接二连三，我也会忍不住觉得他说的话是对的。像现在就算想跟你约会，也只能带你来这种地方。"

"不要说那么消极的话。与其用骗来的钱请我去高级餐厅，我觉得在这里吃饭开心多了。"

"那下次我会找个不用骗人的工作。"

"一般工作都不用骗人吧？"晴香笑道，接着忽然低声说，"对了，上次班上的女生找我去做兼职，是新成立的手机公司……"

晴香说了一个最近在电视广告上看到的电信公司名称。

"他们正在招募产品宣传人员。我不想逃课所以拒绝了，但你应该没问题吧？"

"宣传人员？那就是业务员吧，会不会有业绩压力？"

"没有，听说跟销售量无关，时薪一千五百元，还有加班费。"

"可是我又不知道新手机的功能。"

"好像有实习。"

"实习啊……"

修啜饮了一口冰块已经融化的烧酒兑苏打水。

"事后一定会说实习阶段的时薪只有八百，对吧？"

"听说实习期只有一开始的两天，时薪应该不变。"

"是吗，那还不错嘛！"

"我想，那里应该还在招聘，我打电话给她问问看好了。"

晴香正要掏出手机，修却说："今天已经很晚了，明天吧！"

因为喝了酒，修不想谈太复杂的事。他的个性向来如此，对重要的事总喜欢拖延，老是先做些无关紧要的小事。这时也是，内心的欲望突然涌了上来。

离开居酒屋前，修邀晴香去他那里，晴香点了点头。

不知道从何时开始，邀晴香去住处成了一种有暗喻的行为，因为晴香只要一到住处，就会任凭他摆布。一旦有了默契，事情就简单多了，进而也变得缺乏新鲜感。话虽如此，修还不到心生不满的地步，他觉得不啰唆更像成年人的恋爱方式。

"我们……"

晴香从他的臂膀上抬起头时，修就有预感她会说出什么不妙的话来，心头一惊。

"以后会怎么样呢？"

修松了口气："以后的事还不知道，不过，我会永远跟你在一起。"

"嗯，我也希望。"

"什么希望，太不积极了吧！"

"我本来就很软弱嘛！你得好好抓住我才行。"

虽然晴香这番话的用意不明，但简单来说，她是想要表达自己对现状的不安吧！但说到不安，修的不安才更强烈。真要说的话，他反倒希望晴香好好抓住他。

修没有回应，把脸埋进晴香的胸部。

第二天早上，修做了久违的打扫和洗衣工作。虽然不打算放在心上，但晴香昨晚的那番话还是让他耿耿于怀，所以想做点什么来转换心情。这天刚好是个秋高气爽的好天气，修整理好手边的杂务后，心境似乎也不可思议地焕然一新。

他稍微打起精神，趁势上网浏览招聘启事。这时，晴香打电话来。

"昨晚我跟你提的兼职，现在还在招聘呢！"

虽然不知道手机宣传人员是做什么的，不过，总比强行推销的电话营销员好！修说会去面试，晴香先挂了电话，接着发来公司的联络资料。

"听说男性工作人员很少，所以很欢迎你去面试。其他细节你直接打电话去问吧！"

"我不喜欢都是女人的工作单位，不过，现在也不能挑剔了。"

修装作不感兴趣，声音却因为事情进展顺利而变得雀跃。他立刻打电话到公司，接电话的是个活泼的女生。对方说工作地点在池袋，采取轮班制，工作时间八小时，可以领周薪，而且通过申请，似乎也能成为约聘员工。面试是后天下午一点，如果确定录取，就可以立刻上班。

"好！"修挂了电话，用力地伸了个懒腰。

这天晚上，政树打电话来。

"我听峰岸哥说你不干电话营销了？"

"嗯。"修尴尬地回答。

"为什么？薪水不是不错吗？"

"是吗？他说什么实习期间，所以时薪很少。"

"喂，才干一星期你就放弃，本来能赚的也赚不到了。"

"不好意思，还麻烦你介绍给我。"

"没关系啦！你吃饭了吗？"

"还没。"

"那要不要一起去吃烤肉？"

一听到烤肉，修顿时饿了起来。今天一早吃过泡面后，他就没再吃任何东西了。不过，要是吃了烤肉，钱包就会一下子缩水。修犹豫不决，政树似乎察觉到他的担忧，接着说："不用担心钱，我们请客。"

"这样很不好意思啊！"

"不会，反正不是我出钱，是她要请客。"

"她？"

"怜奈啊。她晚上的兼职赚了不少，有钱得很。"

怜奈是政树的女友，修只见过两三次，她不愧是艺人，是个让人眼睛一亮的美女。让没什么交情的怜奈请客，修觉得过意不去，而且以他现在这种精神状态，看他们两个秀恩爱也很不好受。

"谢谢你的好意，不过，还是算了。"

"为什么？别客气嘛！"

政树一再邀请，但修还是以身体不适为由拒绝了，结果只留下对烤肉的执着，以及对政树的羡慕之情。

"你的好心真让我为难啊！"修叹了口气，摸摸饥饿的肚子。

政树一通电话，害得他今晚不想吃泡面了。他走到便利店，买了姜烧便当，就像是为了弥补没吃到烤肉的遗憾。

第二天，为了面试，修一早就去了理发厅，修整过长的头发。付了理发费后，手头就剩不到三万了，但如果做兼职可以领周薪，就撑得下去。他像平时那样乐观地想着，原本一天只抽一包烟，现在一天的烟量也增加了。

"这样应该没问题吧？"修对着镜子自言自语。

虽然派报、电话营销的兼职都搞砸了，但事不过三，他觉得这次肯定会成功。说"觉得"是太乐观了，但凡事都得积极面对才行。

修觉得自己努力的样子实在令人感动，真想让下落不明的父母看看，软弱的父亲就不必说了，凡事粗枝大叶的母亲一定会称赞他的。这么一想，难得的好心情仿佛被蒙上了一层阴霾，他急忙将父母赶出脑海。

傍晚，他正在写简历时，玄关的门铃响了。他以为是推销员，没有理会，结果这回除了粗暴的敲门声，还有一道男声："时枝先生，这里是东都不动产。"

东都不动产是管理这栋公寓的房屋中介公司。

修的身体一阵瑟缩，但他早就想好了对策。

他打开门，门外站着一名穿西装的男子。

"我是债务管理部的荒木。"男人年约三十五岁，眼神锐利。

"是房租的事，对吧？"

修自以为先发制人地说，荒木点点头。

"支付期限是今天吧？"

"说是今天，但现在已经五点了，银行那里还没有收到钱。难道你要等一下亲自送去公司吗？如果是这样，我现在就可以代收。"

"钱还没——"

"意思是今天没办法付清？"

"嗯，是的。"修含糊其词。

"那请你现在把东西收一收，明天搬出去。"荒木面无表情地说。

"不行。房租我一定会付，请再等一阵子。"

"不就等你到今天了吗？事前也通知过要解约了。"

"可是，"修从丹田使劲，他认为这是关键时刻，"我问过房屋中介人士，他们说房客受到《租地租屋法》的保障，房东不能单方面解约。"

"所以呢？"

荒木的表情完全没变，修狼狈了。

"也就是说，我没有必要搬走。"

"哈哈！"荒木笑了。

"有什么好笑的？就算你欺负我不懂法律，想要把我赶出去——"

荒木抬手制止修说下去："我们基于方便，使用'租赁'这个字眼，但准确地说，这并不是租赁契约。"

"什么意思？"

"你知道我们这里是会员制吧，搬进来的时候要加入会员，也缴过年费，对吧？"

"怎么了吗？"

"我们只是提供房间给会员，并不适用《租地租屋法》，所以才不需要押金、礼金，还附空调、微波炉、洗衣机等设备。如果是正式的租赁契约，就不能附这些设备。也就是说，这里的房客是没有租屋权的。"

"租屋权是什么意思？我实际上不就住在这里吗？"

"你好像还是不懂，那我简单说明一下。虽然你住在这里是事实，但根据我们的契约，这就跟你住饭店没什么两样。你知道住饭店不付钱会有什么后果吧？"

"可是你现在才告诉我是这种契约——"

"不是现在才说的，一开始契约书上就写得明明白白。"荒木从怀里掏出契约书，指着背面犹如芝麻粒般密密麻麻的文字说，"有什么话可以上法院说，不过，你没有胜算的。"

"我不想打官司，只是希望房租能再宽限一阵子。"

"这件事既然转到我的部门来，现在就不是可以讨价还价的时候了。我想拜托你——时枝先生的，就只有最迟在明天下午前搬走，以及尽快付清上个月和这个月的房租，以上这两点。"

修想要反驳，但除了从井尻那里现学现卖，他没有任何法律知识，就连《租地租屋法》他都不太清楚。修眼睛朝上瞪着荒木："如果我不搬走会怎么样？"

"虽然我不想动粗，但只能强制迁离了。明天上午我还会过来，在那之前请把东西收拾好。"

"可我也没有别的地方可以去啊！"

"不付房租的人都这么说。可是只要走出去，总是有地方去的。"

荒木冷冷地说完便转身离去。

上午的干劲消失无踪，修的情绪瞬间跌落谷底。照这样下去，他肯定会被赶出住处，要想不被赶出去，只能在荒木明天来以前设法弄到钱，但不管怎么想，他都不可能筹到这笔钱。看样子只能收拾东西滚蛋了。修看着刚打扫完的房间，不舍的情绪顿时涌了上来。

尽管横竖都要被赶走，他还是想赖到最后一刻。荒木说的强制迁离可能只是吓唬人的，会在电视上播广告宣传的房屋中介公司对付区区一个年轻人，有可能如此赶尽杀绝吗？如果他继续耍赖，对方或许会让步吧！到了这步田地还如此乐观，修对自己哭笑不得，但他确实连打包的力气也没有。

修什么都没做，就这样到了晚上。

晴香打电话来时，修好想告诉她自己现在的状况，可是随便说出口，不但会让晴香担心，还可能让她以为自己在向她讨钱。

"明天的面试加油哟！"晴香以开朗的声音说。

"嗯，我会加油。"

"我有预感，这次的工作一定会顺利。"

"是吗？希望如此。"

修随口应和着，挂了电话。一想到面试的事，他就越发忧郁。

如果明天能把荒木赶回去就好了。可万一赶不走呢？他可不想慌慌张张地搬出家当，再赶去面试。要是碰上最糟糕的情况，得去投靠雄介，也最好先跟他说一声。

"你不嫌弃的话，什么时候过来都可以。不过，没有浴室这一点，也只能请你忍耐了。"修打电话说明状况，雄介好心地说。

"只有一阵子而已，没关系的。等我做兼职赚到钱，会马上找新的住处搬出去。"

"万一明天真的得搬家，你要怎么办？不用我帮忙吗？"

"你要上课吧？不用勉强，而且也不一定真的会被赶走。"

"可是那个房屋中介公司的人上午就会去吧？"

"对啊，之后我还得去面试，真是烦死了！"

"就是说嘛。如果是我，可能会开溜呢！"

"对了，"修仰起头，"还有这一招！早早就出门，直接去面试就行了！"

"你是说，不理会房屋中介公司？"

"对。如果我不在，他也不能强制迁离之类的吧？"

"是这样没错，可是对方不会生气吗？"

"谁管他生不生气？以什么不用押金礼金的甜言蜜语骗人签下欺诈一样的契约，跟这种人有什么信用好讲？"

这天晚上，修把闹钟设在七点后上床睡觉。他不知道荒木打算几点过来，但再怎么早，也不可能八点前就找上门吧！八点离开住处，在午后一点的面试以前，他随便找个地方打发时间就行了。

暂时找到解决之道后，修松了一口气，但即使明天就这样躲过了，荒木还是会再上门来吧！

"船到桥头自然直。"修这么告诉自己，但或许因为不安，他辗转难眠。等他的眼皮总算变得沉重，窗外的天色也开始泛白。

哔哔、哔哔，闹钟响了。

修早就学会如何闭着眼睛把手伸到枕边按掉闹钟，但是闹铃很快又响了起来。摸到闹钟一按，他发现开关早就缩回去了。那闹铃怎么会响？睡迷糊的脑袋渐渐清醒过来，他这才发现响个不停的不是闹钟，而是玄关的门铃。

修大吃一惊，从床上跳起来。闹钟第一次响起后，他又眯了一会儿，没想到已经九点了。

"完了！"修忍不住叹息。

这时，门铃又响了。他没想到荒木会这么早出现。他想假装不在，但一直屏声敛息地躲到荒木离开实在累人，而且对方也不会那么轻易就放弃吧！

修下定决心，打开大门。当下他一阵错愕。站在门外的是穿着邮局制服的邮差。

"挂号信，请签名。"

他以为又是房屋中介公司寄来的东西，信封上却写着信用卡公司的名称。修完全摸不着头绪，开封后才知道里面装的是信用卡。他把做电话营销兼职时被逼着办了信用卡这件事忘得一干二净。

修的胸口渐渐升起一种预感，他激动起来，急忙打开跟信用卡一起寄来的文件，上头写着"信用额度"几个字，刷卡、预借现金的总额是十五万元。

"十五万，意思是——"修咽下口水。

这是他第一次办信用卡，还不太了解细节，不过，预借现金的意思就是可以用这张卡借钱吧！

修把卡片塞进运动服的口袋里，就这样出门了。他跑进附近的便利店，把卡片插进提款机里。在屏幕上选了"预借现金"，输入密码后，果真出现了输入借款金额的画面。

真的会有钱冒出来吗？这感觉就像在顺手牵羊，修的心脏狂跳不已。他本来打算先输入一万元试试，但又想到万一因为某些理由，只能取出一万元就糟了，于是毅然决然地输入十五万元。按下画面上的数字键时，修的手指微微颤抖。接下来是选择还款方式，他一头雾水地按下了循环付款。

修咽着口水，盯着提款机看。机器里传出"哗啦啦"的数钞声，接着明细和卡片吐了出来，取钞口冒出一沓崭新的钞票。

太好了！修在心里喊着，把卡片和钞票收进口袋，急忙离开便利店。

他回到房间一数，十五张万元钞票一张不少，加上手上的钱，总共有十七万多。荒木要求他付清上个月和这个月的房租，但加上管理费，顶多十三万元就够了。

修又站又坐地在房里来回踱步，一想到不必离开这里，他就开心得要命。这下子不必去雄介那儿寄人篱下了。他拿起手机想告诉雄介这件事。虽然没必要一早就打电话，但他无法克制地想与人分享。

"总之，太好了！晚上再告诉我详情吧！"好像已经开始上课了，雄介放低声量。

"嗯，付完房租还有富余！晚上要不要去喝一杯？"

修知道不该得意忘形，但这天上掉下来的礼物还是让他兴奋不已。他又走向便利店，买了个便当。手上一有钱，今天就不想再吃泡面了。修吃完早饭，刮好胡子，又冲了个澡。就像晴香说的，他觉得今天的面试一定会顺利。

十一点左右，东都不动产的荒木来了，还带了个穿工作服的年轻男人，看来强制迁离不是说说而已。

"搞什么，东西都没收啊！"荒木从玄关窥看室内，蹙起眉头。

修露出笑容说："其实我筹到房租了。"

"这样啊，"荒木不感兴趣地回应，"我昨天说过，有上个月和这个月的份，都付得出来吗？"

修点点头，荒木从皮包里拿出账单。金额就如同先前所想的，十三万元就够了。

荒木收了钱，开了收据，扫视房间说："好了，剩下的就是复原费。"

修纳闷地说："什么复原费？"

"你真的完全没看契约啊？就是将房间弄脏或破损的部分复原所需的费用。契约上写着离开时必须支付。"

"离开？我已经付了房租，没必要离开吧？"

"昨天没收到钱，契约就已经终止了。无论如何你都只能离开这里，所以我才叫你收拾行李啊！"

"怎么会这样……我把房租都付了，这不是太过分了吗？"

"付房租是天经地义的事吧？还是你打算被赶出这里后，就躲起来不付欠缴的房租了？"

"我不是那个意思。"

"对吧？那就没有问题了。进来吧！"荒木抬了抬下巴，穿工作服的男人走进房内。

"喂，别随便进别人家！"修粗声说道。

荒木却苦笑着回应："这里已经不是你的房间了。新的房客也签约了，擅自赖在这里不走的是你。"

"这太岂有此理了！"

"哪里岂有此理了？我们公司可没有闲钱让你这种契约终止的房客在房里赖上好几天。"

穿工作服的男子在房里仔细地四处查看，在文件上做着记录。

修重重地叹了口气："好吧！"

眼前的这一幕实在令人目瞪口呆，他不想再僵持下去了。

收了房租还叫人滚蛋，这种房东真让人难以置信。修不知道复原费要多少，只打算付了钱就快快搬走。

"我走就是了。这种烂地方，求我我还不想住呢！"

"那就多谢了！"荒木以一副早已习惯这种对话的表情笑着说。

让人气恼的沉默持续了半晌，修暴躁不安，不停地抽烟。很快，穿工作服的男子回到玄关，把文件交给荒木。

"哎呀，污损得挺严重的呢！"荒木看着文件皱起眉头，"我看看。空调拆洗费一万五千元，卫浴排水口清洁费五千元，燃气灶清洁费三千元，抽油烟机清洁费五千元。地板有四处磨损需要修补，两万元。壁纸全面更换，八万元。再加上基本清扫费，两万五千元，合计十五万三千元。"

"什么？"修哑然失声，"怎么要那么多钱？"

"不必故作惊讶，好像我们提出的是什么不合理的要求似的。契约上一开始就写得清清楚楚，离开时必须支付复原费，也因为这样，才会不用押金和礼金。你一定也会推说不知道吧？"

"我不会找理由推托，可是……"修点燃新的香烟，"我真的不知道今天就得搬走，而且这个金额也太离谱了吧？壁纸有必要重贴吗？"

"我从刚才就一直看着，你是个大烟枪，对吧？"

"今天只是碰巧抽得比较多。"

"别睁眼说瞎话了！墙壁和天花板都被烟熏黄了。"

"明明一开始就是那种颜色。"

"只是抽烟的人自己没发现而已，要不然给你看看其他房间的壁纸颜色怎么样？"

"可是你们怎么知道我搬进来的时候是什么颜色？地板的损伤，我也完全没印象，说不定从一开始就有了。"

"如果从一开始就有问题，你得提出一份叫'入住时房屋损伤确认单'的文件！"

"那个入住时的什么文件，是什么跟什么啊？"修一边叹气，一边从嘴里吐出烟来。

"就是搬进来的时候声明这里脏了、那里坏了的文件！只要你提出来，就知道地板上的痕迹是一开始就有的还是事后造成的了。"

"搬进来时谁会看得那么仔细，而且上一个住户搬走时，你们不是检查过了吗？"

"没错，这里在租给你时没有任何损伤，所以你搬走时发现的脏污和损伤都算你的责任。"

"随便！"修哼了哼鼻子，"管它十五万还是二十万，随便你怎么开价都行，反正我就要被赶走了，我才不付钱呢！"

"那样的话，会给你的父母造成困扰的！"

"我爸妈早就下落不明，害得我也被大学开除。"

"那你现在在上班？"

"没有，前阵子刚被做兼职的地方开除，现在是无业游民。"

修把香烟捻灭在烟灰缸里，装作若无其事地拿杂志盖住桌上的简历。说不定荒木会冲到他做兼职的地方讨债。

"离开这里之后，我也会下落不明，让你们一毛钱都拿不到，这样没关系吗？"

荒木和穿工作服的男子对望。两人走出玄关，在走廊上商议起来。修在内心嗤笑着，如果拿不到钱，就不能随便把人赶走了吧？早知如此，那两个月的房租也不该付的。

十分钟过去了，荒木和穿工作服的男子好像还在讨论，没有回来。

修看看手机上的时间，不知不觉已经十二点多了。

"不妙！"修急忙披上夹克。

到公司的所在地池袋，要在新宿换电车，总共需要四十分钟，如果不立刻出发，就赶不上一点的面试了。他把门锁上，迅速离开房间。走廊上的两人用狐疑的眼神看着他。

"我有重要的事要处理，不走就来不及了！"

"喂喂喂，事情还没谈完呢！复原费，你打算怎么办？"荒木噘起嘴巴。

修在走廊上踏着步说："就说我现在没钱了。"

"这样我很为难，你今天就得搬走。"

"没办法就是没办法。"

荒木叹了口气，附耳对穿工作服的男子不知道说了些什么。

"抱歉，我赶时间。"修强硬地推开两人，头也不回地跑了出去。

背后传来荒木的叫声，但修不理会，快步冲下楼梯。

"活该！"修边跑边痛快地喊着。从昨天开始，他就像被荒木压在地上打似的，现在总算能报一箭之仇，爽快极了！

电车抵达池袋车站时已经十二点五十分了。

因为睡眠不足，修在车上不小心打起盹来，差点坐过站，幸好在发车前冲出月台。他全力跑出车站，只花了五分钟就来到面试公司所在的大楼。

修气喘吁吁地跳进电梯，电梯里有个年轻女子，手上拿着像是装着简历的信封。她也要去面试吗？修不经意地把手伸到胸前的口袋，然而里面只有香烟；他接着摸索屁股口袋，却只有皮夹薄薄的触感。

没有简历！一阵寒意爬上修的背脊。仔细想想，他根本就没带简历出门。因为怕荒木看到桌上的简历，他就用杂志遮着，结果就忘了。

抵达公司所在的楼层，电梯门打开，年轻女子走出电梯，修却动弹不得。面试没带简历，怎么想都觉得不妙，可是没时间再重写一份了。两手空空地上阵，只会沦为笑柄。

就在他不知所措时，电梯门关上了，往下移动。抵达一楼时，门再次打开，手机上的时间正好一点整。即使现在回公司，他也没有简历，而且迟到了。

"完全出局了。"

修摇摇晃晃地离开大楼，折回来时的路。

失望的情绪重重地压在他肩上。难得的好机会，却因为再普通不过的失误而化为泡影。就算再怎么慌忙，面试时忘了带简历未免太不像话了。如果晴香问起面试结果，他该怎么回答？他实在无法照实说出自己忘了带简历，就这样打道回府。只要说面试没成功就行了，不过这是晴香朋友介绍的兼职，他面试爽约的事也可能会传到晴香耳里。去面试的途中突然肚子痛、在路上被小混混找碴儿，他想到的净是些缺乏真实性的借口。与荒木起争执所以面试迟到是最有说服力又真实的说法，但是这么说又会惹晴香担心吧！

到了车站正准备买票时，修的手忽然停了下来。他本来打算回住处的，可是这么早回去，万一荒木再找上门怎么办？最好找个地方打发时间，晚上再回去。

六点多，修搭上回程电车。

碰上下班高峰期，车厢里挤得水泄不通。一早的疲劳一口气涌了上来，握吊环的手使不上力，他真想不顾周围的眼光，一屁股坐下来席地休息。

放弃面试，离开公司大楼是一点的事，修等于在池袋街上闲晃了五个小时之久。他在快餐店用餐，在书店站着翻漫画，在游戏厅打电动，尽量不花钱，等待时间过去。时间这玩意儿需要的时候很短暂，不需要的时候却长得令人厌烦。已经是毫无斩获的一天了，他还累得半死，让人恼火。

修现在才觉得自己还是应该硬着头皮去面试的，可以说不小心把简历弄丢了，请对方给他一个自我介绍的机会；如果觉得进公司很丢脸，打个电话通知也行。对方知道自己要去面试，所以就算自己忘了带简历，还是该联络一下的。事到如今，后悔也无济于事。不过，辜负晴香的期待，还是让修感到难过。晴香傍晚打过电话找他，在他想面试爽约的借口时，铃声就断了。

修抵达公寓时，天色已经完全暗了下来。

尽管不太可能，但修总觉得荒木一定还躲在某处，内心忐忑不安。走到三楼时，他从楼梯平台窥看状况，果然是自己多虑了，昏暗的走廊上根本不见人影。

修放心地舒了一口气，把钥匙插进门锁。然而，钥匙插不进去。他检查钥匙是不是折弯了，也没有发现异状。他胡乱地插了好几次钥匙，发现门锁是全新的，这才理解出了什么事，额头冒出冷汗。他不在的时候，门锁被换掉了。

"开什么玩笑！"修吼道，双手抓住门把手使劲地摇晃，不锈钢门却纹丝不动。撞门应该也是白费力气，而且他不懂用铁丝开锁这类小伎俩。

没有方法进去吗？修压抑心中的焦急，集中思绪。

门旁就是浴室窗户，但窗口非常小，还嵌有铝条。靠马路的那一侧有扇大窗户，可是这里是三楼。从其他房间爬阳台或许进得去，但万一被人看到会惊动警察的。

修走投无路，在走廊上蹲了下来。他不该随便离开房间的，没料到荒木会使出这种手段。这样下去别说住的地方，他连换洗衣物都没有，既然如此，也只能和荒木谈判，请他把家当物归原主了。

修从口袋里掏出手机，打电话到东都不动产，再转接债务管理部。幸好荒木还在公司。

"哎呀，现在才回来？"荒木在电话另一头嘲弄地说，"怎么了？你不是要下落不明吗？"

恶毒的言辞让修火冒三丈，但就算反驳也无济于事。

"对不起，我会马上离开。请把门打开。"

"开门干什么？"

"我只想拿回我的东西，东西收好我就走。"

"你的东西已经不在那里了，收到我们的仓库里了。垃圾一堆，整理得累死了。"

"太过分了吧？"修声音沙哑地吼道，"趁人家不在擅自更换门锁，还把东西都搬走！"

"哪里过分了？是你谈到一半先开溜的，我们只好采取非常手段。"

"总之，先把东西还我，钱我一定会付。"

"反了吧？"荒木嗤之以鼻，"你付了钱，我们再把东西还你。把钱还清之前，你的东西就抵押在这里，万一你又像今天这样搞失踪，公司就没办法把钱拿回来了。"

"我不会再搞失踪了，之后会住朋友那里。我把那里的住址告诉你们，所以把我的东西——"

"这种不稳定的状况，我没办法相信。等你筹到钱再联络吧！"

"连换洗的衣服都没有，我怎么赚钱？"

"谁知道呢？你还这么年轻，到处都有工作可以做。对了，除了复原费，还有物品清运费和保管费，所以你的账单现在超过二十万了。"

"哈！"修笑道。

听见荒木这样狮子大开口，他觉得再计较也可笑。

"东西的保管费会越积越多，你最好快点付钱！"

荒木像打落水狗似的又补了一句，修突然觉得一阵眩晕。

"他妈的！都送给你，我不要了！"他恶狠狠地骂道，随即挂上电话。骂完的当下浑身舒畅，但眼前很快便一片漆黑。这下子除非筹出钱来，否则东西不可能拿得回来。虽然除了电脑，没有半样值钱货，但那些东西仍是修仅有的财产。往后该怎么生活才好？又要怎么向晴香交代？

修盯着房门口，呆呆地望着眼前这个已经住惯的地方。

5

修满怀惆怅地走进录像带出租店。

"要去喝一杯，对吧？我快下班了，再等一下！"雄介露出笑容。

修这才想起今早邀雄介去喝酒的事。

"嗯，酒还是要喝，可是我有事要跟你商量。"

"什么事？"

"其实，"修搔搔头说，"从今晚开始，可以让我住你那里吗？"

"啊？"雄介仰起肥胖的身子，"你早上不是说筹到钱了吗？"

"钱是筹到了，可是后来发生了很多事。"

修叹息着说出今天发生的事。

"那个房屋中介商太过分了。"雄介皱起眉头，"好，在你找到住处之前，先到我那里吧！"

"不好意思啊！"

"没事！反正我一个人也住腻了，你来陪我刚好。"

雄介兼职下班以后，他们先去了居酒屋，又去了酒吧。两边都是修付的钱。明知自己没有本钱请人喝酒，但之后就要麻烦雄介照顾，他想趁着还有点钱时先表达谢意。

"纪念成为无壳蜗牛！"

虽然情绪嗨了起来，但修惦记着账单，所以尽管喝了不少，却没有半点醉意。

深夜抵达雄介住的公寓时，修只剩下酒醒后的倦怠感。

亮着灯泡的昏暗玄关旁挂着块字迹拙劣的手写广告牌：松木城。据说房东姓松木，但这栋木造灰泥的二层楼建筑怎么看都应该叫"××庄"才合适。

在玄关前的木地板走廊上，要先把鞋脱掉。虽然这里设有鞋柜，但听说鞋子不收进房间会被偷走，所以鞋柜里没有半双鞋。雄介的房间在二楼，必须提着鞋子上去，非常麻烦。

"谁会偷鞋子啊？"上楼梯时修问道。

"不知道，有可能是外面的人，也有可能是住户。"

"居然会偷别人鞋子，这里住的是些什么人啊？"

"嘘！"雄介竖起食指，"墙壁很薄，说话小声点。"

二楼有三间房，雄介住的是最里面的那间。

打开仿佛轻轻一敲就会破掉的三合板门，迎面就是厨房。与其说是厨房，更像是设置了燃气灶和流理台的玄关。紧挨着流理台的是铺了榻榻米的房间，不过四张半榻榻米，床铺就占了将近一半的空间。床铺旁边的窗户外只有小小的扶手，连阳台都没有。

修来过雄介的住处几次，但重新审视时才发觉这里实在狭小。虽然这里是找到下一个住处前暂时的栖身之处，但一想到两个大男人要挤在这种地方生活，修还是感到不寒而栗。但光是雄介肯收留，他就该感谢了，不能奢望太多。

"刚才我说过，"雄介小声说，"住在隔壁的女人非常神经质，只要声音大一点，她就会跑来抗议。"

"怎么不给她点颜色瞧瞧？要不然我帮你——"

"不要这样。房东奶奶很好，可是她老公很啰唆。万一发现我让你住在这里，我们两个都会被赶出去的。"

"那样也很麻烦。可是会不会就是她偷的鞋子啊？"

"不知道，还有几个人也很可疑。"雄介叹了口气，"对了，睡的地方，你睡床上，可以吧？"

"我突然跑来，不能那么厚脸皮。我睡榻榻米就行了。"

"那儿有我妈来过夜时用的寝具。"

雄介从壁橱里拖出薄薄的被褥。

修借了雄介的运动服当睡衣，但尺寸太大，穿上时松松垮垮的。平常的话，他早就"肥仔""胖子"地调侃起来，但现在他不敢吭声。

修躺在被子上，用手肘撑着头说："这种怀旧的老公寓也很有情调，不错嘛！"不是奉承，他觉得这话是说给自己听的。

"你说房租多少？"

"三万。"

雄介很快就熄了灯，躺到床上。

"真便宜。下回我就不要勉强了，也来租这样的。"

"可是跟你以前住的大厦比起来，非常不方便。"

"没问题的，我这个人适应力很强。"

"的确，你真的很冷静！换成是我，早就沮丧得振作不起来了。"

"我一点都不冷静，只是惨到这种地步反而看开了。一切都得从头来过。"

"东西不用拿回来吗？"

"我是想拿回来，可是如果得付超过二十万，还是买新的更便宜吧！"

"你的话，马上就可以赚到。"

"希望如此吧！"

被雄介这种老好人安慰，修的心里有些不是滋味。自己已经沦落到需要雄介安慰的地步了吗？修忍不住胡乱想着。翻身仰躺，天花板上的木纹清晰可见。房间里连站立的空间也没有，但单看天花板，却仿佛睡在日式旅馆里一样，他总觉得好笑。

"像这样盖着被子聊天，感觉好像外出旅行啊！"修笑道。但雄介已经睡着了。

第二天早上，修被雄介摇醒。他看看时钟，才八点半，还以为发生了什么事，原来是雄介要去学校。雄介是大学生，去学校理所当然，但自己已经不再是学生了，修不明白他为什么要叫醒自己。

"我也想过不要吵你，可是一个人吃饭过意不去。"

修从枕头上抬起头来，闻到一阵饭香。房间角落里，从折扣商店买回来的老旧电饭锅正冒着蒸气。

"好厉害，你自己煮饭？"

"早上还是吃刚煮好的饭最好。"

雄介还做了味噌汤和煎蛋，他说米是母亲从老家寄来的。

很久没有吃到这么像样的早餐了，修连添了三碗饭。

雄介迅速洗好碗盘，仔细地向修说明电视和录放机遥控器分别是哪一个，卷筒卫生纸和纸巾的补充品在壁橱里，泡面放在流理台上，以及燃气灶不易点燃，要小心燃气泄漏等注意事项。

"然后是洗澡，附近的澡堂最近倒闭了，走得到的地方就只有投币式淋浴间。"

"投币式淋浴间？"

"投一百元，就会有五分钟热水。也就是投两百元，可以冲十分钟的澡。"

"那时间到了会怎样？"

"水会停掉。所以最好一开始先洗身体。"

"投币式淋浴间，我第一次听说。都是些什么人在用啊？"修也不反省自己，这么问道。

"家附近没有澡堂的人、想要省钱的人，或是不喜欢去澡堂的外国人吧！"

雄介在传单背面画了去往投币式淋浴间的地图。毛巾和肥皂好像要自己带，事到如今，修又怨恨起这里没有浴室，但他没有资格抱怨。

至于房间钥匙，修今天得去配一把备份的。

雄介站了起来，修微微地低头向他行礼："给你添麻烦了！"

"死党有难，帮这点忙是应该的。"

雄介天真的笑容让修忍不住眼眶一热，但他不想表现得软弱。

等到房里只剩自己一人时，修的心情瞬间跌落谷底。衣服、内衣裤、电脑、游戏机、录放机、音响，甚至连房间都失去了，仅剩的家当就只有这身衣服、皮夹和手机。皮夹里有健保卡、信用卡和提款卡，健保卡还在是不幸中的大幸，但信用卡和提款卡已经毫无用处，存款当然是零。手头的钱因为昨晚的挥霍，只剩四万元不到，必须在这笔钱用完之前找到兼职或全职工作，赶快逃离这里。

昨天以前，修的目标还是设法筹到房租，想不到一个晚上过去，门槛变得更高了。他觉得这阵子发生了好多事，但从父母下落不明、被大学开除学籍到现在，也才过了一个月而已。修完全无法想象，这么短的时间内竟会发生如此剧烈的变化。是哪一步走错了？尽管他努力回溯，还是毫无头绪。他自认已经很努力了，但每次的付出都适得其反。追究起来，都是不汇生活费就突然失踪的父母不好，是不缴学费就立刻开除学生的大学不好，是不肯照约定发薪水的老板不好，是迟缴房租就拿房客当要挟、把人赶出住处的东都不动产不好。总归一句话，都是他自己的运气不好。

修躺在陌生的房间里诅咒自己，心情越发阴沉。他想立刻着手找兼职，但雄介家没有电脑。没办法，他只好掏出手机，却看见晴香发来的短信。

"你为什么没去面试？"

只有寥寥几字，但晴香不打电话而是发短信，表示她生气了。应该是听在那儿做兼职的同学说的吧！

都到这种时候了，修不想把晴香的心情搞坏，但自己现在可是被逼到无家可归、穷途末路了。他甚至想豁出去，破口大骂："你要怪我就怪吧！"

修趁着学校午休时间，拨了通电话给晴香。这次他不想再找借口粉饰太平，而是直接据实以告。不出所料，晴香对他没去面试的事相当生气，但一听到他被赶出公寓，惊讶得说不出话来。

"你接下来打算怎么办？"

"目前暂时借住朋友家，我会马上振作起来的。"

"那就好……"晴香的语气听起来没什么把握。

自己拼了命地故作开朗，晴香却意志消沉，害他都提不起劲来。

修重新振作起精神说："等你下课再碰面吧！"

"可是我今天还有课题作业要写……"

"你就不担心我吗？"话才到了嘴边，修又吞了回去。

"好吧，那先拜了。"

他笑着挂断电话，对到了这步田地还得顾虑对方的心情感到愤愤不平。

为了散心，修到车站前打备份钥匙，顺便在量贩店买了换洗的衬衫、牛仔裤、内衣裤和袜子。他已经将就地挑选便宜货了，但皮夹里的钱还是转眼就只剩三万多元。或许是天气好的缘故，买完东西后他满身是汗。

修先回住处，然后拿着雄介画的地图按图索骥，前往投币式淋浴间。

老旧的投币式洗衣店里有三个淋浴间。他打开门一看，里头有狭窄的脱衣处和折叠式玻璃门，推开玻璃门才是淋浴的地方。或许因为水垢累积，淋浴间里有股下水道般的恶臭，地板也湿湿黏黏的。修忍不住想掉头就走，但又觉得总比不冲澡浑身汗臭来得好。他往脱衣处旁的投币口投了三枚百元硬币，准备冲澡。

虽然可以冲上十五分钟的热水，但因为没有地方显示剩余时间，修觉得热水随时会停，他洗得相当紧张。可能是因为洗得太匆忙，身子没有暖和起来，离开投币式淋浴间时，修冷得直打哆嗦，脖子也凉飕飕的，还连打了好几个喷嚏。

好像快感冒了。他急忙回到房间，穿上雄介的运动服，用手机浏览招聘信息。他看着看着，身体渐渐倦怠起来。

"这下糟了。"

修扔下手机，躺在床上。

手机的振动声吵醒了修。

窗外的天色渐暗，他似乎已经睡了一段时间。

是晴香打来的。

"我想现在过去……"

身体好像比睡前更沉重了，但修还是急忙出门迎接。

晴香一到公寓，就瞪圆了眼睛。

"我第一次看到要在入口处脱鞋的公寓。"

"我也是。"

进到雄介的房间后，晴香的眼睛瞪得更大了。

"这么小，住得下两个人吗？"

"可以啊，如果是跟你一起，更小的房间都没问题。"

修笑闹着把嘴唇凑上去。

"不可以在别人家做这种事。"

晴香摇头闪避，接着递出纸袋。纸袋里装着T恤和袜子。

"你没有可以替换的衣服吧？"

衬衫和袜子，修已经买了，但这种东西不嫌多。

"本来想帮你买内裤，可是太丢脸了，我买不了。"

"谢谢你。"修垂下视线。

晴香果然在为他担心。白天打电话时自己却生她的气，真是太对不起她了。

这时，门忽然开了，修吓了一跳。

"咦，我打扰到两位了吗？"

政树从门口探进头来，雄介也跟在背后，两人都提着超市的购物袋。

"我今天提早下班。"雄介说，"政树说要帮修办场搬家派对，买了很多东西来。"

"搬家派对？我是被赶出来的，有什么好庆祝的？"

"话是这么说没错，但我们觉得你一定很沮丧，想帮你打打气嘛！"

"我又没有沮丧。"

政树接二连三地从购物袋里拿出食物和酒："哎，有什么关系，很久没有聚一聚了，大家一起喝吧！"

雄介负责料理，政树则不停地倒酒。晴香和两人几乎不认识，有些紧张，但也渐渐融入大家。

"修因为晴香长得可爱，都不肯把你介绍给我们呢！"

政树伶牙俐齿地说，逗得晴香发笑。

雄介不愧天天开伙，做了一些媲美居酒屋的小菜。

"雄介好会做菜啊！"晴香佩服地说。

雄介得意忘形，在狭窄得几乎卡住肚子的厨房里秀刀工、耍平底锅，忙得不可开交。

修好像真的感冒了，随着夜色渐浓，他的喉咙开始痛起来，但是看着眼前的三个朋友，他的胸口还是充满了暖意。虽然没工作、没钱、没住处，但自己有两个死党和晴香。只要有他们三个，将来无论碰上什么事都不害怕，他开始这么感觉。

然而，愉快的时光总是转瞬即逝。一过十点，墙壁突然"咚"地一响，窗户玻璃也随之震动。

"不好了。"雄介把食指竖在嘴前低声说，"是隔壁的女人，她在抗议我们太吵了。"

"哪里吵了？根本没出什么声啊！"政树故意说给对方听。

话音刚落，墙壁又"咚"地一响，听起来像是用脚踹的。

"干什么？有事不会说话吗？"政树厉声说道。

雄介小声制止他："不要这样！万一刺激到她会很麻烦的。"

大家只好静静地吃喝起来，但兴致因此大打折扣。

"我宿舍的门禁时间快到了……"

晴香开始洗起碗盘，这场派对也就宣告结束了。

虽然昨晚的派对草草结束了，但在睡着以前，修的心中都充满了幸福感。

然而，一到早上，他却发起高烧，脑浆仿佛要沸腾起来。他被雄介叫醒过一次，但意识模糊，无法从枕头上抬起头来，虽然盖着从壁橱里拿出来的被褥，身体依旧冷得发抖，鼻涕也流个不停。喉咙因为扁桃体肿胀，连吞口水都痛得不得了，完全没有食欲，只能勉强喝水。因为没有体温计，不知道烧到什么程度，不过就算烧得厉害，他也没有去医院的力气。

修昏昏沉沉地睡着了，直到傍晚晴香打电话来。

一听到他沉重的鼻音，晴香立刻送来感冒药。

"到底要害我多担心你才罢休？"

晴香在枕边低声叹息，但修病得没有力气开玩笑逗她。

他用晴香倒的水吃药，这时雄介回来了。

"糟糕，早知道就买别的了。"雄介笑道，从药店的袋子里拿出感冒药。

"对不起，我没先问一声就买了。"晴香说。

"哎哟，没什么好道歉的！"雄介一脸慌乱地挥手说，"比起我的药，晴香，你的药一定更有效。"

"谢谢你啊，雄介。"修说罢，再次倒回被窝里。

这阵子的疲累似乎随着感冒的症状一口气爆发出来。

第二天，流鼻涕变成了严重鼻塞，修不停地吃感冒药，高烧仍旧不退，还外加剧烈咳嗽。第三天，高烧才稍微退了，但他还是咳得很厉害，无法成眠。病倒后的第四天，修总算能够走动，但他仍继续乖乖养病，直到次日早上，身体才完全复原。

修看看镜子里的自己，消瘦的脸上布满了胡茬。因为好几天没洗澡，全身湿湿黏黏，散发阵阵汗臭。修去了投币式淋浴间，仔细清洗过身体后，感觉如获新生，清爽极了。

"你感冒刚好，再休息一下吧？"

虽然雄介这么说，但修觉得不能再一直依赖别人的好意。

因为重感冒痛苦不堪的那段时间，晴香每天都过来看他，替他买需要用的东西。雄介也为他煮稀饭，或是准备冷毛巾，悉心照料他。要想回报两人的心意，他必须尽快找到工作，让生活稳定下来。

修一边这么想着，一边从早到晚不停地查阅招聘杂志和手机上的招聘网站。他虽然干劲十足，却找不到合适的招聘信息。不管全职或兼职，条件好的岗位都需要大学以上学历或相关工作经验，修根本不符合。不过，这也不是最近一两天才知道的事。修明白自己没得挑，但被赶出公寓前的那种紧张和焦躁的感觉早已消失无踪，一旦决定"先做这份兼职好了"，马上又犹豫了起来。

因为先前的一连串失败，修不想再中途受挫。而且除了生活费，他还得赚到租房子的钱，所以一般兼职的薪水根本不够。晴香、雄介和政树一定也期待他这次能成功吧！这么一想，他就更不能轻易妥协了。

小学的时候被问到将来想做什么，修总是回答当医生或律师，也曾说过要当运动员。虽然他对这些工作都不感兴趣，但只要这么回答，父母就会开心。

到了高中，碰到相同的问题，他会回答当美术设计师或程序员。他对这些职业同样不感兴趣，但如果还做出和以前一样的回答，一定会惹来嘲笑，所以他才选择这些听起来还算不错的职业，仅此而已。

到了大学，选项就更少了，这时已经不是思考"想要成为什么"，而是思考"似乎做得来什么"的阶段。

自从被学校开除，修就更没有选择的余地了。但他不想做觉得做得来的工作，也不知道自己究竟想要什么，所以尽管到了这个非下定决心不可的时期，他也还是继续拖延。修以这种心态无所事事地度过了一天又一天。

那天晚上，政树带着女友怜奈过来玩。

"喏，带东西来给你吃了。"

两人刚吃完饭回来，政树递出打包的寿司。

修已经好几年没吃到像样的寿司了。一闻到醋饭的味道，肚子便饿得咕噜咕噜叫，但雄介还没有回来，他不好意思一个人独享。

"好厉害，这年头还有这种公寓啊！"怜奈稀奇地环顾四周。

政树慌忙说："喂，你这样太没礼貌了。"

"我又没有瞧不起的意思，只是觉得稀奇而已。"

怜奈不愧是立志要当女明星的，不仅脸蛋漂亮、打扮不俗，身材更是标致。她待在这屋龄不知道几十年的公寓里，显得完全格格不入。

"的确很罕见呢！我已经习惯了。"修苦笑道。

政树立刻改变话题："你还没有找到工作吗？"

"嗯，没看到什么合适的工作。"

"你还真好意思说！我介绍你做电话营销，你还不是很快就辞职不干了？"

"那个不适合我的个性！"

"唉，世上才没有什么适合自己的工作，我对现在的兼职也有点腻了。"

"你的兼职很有赚头吧？杂志模特不是只要给人拍照就行了吗？"

"才没有外人想的那么轻松呢！这不是可以长久做下去的工作，而且我父母也开始唠叨，叫我准备求职。"政树叹了口气说，"在这方面，你就轻松多了！"

"哪里轻松了？爸妈下落不明，我又被学校开除了，连住处都没了。"

"可是换个角度想，你很自由，不是吗？不必上学，也没有人唠叨你，爱怎么样就怎么样。"

"什么自由？寄人篱下一点都不自由！没有钱，什么事都干不了。"

"你是说寄人篱下不轻松吗？"

"说轻松是很轻松，雄介很会做菜嘛！"

"那太好了，你就这样继续住下去，跟他凑成一对吧！我们可以当你们的媒人。"

"你别闹了！这种破公寓，谁待得下去啊！"

这时，雄介突然走进来，修吓了一跳。

"哟，太太回来了。"政树打趣地说。

雄介微笑道："咦，这是在说什么？"

"政树说我跟你就像一对夫妻！"修板起面孔回道，内心却松了一口气。

政树和怜奈离开后，房里的气氛顿时沉重起来。

雄介连寿司都没怎么吃就上床睡觉了。修虽然不困，但也不好意思一个人醒着，便铺开被子。他拉扯绳子关掉荧光灯，钻进被窝。

"我说修啊，"雄介喃喃地说，"我从前就觉得……"

那阴沉的语气令修不安，他等着下文，但雄介沉默着。

修按捺不住地问："觉得什么？"

"你跟政树在一起的时候，态度就会跟平常不一样呢！"

"咦？"

修内心一惊，从枕头上抬起头来。雄介眼睛盯着天花板说："会突然变得很冷漠，或者说变得很坏。"

"你是说对你吗？"

"嗯。"

"是吗？我自己倒是不觉得……"

"那就算了，我只是这么觉得而已。"

雄介说完就不再开口了。他果然在门外听到他跟政树的对话了，一定是不高兴才会这样说吧！可是这是雄介第一次说这种话。

虽然修没有意识到，但和政树在一起时，两人确实会联手嘲弄雄介。不过他们从一开始就是这样的朋友关系，所以修并没有恶意。或许修是想在政树面前逞强耍帅吧！他之所以会这么做，可能是因为政树在许多方面都让他羡慕。

被老好人雄介说中，修觉得心有不甘，差点陷入自我厌恶。为了甩开这样的情绪，他在被窝里连翻了好几次身。

从那天晚上开始，雄介的态度出现了微妙的转变。

之前大部分家务都由雄介负责。当然，不是修不愿意帮忙，而是雄介总会率先去做，所以修就顺理成章地让他去做了。然而，最近雄介却异于以往，不肯做家务，而修又不是勤于打扫的人，房间自然越来越脏乱。雄介看不下去，低声说："可以麻烦你洗一下碗吗？"

"不好意思，丢一下垃圾，好吗？"

"今天洗一下衣服吧！"

虽然他的口气就像平常一样温和，却带有不容分说的意味。每回被雄介这么一说，修就努力装出轻快的语气说："不好意思！不好意思！我来弄。"然后去做。

修还是一样无所事事，成天窝在房里，所以做家务也算寄宿者应尽的义务吧！虽然他自认并未特别感到不满，但一股污泥般的情绪在心底不断地累积。

"我们之前的关系明明不是这样的。"

对雄介，修一直有种与对政树相反的优越感。对好友有这种感受或许不太自然，但每个人心中都有优越感或自卑感吧！他觉得，就是这些感情糅杂在一起，才塑造出自己对他人的印象。就这个意义而言，雄介是专门被欺负的角色，以相声来比喻，就是被吐槽的笨角。在政树、修与雄介三人的关系中，雄介也有主动扮演这种角色的倾向。

可是现在这种关系已经逐渐逆转。改变的不止雄介一个人，不知不觉间，修变得怯懦，开始看起雄介的脸色。他害怕再这样下去自己会变得越来越卑躬屈膝，要想消弭这种不安，只能尽快找到工作。

虽然事实早就摆在眼前，但可能是一开始冲得太快，修对工作的欲望早已萎靡。寄人篱下的生活也让他的身心变得懒散，证据就是他已经逐渐习惯这四张半榻榻米的生活空间了。

雄介因为要上学和做兼职，只有早上和晚上在家，因此房间的狭小并不令人介意。三餐也是，米多到不用愁，只要不奢侈就不必担心没饭吃。以前只要一天不洗澡，修就浑身难受，最近就算三四天不洗也不以为意，觉得有味道的时候再去投币式淋浴间就行了，况且不去还可以省钱。

"你到底什么时候才开始工作？"晴香受不了地说。

"我就快整理好心情了……"

修用连自己都觉得含糊的借口蒙混，让晴香很不高兴。

晴香一不高兴，修就介意起她的情绪来，无心做其他事。虽然不想转嫁责任，但周围对他越是冷淡，他就越提不起劲来。

这天，他也为了讨晴香欢心，邀她去约会。晴香答应了，但修没有钱，哪里也去不了。如果想讨女友欢心，就算勉强，至少也该请顿饭吧！但收入还没有眉目，自己还欠晴香钱，在这种状况下请她吃饭或许会惹她生气。

寄住雄介家快一个月了。修虽然能省则省，但付了手机费后，手头就只剩两万元了。

傍晚，他去大学前的公园接晴香。

修躲在树下，避免碰上老同学。这时，忽然飘来一股酸臭味，接着一团脏抹布般的东西从他眼前晃过。是许久不见的天蛾人。

都十一月中旬了，天蛾人却还是老样子，浑身披挂着破烂的毛毯。

修啐了一声："脏死了，滚开！"

他自以为说得很小声，天蛾人却慢慢地回过头来，一双赤红充血的眼睛盯着他看。

修急忙别开脸去，那不祥的气息让他背脊发凉。天蛾人一生气眼睛就会变红的传闻应该是胡说八道的，可是每回碰上他总是倒霉连连。尽管修认为那是迷信，但或许是精神状况不佳的缘故，他就是没办法一笑置之。

与晴香约会时气氛一直热络不起来。两人在街上漫无目的地闲晃，修还让她请客吃了汉堡，接着就无事可做。晴香一副想回去的样子，但刚入夜，修不想就此结束。无处可去的他只好把晴香带回雄介的住处。

"雄介真的很了不起！"晴香说完，叹了一口气。

"哪里了不起了？"

"他完全没有拿家里的钱，靠自己赚取生活费，不是吗？"

"就算家里没给钱，还是会寄米啊、吃的给他啊！"

"就算这样还是很了不起啊！自食其力，自己煮饭，甚至还照顾你……"

"我又没有靠他照顾，我只是暂时借住他家，也会帮忙做家务。"

"是吗？"

"你到底在同情谁？雄介有爸妈，还是大学生，还有这个住处，就算迟缴房租也不会被赶出去，倒霉凄惨的人是我才对吧？"

"嗯，是这样没错。"

"那你怎么不多安慰我一点？看到你这么冷淡，我都心灰意冷了。"

"我没有冷淡，只是担心你而已。"

晴香的表情突然变得柔和。修没有放过这个机会，一把搂住她的肩膀。

"不行啦，雄介回来怎么办？"

晴香一如往常地抵抗着，但修一把嘴唇凑上去，她的身子就软了。

两人就这样倒在榻榻米上。

"没关系，他还在做兼职呢！"

自从寄人篱下以来，修就一直没有这样的机会，所以格外急切。

这时，房门"咔嗒咔嗒"地响了起来。修提起裤子。

"王八蛋，有完没完！"

他猛地开门，只见雄介站在门外眨着眼睛。

"啊，你回来了。"修僵硬地微笑。

第二天开始，修认真找起兼职。

昨晚的事让他受够了寄人篱下的日子。虽然习惯邋遢的生活后忍不住就松懈下来了，但住在别人家还是太拘束了。如果就这样妥协，以后只会越来越卑躬屈膝，毫无发展可言。什么样的兼职都好，修只想赚钱，找回自己的生活。他把领日薪、周薪的招聘电话全打了一遍，不管是发纸巾还是清洁工作，什么都不挑。不过，为了减轻交通负担，他集中选择公寓附近的地点。然而，招聘公司不是已经招到人，就是还要等上一段时间才能开始工作，修迟迟问不到面试机会，有些地方甚至以修不是学生为由拒绝了他。

修还是不气馁，继续打电话，终于有地方愿意让他面试了，但是只有一家，总让人觉得不安，于是他又继续打电话。最后他要去面试的是居酒屋外场人员、警卫和拣货员，面试时间刚好错开，哪家录取他就去哪家上班。

最近的一个是后天的警卫面试。

第二天，为了准备面试，修久违地写了简历。他没有告诉晴香和雄介面试的事，打算等到工作后再轻描淡写地告诉他们，让他们大吃一惊。不过是开始做兼职罢了，他们就算知道了也不可能多吃惊，但在修的心中，这是个重大决定。

傍晚时分，他去了投币式淋浴间。明天的面试在上午，他想趁今天先冲个澡。他来到投币式洗衣店前时，政树刚好打电话来。

"你现在在干吗？"政树问。

修不想说出面试的事。

"没干吗，散步啊！"

"你也过得太爽了吧！雄介课题作业写不出来，在那里唉声叹气呢！"

"你们是学生，写课题作业是没办法的事吧！我已经不必努力学习了。"

"也是，可是雄介埋怨说在房间里很难写作业。"

修咽了一下口水："因为我在吗？"

"别误会了，雄介不是讨厌你，不过他说他都等到你睡着后才弄作业。"

"什么意思？我在的时候照常写就行了，干吗那么见外？"

"他是顾虑你啊！一方面你不是学生了，而且如果你在看电视之类的，他也没办法专心吧？"

"那是他的房间，干吗那么客气！"修隐藏内心的情绪，以开朗的语气这么说道，但一股怒意冲上心头。

"你有一个人独处的时间还好，雄介他老是跟你在一起吧？"

"可是他跟我是死党啊！换成是我，我才不会介意呢！如果觉得碍事，叫我出去一下就行了！"

"你也知道雄介不是那种个性。"

"既然不是那种个性，干吗不直接跟我说，跑去跟你抱怨？"

"所以叫你别误会！他叫我绝对不可以跟你说，他会忍耐到你找到兼职搬走为止。"

"用不着他忍耐。好，我今天就搬走！"

"又没人这样说。"政树叹了口气，"我是相信你一定会理解，所以才不顾跟雄介的约定，打电话告诉你的！"

"那你希望我怎么样？"

"我们是好兄弟，我只是希望你多为他着想一点。"

"我为他着想了啊，所以今天——"修差点说出兼职的事，但又觉得空虚，打消了念头，"好了，我知道你的意思。以后我会注意。"

"不好意思！跟你说这些。那你暂时先不要跟雄介说——"

"我不会说的！抱歉让你担心了。"

修明快地说完后挂上电话，却仿佛当头淋了盆泥水，余味糟透了。他不想去投币式淋浴间了，转身往公寓的方向走去。

他没想到雄介居然承受了那么大的压力，还以为是自己一直在顾及雄介。

先不论雄介那种不敢抱怨的个性，修还是觉得他向政树吐苦水明显是找错对象了。政树也是，修知道他很担心，可是他那种说法是自以为在帮自己和雄介调解吗？

修闷闷不乐地走在傍晚的路上，忽然好想喝一杯。

他已经好一阵子没碰酒了，但是这种时候不来上一杯，实在睡不着觉。

明天一早再去投币式淋浴间就行了，今天还是喝个烂醉，早早上床睡觉最好。万一拖得太晚，雄介恐怕又要抱怨什么了。虽然手头的钱所剩无几，但反正要开始做兼职了，喝一点无所谓吧！就在修接连想着喝酒的借口时，他的脚已经不由自主地往居酒屋的方向走去。

修喝得东倒西歪回到公寓时，已经十点了。虽然烦躁的心情仍未平息，但意识已经模模糊糊，应该睡得着觉。他爬也似的上了楼梯，才来到门前，就听见房里传来女人的笑声。

是谁？修用醉醺醺的脑袋想着，但雄介一向和女人无缘，所以他完全没头绪。好像打扰了人家，他觉得过意不去，但已经不能再喝了，也没地方可去。

修下定决心打开门的瞬间，心脏猛地一跳。房间里的是雄介与晴香。

矮桌上摆满了酒和料理。看到这一幕，修心里那股漆黑的情绪瞬间沸腾。

6

雄介和晴香隔着矮桌对坐。看到修站在玄关前，两人露出尴尬的笑，是一种没能彻底收起的表情。

"哈哈，"修笑了，"我打扰两位啦！"

"你在说什么啊？不要误会了。"晴香摇摇头说。

"才不是什么误会！你们难得聊得这么开心，我只觉得自己是个不速之客。"

"干吗口气那么酸？"

"撇下我一个人，两个人饮酒作乐，这不是更酸吗？"修用下巴指了指摆满酒菜的矮桌。

"不是的！"雄介表情僵硬地说，"这是晴香带来给大家一起吃的。只是你一直不回来，我们先开动而已。"

"连通电话也不打？"

"抱歉，我以为你很快就会回来——"雄介说道。

晴香打断他："你自己还不是喝得烂醉？一个人跑去喝酒，少在那里说些自私自利的话。"

"有什么办法？碰到让我非喝不可的事啊！"

"出了什么事？"

"你自己问雄介。"尽管知道不可以说，但在醉意的催化下，修克制不了自己。接着，他又顺势说了一句："你也是，何必跑去跟政树吐苦水，直接跟我说就好了啊！"

雄介的脸瞬间变得苍白。

"怎么回事？"晴香蹙起眉头。

修靠在玄关门上说："雄介跑去跟政树抱怨，说我赖在这里，让他觉得很麻烦。"

"我又没说麻烦，只是说这样我不方便写作业，而且没有独处的时间。这些我也都忍着，所以——"

"什么叫'我也都'？意思是我不当一回事吗？我现在的确受你照顾，也给你添了很多麻烦。可是我们是死党，我觉得以后再向你报恩就行了，但你背着我偷偷向别人埋怨，这不是让人心寒吗？"

"是我不好！"雄介垂下头说，"可是我并没有在背后偷偷摸摸地埋怨，我和政树都只是担心你而已。"

"原来是这样，那修就没有什么好生气的嘛！"

"哼！"修冷笑一声，"我总算知道你是站在哪一边的了。"

"又不是在谈这个。"晴香深深地叹了口气，"别站在那里，进来说吧！"

修觉得差不多该妥协了，却有股倔强的情绪哽在胸口。

"算了，我现在就走！啊，得先收拾一下东西。"修挤出空洞的笑容，脱下鞋子。他把自己的衣物塞进量贩店的纸袋里。

"欸，你干吗这样？"晴香一脸不耐烦地说。

雄介垂着头，不发一语。

"你说话啊！"晴香拉扯修的衬衫。

修拂开她的手说："啰唆，你们两个继续去恩爱吧！"

"喂，"雄介开口了，"不对的是我，不要迁怒到晴香身上。"

"不用你多管闲事。只是借住一下而已，别装模作样了。"

雄介肥胖的身体一震："你这话太过分了。"

"就是，向雄介道歉！"晴香尖着嗓子说，眼神冰冷得让人毛骨悚然。

看到那种眼神，修的火气也上来了："你烦不烦啊！"

修怒骂时，墙壁另一头又发出"咚"的一声。他觉得连隔壁的女人都在瞧不起他，怒火攻心。"你也烦死了！"修吼道，往墙上回踢过去。

"喂！别这样！"

雄介狼狈的模样让修更不爽，又踹了墙壁一脚。可能是他太用力了，踢出惊人的一声巨响，整个房间也跟着晃动起来。一阵尴尬的寂静笼罩整个屋子。

"我……"晴香开口，"要跟你分手。"

修忍不住倒抽一口气，但也早就料到会有这样的结果。他用丹田使劲，仿佛想压抑内心的不平静。

"哦，是吗？"他以轻松的语气说，"好啊。反正跟我这种连住的地方都没有的男人交往也没什么好处！"

"我不是为了这种理由跟你分手的。"晴香摇着头，但话已出口，就不可能收回了。

"随便什么理由，反正都要分了。谢谢你之前的照顾！"

修把房间的备份钥匙扔还给雄介，提起纸袋，打开玄关门。

雄介站起身来："修，等一下！"

"再见！受你照顾了。"他对雄介挥挥手，用力一摔门。

修慢慢走下楼梯，竖起耳朵留意背后。虽然嘴上说要分手，但晴香会不会追上来？他抱着一丝期待出了公寓，却始终没有脚步声传来。修依依不舍地回头，看到二楼窗户探出一张女人的脸。他以为是晴香，但仔细一看，那不是雄介的房间。从窗户探出头的是隔壁的女人。女人的脸在夜晚也一片苍白，她正嘿嘿地笑个不停。

修来到车站，买了去往新宿的车票。明天的面试地点在新宿，而且他也想去热闹的地方走走。

下了电车，走在东口熙攘的人群中，醉意总算逐渐散去。自己有必要气成那样吗？回雄介住处之前，不但没想过要离开，更料不到会跟晴香闹分手。如果适时罢手，就不必三更半夜漫无目的地在外头游荡了。

现在晴香和雄介正在说些什么呢？一想到这里，修就坐立难安。追根究底，就是因为他们俩亲密地一起吃饭，修才会怒火中烧。这阵子晴香对他一直很冷淡，而且嘴上说是误会，却不断为雄介说话。就算刚才真是误会，就这样分手后也可能成为事实。修开始胡思乱想，嫉妒猛然涌上心头。他很想打电话给晴香，却心存芥蒂，也觉得晴香会主动联络自己。最好先找个地方过夜，看看情况再说。

修来到歌舞伎町。看着五彩缤纷的霓虹灯，他又想喝酒了，但手上只剩下一万五左右。

米兰座附近大楼的网咖招牌上写着"全包厢，夜间优惠套餐一千两百元"，于是他走进大楼。

三楼是店铺，走出电梯，迎面就是柜台。

"欢迎光临。"

褐色头发的员工是个看上去二十七八岁，瘦骨嶙峋的男人，他露出假笑向修行礼。

回北九州岛探看老家的情况时，修曾在狭小的漫咖过夜，不过这是他第一次进入真正的网咖，分不清东西南北。他看着墙上的价目表。

"如果现在开始使用，本店推荐夜间优惠'十小时套餐'。"男员工说。

修看看时钟，十一点，办十小时套餐的话，可以待到早上九点。面试是十点开始，刚刚好。

"那就这个。"修说道。但一听到金额，他就皱起眉头。他以为只要一千两百元，没想到那是五小时的价钱，十小时得花两千四百元。不过，这还是比桑拿或胶囊旅馆[1]便宜，还可以看漫画、玩电动，也有免费饮料吧和淋浴间。

修不情愿地付了钱，员工接着问他要哪种包厢。似乎可以选择包厢的种类，有吸烟／非吸烟、扶手椅／平躺椅等，修不知道哪种更舒服，就选了吸烟区的扶手椅包厢。

店员把夹着账单的夹板交给修，修往包厢走去。

昏暗的店内，是一大排以隔板隔开的包厢，电脑屏幕散发出白光。他按着账单上的号码进入包厢，在扶手椅上坐下。

桌上摆着机型稍嫌老旧的电脑和键盘，墙上挂着耳机。虽说是包厢，但隔板低矮，天花板很高，很容易就可以从外面探头窥看，实在令人无法放松。

上上网，看看漫画，很快就夜深了。因为在饮料吧无论喝多少都不花钱，他喝了太多果汁，觉得有些反胃。非睡不可了，他才闭上眼睛，周围的声音顿时变得刺耳。忙碌的鼠标声、翻漫画的摩擦声、客人睡着的呼吸声和打鼾声，就连店里播放的背景音乐也格外扰人。直到清晨五点多，修才勉强睡着。

---

1. 供晚上加班，赶不上末班车回家的上班族休息补眠的旅馆形态。

睁眼一看,已经快九点了。由于无法伸展手脚,修全身关节僵硬,但显然连冲澡的时间都没了。他离开网咖,把装着换洗衣物的纸袋寄放在新宿车站的投币式置物柜里,在快餐店吃完早餐后匆匆前往面试地点。

面试会场位于一栋商住楼中,负责面试的是五六名中老年男子和一名年近三十的男子。修觉得自己在年龄上有优势,但听完面试官的说明后,他忧郁极了。做警卫工作,就算是兼职人员,也必须先接受四天的实习和体检。实习期间也算薪水,但要实际开始工作之后才能领到。听到这里,修大失所望。

"可是广告上写着日薪。"他提心吊胆地问。

中年面试官苦笑着说:"'日薪'的意思是以日计薪,工作当天就可以领到薪水的是'日领'。连这都不知道,那你一定也不知道做警卫工作需要提供证明文件吧?"

面试官说,必须上交住民卡[1]和身份证明文件,公司会向面试者家人及家人以外的第三者确认,调查面试者过去五年内的经历,因为法律好像禁止五年内有过牢狱以上前科的人担任警卫。

修虽然没有前科,但居无定所,父母又下落不明,根本无望录取。他只说自己会再考虑,就离开了面试会场。

兼职面试还剩下居酒屋外场人员和物流拣货员,两边写的都是日薪,也就是不确定能不能当天领到薪水。即使是领周薪,他手头的钱连一星期都撑不下去吧!

修算算皮夹里的钱,刚好一万两千元。昨天早上明明还有将近两万,怎么只剩下这点了?在有大笔钱进账以前,只能住网咖了。不过,选择十小时夜间套餐,一个晚上就得花掉两千四百元。即使不抽烟,把每天的饮食费压到一千元,一天也得花上三千四百元。所以加上今天,他只能撑过三天。如果改成五小时一千两百元的夜间套餐,加上餐饮费,一天是两千两百元,可以撑上五天,但接下来就只能流落街头了。换句话说,从今天开始的五天内,无论如何都必须找到日领的兼职。

修从投币式置物柜领了东西,回到歌舞伎町,在那里发现一群穿着修身

---

1. 住民卡是日本依市区町村单位制作,登记着该地住户的住址、姓名、生日等资料的文件。若是搬迁,必须办理迁出迁入手续,重新登记。

西装的年轻人走过。从花哨的发型和身上的行头来看，他们似乎是酒吧的男性接待者[1]。除了一个人身穿白色西装，其他人都是一身黑色系西装。穿白西装的男人和一个身材高挑苗条，足以媲美模特的女人，上了停在路边的红色法拉利。

这时，穿西装的男子们齐声喊道："您辛苦了！"同时鞠躬行礼。

红色的法拉利发出隆隆的排气声，从修面前扬长而去。

错身而过的瞬间，修看清了白西装男子的相貌，年龄二十五岁左右。为什么年纪相仿，境遇却如此不同？如果有那辆法拉利价格的百分之一——不，只要有千分之一的钱，他就能渡过眼前的难关了。这对白西装男子而言应该只是零头，反观自己却连这点钱都筹不到，真是凄惨到家了。

中午过后，修在新宿车站东口一带打发时间。他逛折扣商店和家电量贩店，或是看百货公司的表演，站在书店里翻书，走到两腿都僵了。

修不只是无谓地走来走去，他也用手机上网找兼职，但日结的工作机会少之又少。注册型的派遣公司好像也不错，可是得先参加说明会、预约等，缺点是一段时间后才能正式工作。

晴香和雄介在那之后完全和修断了联系。他们明知自己没钱也没地方住，居然漠不关心，实在是岂有此理。修想和晴香复合，但是在那之前他想先和雄介聊聊。要是雄介愿意以原来的态度对待他，他就能立刻脱离这流离失所的生活了。

"你还好吗？快点回来吧！"现在打电话过去，雄介大概会这么说吧！尽管这么想，但不管是雄介也好，晴香也罢，修都想等对方先低头。这么想或许很卑鄙，也让人内疚，但修认为这件事不完全是自己的错，而且他才负气离开就立刻低头求情，实在太没面子了，所以无论如何他都想再坚持一下。

修想到可以向政树探探口风，但他本来答应政树不把从他那里听到的事告诉雄介，最后却失言了。现在如果贸然打电话，反而是自找麻烦。

入夜以后，时间过得越来越慢。

修回到歌舞伎町。走在霓虹灯街道上，饥饿和疲劳让他头昏眼花，但也

---

1. 主要工作是接待客人，靠卖酒抽成。

可能是被酒家和声色场所包围，欲望渐渐浮现。不过，话说回来，如果待在冷清的地方，心情反而会更加沮丧吧！修觉得在这条街会遇到机会，为了遇到机会就必须行动，但他没有半毛钱去采取任何行动。

霓虹灯如洪水般迎面袭来，然而没有钱，就什么店都进不去。

修满脑子不停想着钱，好几次在弹珠店前驻足。只要玩弹珠赢了钱，就可以喝酒、吃美食了，如果赢得够多，也可以不必急着找工作了，但要是输了，处境会比现在更加令人绝望。对了，两个月前他就曾输光过存款，脑袋变得一片空白。修想起当时那种跌入深渊的沮丧心情，这才勉强战胜了诱惑。他以忍耐着没去打弹珠为借口，去牛丼店吃饭，也在便利店买了烟，在游戏厅抽烟打发时间。

夜晚还漫长得很。因为太无聊了，他忍不住玩起夹娃娃机，花两百元夹到不怎么想要的LED钥匙圈。照这样下去，钱只会不断减少。

到了十点，修受不了了，走进昨晚的网咖。如果节省一点，只买五小时一千两百元的夜间套餐，就只能待到凌晨三点。他无可奈何，还是买了十小时的夜间套餐，付了两千四百元，然后冲了澡。盥洗用品又花了他三百元——洗发精、润发乳、毛巾、沐浴乳、海绵的出租服务。

手头的钱转眼只剩下八千多元，不安涌上修的心头。自从被大学开除，他的处境每况愈下，现在或许就是谷底，他实在没办法继续乐观地说服自己危机就是转机。不过，之前都有办法撑过来，今后也总有办法吧！

修靠在扶手椅上，回想过去种种痛苦的体验。

小学四年级蛀牙化脓，他痛得一整晚都睡不着觉；初一那年被不良学生找碴儿，差点演变成霸凌；高三补考时电车坐过站，险些毕不了业；大二时在做兼职的便利店拿错肉包和豆沙包，被流氓纠缠。

修仰望天花板，大大地叹了一口气。

第二天，修又在新宿街头游荡到深夜。

连续走了两天，他的小腿痛得仿佛要抽筋，身体的每个关节都比昨天更僵硬。逛街逛腻了，站在书店里看书也很累。他舍不得花寄物柜的钱，便随身拎着纸袋，但纸袋很重，而且看起来像游民，这一点让他很反感。

坐在米兰座前的广场上，修看着来来往往的人潮，陷入全世界只剩自己一人的孤独。虽然眼前有着多到数不清的人，但他们全是陌生人。如果自己是年轻女孩，或许还会有人上前搭讪，但没有人会去搭讪一个没家没钱又没工作的男人。

　　晴香和雄介到现在都没给修打来电话或发来短信。他原本打算等对方低头，但自己已经没有力气再逞强下去，而且他害怕他们可能真的受够他了。修想了一下借口，然后拨通电话，雄介不安地说："我正在担心你呢！你现在在哪里？"

　　"我在新宿……"

　　雄介预料中的反应让修松了一口气。

　　"我是不是把夹克忘在你家了？黑色的棉外套。"

　　他装出一副为了这件事打电话的口气，但根本没有什么外套。

　　"没印象啊！晚上我再回去找找。"

　　"不好意思，可能是我塞在哪里了。最近晚上越来越冷，没外套有点难过。"

　　"晚上很冷？你睡在哪里？"

　　"歌舞伎町的网咖。可是我没钱了，很快就要露宿街头了。"电话另一头传来雄介倒吸一口气的声音，修接着说，"唉，是我自己要跑出来的，没办法。上次真的对不起。"

　　"不，我也很抱歉。我一直在犹豫要不要打电话给你，又觉得你可能还在生气……"

　　"我没生气！那时候只是喝醉了。"

　　"我等于在向政树说你的坏话，你会生气是理所当然的。"

　　"差不多是时候开口叫我回去了吧。"修心想。

　　但雄介完全没提这件事，只是不停地道歉，修按捺不住了。

　　"我在网咖住了一段时间，总算了解你那里的好了，可是也不能自私地叫你再让我寄住一阵子。"

　　"没那回事！我也希望你回来住，可是……"

　　"怎么了吗？"

　　"隔壁的女人跑去向房东大骂，说我擅自让别人住进来。"

"隔壁的女人？踢墙壁的那个吗？"

那天晚上修恶狠狠地朝墙壁踹了两次，似乎把事情搞砸了。

"你离开的第二天，房东爷爷骂了我好久，说我要是再让别人寄住进来，连我也要一起搬走。"

修忘了掩饰真心话："那我不能去你那里住了？"

"嗯，不好意思……"

"别放在心上！我总有办法过下去的。"修竭尽全力虚张声势。

电话挂断的瞬间，他浑身虚脱。

这两天尽管情况窘迫，修仍不至于紧张，因为他打定主意，真的撑不下去再回去投靠雄介就行了。如今指望落空，修顿时无助起来。如果钱用光以前没有找到兼职，他就真的要流落街头了。既然如此，应该向雄介借件外套的。不，在那之前，他不该那么鲁莽。修懊悔不已，心情更加沮丧。不论是否出自真心，他渐渐开始觉得是自己不好了。既然都向雄介道歉了，他也想顺便向晴香道歉。但把现在的窘境告诉她，简直就像在期待她什么一样，要是真心想道歉，应该等生活更稳定一点再说。修虽然这么想，还是希望晴香多少为自己担心一点；而且如果想破镜重圆，就要越快越好。

修咽着口水听着铃声，电话接通了。

"怎么了？"晴香的声音冷淡。

"我想为上次的事道歉。"

"不用了。"

"那个时候我喝醉了，才忍不住对你——"

晴香打断修的话："不用了，都过去了。"

"都过去了？我们的关系也是吗？"

"因为我说要分手，你也说好啊。"

"就说那个时候我喝醉了。"

"都无所谓了。"

那不带感情的反应令人恼火，但修这时只能委曲求全。

他硬是换了话题："我现在在歌舞伎町。"

"嗯。"

"我在网咖过夜，可是晚上都睡不好，白天也很无聊。"

"所以呢？"

"没什么，不过每天都很辛苦。"

"你很辛苦，是我跟雄介害的吗？"

"我不是那个意思！"

"你听起来就是在兜着圈子骂人。"

"我哪有？"

"明明是自己跑出去的，干吗一副像是我跟雄介把你赶走的样子？"

"等一下！"修的嗓音尖厉起来。尽管知道不可以发火，他仍克制不住嫉妒。

"你从刚才起就一直雄介雄介的，难不成你在跟雄介交往？"

"什么意思？你要道歉，结果又乱想。"

"我不是——"手机没电的警告声冷不防地响起，修慌了手脚，"对不起，因为你突然提分手，我以为你在跟别人交往……"

"不是提分手，是我们已经分手了，不要再打电话来了。"

"喂，你是认真的吗？"修忍不住大叫，电话却断了。他立刻回拨，但屏幕全黑，毫无反应。离开雄介的公寓后，他就忘了给手机充电。

修想去买一次性充电器，却在便利店前停下脚步。就算现在打电话，也只是情绪性的指责，而且他也舍不得花这笔钱。要处理分手，还不得不把钱放在第一顺位，修情何以堪。虽然演变成这种情况是自己的责任，但导火线还是晴香和雄介。晴香说他兜着圈子骂人，但不担心男朋友的女朋友才有问题。晴香或许不把他当成男朋友了，才会摆出那种态度。他回想起刚才的对话，一股漆黑的情绪又在心中翻腾。

"王八蛋，每个人都耍我！"

修忘了双脚的疲惫，大步往前走去。他向时尚养生馆的玻璃墙望去，上面映出一张卑下的年轻男人的脸孔。修认出那是自己，心头一震。

第二天一早就下着雨。

进入十一月下旬后，早晚开始有些寒意，下雨后天气变得更冷。修逛着折扣商店和书店打发时间，看到许多客人早早就披上了大衣。只穿一件衬衫到处晃的他显得很突兀。居无定所的日子已经进入第三天，衬衫也越来越脏，虽然还有可以替换的衣物，但洗衣还是得花钱。

装衣服的纸袋被雨打湿，很多地方都泡软了，万一这时袋底破掉，就真的凄惨到家了。修认为要买就该买皮包，不想去找新的纸袋。

昨晚因为太无聊，他买了十小时的夜间套餐，手头的钱只剩下不到六千元。手机在网咖充过电了，但他已经不想打给晴香了。如果不能靠晴香和雄介，用光这笔钱后就得露宿街头了。

晚上修只吃了碗泡面，然后不断浏览招聘网站。但就连广告举牌、搬家工、晚班的劳力型工作这些他以前不屑一顾的兼职，都得参加实习或说明会。他应征了唯一不需要麻烦手续的发纸巾兼职，但不知道何时才会收到通知。

一早开始修就什么都没吃，到了下午，胃阵阵刺痛了起来。如果有烟还可以排遣饥饿，但昨天他就把最后一根抽掉了。

修懒得在雨中走来走去，就赖坐在百货公司的长椅上，却招来警卫怀疑的眼神。他只能把玩手机，或东张西望地假装等人，明明没有犯罪却感到心虚，连自己都觉得窝囊极了。

雨一停，修便离开百货公司。

太阳就要下山了，到现在都没有接到兼职的通知，明天的收入自然没有着落。这意味着，从今晚开始，他就没办法再继续享受奢侈的十小时夜间套餐了。为了让钱撑到最后一刻，应该选择五小时一千两百元的夜间套餐，或寻找更便宜的网咖。

正当修盘算着该如何度过漫漫长夜时，手机响了。

他扑也似的看了屏幕显示，是政树打来的。

"听说你成了游民？"政树的语气中带着笑意。

"还没沦落到那种地步！"

"明明就是。没有家，不就是不折不扣的游民吗？"

"你要这么说，那或许是吧！"

"我上次打给你，不是为了搞坏你跟雄介的关系！只是雄介很烦恼，我才希望你多为他着想而已，结果却害你成了游民，这不是反效果吗？而且我们不是说好不会告诉雄介的吗，你却……"

政树没完没了地埋怨着，听起来就像在强调错不在己，但追根究底，都是政树告诉他雄介正因为他而烦恼才造成了这一切。修觉得都是政树多管闲事害的。

"都是我不好！"修自暴自弃地说，"没有一件事顺利，所以我才会脾气暴躁。"

"唉，不是你一个人的责任。雄介也是，当初不该跑来找我抱怨，应该直接跟你说。"

"这话该我说才对。"修心想。他当时就是这么说的，政树却要他别误会，结果心里想的不也是同一回事吗？不过，现在不是翻旧账的时候。

政树虽然小气，但也因为这样，手头相当宽裕。修开口问能不能借点钱给他。

"你身上没钱，却跑出雄介家？"政树用难以置信的口气说，"既然这样，怎么不早说？最近我因为模特的兼职去了涩谷，如果打通电话给我，我就带钱去新宿了。"

政树说他现在也在涩谷。感觉可以顺利借到钱，修的声音忍不住雀跃起来。

"不用特地拿来，我现在可以过去你那边。"

"所以才说怎么不早说！昨晚摄影结束后有联欢会，现在只剩下一千元了！"

修顿时失望不已，但就这么沉默不语，场面太难看了。他改变语气接着问："有没有什么可以马上领到钱的兼职啊？"

"有吗？可以马上领到钱的，全都是3K¹的兼职吧？"

"3K？是又累又脏又危险吗？"

"IT业还有7K呢——辛苦得要死，回不了家，薪水少，规矩严，没假休，不能化妆，结不了婚。"

"不能化妆？真奇怪。"

"好像也有些3K，公司就像厕所一样又脏又臭又暗。"

"什么都好，可是我不想做臭烘烘的工作。"

"那遗体清洗的工作就不行了吧？"

---

1. 指"劳累"（きつい）、"肮脏"（きたない）又"危险"（きけん）的工作环境，类似英文的"3D"（Dirty, Dangerous and Demeaning）。（日文的"き"发音接近英文字母"K"。）

"遗体清洗？"

"嗯，听说会搞得全身都是福尔马林味，臭到连电车都不能搭。"

"以前我就听说过这种兼职，可是真的有吗？"

"天晓得，听起来很像都市传说。不过，如果是临床试验的兼职，倒真的有招聘的！"

"临床试验？"

"新药的人体试验，只要住院吃药就有钱拿。"

"可是那种工作要有人介绍才行吧？"

"我听说最近有通过网络招聘的。不过，那好像不叫兼职，叫自愿受试者，但还是有钱拿。"

政树说，怜奈的朋友住院十天就赚了二十万元之多。虽然是药物试验，但大部分都是肠胃药或感冒药，所以好像也不必担心副作用。如果是真的，那赚钱就太容易了。不过，住院前还是得参加说明会、接受体检等，似乎很花时间。

"明明很适合你呀！只要躺着睡觉就行了，没得抱怨吧？"政树不负责任地劝说着，但修急需用钱，没那么多时间等待，而且政树那听起来像在看好戏的口气也让他很不舒服。

挂了电话后，孤独与焦躁感涌上心头。政树就算不愿借钱，至少也该邀他喝杯咖啡，或许能解解闷。修因为没那么多时间慢慢赚钱而焦急，也为了打发时间而煞费心思，矛盾极了。

这天晚上，修赖在游戏厅和快餐店，但还是无法消磨时间，只好在外四处游荡直到深夜。他发现，与其一直坐着，走来走去更能排解情绪。他在路上找到几家便宜的网咖，但每一家都客满了，只好回到先前的店里。当然，他省了钱，只买了五小时一千两百元的夜间套餐。或许是走累了，一进包厢他就睡得像一摊烂泥。

修醒来的时候已经是早上了。

街上天色依旧昏暗，成群的乌鸦啄食着散落地面的零食袋，人们从旁边经过，它们也无动于衷，不仅没有逃走，还威吓似的呱呱大叫。

"连乌鸦都瞧不起我吗？"

修冲进乌鸦群中跺脚，乌鸦才总算飞走。

手上的钱转眼只剩下四千多元，他想在今天找到兼职，但可能是因为睡眠时间太短，他的身体比平常更为疲倦。

修走累了，靠在弹珠店墙上，突然一阵风吹来，一张娱乐报纸缠绕在他脚上。他弯下腰想拨开报纸，广告启事栏上的三行广告映入眼帘："急招服务人员，日领两万，新宿上班。"广告底下只有电话号码，不晓得招的是什么服务人员。这个招聘启事不管怎么看都很可疑，但日领两万还是很吸引人。

问问看好了，修心想，询问下工作内容，如果觉得不行，挂电话就是了。他握紧手机，按下广告栏上的电话号码。铃声响了一阵子都无人接听，就在修准备挂电话时，话筒里传来女人困倦的声音。

"喂。"

修以为自己打错电话了，但还是说："呃，我看到了招聘广告。"

"哦！"女人说。

"上面说的服务人员是……"

"酒吧服务人员，也要稍微接待客人。"

"光是这样就有两万？"

"对。"女人打着哈欠说，"今天就可以开始工作，你要来面试吗？"

修反射性地回答："好。"

"那你中午到店里来。有一家叫'玫瑰'的店，从地铁新宿御苑站前……"女人匆匆说明前往店面的路线，随即挂上电话。

那冷漠的声音怎么听都觉得诡异，但酒吧行业的人也许都是这样。反正像平常那样在街上闲晃肯定找不到兼职，既然如此，不如抱着姑且一试的心态去面试看看。虽然没有做过服务业，不过倒个酒总难不倒自己吧？总之，去看看好了，修心想。如果面试后觉得不合适，拒绝就是了；或是先做做看，如果不喜欢，做一天就辞职也行。要是真能领到两万元，那就太棒了。

修在百货公司的厕所里换上干净的衣物，把纸袋寄放在车站的投币式置物柜里。他决定用之前写的简历，住址填的还是雄介的公寓，没办法。

到了中午，他前去面试。

修照着女人说的路线走，来到一处街景杂乱，似乎是小酒吧街的街区。

夜里这里或许很热闹，但白天四周一片死寂。老旧的出租大楼二楼摆出了玫瑰图案与黑底红字的招牌。

"中午好。"修出声的同时打开大门，但店里没有人。店内空间狭小，只有吧台和两张卡座沙发。昏暗的店里亮着紫色的灯光。

这么小的店，给得起两万元的日薪吗？诡异的氛围让修纳闷，这时背后传来人的声息。

是刚才的女人来了吗？修回头一看，吓了一跳。一个面相凶恶的光头男子站在那里，手里提着便利店的塑料袋，看起来四十岁左右，脸部肤色黝黑，像是在日晒沙龙晒过，紧身T恤底下透出肌肉结实的上半身。

"不妙。"修在内心嘀咕着。他想立刻开溜，但该用什么说辞才好？修寻思起来。

这时，男人扭动魁梧的身躯，以尖细的嗓音说了声"哎呀"。

"你是来面试的吧？"

"不，我是，呃……"一股异于刚才的恐惧感涌上来，修的舌头打结了。

男人庞大的手掌抓住修的肩膀，用蛮力将他按在卡座沙发上。

"不用紧张，又不会把你抓来吃了。"

"噢呵呵——"男人尖声笑了。

7

光头男子强迫修坐下后，也在他旁边坐了下来。

为什么要故意坐在他旁边？光头男子就像要观察修的脸似的挨近他的肩膀，吓得修把身体往墙边挤，光头男子粗犷的手摸上他的大腿。

带着体温的触感让修毛骨悚然，他反射性地拂开。

"哎哟，好冷淡。"

"啊？"

"啊什么啊，你不是来面试的吗？"

"是这样没错，可是……"

"人家是这里的经理，叫作林，你呢？"

修不想拿出简历，但总不能连名字都不说。

"我叫时枝修。"修说。

林点点头："那你在这里要叫什么？叫小修好吗？"

"我，在店里要做什么？"修哑着嗓子说。

"做什么？陪酒小弟啊！"

"陪酒？"

"你什么都不知道呢！呵呵呵！"林扭动着魁梧的身体说，"顾名思义，就是专门来陪酒的呀！小弟站在柜台内，如果客人指名，就去旁边陪坐。你会喝酒吗？"

"喝是会喝……"

"太好了。最近很多年轻人都不喝酒，真伤脑筋。可是你这副模样好土！"林大大咧咧地打量着修的服装，然后说，"嗯，但也无所谓吧！也有人喜欢这种类型的。"

"呃，"修不安了起来，"你说的客人是……"

"男的啊，这还用问吗？"

"两个男人一起喝酒吗？等……等……等一下！"

修急忙打断林的话。他总算摸清楚这里是什么店了。

"我不知道是这种店……"

"不知道，所以呢？"

林蹙起眉头，表情瞬间变得凶狠。修缩起脖子："我……我想我不太适合……"

"这是哪门子的话？你不是来面试了吗？"

"对不起。"修垂下头。

"而且你缺钱吧？"

"这，嗯……"

"那还挑什么？其他地方还能找到这种一天两万的兼职吗？"

"可是……这我……可是我没有经验……"

"既然没经验，怎么知道喜不喜欢？凡事都该体验一下！在我们这儿工作的孩子也有像你这样的，大家都是为了钱而努力工作！再说，"林接着说，"有些客人会赏很多小费呢！"

"可是……"

修依然不愿意。

离开玫瑰后，修松了一口气。他原以为大难临头，没想到对方竟爽快地放了他。仔细想想，一般的工作，店家不可能一天付两万元薪水，虽然他早就料到不会是什么正经生意，但是不管怎么缺钱，修都不想做到那种地步。这下又回到原点了，一想到今天得继续寻找兼职，他就忍不住想叹息。

修往歌舞伎町走去，经过三丁目时注意到一群人，他被勾起兴趣，往那里走去。踮起脚穿过人们的肩膀望去，他看到一张写着"三点开业"的红纸告示，好像是弹珠店换装潢重新开业。看看手机上的时钟，两点五十五分。

修已经下决心不碰弹珠了，皮夹里只剩下四千多元。只有四千元，如果不能立刻中大奖，连十分钟都玩不到，但弹珠店重新开业的话，非常有可能只投资一两千元就中大奖。以前他也大赢过几次，都是在弹珠店重新开业的时候，虽然是重新开业，但客人看起来不多，也许是个好机会。

"背水一战，碰运气了！"

修想了个连自己都觉得莫名其妙的理由，挤进人群中。

屏息等待开店之际，修仍不知道究竟该不该下场，但在自动门随着刺耳的音乐声打开的瞬间，他的迟疑烟消云散。修随着人群拥入店内，本来以为很难占到弹珠机，但客人不多，很轻易地就抢到新弹珠机。而且不知道兑珠机是不是出故障了，一千元换到的钢珠比平时还多，他暗自窃笑，觉得这是大好机会。修立刻开打。

这家店不愧是新开业，弹珠机数字转得特别快，修感觉没多久就能开出大奖，但可惜都只差一号，没能凑齐三个。撑了一阵子，修输了两千元，额头开始冒汗。周围好几个客人脚边都堆起钢珠盒了，为什么自己偏偏没那个运气？要是现在停手，晚上还勉强能睡网咖，如果继续打又输了，就只能睡街头了。该让手头这点钱留到明天吗？还是赌上那渺茫的可能性？

修把手插进皮夹里，犹豫不决，即使现在收手，在网咖住一晚后，明天一样身无分文。明天身无分文与现在身无分文又差得了多少？既然如此，干脆一口气决胜负。

修铆足了劲继续打，但接下来的一千元钢珠也被弹珠机无情地吸走。把最后的一千元从皮夹里抽出来时，他的脑袋热得几乎要烧起来。想到之前输光生活费时也有这种感觉，他有了不祥的预感。每回只差一个数字时，他就握紧把手，内心祈祷："中啊！"虽然对着机器使劲也是白费功夫，但他就是不由自主地用力。然而，钢珠还是不断减少，等到上盘的钢珠少到都数得出来时，修连祈祷的力气也没了。一股猛烈的懊悔与焦躁感涌上心头，他的胃部剧烈绞痛。

"已经不行了……"

修陷入呆滞，盯着盘面上跳跃的钢珠，就像意识被罩上了一层膜，店里的音乐声听起来好遥远。只剩下最后几发钢珠时，画面里出现了两个"七"，就等下一个数字了。修冷冷地"哼"了一声，放开把手。"反正一定不会中。"仿佛在为没中奖打预防针似的，修在内中默念，掌心渐渐冒出汗来。转速变慢，第三个"七"慢慢地从上方落下。

"冲啊！"修仿佛要扑上弹珠机似的大叫着，最后钢珠却停在"八"。他的肩膀无力地垮下来。这时，画面突然又转动起来，凑成了三个"七"，是起死回生的大奖。

接下来情势逆转，修开始走运了。他连续中了三次大奖，装满了整整四盒钢珠，也就是四连中。虽然要看兑换率，不过一盒钢珠通常可以换到五千元，所以应该有两万元吧！

修买了罐咖啡，就像在喝庆祝胜利的美酒般品尝着，烟瘾也蠢蠢欲动，但他觉得把钢珠换掉会影响运气，便忍了下来。

孤注一掷果然是对的。只要有两万元，就可以慢慢物色兼职了。他的心情与刚才截然不同，爽快极了。

修知道应该见好就收，但又觉得鸿运当头。他环顾周围，好几个客人身旁都堆起十盒以上的钢珠盒。如果有十盒，就可以久违地奢侈一下。他觉得应该再坚持一阵。然而，期望落空，修打光了一盒，还是没有中奖。虽然失望，但是跟刚才比起来根本算不了什么，毕竟他还有三盒满满的钢珠。

把这三盒拿去换钱吃饭吧！修放开把手，盘算着要吃什么。

昨天吃过汉堡以后，就什么也没吃。一想到这里，修就觉得刚才打掉的钢珠太可惜了。只要有一盒钢珠的钱，吃烤肉就没问题。自己怎么会没想到呢？赢到四盒钢珠时就应该当机立断，先去吃烤肉的。不，现在还不迟。如果又中了大奖，赢到四盒钢珠，就立刻停手去吃烤肉吧！

修这么决定后，再次握住把手，然而下一盒钢珠很快就见底了，爽快的心情也消失无踪。既然如此，不赢回刚才的两盒不能甘心，如果花上两盒钢珠的钱，别说是烤肉了，喝酒也没问题。

打光了第三盒钢珠，弹珠机依旧沉默着，修怒火中烧，正要把手伸向第四盒时，他赫然回过神来。万一这一盒也输光了，他就血本无归了。因为曾经赢过，他无法接受自己又变得身无分文。

"唉，算了。"修喃喃地说，总算说服了自己。虽然一盒钢珠只有五千元，但他还是赢了一千元。

弹珠店外已经暗了下来。能打发入夜前的这段时间，就该满足了吧！修叫来店员，把钢珠换成代币。他询问店员，店员说代币兑换处在店的后方。兑换处的窗口只开了一个半圆形的口，看不见里面人的脸。

修把代币递进去，一只疑似老太婆的手抓住后缩了回去。很快，满是皱纹的手从窗口伸了出来，递出千元钞票。修漫不经心地接过来，随即因为那薄薄的触感而大吃一惊。千元钞票只有一张。

"喂，"修窥看窗口内，"算错了。"

窗口深处，老太婆用赤红混浊的眼睛瞪着他。

"哪里错了？你的奖品是这个吧？"老太婆挥挥白色塑料板说。

"对啊！"

"那就没错了！这代币是一千元。"

"那是店里的人搞错了吗？我换了一整盒钢珠！"

"你不知道？这家店的兑换率变了，从今年开始，变成一元弹珠了。"

"一元弹珠……"修茫然地低声复诵。

"对啊，钢珠一颗一元，所以一盒一千元，没算错啊！啊哈啊哈！"老太婆用漏气的声音笑着。

修拿着千元钞票，走到店外一看，旗帜和海报上确实写着"一元弹珠"，是自己来的时候因为人潮拥挤而漏看了。听说最近很多弹珠店都转换成这样的营业方式，但没想到这里也是。难怪虽然是重新开业，店里的客人却那么少，而且一千元还能换到那么多钢珠。一盒钢珠一千元的话，就算打出十盒，也才一万元而已。修为打出四盒钢珠而欢天喜地的时候，其实才回收了本钱，根本没赢，而他却在那里梦想着吃烤肉什么的，光想就觉得既生气又可笑，浑身无力。而且输到只剩下一千元，等于赔了三千元。

"既然只有一元，怎么不写得更清楚一点嘛！"修愤愤不平地骂道，跨出脚步，忽然又停了下来。他原本打算像平常那样走去歌舞伎町，但摸摸口袋，零钱只剩五百八十元，和皮夹里的一千元加起来，他全部的财产是一千五百八十元。如果要住网咖，即使选五小时一千两百元的夜间套餐，只能剩下三百八十元。只剩下这点钱，后天开始他就无处可去了，所以今晚只能露宿街头了，但即使露宿街头，只剩下一千五百八十元，能撑到找到兼职吗？而且露宿街头让他觉得很不真实。不管再怎么不走运，也没道理非陷入那么悲惨的生活不可。打电话给雄介、政树或晴香借钱，才是符合常理的解决之道吧！当然，即使他们愿意借，顶多借他几千元，他不可能借到几万元。只有这点钱的话，不出几天，他又得流落街头了。而且为了一点小钱向人低头，也非他所能忍受。雄介和政树姑且不论，再向晴香开口借钱，她一定会更瞧不起自己。

有什么方法可以让他不必依靠他们就弄到钱呢？修站在街头思考着。

这下真的走投无路了。今晚开始，他连睡的地方也没了，成了不折不扣的游民。修觉得口渴，肚子也饿，可是手头仅剩一千五百八十元，连花掉一百元都可惜。

总之，先找到睡觉的地方吧！修这么打算着。正要跨出脚步时手机却响了，屏幕上显示着陌生的号码，修一开始以为是玫瑰的林打来的，但他并没有把手机号码告诉林。他讶异地想着是谁打来的，按下了通话键。

"是时枝修吗？"一个中年男人的声音传来。

修含糊地响应："是……"

对方说了一个陌生的公司名称，然后说："我们缺人，这么突然不好意思，不过，你明天可以过来面试吗？"

修一头雾水，含糊其词，对方不耐烦地说："发纸巾的兼职！你不是登记过吗？"

这么说来，修完全忘了自己应征了发纸巾兼职的事。他急忙答应明天前往面试。那个男人说公司在神田，一周工作五天，每天五小时，时薪一千两百元。

"明天早上六点过来。如果面试通过，就直接上班。"那个男子态度冷淡地说完话便挂了电话。

发纸巾的兼职是日薪，所以只要通过面试，明天就可以领到薪水。时薪一千两百元，工作五小时，所以一天有六千元。

"太好了！"修忍不住大喊。天无绝人之路，这句话果然说得对。这下子他或许就不会沦为真正的游民了。

从新宿到神田坐电车要一百六十元。一千五百八十元扣掉一百六十元，是一千四百二十元，即使在网咖买五小时一千两百元的夜间套餐，还剩两百二十元，吃两个百元汉堡或便利店的饭团都没问题。虽然担心万一面试被刷下来该怎么办，但只是发纸巾的兼职罢了，不可能不通过吧？真的被刷下来再说吧！他虽然这么想，但也觉得就是这种乐观的性格招致了过去的失败。吃的就选汉堡或饭团。住的网咖是不是该换个更便宜的？与其省那一点钱，一开始就不该打弹珠，而且如果单纯想要钱，留在玫瑰就好了。为了不对今天的一切感到后悔，不管汉堡还是饭团都应该吃上两个，也应该继续住先前的网咖。修觉得自己又在编造冠冕堂皇的借口了，但也许是因为想到了食物，他饿得受不了了。

"总算找到兼职了，总有办法的。"修这么告诉自己，往歌舞伎町走去。

第二天早上刚过五点，修就离开网咖。离六点的面试时间还早，但万一迟到，一切都甭谈了。修直接前往新宿站，坐上电车。

外头天色依旧昏暗，车厢里却已经挤满了人。因为是一大清早，乘客大多身着便服，穿西装的人不多。是派遣人员或兼职族吗？他们的穿着打扮很不起眼，表情也十分阴沉，让修觉得很亲近，但要论手头拮据，他应该是第一名。

皮夹已经空了，口袋里也只剩一枚十元硬币。昨晚，他在外头闲晃到十二点多，然后回之前的网咖过夜。晚饭时他犹豫要吃汉堡还是饭团，最后买了两个便利店饭团，手上的钱剩下一百七十元，再付掉电车费，就只剩十元了。

这年头连幼儿园小朋友口袋里的钱都不止十元。想到这里，修就觉得无地自容，但从今天开始，每天都可以赚进六千元，拿这笔钱在网咖过夜，就算选择十小时的夜间套餐也绰绰有余。自己竟然觉得这样的生活很奢侈，修感到毛骨悚然。原本那么厌恶的网咖生活，居然成为习惯。

"不行，不行！"修摇摇头。以前那样住公寓才叫正常，现在是异常的。他转换情绪，下定决心尽快脱离这种生活。

面试公司位于神田车站前一栋狭长大楼的五楼，其他楼层似乎都是放高利贷的，大楼外布满了五颜六色的招牌。

修打开写着"KY策划"却看不出是做什么的办公室大门，一个年纪近四十岁的男人探出头来。他理着短发，戴着金边眼镜，虽然穿着深蓝色西装，也打了领带，但乍看还是给人一种小混混或流氓的感觉，让修不由得紧张起来。

这个男人面露笑容，以亲切的口吻说："噢，是昨天我打电话通知的小兄弟吗？"他的门牙缺了一颗，一笑就变得一脸呆样。

事务所内部十分狭窄，装潢单调乏味，只有两张肮脏的办公桌和寒酸的接待沙发，角落则堆着装纸巾的纸箱。

修在皮革斑驳的沙发上坐下，这个男人迅速浏览了简历，然后说："那就请你开始吧！"

这样面试就算通过了。虽然轻易过关让修松了一口气，但这家公司看起来不怎么赚钱，他开始担心自己是否能顺利领到薪水。

这个男子姓毛利，名片上的头衔是分店长。据他说，公司在都内有许多分店，主要业务是给英语补习班、美容沙龙、健身中心、个人信贷和电话聊天室等公司分发纸巾。

修表明自己是第一次发纸巾，毛利却说这样更好。

"做惯这种兼职的家伙常会作弊，比如把纸巾丢掉，或是一次发好几包给同一个人。可是一作弊马上就会被发现。"毛利从金边眼镜底下瞪着他，"如果被发现，我们不仅不发薪水，还会要求赔偿！"

作弊拿不到薪水的教训，修在派报的时候已经尝到了。

"我不会做那种事。"

"很好，那接下来就是怎么发。发纸巾看似简单，但也算一种服务。"毛利从纸箱中取出一沓纸巾示范，"声音要清楚，要面带笑容。还有，纸巾要递到路人手部的位置，这是让对方收下的诀窍。你来当路人，从那边走过来。"

修照着毛利说的走过去。

"麻烦您了解一下！"

毛利放松脸部肌肉露出笑容，递出纸巾。或许是长相使然，那副表情与其说亲切，倒不如说恐怖，但修还是装作敬佩地点点头，接下纸巾。

"懂了吗？那你来试试看。"

换毛利当路人，从对面走过来。

"麻烦您了解一下！"修笑着递出纸巾，但毛利不理会，径直走了过去。

"不行不行！递纸巾的时候脸不可以朝下。看对方的眼睛，是服务业的基本，重来！"毛利说完，随即又抬了抬下巴，"算了，没时间了，其他的叫他教你。"

不知不觉间，修的身后站了个肥胖的男人，看上去接近三十岁，身穿格纹衬衫，背着背包。

"他叫轻部，是发纸巾的行家。这位是今天开始来做兼职的，叫，呃——"

"我叫时枝修，请多指教。"修行礼说。

轻部满是痘疤的脸松弛下来，应了声"哦"。

修与轻部扛着纸箱，来到神田车站前。

纸箱里塞满了印着可疑消费贷款广告的纸巾。一个纸箱里有五百包，一个人要发完三箱，也就是一千五百包。

"五个小时发得完吗？"修不安地问轻部。

"其他地方是按发完的时间算工资，不过我们是五小时工作制，所以照自己的节奏发就行了。"

"毛利先生时不时会过来查勤，而且一定要做满五小时才领得到钱，提早回公司只会被吩咐做杂事。"

随着通勤高峰期逼近，车站不断吐出人潮。修与轻部开始分头发纸巾。

纸箱放在脚边，左手挂着装纸巾的塑料篮。篮子是红色和紫色的，颜色鲜艳得丢人，但现在不是在乎这种事的时候。周围有几个人也跟他们一样在发纸巾。

"麻烦您了解一下！"

修从篮子里抓出纸巾递给路人。他担心人们不理他，但六七个人里总会有一个收下纸巾。才一个小时就清空了一个纸箱，照这速度，再有两小时就可以发完。修觉得自己或许有发纸巾的才能，但通勤高峰期一过，纸巾就渐渐地发不动了。

尽管照着毛利说的，看着对方的眼睛递出纸巾，但还是完全被漠视。不少路人不是用厌恶的眼神朝他一瞥，就是像看到脏东西似的急忙闪开。接二连三被人忽视，修开始觉得自己无用至极，刚才的自信完全消失，声音也变小了。这时应该向轻部请教诀窍才对。为免纸巾被偷，修抱起纸箱四处寻找轻部，却完全不见他的人影。无计可施之下，修只好回到原来的地点继续发纸巾。修忍受着路人的忽视继续发，纸巾总算开始减少，但因为不习惯久站，脚痛了起来，一直出声招呼也让他筋疲力尽。喉咙渴得要命，但身上只有十元，连果汁都喝不起。

花了整整五小时，总算发完所有纸巾，修累得几乎当场瘫倒。

他拖着脚步走到事务所所在的大楼，这时轻部搭着电梯下来。轻部的痘疤脸上没有半点疲劳的神色，看他的样子也不像是翘班。如果有发纸巾的好地点，修也想知道。

"请问你去哪里发了？"修客气地问。

轻部眨眨混浊的眼睛说："哪里？就是一开始的地方啊！"

"可是我发到一半时去找过你，想向你请教发纸巾的诀窍。"

"那个时候我已经发完去吃饭了。再见。"轻部抬了下手，说完就离开了。

修去找轻部，是发纸巾三小时左右的事。他居然能在那么短的时间内发完一千五百包。明天一定要向轻部询问发纸巾的诀窍。

修回到事务所。

"噢，辛苦了。"毛利露出缺了颗牙的笑容，递出一只牛皮信封。

"谢谢。"修鞠躬收下，却摸到硬币的触感，感到不解。薪资是六千元，不应该有硬币。他偷偷检查信封，里面装了五张千元钞票和四枚百元硬币。

"不好意思……"修客气地开口。

毛利似乎察觉到他想问什么，马上回答："金额没错，已经扣掉百分之十的所得税了。"

兼职薪资才六千元，需要扣那么多税吗？修虽然怀疑，但怕惹毛利不悦，所以不敢吭声。

一离开事务所，饥饿与口渴让他一阵天旋地转。

正值中午，车站前弥漫着令人垂涎的各种香味，是烤肉、煎鱼、拉面的味道，还有咖喱的香气。该吃什么好呢？修犹豫了好一阵子，最后冲进拉面店。他知道不该奢侈，但明天也会有五千四百元的进账。

"就当庆祝找到工作！"

修把心一横，点了生啤酒和大碗拉面。将冰凉的生啤酒一饮而尽，干渴的喉咙立刻震动不已，他感觉得到酒精流过每一根血管，循环至全身。好久没吃的拉面也美味得令人难以置信，他吃得一干二净，一滴汤也不剩。

为什么这么普通的事，却能让自己感到如此幸福？修在开往新宿的电车里想着，但还没想出答案，睡意就忽然袭来。

8

十一月接近尾声，天气一下子冷了起来。

只穿一件衬衫实在太冷，修在量贩店买了一件一千九百八十元的外套。这是他还是大学生时绝对不会穿的东西，但现在光是能御寒就够开心了。虽然是廉价外套，但至少还有闲钱买衣服，这都多亏了发纸巾的工作。

兼职薪水实领五千四百元，在网咖以十小时两千四百元的夜间套餐过夜，还剩下三千，再扣掉三百二十元的来回交通费，剩下两千六百八十元。虽然一千九百八十元的花费让他心痛，但日结的好处就是钱很快会再进来。

修工作了三天，还没有抓到诀窍，今天他也花了整整五小时才发完一千五百包纸巾。

同事轻部不到三小时就发完了，剩下的时间都在休息，让修羡慕不已，好几次都想向他打听诀窍，但轻部总是含糊其词，就像在吊人胃口。如果锲而不舍地追问，他或许会说出来，但修不想死皮赖脸地求他。

修发完纸巾回到事务所，毛利递出牛皮信封。

"谢谢。"

修伸手的瞬间，毛利缩回信封说："你没作弊吧？"金边眼镜底下的眼睛上翻瞪着他。

"没有啊！"

"刚才我去外面，看到有个老太婆拿了三包我们的纸巾。"

"不是我。"

"那是轻部偷懒吗？他每次都发得很快。"

"我想，不是吧！"

"要是敢撒谎，我可不会轻易放过你！"

修摇摇头，毛利扬起嘴角说："怎么？被吓到了吗？"

毛利那副模样看起来有些呆蠢，不怎么可怕，但修还是煞有其事地点点头。

"我常被误会是黑社会！"毛利自豪地说，再次递出牛皮信封。

除了管理纸巾和兼职人员，毛利似乎没什么工作，不过有时他会对着电话另一头不停弯腰鞠躬。虽然头衔是分店长，但他的地位或许非常低微。

修离开事务所，看到轻部站在电梯前面。

"辛苦了！"修行了礼，往前走去。

这时轻部开口说："有没有说我什么？"

修眨眨眼，问他："你说毛利先生吗？"

"嗯。"

"他问我有没有作弊，我说我跟你都没有。"

"这样啊，"轻部说，"可能我今天做得有点过头了吧！两小时内就发光了。"

"咦，你真的作弊了吗？"

"也不算作弊啦！只是一次多发几包纸巾而已。今天是这个的发售日，我去了一趟秋叶原。"

轻部放下背上的背包，拿出游戏光盘。看到画着美少女动画图案的包装，修哑口无言。那是一款恋爱模拟游戏，修对这类游戏不感兴趣，不知道该作何表示。或许是修没有反应令轻部不满，他很快把游戏收了起来。

"再见。"说完，他就走进了事务所。

"怪人一个。"修纳闷地歪歪头，走进电梯。

这天晚上，修也睡在网咖里。流离失所已经六天，他在网咖的生活也越来越有模有样。虽然不情愿，但习惯真的很可怕，一进入窄小昏暗的包厢，他感觉像回到自己的家一样放松，睡在扶手椅上也没有之前那么难受了。

但就快到十二月了。一想到到了年底依然得继续这样的生活，修就觉得情绪低落。他想在像样一点的地方迎接新年，但如果继续做现在的兼职，就存不到租房子的钱，那么只能寻找薪水更高的兼职了，但他上网物色工作，看来看去都是那几样。尽管不是能挑三拣四的时候，但如果薪水不能日结，生活很快就会陷入瓶颈，所以他的选择有限。

修寻思着有没有什么不错的工作，忽然想起政树提过的临床试验兼职。

临床试验，就是提供自己的身体，检验新药的效果和副作用。政树说，只要住院十天左右就可以拿到二十万元。因为必须参加说明会、接受体检，需要过一段时间才能住院，所以修一直对这份工作敬而远之，但现在他有收入，等一阵子也无妨。

他上网搜寻，发现了好几个介绍临床试验的网站。就像政树说的，这不叫兼职，而是自愿受试者招募，酬劳的名目也成了协助费或营养费。参加临床试验之前，必须先注册成为受试者会员，接收临床试验的招募信息，再从中应征有意愿参加临床试验的人。修立刻在会员注册窗口输入电子邮箱、姓名、年龄等个人信息。地址还是老样子，借用雄介的公寓地址。

参加临床试验可以领到一笔金额不小的钱，如果住院十天是二十万元，二十天就有四十万元。有了这笔钱就可以租房子，也能再慢慢找全职工作。虽然当测试新药的小白鼠很可怕，但只要找到安全的临床试验，应该就不会有事。

"我一定要在年底前离开这里！"修自言自语，在扶手椅上伸了个懒腰。

第二天，修一大早就到神田车站前发纸巾。还是老样子，一过通勤高峰期，纸巾就不太发得动了。尽管他照着毛利教的面带笑容大声地打招呼，也看着对方的眼睛，把纸巾递到对方的手部位置，大多数人还是对他视而不见。

修改成默默发送，或是改变递出纸巾的位置，尝试不同的方法，但还是一无所获。他无可奈何，又恢复原来的方法，像个笨蛋似的不停大喊："麻烦您了解一下！麻烦您了解一下！"他以为自己已经渐渐习惯遭人忽视或被轻蔑地一瞥，但心里的创伤仍不断累积。看着来来往往的人，他们个个面无表情，修开始觉得这些人根本不把自己当人看，于是陷入自我厌恶。

修以前也对发纸巾的人不屑一顾，只有需要纸巾时才会伸出手，绝大多数时间里，他都把他们当成路边的石头忽视。自己这样，别人当然也是如此，但这样想带来不了任何安慰。消沉的心情似乎也被路人看透，今天他发纸巾的速度特别缓慢，已经过了四小时，纸巾却还剩下将近一半。照这个速度，想在工作时间内发完很困难吧？虽然毛利没有说必须全部发光，但剩下这么多，有可能被质疑翘班偷懒。可是再怎么焦急也无法发得更快，不知道为什么，越是急，人们就越闪避他。修觉得脚痛，肚子饿，喉咙也很渴，这样下去没办法按时下班。

看来没有加班费也得加班了。修这么想时，有人从背后拍他的肩膀。

他回头一看，轻部正站在那里。

轻部用手抠着脸上凹凸不平的痘疤说："你想要我教你吧？"

修没有马上意会过来，但轻部能教他的只有发纸巾的诀窍，看来在毛利面前为轻部护航也算有了善报。

"想，我想知道。"轻部突如其来的好意令修困惑，但修还是行礼拜托。

只见轻部从纸箱里抓出一把纸巾，信心十足地说："看好了。"然后走了出去。

因为是上午，路上的行人稀稀落落，很难连续分发。呆呆地站着当然不行，但即使在马路上左右来回，人潮也很快就会中断，只能零星发送。然而，轻部一开始发，修就惊得瞪大了眼睛。他的动作和平时简直判若两人。

"辛苦了，请了解看看！"轻部在人群间穿梭，以迅雷不及掩耳的速度递出纸巾，没有人拒绝他，每个人都乖乖地收下。轻部那肥胖的身躯十分利落，没有任何多余的动作。

修忍不住看得出神，轻部手上的纸巾两三下就发光了。

"好厉害！"修佩服不已。

"还好吧！"轻部得意地鼓起了鼻翼。

"要怎么做才能发得像你一样帅气？"

"是吗？很帅气吗？"

轻部的鼻孔张得更大了。发纸巾的轻部如鱼得水，看起来潇洒极了，修觉得应该趁机大力称赞他一番："就像在看拳法一样。"

"咯咯！"轻部满意地笑了，"既然你那么感兴趣，我就告诉你好了。首先是拿纸巾的手势——"轻部说纸巾要用食指和中指夹住。

"食指和拇指也行，但用食指和中指能更流畅地拿出叠在一起的纸巾，看上去也比较好看吧？"

"用这种拿法，把纸巾递到对方手部的位置，对吗？"

"那样很容易被闪开，会被当作没看到的。拿到对方肚子这一块，对方闪避不及，只好接下来。"

"可是毛利先生教我要拿到对方的手部位置。"

"不行不行，他是门外汉！"

"那，看着对方的眼睛递出去也——"

"只有在递出纸巾的那一瞬间。如果一开始就四目相接，对方一定会防备，也会改变路线。"

这么说来，修自己也是，看到发纸巾的宣传小姐看向这里，就会闪到路边去。

"还有打招呼的话，你都说'麻烦您'对吧？"

"嗯。"修点点头。

"听到不认识的人说'麻烦您'，不会有人开心的，所以才会躲开。"

"原来是这样。"

"不说'麻烦您'，而说'辛苦了'，听起来会有什么感觉？每个人都会觉得是别人在对自己道辛苦，觉得受到慰劳，很舒服，对吧？"

"原来如此，我都没发现呢！"

"还有一点，就是要看出人群的动线，事先找到人群会靠拢的地点。在那里只要有一个人收下纸巾，出于从众心理，其他人也都会跟着收下。重要的是分辨出谁会收下纸巾，因为如果第一个失败了，接下来就很困难。咯咯咯！"轻部忽然笑了，"不过到了我这种等级，只要瞄一眼就可以看出谁会收下纸巾。"

"原来是这样！"修感叹不已。他没想到发纸巾有这么多学问。派报和电话营销也是，每个行业都有大师级的人物。

修照着轻部教他的做，路人收下纸巾的概率顿时大了许多。直到刚才还令他忧郁难当的工作，忽然变得有趣起来，让他几乎忘了时间。等到修回过神时，他已经在工作时间内发完了所有纸巾。

兼职结束后，修为了道谢，请轻部吃了顿午饭。

说是请客，也只是请吃汉堡和可乐。轻部捧场地直说好吃。

尽管修事先说过他没钱，但轻部仍说："一百元的汉堡OK吧？"一连吃了三个，还加点薯条。

"你也多吃点！发纸巾是靠体力决胜负的。"

修不敢说请他吃多少自己就得节省多少，只说："可是我没什么食欲。"

"那好吧，不过，饿着肚子，心情会沮丧的！因为发纸巾需要的不只是体力，还有精神力！"

"精神力？"

"对。路人会忽视你，还会把你当傻瓜看，对吧？"

"确实，光是受到忽视就会让人消沉。"

"如果不能克服这一关，就无法胜任发纸巾的工作，必须锻炼出足以承受冰冷视线的精神力。"

虽然觉得轻部越讲越夸张，修还是应和着。

"像我，不管被人用什么眼光看待都无所谓，可是你还是会害羞，对吧？"

"嗯。"

"就是把对方当人看才不行，因为路人根本不把我们当人看。"

"我也这么觉得。"

"是吧？那么我们也别把他们当人看就行了，当成在喂羊吃纸就好。羊的话，不管它们拿什么眼神看你，你都不会放在心上吧？"

"确实如此。"

修一脸敬佩地点点头，轻部继续滔滔不绝地说："发纸巾需要的是体力、精神力以及洞察力。预测出谁愿意收下纸巾……"

轻部滔滔不绝地说着，但修对发纸巾的话题有点腻了。

"对了，"他想换个话题，"轻部兄，你几岁了？"

"咦？"轻部微微仰身，说，"三十。"

修还以为他二十七八岁，出乎意料，他的年纪不小了。

"现在的兼职你做了多久？"

"七年吧！"

"好厉害！"

居然做了七年的发纸巾兼职！修目瞪口呆，但轻部似乎把这当成称赞，又张着鼻孔说："唉，这一带，我想，没人发得比我快！"

因为他实在太得意了，修忍不住想泼泼冷水："那你的工作……"

"工作？你是说全职吗？为什么要找全职？"轻部的表情顿时沉了下来。

修慌忙说："哦，不是，我是想说，你在做这份兼职以前在哪里工作！"

"在一家汽车零件公司。我大学毕业就进去了，可是那里的每个员工人品都很恶劣，又成天加班，我很快就不干了。我已经受够全职了。"

"那，往后你也要全心发纸巾……"

"发纸巾最轻松了！可以很快做完，也有自己的时间。可是那些做兼职的都不懂发纸巾的好，没多久就不干了。"

"你呢？"轻部接着问，"你会一直做下去吧？"

"嗯……"修含糊地点点头。

开始做发纸巾的兼职后，过了一星期。

或许是进入十二月变得更冷的缘故，车站前往来的人潮脚步也加快了。每个人都一副懒得把手伸出口袋的表情，迅速接过纸巾后离去。

一个星期内，修发纸巾的本领进步了许多。虽然不及轻部，但他不到四小时就能发完一千五百包纸巾。速度加快以后，也只有一开始觉得有趣，这种单调的工作，越习惯越觉得无聊。修也渐渐习惯被忽视或被投以轻蔑的眼神了，但也因为闲了起来，开始胡思乱想了。看到幸福的情侣或看似有钱的年轻人，他就忍不住想象起他们的生活，自觉凄凉。轻部说要把路人当成羊，但不管怎么看，他们都不是羊，反倒是自己更像被绑在路上的家畜。尽管觉得不能奢求，但说老实话，他自己已经发腻纸巾了。

招募受试者的临床试验网站三天前发来邮件。信上有临床试验的招募信息。招募对象不一，有对年龄有要求的，也有限定胃溃疡或高血压、糖尿病患者参加的。此外，临床试验的周期也不尽相同，从几天到几星期都有，也有在家服药，再回医院检查的。然而，最重要的兼职费，也就是协助费的金额，或许因为名目是征求自愿受试者，所以并没有写明。按理说，住院时间越长，酬劳就应该越多。然而，从招募条件来看，修每项都不符合。

修犹豫了半天，挑了个"征求二十到三十五岁健康男性住院十天"的工

117

作，然后打电话到临床试验所。接电话的男职员叫他先参加说明会，在说明会上听过药物说明，登记之后再接受体检，如果没有问题就可以住院了。程序听起来很麻烦，而且也不知道吃的是什么药，但为了摆脱发纸巾的工作，修只能答应。

轻部丝毫没有察觉到修想要跳槽，与修打成一片。他似乎认为自己有了一个职场上的晚辈，每天都找修吃午饭。一个人吃饭也没意思，所以修答应了，但轻部的话题除了发纸巾就只有动画和游戏，后两者都是修不熟悉的东西，所以光是听轻部说话就觉得累人。

"然后啊，最终魔王弱得要死，游戏也简单得要命，可是里头的……"轻部喋喋不休地谈论这类话题。

有一次，一个像是大学生的女孩经过汉堡店前。

"那女生挺可爱的。"修不经意地说。

轻部却嗤之以鼻："不行不行，女人还是二次元[1]的好。"

"是吗？"

"有血有肉的女人既任性又花钱，而且会变老。再说女人只对长得帅、个子高的有钱男人感兴趣吧？那种肤浅的家伙，谁要跟她们交往！"

修觉得，与其说是轻部不想跟她们交往，不如说是没有女人愿意跟他交往吧！不过修还是说："唉，也不一定全是那种女生。"

"绝大部分都是！既然她们要无视我的存在，那我也要无视女人的存在。就算所有女人都从这个世界上消失，我也不痛不痒。"

这个想法与轻部发纸巾的理论有共通之处，听起来像是输不起，也像是看开了。不管怎么样，对轻部来说，现实中的女人就只是发纸巾的对象吧！

下班之后，修也和轻部去了牛丼屋。

扒完饭后正喝着茶，轻部忽然说："你住在网咖，对吧？"

"你怎么知道？"修内心一惊。

"还用问吗？你每天都穿同一件衣服，一看就知道了。"

的确，修没有替换的衣物，但轻部自己不也是吗？从第一次见面开始，

---

1. 本意是指"二维空间"，现主要用作对动画、漫画、游戏等作品中虚构世界的一种称呼用语。

修就发现轻部每天都穿着同一件格纹衬衫。修以为轻部也是同类，但轻部说："以前是，不过我现在住在老家。那你都花多少？"

"那家店在歌舞伎町，十小时的夜间套餐两千四百元……"

"太奢侈了吧！你去蒲田看看，一小时一百元就行了。"

"那么便宜吗？"

"嗯，不过很脏，而且周围很吵，如果不习惯，会待得很不舒服。"

听到一小时一百元，修想今天就去试试，可是一听到不卫生，他又却步了。话说回来，他没想到轻部也在网咖住过，但他光是有老家可以回去就够让人羡慕的了。

离开牛丼屋，修仰望大楼的另一边，是一片铅灰色的十二月的天空。在这片天空下，修想起俗滥的句子——爸妈现在在哪里做些什么？他们如果知道自己的独生子连住的地方都没有，正在路上发纸巾，会怎么想？修不知道。

第二天下午是临床试验的说明会。

修以为会去一个阴沉的地方，没想到位于目黑的临床试验所外观十分新颖，看着也很干净。看起来像是会议室的会场里摆了几排折叠椅，坐着约二十名二十来岁的男性。应征条件是"健康的男性"，但这些人个个都像病人，死气沉沉，大概是因为没钱吧！自己的脸色也跟他们一样吗？

穿着白大褂的男子站在白板前，冗长地说着这次临床试验要服用的药物、住院期间的禁止事项等。药是头痛药，偶尔会有恶心、腹痛等副作用。此外，住院期间必须彻底戒烟，也不能摄取咖啡因等刺激物。

白大褂男子说明完毕后接着说："自愿参加的人现在就可以接受体检，如果不愿参加，请直接离开。"

修没想到会突然进行体检，但相对于征求人数，参加说明会的人很多，所以势必做出筛选。换句话说，自己也有可能被刷下来，一想到这里，修顿时不安起来。

体检在二楼的病房进行。身高、体重、体温、脑电波、心电图、血压、验血、验尿等，检查一项接着一项快速进行着，把修累坏了。检查结果会在几天后通知，但修这阵子都过着不安的生活，他对自己的健康状况没有自信。

两天后，临床试验所来电通知他体检通过了。

"那就是录取了吗？"修忍不住叫道。他觉得丢脸起来。又不是被公司录取，只不过是通过体检就大喊录取，实在太夸张了。

电话另一头的男人没有笑他，以公事公办的语气说："住院日期是一星期后，入院前必须再进行一次体检，因此前一天晚上请不要吃晚饭，也不可以喝酒。"

一想到又要体检，修觉得麻烦死了，但住院之后每天都得接受检查吧！等那个男人话说完，修正准备挂上电话时——

"啊，还有，"那个男人说，"这次的协助费是一天两万元。"

一天两万，住院十天就是二十万。虽然这个金额租不起房子，但只要有这笔钱，就可以脱离现在的生活了。

修是在做兼职结束的路上接到临床试验所的电话的。

"太棒了！"他毫不顾忌路人的目光，欢天喜地起来。

临床试验的兼职确定后，发纸巾的工作让修越发觉得难熬。除了工作乏味与身体疲劳，他对工资也越来越不满。很快，他只要躺着就能赚进二十万元，而现在在冷天里像根棒子般戳着，一整天下来只能领到五千四百元，太不划算了。而且每天中午都得陪轻部吃饭。一个人的话，吃什么都行，但轻部极端偏食，只吃汉堡、咖喱和牛丼。

话虽如此，因为有这份兼职，他才能脱离窘境，所以就好好努力到最后吧！修这么鼓励自己，勉强做完工作。然而，随着日子过去，他开始为要何时开口辞职而担心。他不怕告诉毛利，问题是轻部。

"阿修很有天分，可以成为这一行的专家。"

轻部之前都只喊他"喂"，却在不知不觉间改口叫他"阿修"。他好像认定修会永远干发纸巾这一行，最近修没拜托他，他也会主动帮忙。

"今天早点休息吧！"轻部用上司看部下的眼神说。

修好几次想开口却苦于无机会，就这样到了体检当天。

体检下午才开始，所以修照常去做兼职，但因为从前一天晚上开始就没吃饭，身体有些虚弱无力。

明天就要住院了，今天是最后一天上班。

"因为有些私事，我做完今天就要辞职了，这么突然不好意思。"

修一边发纸巾，一边思考着辞职时要怎么说。如果突然辞职，毛利也不会有好脸色吧！或是今天照常回去，然后打电话辞职。

"其实我突然生病了，明天就得住院……"

住院不是谎言，他觉得这是好主意，但万一被问起是哪家医院就麻烦了，所以只要说身体不适就好了。

可能是胡思乱想的缘故，眼看下班时间将近，纸巾却还剩下一大堆。他想加快速度，却因为肚子饿使不出力气。在最后一刻剩下一堆纸巾，就像是要辞职所以偷懒似的，修不喜欢这样，但他今天不想麻烦轻部帮忙。

修强忍饥饿，拼命递出纸巾，只见一个老太婆骑着脚踏车过来。老太婆在修面前下了脚踏车，用下巴指了指还剩一半纸巾的纸箱说："那是你的吗？"

修点点头，她便说："发纸巾很麻烦吧？全部给我吧！"

"全部？整个箱子吗？"

"对啊！不必担心，我不会跟别人说的。"

老太婆那干燥僵硬的脸扭曲了起来。因为全是皱纹，看不出表情，好像在笑。修瞬间动摇了，但他不能作弊。

"对不起，我可以给你一包，可是不能全部给你。"

"没关系啦，没关系啦！"老太婆抱起整个纸箱，"别计较小事，你是个大男人吧？"

"等一下，请不要这样。"修说着，东张西望。

不知道该说是不巧还是幸好，路上没几个人影，也没有人看向这里。修知道不该作弊，却又犹豫，他想顺着老太婆的强势来个顺水推舟。

老太婆似乎看透了他的想法，迅速把纸箱放到脚踏车的货架上。

"呃，你这样我很困扰。"修东张西望，以软弱的语气说。

"大男人别计较这么多。"老太婆唱歌似的说着，用塑料绳把纸箱绑在货架上。既然如此，修希望她快点拿走，可老太婆为了绑绳子，拖拖拉拉地。

万一被毛利撞见，一切都完了。

"哎呀，真是的！"修受不了，帮她绑绳子。

老太婆干硬的脸上又挤出笑容："你真是个好孩子，将来一定会出人头地。"

"好了，快点拿走吧！"

总算绑好纸箱后，老太婆东倒西歪地骑着脚踏车离开了。

托老太婆的福，工作一口气解决了，时间多了出来。修在站前书店和游戏厅闲晃打发时间。平常他会和轻部一起休息，但今天就要辞职了，要装作若无其事的样子和轻部聊天，修实在办不到。

下班时间到了，修回到事务所。毛利把脚搁在办公桌上，读着封面香艳刺激的周刊杂志。

"辛苦了。"修说，毛利却没有回应。

修想赶快领完薪水回去，却又不敢催促，只好在椅子上坐下。然而，毛利始终不肯从杂志中抬起头来。

"呃，我差不多要回去了。"修按捺不住地说。

毛利的眼睛盯着杂志应着："哦，是吗？那就回去吧。"那冷漠的语气让修困惑了。

"嗯，可是薪水——"

他说到一半，毛利便用手指推了推金边眼镜瞪他："明明没工作，还敢讨薪水？你以为我都不知道吗？"

"啊？"

"我都听说了，你把整箱纸巾送给老太婆了，对吧？"

到底是谁告的状？修脸色迅速变得苍白。他深深行礼，头几乎要碰地："对不起！"

"一句对不起就没事了吗？你总是这样作弊，对吧？"

"我没有。"修摇头否认。

但毛利冷笑："鬼才信你的话。"

"是真的，是那个老婆婆硬要拿走——"

"纸巾是交给你保管的商品，别人硬要拿走，不就是偷窃行为吗？为什么不报警？为什么不向我报告？"

"对不起。"

"而且你还帮老太婆把纸箱绑在脚踏车上，不是吗？"

修垂下头。既然都被知道了，他也无从辩解。

"浑蛋！我说是听到的，你还想装傻。我是在现场看到的！"

毛利卷起杂志拍桌子："我之前说过了，你要是敢作弊，不但没有兼职费，还要叫你赔！"

"是……"

"所以你今天的兼职费没了。"

派报的时候，修也因为类似的事让薪水全泡汤了。明明已经尝到教训，为什么重蹈覆辙？修咬紧了嘴唇，对自己的愚蠢感到恼恨。

"然后是赔偿。"

听到毛利的话，修咽了咽口水。

"你有两条路可以选择。是把先前的兼职薪水全部还回来，还是不领薪继续做相同的日数？"

超乎想象的苛刻条件让修感到一阵天旋地转。当然，他没有钱可以还，而且他明天就要住院了，不能继续工作了。不，就算不去住院，如果做白工，他也会饿死。

"你要选哪条路？快说！"毛利又用杂志拍了一下桌子。

修答不上来。不经意间，轻部来到身后说："可以了吧？他都道歉了。"

毛利一脸不悦地说："你插什么嘴？"

"阿修平常都很认真地发纸巾，今天就放过他吧！"

轻部虽然用词恭敬，语气却非常强势。

"你怎么这么护着他？你是不是也跟他联手作弊了？我知道你有时候会一次给好几包。"

轻部的表情瞬间变得狼狈，但他很快又说："我也知道。"

"知道什么？"

"只要兼职人员稍微偷懒，你就拿赔偿要挟，不付兼职费。那些没发出去的薪水去了哪里？"

"我哪知道？钱是公司在管。"毛利的眼神游移了，"如果发了纸巾都没客人上门，会被上头训的可是我。"

"拜托，就放过他吧！"

毛利叹了口气说："唉，既然轻部都说到这份上了，这回就放过你。"

"请把今天的兼职费也付给阿修。"

"可是这……"

"那我要把你私吞兼职经费的事告诉上面。"

"好了好了！"毛利挥挥手，"喂，明天开始要好好干啊！"

毛利瞪了修一眼，把牛皮信封扔到桌上。

离开事务所后，修和轻部去了快餐店。

修为了道谢，付了账单。不过接下来他要体检，所以只点了饮料。

分别在桌子的两边坐下后，修再次行礼："刚才谢谢你了。"

"没什么！别看毛利那副德行，他其实很胆小。以游戏来说，他就是个杂鱼角色！"

"我都快吓死了。要不是轻部兄帮我说话，我早就完蛋了。"

"咯咯咯！"轻部笑了，"毛利很怕被人投诉，因为他总是刁难兼职人员，把兼职薪资放进自己的口袋。"

"原来他总这么做？"

"我做很久了，对公司了如指掌。"轻部张大鼻孔说。

修由衷感谢轻部。虽然轻部时常照顾他，但没想到他甚至愿意在那种场面挺身为他说话。原本修打算瞒着轻部辞职的，可是轻部将他从危机中拯救出来了，他不能这样对待恩人。

可是确实难以启齿。他烦恼着该什么时候说出辞职的事，轻部突然问："阿修，你怎么什么都不吃？"

轻部已经在啃第三个汉堡了。

"我没食欲……"说到一半，修下定决心说出明天要住院的事。

轻部双手拿着汉堡，眼睛眨个不停："住院？你哪里不舒服吗？"

修想撒谎。如果说自己生病住院，轻部也会接受吧！

然而，他脱口而出的却是"临床试验"四个字。

"临床试验，是吃药做人体试验那个？"

"嗯。靠现在的收入，生活实在很难熬。"

"怎么回事，你要辞掉兼职？"

"突然这么说真的很抱歉，其实我本来想默默辞职的……"修搔搔头说，"可是我还是想告诉你真正的原因。"

"你真的太不负责任了，"轻部把吃到一半的汉堡扔到盘子上说，"你不是说要做很久吗？"

"对不起！"

"我们每天一起吃午饭，你明明可以更早告诉我的，为什么拖到辞职当天才说？"

"我好几次都想说，可是不知道怎么开口……"修的视线落到桌上。

"亏我……亏我那么照顾你。"轻部说。

"真的很对不起，辞职以后我还是会过来玩……"

轻部沉默了一会儿，忽然站起来。修以为他要去厕所，没想到他往门口走去。

"请等一下！"修急忙追上去。

"别啰唆，别跟过来！"轻部以沙哑的声音吼道。

修不知道还能说些什么，停下脚步，一种莫名的灼热感涌上心头，顿时觉得胸口难受。

轻部圆胖的身体消失在车站前拥挤的人群中。修对着他的背影行礼。

9

与轻部道别后，修在目黑的临床试验所再次接受体检。结果没有异状，第二天开始住院。

总算走到这一步了，但这是修第一次住院，又是当新药的人体试验品，他担心会不会因此搞坏身体。

这天晚上，修在网络上搜索，看到令人心惊的信息：如果碰上恶质的临床试验，会被要求签下同意书，同意在住院期间无论碰上任何事都不追究院方的责任。

第二天下午，他怀着紧张的心情去办理住院手续，却没有被要求签那样的文件。负责的职员也说如果有问题可以中途出院，于是修放下心来。不过，住院期间必须全面戒烟，别说酒了，咖啡等含有咖啡因的饮料也禁止饮用，似乎会很难熬。不过，想到一天两万元的酬劳，修只好忍耐了。

病房是四人房，里面有三个接受同样临床试验的男人。风间看起来年约二十五岁，一头褐色头发，肤色黝黑。姬野看上去二十岁左右，瘦削而肤色白皙。米仓是个胖子，戴着度数很深的黑框眼镜，年纪看起来接近三十岁，说不定更大。

护士把修介绍给这三个人。

"我叫时枝，请多指教。"他低头行礼，但这三个人都只是点点头，没说什么。

可能是因为紧张，又或者因为参加这种兼职的人本来就沉默寡言。不过难得成为室友，修希望住院期间能和他们融洽相处。修换上院方发的睡衣，寻找攀谈的机会。然而，护士一离开病房，这三个人就像拒绝对话似的，拉上床边的帘子。

"这些人搞什么啊？"修不解。不过，只会住在一起十天，他换了个想法，觉得没必要勉强交朋友。

这天，没有检查，修在餐厅吃了晚餐，有蛋包饭和玉米浓汤。餐厅就像学校教室，排列着长条状的桌椅，有一台大型液晶电视。其他桌有三名陌生中年男子正在用餐。他们好像也是临床试验的受试者，但吃的东西一看就是病号餐，与修他们的菜色不同。

也许是感觉到修的视线，一名男子看向这里说："你们的饭菜看起来很好吃。"

事后问护士，护士说他们是针对不同疾病的临床试验者，所以不能吃普通食物。

晚餐后，直到十一点熄灯前，修都在娱乐室看漫画。娱乐室有电视、DVD播放器、游戏机、收音机、报纸杂志和漫画，还有免费的无咖啡因咖啡和果汁，媲美网咖。不过，和网咖的扶手椅不同，宽敞的床铺可以让他尽情伸展手脚，当然也不用担心时间和费用。不仅如此，只是无所事事地躺着就可以赚到钱，再没有比这更轻松的兼职了。之前修一直做着投资回报率不高的兼职，现在他觉得自己总算时来运转了。

第二天早上七点，护士来叫醒他们。

修刚醒来，神志还没清醒，几名医生护士就走进病房为他们体检。量血压、抽血、验尿、量体重、测心电图和问诊，一连串的检查把修吓到了。护士说这是每天的例行工作，修感到有些郁闷。

体检完毕，八点过后吃了早餐，有米饭、味噌汤、盐烤秋刀鱼和腌菜。分量很少，但因为很久没吃到像样的早餐了，修觉得异常美味。虽然在住院，但他们并不是病人，所以调味也很正常。

饭后，在护士的指示下服完药，三十分钟后再抽一次血。修讨厌打针，抽血时刻意别开脸去，但刺痛还是让他的眼神忍不住飘了回来。看到暗红色的血液在针筒中累积的景象，他感到一阵眩晕，还好撑住了，没有当场腿软。万一被误会自己身体不适，兼职随时可能被喊停。

接下来他去了娱乐室。他的室友们也都在娱乐室，风间在看漫画，姬野在玩电动，米仓则像在玩自己的电脑，三人各做各的。修有一搭没一搭地看着电视打发时间。

午饭时间是一点半，吃的是意大利肉酱面和沙拉，甜点是布丁。饭后又是服药和抽血，修小心地不去看针筒。之后他到娱乐室看漫画，五点多又有人送来点心，是薯片和牛奶。

八点钟吃晚饭，有牛排汉堡和培根土豆，汤则是意大利蔬菜汤，菜色豪华。要是可以抽烟就完美无缺了，不过不能奢求。饭后又是服药和抽血，然后到熄灯之前都是自由时间。

修想起住院后还没有洗过澡，就去了趟淋浴间。一共有三间淋浴间，虽然不大，却很干净，不像网咖淋浴间地板黏滑，排水孔又塞满毛发。网咖的沐浴套餐要三百元，但这里的洗发精、润发乳、沐浴乳和毛巾都不用花钱。

修久违地洗了个优哉的澡后，去了娱乐室。他想看电影DVD，却又提不起劲。这里不是医院，所以手机可以一直用到晚上十一点。他想打电话给政树或雄介，但现在告诉他们自己正在做临床试验的兼职也没什么意思。还是等到出院后，给他们见识一下自己手头阔绰的模样，让他们大吃一惊吧！

他看着姬野玩麻将电玩。

"要玩吗？"姬野忽然回头说。

突如其来的邀约让修不知所措，姬野把手柄递给他："来，接手。"

修只玩过几次麻将，但他觉得拒绝很尴尬，于是接下了手柄。

电视机画面上出现一排麻将，游戏开始了。虽然只是游戏，但是被人盯着看，修还是忍不住紧张起来。每次他摸牌，沉思着该出哪张牌时，姬野就在背后笑道："怎么，原来你打得这么烂。"

修生气地回头。

风间也站在后面。他撩起快褪色的褐色头发说："让我来吧！"

修本来就不想玩麻将，便乖乖让出手柄。风间自信满满地开始玩，但才一会儿工夫就放炮了。

"啊，那样就输了！"姬野一把抢过手柄。

难怪他敢批评别人，他似乎是个麻将高手，连续和了几副大牌，成了最大赢家。当然，因为是游戏，就算领先也只是分数增加，但风间却认真起来：

"可恶，再让我试一次！"他推开姬野，坐到电视机前，但是没玩几圈就被对手满和，成了负分。

"我不玩了。"风间无力地说，扔开手柄。

这时，姬野笑了出来，修也跟着笑了。这场麻将游戏让他们有了重新自我介绍的机会。

风间二十六岁，原本在俱乐部当服务生，但他上班的店上个月倒闭了，所以他报名参加这个兼职。

"刚好碰上年底，很多地方都在招服务生，可是在一年最忙的时段去当服务生也挺蠢的。"

姬野是大学生，和修同年，但因为成天泡在麻将馆里，出席时数不足，就快留级了。这是他第二次参加临床试验，上次住院二十天赚了五十万元，但全输在打麻将和赛马上了。

风间听了目瞪口呆："太夸张了吧！五十万啊，可以玩很久了。"

"输光的时候脑袋一片空白，不过这就是赌博最美妙的地方！"

修简单说明自己被开除后四处找兼职的经过。申请临床试验填的地址是雄介住的公寓，所以他不敢说出自己住在网咖的事。

"你之前做过的兼职里有没有比较容易赚钱的？"风间问。

修摇摇头："根本没有。一天两万的兼职，这是第一个。"

"果然还是临床试验最好赚钱！"

"同样是临床试验，还有更好赚的呢！夏威夷或伦敦的国外临床试验愿意出交通费，出院后还可以顺便观光。"姬野说。

"太棒了！"风间听了眼睛闪闪发光。

"去夏威夷的话，就不用花钱去日晒沙龙了，还可以在免税店买东西——等一下，你说在国外会不会被喂什么可怕的药？"

"这么说的话，这次说不定也很危险！他们说是头痛药，但谁知道是什么药，不是吗？"

"可是十天二十万元的话，就算有点风险我也愿意。"

"那更困难的临床试验怎么样？听说骨折的临床试验，除了住院的兼职费，还会多给三十万呢！"

"骨折的临床试验？"

"既然叫骨折，当然要折断骨头！用机器折断骨头，再研究药物的效果。当然，好像会先麻醉。"

"真的有那种试验吗？"

"好像一般都会以骨折的病患为对象，可是如果没有合适的病例——"

"难道你参加过那种临床试验？"修问。

姬野摇摇头："打麻将输光的时候，我倒是想过。"

"还是别做了吧！万一折断骨头赚的钱又打麻将输光了，那骨头不是白断了吗？"

三人闲聊着，完全打成一片了，但米仓仍躲在娱乐室角落玩他的电脑。

"把那家伙也叫来吧！"

风间站起来，走到米仓旁边，米仓却像条深海鱼般噘着嘴，把脸撇向一旁。风间回来的时候，他还故意刺耳地咂了一下舌头。

"那王八蛋居然不理我。"

"跟他说话也没用！他怎么看都是茧居族吧？"姬野说。

"茧居族不是靠父母养的吗？干吗跑来参加临床试验？"

"好像因为最近不景气，父母也照顾不了，所以很多被家里赶出来的茧居族来参加临床试验了。"

"那茧居族要一直靠临床试验生活吗？"

"不过临床试验应该是参加一次后，接下来四个月左右都不能再参加了，不是吗？"

"这段时间过得省一点就行了！怎么没有干脆住院一整年的临床试验呢？一天两万，一年就有七百万呢！忍耐一年，接下来的一年尽情玩乐，然后来年再参加……"

"那根本是有病嘛！"

"所以就是去当治疗这种个性的药物小白鼠啊！"

修虽然觉得好笑，但也瞬间觉得那样的生活还不错，这种想法让他自己都感到可怕。

有了聊天的对象后，接下来的每一天都过得很愉快。

修依然害怕抽血，但已经渐渐习惯了规律的生活，一早的体检和服药也不再让他觉得难受了。从早到晚，他都和风间、姬野一起打电动、看电影，悠闲度日。不久前还饿着肚子在歌舞伎町游荡的那段日子简直像假的一样。在这里，只要依照护士的指示行动就行了。叫他吃饭就吃饭，叫他吃药就吃药，叫他睡觉就睡觉。什么都不必想的生活，让他觉得仿佛回到小时候。

每天重复相同的事虽然让人安心，但也枯燥。住院第五天，修开始怀念起外头的生活了。

或许是预测到了这样的心理，院方安排他明天——住院的第六天——去涩谷看电影。虽然是外出日，但还是有护士带领，不能自由行动。不过能够外出走走，还是令人开心。

吃完晚饭后，他们一如往常在娱乐室里闲聊。

"刚才我在护士站听到，明天是宫原带队！"风间贼笑着搓着手说。

在这里工作的护士年纪几乎都在三十五岁到四十岁左右，但宫原年约二十五岁，身材很棒。

"带队？说穿了不就是监视吗？"姬野冷冷地说。

"只是不让我们乱买东西吃或跑去奇怪的地方而已。"

"就算是这样也好，只要有单独说话的机会，我就赢定了。"

"难道你想追她吗？"

"是啊！"

"不可能吧！谁会理来参加临床试验的男人？"

"唉，你们等着瞧吧！"

第二天中午服过药、抽完血后，终于到了外出时间。

修和同室的三人都换上便服，离开临床试验所。米仓就连外出也随身带着电脑，背着背包。他还是老样子，不愿跟任何人交谈，但好像不讨厌出门，噘着嘴跟了上来。

带队的宫原穿着皮夹克配牛仔裤，与平日穿着护士服不同，感觉很随性。

"好了，大家要跟好哟！"

但她说起话来还是一副对待患者的口气，很快领头走了起来。

修心情轻松地环顾外头的景色。才住院六天，他却觉得户外的空气格外清新。在柔和的阳光下，平凡无奇的街景看起来耀眼极了。

众人在涩谷站下了电车，圣诞歌声从周围的店家传来。十二月快到中旬了，街上充斥着圣诞节装饰。

修怀念起晴香来，离开雄介的住处后，修和晴香只通过一次电话，就再没有联络了。或许晴香是真的想分手，但只要他重新振作，他们还是有重修旧好的可能。他打算出院后去找晴香见个面。

不知道电影是不是宫原选的，是外国爱情喜剧片，电影票和来回车费都是院方出钱。

宫原在电影院的贩卖区招手说："我来买零食和饮料，你们想吃什么？"

她几乎把他们当成小学生看待了，所以就算装模作样，也不可能帅气起来。三人应了声"好"，随即跑了过去。店里的中年妇人一脸讶异地看着他们。他们买好零食和饮料后，米仓才总算走了过来，指着橱窗里的巧克力说："我要这个。"

电影不怎么好笑，风间的举动倒是很好玩。

电影刚开始的时候，宫原坐在四个男人身后，但风间在中途站了起来，坐到宫原旁边。修频频回头，看到风间热情地与宫原攀谈。电影快要结束时，风间才总算回到座位上，得意地摆出胜利的手势。

"顺利吗？"

"还好。"

修不认为有那么容易，但离开电影院时，不知道是不是心理作用，宫原的脸看起来有些红。

回到临床试验所后，风间不断炫耀他的战功。

"我约她出院后去喝一杯，她一口答应了。"

然而，第二天早上体检时宫原没有出现，取而代之的是一个四十岁左右、体格壮硕的女人。风间狼狈地询问理由，一名护士以冷漠的声音说，从今天开始换人负责。

修和姬野隔着床铺对望。下个瞬间，两人弯下身子，拼命忍住笑意。

随着住院生活进入倒计时，修越来越觉得倦怠。每天的三餐绝不算难吃，但味道大同小异，越吃越腻。偶尔也想吃泡面或汉堡，也怀念有咖啡因的咖啡、酒类和香烟。老觉得肚子不太舒服，尽管觉得是药物的副作用，但或许是压力所致。修每天都和风间与姬野在一起，但能聊的话题差不多聊完了，对话渐渐变得没那么热络。

话虽如此，在睡睡醒醒间就可以赚到钱还是让人觉得奢侈。如果真的生病住院，反而得付钱，还要承受生病本身及各种检查、手术的痛苦。如果生了重病，别说十天了，可能好几年都没办法离开医院吧！相较之下，现在的环境实在是太舒适了。修因过得太爽而有点心虚，但风间和姬野不以为然。

风间说："我们是志愿者啊！没有人提供协助就不能开发出新药，所以我们光是待在这里就是在造福世人！"

姬野的意见也相差无几："也不算志愿者，应该说是小白鼠！制药公司利用我们当小白鼠，研发新药来赚大钱。这里的医生和护士都得靠我们领薪水，所以根本没什么好内疚的。"

两人说得没错，社会上确实需要这样的兼职。或许没必要感到心虚，但修就是觉得不太对劲。他在书上看过，如果没有东西吃，章鱼会吃自己的脚；拿自己的身体当医药学的小白鼠赚钱，仿佛章鱼吃自己的身体充饥一样。不过，参加临床试验顶多有副作用，不会伤害身体，而且也不会给任何人造成麻烦；况且就像风间和姬野说的，也有助人的一面。那么失去的就只有住院的这段时间了。如果在外头赚得比较多，那参加临床试验就是时间上的损失；但如果待在外头也没有收获，还不如参加临床试验，投资回报率要大得多。这么一想，修越发觉得临床试验的好处说不完。

"可是总觉得哪里怪怪的。"修在心里嘀咕着，却无法解释究竟是哪里不对劲。

明天就要出院了。这天晚上，修和风间、姬野办了道别派对。说是派对，也只是聚在娱乐室用果汁干杯而已，但因为很快就能重获自由，众人情绪高亢，话题也都围绕在怎么用这笔钱上。

"离开这里后，第一件事当然要去找乐子。"风间说。

"为宫原的失败扳回一城怎么样？"姬野笑道。

风间板起脸来说："还敢说别人，反正你肯定是去打麻将，对吧？"

"没错，我要去赔率高一点的地方打。"

"那样的话，二十万三下五除二就花光了。"修说。

"可是赢的话，一个晚上可以翻好几倍！在赌场，钞票就跟卫生纸没两样。"姬野眯起眼睛说道，那张白皙的脸显得英气逼人。他在麻将馆的样子或许与在这里截然不同，应该就是现在这副表情吧！

"那么，时枝，你呢？你的兼职薪水要怎么花？"

被姬野这么一问，修不知所措。

"我得找下一份工作才行，所以要先买件面试穿的衣服——"

"什么嘛！一点意思也没有。"风间说。

"可是我想搬出现在住的地方。"

"还是豪赌一把比较好！"姬野插嘴说，"把二十万拿去投资赛马，一眨眼的工夫就能赢到房租钱了。"

虽然不知道风间和姬野究竟有几分认真，但他们这样毫无意义地争论根本就没完了。修想泼他们冷水，便说："你们都没有考虑过将来的事吗？"

对话突然中断，一片沉默。

修正担心自己是不是多嘴了，风间却低声说道："哪有什么将来啊？"

"现在这个时代，如果不是一流大学毕业、进入一流企业，不就是人生失败者了吗？像我们这种高中学历、家里又穷的，再加上都二十六岁了，已经没救了！"

"二十六岁还很年轻啊！电视上说，也有很多中老年人找不到工作，不是吗？"修说。

"我就是不想变成那样才在这里挣扎，可是不管怎么做，永远都不可能变成赢家！所以没有将来可言。以后的事以后再烦恼，要把握当下，及时行乐！对吧？"风间像是征求同意似的看着姬野。

姬野却歪着头说："将来对我无所谓，我只想一决胜负，不是你死就是我活。"

"你是不是看太多赌博漫画了？"

"也许吧！可是我想活得更有真实感。只为家庭和生活、只知道工作的人生，不是太可悲了吗？"

两边的想法，修都能理解，但他们只是在逃避思考将来的事吧！当然，自己也是得过且过，毫无展望可言。

"先提起这个话题的人，将来又是怎样的呢？"风间问。

"不知道，现在的我只能努力摆脱现状。"

"要怎么做才能摆脱现状？"

"感觉只能先赚钱了……"

"真是毫无梦想。既然没钱，那就动脑啊！"

"动脑做什么？"

"不要满口钱钱钱的，听了真让人丧气。"

"可是，"姬野说，"刚才我们还在为怎么用那笔钱讨论得兴高采烈，不是吗？"

"所以，就是这样。你说的什么'不是你死就是我活'的一决胜负，没钱也办不到吧？"

"那当然！而且就是因为没钱，我才会在这里！"

"可恶，归根结底还是钱啊……"

所谓将来，就是钱的问题吗？这么想很空虚，但结果还是回到钱的话题上。那么只要有钱就行了吗？也不一定吧！修过去学到的都是"人生并非只有金钱"，也希望现实生活真是如此。但是不管干什么都得花钱。

第二天早上吃完早饭后，是最后一次体检。

修与三名室友换上便服，从置物柜里取出塞了家当的纸袋。

风间笑道："拿那种纸袋好像网咖难民。"

修内心一惊。

护士叫他们在娱乐室等，但过了十分钟都没有人来。不过四人没有玩电动或看漫画，全都紧张地屏着气，盯着娱乐室的入口。不久，一名像是职员的白大褂男子走了进来。

"现在我来发协助费，请清点数目。"

四人被一一叫到名字，领了信封。

信封里装了二十张万元钞票。修大略数过之后，匆匆收进皮夹。这是他第一次赚到这么多钱。他竭力保持冷静，脸颊却不争气地放松下来。风间的笑容灿烂到连修看了都觉得丢脸，姬野也捂着嘴巴，像在强忍笑意。修转头看米仓，只见他正专注地数着钞票。米仓依然像条深海鱼似的噘着嘴巴，但唇角似笑非笑地上扬。这是修第一次也是最后一次看到米仓的笑容。

四人离开临床试验所时，天空一片灰暗。

修一行人在试验所前停下脚步，但米仓看也不看他们一眼便匆匆离去。

风间目送着他的背影说："那家伙从头到尾都没说过半句话呢！"

"都是那样。我上次参加临床试验时，每个室友都像茧居族，几乎没半个人开口。"姬野说，"相比之下，这次有风间和时枝你们在，真的有趣多了。"

"我也过得很开心。"

"我也是。"

三人笨拙地握手。

走在去车站的路上，风间和姬野都默默无语。这十天培养出来的感情似乎正急速消失，修感到寂寞。仔细想想，他们甚至没有交换手机号码。

修想邀他们吃午饭，但两人似乎已经处在不同的世界里，他不好开口。

结果修什么也说不出口，就这样来到车站检票口。临别之际，风间挥手说："有缘再会！"

"嗯，有缘再会。"

"那再见了！"修也笑着挥手。他们应该再也没有重逢的一天了。

往月台走去时，他觉得仿佛有阵冷风吹过胸口。

修在新宿下了电车。他现在有钱了，没必要执着于住在新宿，但其他地方让他无法安心。因为有段时间都睡在这里，附近有些什么他一清二楚。

修在车站前的商店买了烟和矿泉水。临床试验期间不能抽烟，他觉得应该可以趁机把烟戒掉，但一旦动了想抽的念头，就再也忍不住了。他离开东口，想找个地方吞云吐雾一番，便走进游戏厅。戒了十天的烟美味到手指几乎要发抖，他连续抽了两根。

离开游戏厅时，修犹豫起下一步该怎么走。因为手头难得有钱，他浮躁了起来，但又想到若不先规划好，只会白白浪费钱。他想打电话给晴香找她吃晚饭，但她现在应该正在上课吧；联络政树或雄介，时间好像也太早。那么只能打发时间，等到傍晚再说了。修盘算了好一阵子，决定买个包放家当。今早也被风间嘲笑了，而且提个大纸袋走在路上实在很丢人。他往歌舞伎町的量贩店走去。

走在商住楼鳞次栉比的马路上，不知何处传来炸猪排"哗"的油炸声，接着一股香味扑鼻而来，他顿时饿了。

之前口袋空空地在这条街上游荡时，许多东西想吃也吃不起。看到烤肉、牛排、寿司等招牌，或是闻到抽油烟机里飘散出的味道，他就饿得难以忍受。但是现在他什么都吃得起。这么一想，肚子突然饿了起来。晚点再买包，先去吃午饭吧！修经过量贩店面，物色想吃的东西——烤肉不错，回转寿司也很好，拉面和咖喱也难以取舍。

修看着店面招牌来回走着，两名穿着制服的警察从前方走过来。修觉得警察正在看他，但他没有做任何亏心事。正当修从警察身边经过时，警察叫住了他："不好意思。"

修回头，一名警察向他行礼说："抱歉把你叫住，可以让我们看一下你的物品吗？"

"咦？"修觉得莫名其妙，眨着眼睛。

另一名警察说："我们正在进行年底的加强巡逻，麻烦配合一下。"

修似懂非懂地点点头，递出纸袋。他觉得麻烦，但因为最近发生了当街砍人等事件，导致人心惶惶，所以警方才会加强巡逻吧！

其中一名警察看上去接近三十岁，高高瘦瘦的。另一个大概三十出头，个子矮小，但体格结实。

"那么我要检查了。"高个子警察强调似的说，伸手摸索着纸袋内部。

虽然修同意检查，但在大马路上被掏出换洗内衣裤还是很丢脸，路人频频朝这里瞄。

能不能快点啊？正当修觉得不耐烦时——

"这是什么？"高个子警察从纸袋中掏出一个反射出银光的东西。

修瞬间纳闷那是什么，但很快就想起那是之前玩夹娃娃机夹到的LED手电筒。

"这是什么？"警察又问。

这不是明知故问吗？但修还是回答："手电筒。"

"你怎么会有手电筒？"

"怎么会有……就是有啊，之前在游戏厅抓到的。"

"这样啊，可是一般人不会随身携带手电筒吧？"

"什么意思？"

"我是在问你，带手电筒是想拿来照什么？"

"没什么特别的原因啊，因为上面有钥匙圈，我觉得方便就带着了啊！"修不悦地回应。

"借我一下。"矮个子警察拿起手电筒，将尾端转来转去，接着忽然大吼，"居然有这种东西！"

高个子警察也夸张地向后仰："哇，这完全违法了！"

玩夹娃娃机夹到手电筒后修就没怎么碰过它，所以没发现手电筒上还附有折叠式小刀和扳手。不过他不懂这哪里有问题。

"居然带着这么危险的东西，这怎么行？"

"喂，你跟我们到派出所一趟。"

"这太荒谬了！"修说不出话来。说是刀子，也只是削扁的牙签般的小东西罢了。

"我不知道上面有小刀。"

"就算是这样，还是要请你到派出所一趟。"

要是在这个时候拒绝，事情好像会变得更复杂，看来只能听从警察的话。修刻意夸张地叹了口气，被警察左右夹着走出去。马路的另一头，几个像是小混混的男人指着这里讪笑着。

"快的话，两小时就可以离开。"高个子警察安抚他说。

一想到居然要花上两个小时，修就受不了。他只是想吃顿午饭而已，怎么会碰上这种倒霉事？平白被冤枉的愤怒与不安，让修一时忘了自己走过什么路又经过了哪些地方。

派出所里，好几名穿着制服的警察对他投以凌厉的目光。

警察吩咐修在折叠椅上坐下，询问他的姓名、住址、年龄和职业。修说出姓名和年龄，职业是兼职族。至于住址，修不敢谎称住在雄介的公寓里，只好说自己睡在网咖。

高个子警察哼了哼鼻子说："简而言之，就是居无定所。"

矮个子警察以锐利的眼神瞪着他："最近网咖难民里有不少为非作歹的家伙。"

"我什么都没做。"修摇头否认，对方却再次要求他拿出纸袋里的东西。

修颓丧地把东西摆到桌上，矮个子警察指着装着矿泉水瓶说："为什么没有打开？"

"为什么？因为还没喝啊，我刚才在车站买的。"

"太可疑了。如果拿来挥舞，可以当成钝器打人。"

修目瞪口呆，叹了口气。接着，警察又要求他掏出口袋里的东西。

修从口袋里掏出零钱和打火机，放到桌上。

"接下来把皮夹里的东西亮出来。"

修不甘愿地打开皮夹，展示内容。

"那笔钱是怎么回事？"矮个子警察皱起粗眉毛问道。

"网咖难民怎么会有那么多钱？"

"兼职的薪水。我刚领到而已。"

"什么兼职？"

"临床试验。"

"什么？你说什么试验？"

修正想着该如何解释，这时，派出所的一名警察走近，附耳对矮个子警察说了什么，矮个子警察立刻站起来："好，到署里说清楚吧！"

"咦？"

"快点，警车已经来了。"

"等一下！"修声音沙哑地说，"我做了什么吗？"

"你非法持有刀械，此外还有些可疑的地方。"

"我都说我不知道那上面有刀子了！"

"不必啰唆，有话到署里再说。"

双方争执了一会儿，但警方完全不理会修的说辞。

修慢吞吞地站起来，高个子警察随即从后方抓住他的皮带。那形同对待罪犯的举动，让修的脸色变得苍白。他被抓着腰际离开派出所，推上警车后车座。高个子警察与矮个子警察在修的两旁，用力抓住他的手臂。

警车没有鸣笛，就这样驶了出去。车窗外歌舞伎町的街景向后流去。

刚才走过的街道看起来好遥远。修茫然地向外望着。

10

只是持有玩夹娃娃机夹到的 LED 手电筒，为什么会被警方逮捕？修不知道手电筒上附有折叠小刀，而且说那是刀子，也就是连铅笔都削不动的小刀。况且他根本忘了自己有这种东西。这太违背常理了！修就这样茫然地到了警署。下了警车进入署里，高个子警察仍然在身后抓着他的皮带不放。

修被逼着走进电梯，但不记得停在了几楼。穿过有许多办公桌的宽阔楼层后，他被推入约三坪[1]大的小房间里。房里只有一张钢桌，两旁各摆了一把折叠椅，十分简陋。亚麻油毡的地板上处处是剥落的痕迹，窗户嵌有铁条。这场景很像电影和电视剧里的审讯室，让修越发紧张。

高个子警察总算放开修的皮带，要他在椅子上坐下。矮个子警察暂时离开，接着又拿了笔记本电脑回来，坐到桌子对面。高个子警察像要堵住出口似的站在修旁边。虽然堵住了出口，但门还开着，意思是他并未遭到监禁？门外不停传来警方无线电的声音。

矮个子警察用下巴指了指放在桌上的 LED 手电筒说："我刚才也说过，这触犯了《轻犯罪法》。"

"可是我根本不知道有刀子。"修又说了一遍不晓得说过多少遍的话。

矮个子警察摇摇头说："这不是一句不知道就可以了结的事。无正当理由携带刀械，按法律规定须拘留或处一千元以上、一万元以下罚金。"

对方说什么拘留、罚金的，修搞不懂，但他无法接受只是持有小刀就算犯法的事实。

"那去买菜刀回家或是带刀子去露营，也算犯法吗？"

---

1. 1坪约合3.3平方米。

"那有购物和露营这样的正当理由，所以没有问题。你的情况不同，我们问你为什么携带这把刀子时，你没有说出特别的理由。"

"别说理由了，我甚至不知道这把手电筒附有小刀，所以……"

"即使没有刀子，只有手电筒，问题也相当严重。毫无理由地携带手电筒，就算被怀疑企图行窃也是自找的。手电筒也可以拿来当成钝器使用，等同于携带凶器。"

"这算哪门子歪理！"修想要辩驳，但转念一想，觉得说了也是白搭，便问，"我会怎么样？"

"写笔录，然后拍照，按指纹。"

修觉得自己渐渐被当成罪犯，不由得恐惧起来。他拼命思考该怎么做才能摆脱危机，结果高个子警察凑近他："然后文件会送交检察官，再决定要不要起诉。如果有罪，就得缴九千元罚金，但大部分都不会起诉。"

"只要坦白回答，就可以早点回去了！"警察小声地说。

听到九千元罚金，修稍微安心了。他并没有接受警方的说辞，但既然最糟糕的情况也只有那种程度，现在最好乖乖听从。修想要快点获得释放，去吃午饭。出于这样的念头，他答应做口供，只是写笔录实在很麻烦。

矮个子警察笨拙地敲着键盘，问他为何出现在歌舞伎町，得到LED灯的日期、时间和地点，以及户籍地、出生地、学历、职历、收入、家族成员，甚至连身高、体重都要追根究底地问。

修来到警署快三小时，一连串的审问才宣告终了。手机上显示的时间都超过两点了。

"你确认一下内容是否正确。"矮个子警察看着电脑屏幕，念出笔录的内容，"讯问人预先向嫌疑人声明无做出违反自我意志之供述后，予以讯问，嫌疑人主动做出如下供述：我在歌舞伎町的路上行走，想要吃午饭时，遇到警察盘查，结果藏在身上的手电筒小刀被发现——"

"请、请等一下！"修忍不住插嘴，"我根本没有藏，我连袋子里有那东西都不记得！"

"细节不必计较。"矮个子警察不理会修的抗议，继续念完笔录。

"现在要拍照，拿着这个站在那边。"

警察要他提着装家当的纸袋，站在墙边。

"来，指着纸袋底部。"

高个子警察说着，举起数字相机。好像是要拍证据照，标示刀子的藏匿处，但修根本没有藏凶器的意图，不愿意这么做。他拒绝配合拍照，矮个子警察叹息着说："你这种态度，我们没办法放你回去。"

"可是我真的没有藏。"

"就算没有藏的意思，但你把刀子放在纸袋里是事实吧？既然没有正当理由，携带刀械就是犯法，不管你有没有藏匿的意图，结果都一样。"

"可是我认为藏起来和放在里面，意思不一样。"

双方争执了一会儿，高个子警察叹了口气："既然做了坏事，就老实承认吧！"

修虽然害怕反抗两人，但或许因为之前坚持过，对于藏匿刀械一事，他说什么都不肯退让。

矮个子警察的脸颊频频抽动，像是在强忍怒意。

"倒是你居无定所这一点让人伤脑筋啊！"他改变话题。

"视情况，我们必须拘留你。"

"怎么会这样？"

"你说你父母下落不明，那你有没有保证人？"

"保证人？"

"不用想得太严重，只是请那个人在你回去的时候过来接你。"

修听到女朋友或朋友都可以，就想到晴香，但是那么久都没打电话给她，劈头就说他被警察抓了，实在令人难以启齿。那么就只剩下政树和雄介了，比较好开口的是雄介。他得到警察同意，当场打电话，结果雄介说他下午要做兼职，没办法离开。

"你到底做了什么？"雄介以害怕的声音问。

修含糊其词，挂了电话。接着他打电话给政树，却没人接听，也有可能是故意不接他的电话。修没办法，只好打给晴香。他担心她会不会在上课，幸好电话接通了。

"你怎么会被警察抓？"听完说明后，晴香深深地叹了口气，"不好意思，我不能当你的保证人。万一被我爸妈知道就惨了。"

"没那么夸张！"修转述警察的说辞，"只是在我回去的时候过来接我——"他才说到一半，电话就断了。

修后悔不该打这通电话的，但已经太迟了。他说没有人肯当他的保证人，矮个子警察立刻露出怜悯的笑容，站了起来。很快，矮个子警察和一个四十岁左右的男人一起回来。

男人一进门，就以凶狠的眼神瞪他，厉声怒骂："喂，你知不知道自己干了什么好事！"

他一副随时要扑上来的样子，吓得修心脏都要缩起来了。对方穿着便服，或许是个刑警，但看上去根本就是流氓。

"随身携带小刀当然是犯罪啊！而且还居无定所，听说也没人要来接你？这种人还敢拒绝拍照！"

被不分青红皂白地怒骂，修觉得自己好像真的做了什么坏事。

"对不起……"他小声道歉。

男人立刻用力地点点头："好，逮捕。把手铐拿来。"

"啊？请等一下！"修急忙抗议，但高个子警察把手铐交给了男人。男人一把抢过手铐，吼道："平成××年十二月××日，下午两点四十四分，因违反《枪械法》逮捕嫌犯！"

吼声刚落，修的双手就被铐上了。冰冷的金属触感以及对遭到逮捕的震惊，让修颤抖不已。

"什、什么《枪械法》，我不是违反《轻犯罪法》而已吗？"他以沙哑的声音问道。

两名警察却别开视线避而不答。

"胡扯，你还不知道反省！"疑似刑警的男人又吼道，修只好闭嘴。

接下来就像一场噩梦。

修再次被搜身，连鞋子里面都不放过。他一连签了好几份文件，也按了指纹，中途被带到别的房间拍了大头照，再用扫描机采了双手指纹。当然，也被拍了指着纸袋的照片。修已经无力反抗了。

更重要的是，他对接下来的发展不安到了极点。他觉得他们不会放过自己，但警方也没闲到来管这种小事吧？他抱着一丝期待，心想只要乖乖配合，一定很快就会被释放。

然而，拍照的时候，他问高个子警察，却得到了这样的回答："虽然很同情你，不过你得在这里过夜了。"

得知要被关在拘留所，修面色苍白。终于沦为罪犯了。这样的真实感涌上心头，连自己都觉得羞愧难当。好不容易领到薪水，只是想吃顿午饭，根本没料到会碰上这种事。

等到审讯结束，窗外的天色已经暗了下来。

修在两名警察的陪同下，铐着手铐，腰上系着绳索，前往拘留所。走过长长的走廊，穿过像是拘留所出入口的铁门后，两名警察在那里折返，把他交给叫"负责人"的人看守。负责看守的有五六个人，个个体格壮硕，宛如格斗家，让人望而生畏。

修被负责看守的人带着，走进叫作"身体检查室"的房间，解下手铐，脱到只剩下一条内裤。负责看守的人检查他的身高、体重和身体特征，将每一样持有物品列成清单。纸袋不必说，就连衣服、鞋子等所有东西都得没收保管，直到释放为止。衬衫和裤子还给了他，但不知道是否为了防止自杀，皮带被抽走了，裤子一直往下掉。鞋子也没还他，叫他换穿拖鞋。廉价的橡胶拖鞋上写着号码。听到往后会被以这组号码称呼，修就越发忧郁。这时，负责看守的人叫他买牙刷、牙膏、肥皂、毛巾和洗发精，又不是网咖的盥洗套餐，修没想到在这种地方都得花钱。

负责看守的人说，拘留所的晚饭时间已经结束，要吃饭得自己出钱订。听说不管是叫外卖或是便利店便当都可以，但修因为疲劳与不安，肚子饿过头，没有食欲。他在持有物品的保管证上签名后，订了面包和牛奶。

拘留所的每一间屋子叫作"房"，每一房都有号码。成排的铁栏杆里射出许多视线，让修双腿瑟缩。

"××号，这里就是你的房。"

负责看守的人打开看起来十分坚固的金属门，催促他进去。房里的两个男人看向这里。修提心吊胆地行了礼，踏进房里，身后的门随即被关上。

约三坪大的房内，墙壁是白色的，地板上铺着褪色的米色地毯，里面有间附窗的厕所。房里铺了三床被子，其中一床似乎是自己的，但修不好意思一进来就躺下，怯生生地在房间的角落坐下。

"小兄弟，你干了啥？"年约四十岁、穿着夹克的男人问。他顶着大平头，细小的眼睛十分锐利。

修紧张地说明，男人"哼"了一声笑着说："这年头，像你这样的年轻人在歌舞伎町闲晃，当然会被盘问！而且还带着刀子，根本就是飞蛾扑火。"

"可是，我连自己身上有刀子都不知道。"

"是你太无知了！无知就是罪。"

无知怎么会是罪呢？修不懂男人的意思，但仍默默地点点头。男人说他触犯的是伤害嫌疑，但共犯还没有落网，所以警方也无法起诉他，已经在拘留所待了一百多天之久。

"唉，要是上了法庭，就得进去了。"男人若无其事地说。

"你说'进去'，是指进监狱吗？"

"嗯，"男人应道，"四年应该跑不掉，不过伤了帮里的人，只关这么几年也算便宜了！"

听到"帮"这个字眼，修毛骨悚然。男人似乎是黑道分子，明明得被关上四年，却一副满不在乎的样子，让修更害怕了。

"小兄弟，如果你在外头没事干，就加入我们帮吧！"男人说。

修一时语塞。

"不行不行，薮内先生的帮，不赚钱。"另一个男人以奇怪的语调说。

那人生得一张娃娃脸，说是高中生也不会有人怀疑，不像是会被关在拘留所里的人。

被称为薮内的男人额冒青筋地说："你说什么，张？有种再给我说一遍！"

"不是我说的，街上的人说的。"张笑道。

张是Ａ国人，嫌疑是非法居留与盗窃。

为何自己非得跟黑道及盗窃犯共处一室？修觉得仿佛被丢进猛兽的牢笼，沮丧不已。这时，负责看守的人拿着面包和牛奶过来。修从开闭式的送餐口接过东西，却完全没有食欲，但人家都帮他买来了，他觉得不吃也过意不去，硬是把牛奶灌了下去。

没过多久，负责看守的人发出指令："熄灯！"周围房里的交谈声随即停止，照明也变得昏暗了些，但天花板的荧光灯还有一根是亮的，刺眼得教人睡不着。修躺在垫被上，盖上薄毛毯，闻到一股类似学校体操垫的酸臭味。虽然有暖气，但没有棉被可盖，脖子阵阵发凉。还以为摆脱了临床试验的兼职总算可以松口气，没想到这回却被丢进拘留所。

两者在受到拘束这一点上非常类似，待遇却像天堂与地狱。自己究竟会被什么罪名起诉？得在这种地方待上多久？心中的不安一波又一波地涌上来，修实在无法安眠。雄介和晴香拒绝当他的保证人，也让他大受打击。雄介说要做兼职是真的吧，但修可不是邀他出来玩。朋友走投无路，他居然以兼职为先，太无情了。至于晴香，修只是说他被警察逮捕，就一副觉得他一定有错的样子，也不好好听他解释就挂了电话。看来晴香真的厌倦他了。

修听着巡逻的脚步声靠近又远离，忍不住叹息。

第二天早上，修被"起床"的吆喝声惊醒。睁开眼皮一看，房里的照明变亮了，刺眼的光沁入眼睛。没有时钟，所以不知道几点了，不过昨天看守的人提过起床的时间是七点。昨晚根本没睡好，脑袋昏昏沉沉的。修揉着惺忪的眼睛，薮内和张已经在收被子了。修折好垫被和毯子，等负责看守的人打开房门锁。

薮内说，按照规矩，新人要负责收拖鞋，然后从"老人"开始依序离开房间。他们由薮内领头，排成一排走出房间，将垫被和毯子放进收纳库。接下来要清扫房间，这也有分配，新人负责扫厕所。可能是每天打扫的缘故，厕所相当干净。窗户的亚克力板是透明的，从外面就能看得一清二楚，非常丢脸。薮内说因为没有换气扇，必须边上边冲水，免得臭气熏天。厕纸又硬又粗。

打扫完毕后是盥洗，在走廊的洗手台洗脸、刷牙。每个房依序排队盥洗，所以不能洗太久。如果可以，修想洗个澡，但拘留所一星期只能洗两次澡。负责看守的人说入浴日是昨天，修觉得自己连在这里都这么不走运，失望极了。

盥洗结束后是早餐时间。

塑料便当盒和筷子从送餐口送进来。菜色是米饭、萝卜干、香松、海苔酱和味噌汤，没有茶，只有热开水或凉开水。就在地上铺着塑料垫吃，但修还是没有食欲，而且饭和味噌汤都是冷的，也吃不下多少。和自己相反，薮内和张都飞快地扫光了餐点。

"小兄弟，饭要好好吃，不吃会没力气啊！"薮内说。

修慢吞吞地动筷，只见张一本正经地说："拘留所，饭好吃。而且，不用钱。"

"什么不用钱，浪费我们日本的税金。"薮内说，也不反省自己。

"牙医，也不用钱。我在拘留所，治好蛀牙。"

"审讯的时候明明不讲日文，小心我跟刑警打小报告。"

"听不懂，不知道，叫翻译来。"张露出白牙笑了。

早饭后会进行点名，点到号码要大声喊"有"。点完名后，就到了运动时间。

修纳闷着是什么运动，结果他们被赶到铺了草席、约五坪大的房间，在那里抽烟。拘留所里居然可以抽烟，修感到惊讶。据说，只要向负责看守的人说一声，还可以自掏腰包买烟。不过，只有运动时间可以抽，而且一天限两根。香烟插在三合板上，每一根都写有自己的号码。虽然修心情差到了极点，但烟抽起来依旧那么香。薮内和张也都眯着眼睛吞云吐雾。

从嵌了铁条的窗户可以看到天空。房间正中央摆了一个装了水的水桶，权当烟灰缸，旁边扔着好几个电动剃须刀和指甲剪。刮胡子和剪指甲好像也是在这个时间进行，也有人边抽烟边刮胡子。

两根烟都抽到底后，修回到拘留房。接着一直到十二点的午饭时间，他都无事可做。听说可以借阅叫"官本"的书，或是自费买书，但修现在没有心情看书。薮内躺着看漫画，张在做深蹲运动，不晓得是否是为了弥补运动量的不足。

午饭是面包、人造黄油和果酱。好像也可以自费叫便当或外卖，叫作"自费餐"，但修依旧没有食欲。薮内餐餐都吃自费餐，天天点不同的便当，所以面包多了出来。张大口吃着薮内的面包。

吃完晚饭没多久，警铃响起，叫了张的号码。

张好像是去接受审讯了，但他离开拘留房不到一小时就回来了。修奇怪他怎么回来得这么快，他说："翻译，要钱，一会儿就完了。笔录，好难。"

"别胡闹了！"薮内吼道，"快点滚回A国去！"

"我要回去啊，证据不足，强制遣返。"

张问修是做什么的，修说是兼职族。

"年轻人不工作，不可以。"

"我的确需要钱，可是工作不好找。"

"没有钱，就没有头。"

"那是日本的俗谚，你少乱用。"薮内说。

下午三点是点心时间。

点心和拘留所听起来格格不入，但听说和三餐一样，可以自费购买。

薮内清脆地嚼着零嘴，把袋子扔过来说："小兄弟要不要来一点？"

修不想吃，但还是向他道谢："拘留所还可以吃点心，服务真好。"

"点心罢了，有是理所当然的！"薮内说，"我们只是为了接受审讯才被拘留，又不一定有罪。依照刑法推定无罪的原则，我们受到这样的待遇才是岂有此理呢！"

的确，如果犯罪了，被逮捕关在拘留所受罚天经地义，但就像薮内说的，连审判都还没有开始，他们却已经被用号码称呼，受到各种约束，实在说不过去。话说回来，被逮捕的人之中有些不必等待审判的，明显就是犯罪者吧！若是做了会被逮捕的事，那也无可反驳，但要是被冤枉怎么办？就因为无法辨别有罪无罪，就先全部丢进拘留所再说吗？修思考着，头痛了起来。

到了六点，晚饭送来了。菜色除了米饭，还有炸鱼、煎蛋、炒菜和腌菜，不知为何没有味噌汤。每道菜的味道都很清淡，和早餐一样都凉了。

薮内和张一如往常，一眨眼的工夫就把饭扒光了。修学两人飞快地吃了起来，但还没吃到一半，就感到胸口发堵。

他问张要不要吃剩下的，张立刻笑逐颜开地说："小兄弟，好人，感恩。"

"别闹了，明明就是个忘恩负义的家伙。"薮内奚落地说。

张一边扒饭一边说："没有闹，讲义气。"

吃完晚饭后，又没事可干了。八点半盥洗，准备就寝，然后点名。

尽管到了熄灯时间，睡意仍迟迟不来。现在才晚上九点，不想睡是理所当然的，但修这时才开始饿起来，意识也变得更加清醒。他躺在床上发呆，薮内咂着舌头说："别一脸晦气，不过是带把刀子罢了，很快就会被放出去的！"

"真的吗？"

"你也没有前科吧？除非搞坏检察官对你的印象，不然没事的。"

听到马上就能出去，修放心了几分，但别人安慰的话也不能完全听信。

"我会有前科吗？"

"缓起诉的话不会有前科，不过会留下记录。话说回来，"薮内叹了口气，"你什么都不懂啊！像你这个样子，以后怎么混得下去？"

"我对法律是不清楚，但也没想到居然会被关进拘留所。"

"这就叫作天真。逮捕也就算了，警察盘问是没有权利检查私人物品的，叫你去派出所，完全是民众自愿配合，就算不去也不会有罪。"

"可是当时的气氛实在让人拒绝不了，而且对方叫我配合……"

"警察就是要弄得你不敢拒绝。盘问只能问话，不能强迫回答，你就算不吭声也不会有事。"

"这……如果不回答，感觉下场会更可怕。"

"唉，一般人没那种胆子吧！可是被搜出刀子就完了，不管怎么找理由都会被抓走。"

"我就是这样。对方说我没有正当理由，我无法反驳。"

"要说正当理由，其实警方盘问也得有正当理由才行。所谓的盘问，是基于对象的行为异常，或视周围的状况，合理判断对方有可能犯罪，或是可能即将犯罪来进行的。"

看薮内那张凶恶的脸，感觉就只知道诉诸暴力，毫无头脑可言，没想到竟如此精通法律。修正为他意外的一面感到佩服时，薮内又说："如果受到不正当的盘问，就叫对方亮出警察手册，问他官阶和职名，叫他联络监察官室。不过条子是不会轻易透露自己的名字的。"

薮内说，监察官室是监视警方内部失信行为及丑闻的机关。修觉得，叫警察打电话去那种地方，只会更加惹恼对方。

"那就叫他们找值班律师来。如果对方还是要求你去警署，就自己打电话找律师。既然是自愿配合到警署去的，想打电话随时都可以打。"

"可是我没钱雇什么律师。"

"值班律师第一次会面是免费的。"

"好厉害，你居然知道这么多。"

"废话！不懂法律，混什么黑道。可是，"薮内嘀咕说，"条子也不是喜欢才盘问的。上头命令，条子也只好乱枪打鸟冲业绩，可怜啊！"

"真的，真的。"张一边在垫被上做仰卧起坐，一边说道，"日本警察，可怜，犯人跑掉，也不可以开枪。"

"吵死了！你这王八蛋，看我怎么收拾你！"

薮内怒吼时，负责看守的人也吼道："安静！"

第二天早上刚吃完早饭，修就被负责看守的人叫了过去。

听到自己要被移送检察单位，修不由得紧张起来。离开拘留所后，他被手铐和腰绳与其他嫌犯绑成一串，像蜈蚣赛跑似的往前走。这天早上非常寒冷，手铐冰得他直发抖。

嫌犯一行人走出警署后门，坐上外形像巴士的护送车。虽然车窗上有窗帘，还是可以从隙缝处看见外面的景色。十字路口的斑马线上，准备上班的上班族正快步通过。这种稀松平常的晨景，看起来却恍若另一个遥远的世界。

护送车停靠在各处警察署，接送新的嫌犯，嫌犯有中老年人，也有年轻人。离开拘留所后约一个小时，总算抵达检察厅。

嫌犯们走下护送车，被带进位于地下、宛如牢房的地方。木制长椅面对面地排列着，房间角落有洗手台和厕所。长椅坐起来很不舒服，不到三十分钟，修的屁股就痛了起来。他们好像得一直坐到检察官审讯为止。除了上厕所，不允许活动，也完全禁止交谈。每个人都一脸阴沉地垂着头。

有吐司当早饭，警察解下一边手铐让他们进食。在这之前，有好几个嫌犯被叫进去，又被送了回来。

然而，不管等上多久，都没有轮到修。修觉得好像在修行似的，这也算一种惩罚吧！来到检察厅后，整整过了五个小时，总算叫到修的号码了。

修被警察带进一个宽敞的房间，是间整洁的办公室，有观叶植物和书架。外头的天色已经暗了下来，街上的灯光从窗外透进来。修在椅子上坐下后，手铐被解开了，但警察依旧抓着他的腰绳。办公桌对面坐着检察官和事务官。检察官年约三十五岁，事务官看起来年近三十岁。两人一副公务员的样貌。

检察官以平淡的语气进行审讯，检察事务官则在一旁敲打电脑键盘。确定警方的笔录内容时，修虽然有想要反驳的地方，但他照着薮内叮咛的，忍耐下来，免得破坏检察官对他的印象。他乖乖承认罪嫌，一个劲儿道歉。

"以后别再带着这种东西到处走了。"检察官一脸厌倦地指着LED手电筒说，感觉他已经应付过太多类似的嫌犯了，接着又说，"我看你也充分反省了，应该不必起诉吧！"

修忍不住探出身体说："意思是……"

"缓起诉处分。"

检察官这么说的瞬间，旁边的警察解开了他的腰绳。

离开检察厅后，不是坐护送车，而是由警车送他回警署。修觉得好像又会被丢回拘留所，内心忐忑不安。然而，在归还了个人物品后，他就恢复自由身了。他想向薮内和张道别，虽然相处时间短暂，但两人都待他不错，他很感谢他们，但修已经不被允许靠近拘留房了。

离开了警署，外头的空气分外新鲜。短短几个小时以前，他还铐着手铐，系着腰绳，被牵着四处走，现在想来简直就像一场梦。

修沉浸在被解放的自由中，走在夜晚的路上。看看手机，政树和雄介都在语音邮箱留了言。政树先说是听雄介说的，然后要修被释放后打给他。雄介还是一样，用胆怯的声音反复问着："你没事吧？"但修不想打给他们。两人嘴上说得像在担心他，却透露出隐藏不住的好奇。关键时刻一点用处都没有，事到如今，就算他们担心也没用。

穿过新宿高架桥，就看到歌舞伎町的霓虹灯了。

修在回程的车上听警察说，缓起诉处分是如果被起诉，就足以判决有罪，但酌情而不予起诉——换句话说，这回他是被睁一只眼、闭一只眼地放过了。犯了罪却获得原谅，理当心存感谢吧！被警方逮捕，关进拘留所，获得一番宝贵的社会经验，或许也还不错。然而，随着对被释放的欢喜情绪平静下来，修的内心顿时乌云密布。即使犯罪是事实，但拘留所的生活也太屈辱了。

不懂法律的人就活该吃苦吗？无家可归，没有工作，提个纸袋在街上游荡，他碍到谁了？如果自己很有钱，穿着打扮一看就是个阔少，或许警察根本不会找他的茬。即使被抓，因为在社会上有身份地位，也会有人愿意当保证人吧！

"可恶！"修走在歌舞伎町，没有对象地怒骂着。

无处发泄的不甘情绪让他眼眶发热，忽然间，他好像明白薮内说的"无知就是罪"了。大学的时候，修任性地认定自己就是无知。他觉得自己还年轻，不谙世事是理所当然的，只要上了年纪，自然就会学到，或是自然会有人教他。然而，无论是找工作或做兼职，没有知识就会被对方耍着玩。之前修就因此吃足了苦头，这回又因为缺乏法律常识而被关进拘留所，他已经受够这种事了。为了不再受害，只能自己学习知识。

皮夹里有做临床试验兼职赚到的二十万元。兼职刚结束时，他本来想找晴香约会，或是请政树和雄介吃顿饭，但现在已经不想了。过去，他对钱一直不怎么执着，但是现在他知道了，没有钱什么事都做不了，周围的人也会瞧不起他。就像张说的，没钱，就没有头。这二十万元全花在自己身上吧！用这笔钱当本钱，出人头地吧！这么一想，斗志猛然涌了上来。

"我要让那些人对我刮目相看！"

修气势十足地走着，肚子却咕噜咕噜地响了起来。在拘留所时完全没有食欲，而现在或许是由于被拘禁的反作用力，他饿得头昏眼花。才刚下定决心发愤向上，第一个行动却是吃饭，似乎有点泄气。不过，接下来就要开始努力了，所以必须先填饱肚子才行。总之先吃饭，再慢慢思考未来吧！

到底要吃什么好？修就像遇到临检时那样犹豫了老半天，最后走进连锁烤肉店。一坐下打开菜单，他就点了一堆肉。等待肉烤熟时，他大口地喝啤酒、抽烟。酒精与尼古丁渗透饥饿的肚腹，让他一阵陶然。上回吃烤肉是什么时候的事了？肋条、里脊、盐味牛舌、瘤胃和其他内脏，可能是因为太久没吃，美味到舌头几乎就要融掉。

修结完账离开烤肉店，歌舞伎町的路上已经挤满了人潮。他想进网咖冲个澡，但时间还早。修想在那之前先解决纸袋的问题。他就是在买包时遇到警察盘问的。就在他前往量贩店买包时，又看到两名穿着制服的警察迎面走来。他心头一惊，但LED手电筒已经被没收了，用不着心虚。尽管这么想，脚步却停了下来。被警方逮捕时的惊恐又重回心头，让他心跳加速。

修急忙拐过转角，进入小酒家林立的巷子。为了躲避警方，他往巷弄深处走去，看到以杯计价的小酒吧。那家店门口贴着菜单，似乎是以年轻人为对象，无论酒或小菜价格都很实惠，感觉很适合打发时间。店里传出年轻女孩的笑声。修觉得应该省一点，但还是想再多喝一些。

经历了那么悲惨的遭遇，奢侈这一晚不为过吧？也是为了庆祝自己重新出发。修这么告诉自己，便抓住门把手。他觉得自己是在卖弄歪理、找借口，也可能是生啤酒喝多了，胆子变大的缘故，总之就是克制不住想喝的欲望。

店内一如预想坐满了年轻人，热闹滚滚。修在吧台前坐下，向貌似大学生的店员点了兑冰波本威士忌。喝完第二杯时，修已经整个放松了。没有说话的对象很无聊，他想打电话给政树或雄介。刚才还在对两人生气，现在却回心转意，连自己都觉得太没出息。他打消打电话的念头，喝着第三杯波本[1]。这时，隔壁忽然有人出声向他搭话："一个人吗？"

一个顶着金褐色头发、眼线画得很浓的女人正在对他微笑。女人看上去约二十岁，却穿着奢华的皮草夹克，名牌包就摆在吧台上。

修眨着眼睛："我一个人。"

"我也是一个人！来，我们干一杯。"女人说着，亲昵地把肩膀挨过来。

---

1. 即波本威士忌。

11

"喏，我们干杯吧！"女人拿着鸡尾酒杯，肩膀再度靠过来。

修困惑不已，但还是与她碰杯。她的身上散发出浓浓的香水味。修从浓妆与花哨的服装判断她是风尘女子，但她说她二十岁，是个大学生。

"大哥也是大学生？"

"本来是，不过已经不上了。"

"这样啊，那现在在上班？"

才刚认识，女人却连珠炮似的问个不停。修只说他是兼职族，不敢说自己住在网咖。女人自称瑠衣。

修也报上名字，瑠衣笑了："所以你叫修修。"

"不要乱叫，又不是羞羞脸。"

"因为修修看起来就是个羞羞脸嘛！"

修皱起眉头，瑠衣却露出天真的笑容，肩膀挨得更近了。修有些心跳加速。

瑠衣酒量很好，不停地点调酒，一眨眼的工夫灌个精光。修跟着她的节奏喝着波本兑冰，渐渐地醉了。

才刚认识，修觉得不要乱说话比较好，但又想多和瑠衣聊聊。他害怕话题中断，于是说出在拘留所的经历。

"太过分了！居然因为夹娃娃机夹到的小刀就逮捕你？"瑠衣睁圆了眼线粗浓的眼睛说。

"唉，谁叫我不懂法律！"

"根本就是欺负弱者，明明到处都是更坏的人。"

"我看起来太矬，才会被人家瞧不起。"

"才没有呢，修修很帅哟！"瑠衣一本正经地说。

修的脸热了起来。他叼起烟想掩饰害羞，瑠衣立刻递上打火机。

"所以，"修吐出烟来，"我决定好好赚钱，不再让任何人瞧不起。"

这是真心话，但说完后修难为情了起来。

瑠衣依然一脸严肃："是修修的话，绝对可以的。你一定要让那些人刮目相看。"

"谢谢你。"修又感觉脸变热了。

"那我们来干杯，祈祷修修成功！"

修一直处在自暴自弃的情绪中，所以瑠衣的一席话深深打动了他。

两人再次碰杯，店员说最后点餐的时间到了。看看时钟，不知不觉已经凌晨一点。

修掏出皮夹，说要连瑠衣的账也一起付。瑠衣为素昧平生的自己打气，他想表达谢意，但瑠衣摇头拒绝："这摊我请客，不过你要陪我去下一家。"

出乎意料，瑠衣带他去的是一家居酒屋。

这是一家以便宜为卖点的连锁店，偌大的店内坐满了年轻人，人声鼎沸。

修想稍微醒醒酒，只点了烧酒兑苏打水，瑠衣却点了生啤酒和大量小菜。她在刚才那家店喝了那么多却一点醉意也没有，还将串烧、炸物、薯条等一看就饱的小菜吃个精光。

修对瑠衣的胃口佩服不已，说："亏你吃得下这么多。"

"修修也吃嘛！饿肚子是不行的。"

"怎么不行？"

"因为，夜还这么长呀——"瑠衣向他抛了个媚眼。

修明明没动什么歪念头，但这番别有暗示的话让他心跳加速。幸好他有钱，到了紧要关头去哪儿投宿都行。

要是与瑠衣演变成那种关系，修觉得对晴香过意不去，但晴香甚至不愿意当他的保证人，而且两人的关系照这样下去，很快就会淡了。说不定在晴香心里，他们已经分手了。那么他现在就是自由之身，不算脚踏两条船吧！

瑠衣人太俗艳，算不上修喜欢的类型，但她和晴香不一样，她愿意为自己打气，光是这一点就很棒了。或许瑠衣反而比较适合当他的女朋友，不过这才刚认识，未免也想得太远了。

黎明将近，歌舞伎町的路上变得冷清。

手上提个纸袋，连修自己都觉得丢脸，早知道就先买个包了。瑠衣却毫不在意，伸手勾住他的手臂。

修的心满怀期待地怦怦乱跳。瑠衣应该也有那个意思，但这种时候还是该由男人主动开口吧！修若无其事地想往宾馆街的方向走去，瑠衣却拉住他的手说："我们去有女生的店吧！"

"我已经喝不下了。"

"有什么关系？那边有人家的超友嘛！"

"超友？"

"修修真落伍，'超友'就是超级好朋友啊！"

她说，简而言之，就是好姐妹。

修一心只想快点上宾馆，但人家请他喝了两摊，他不好意思拒绝。而且修不想因为焦急，被看透他别有居心。

瑠衣带他去的是一家只有吧台的酒吧。吧台里站的全是年轻女人，而客人全是男的，多是貌似上班族的中年人。乍看之下像是家小吃店，但瑠衣说这里是女生吧。

"夜总会和小吃店有《风俗营业法》管制，不过这里是酒吧，可以营业到早上。"

在吧台前招呼的女人，气质与瑠衣相似，叫千晶。她好像就是瑠衣的超友，两人把修丢在一边，叽里呱啦起来。

两人的对话是所谓的"辣妹语"，修听不太懂她们在说什么。

"超恶心的！他们只点乌龙！抠得要死。"

"就是！就是！不过还算嗨的，也算可以了呗？"

瑠衣又喝起调酒，兴致愈渐高昂。修和她只差一岁，却感觉到隔阂。

随着酒意逐渐消退，昨天以来的疲劳一口气涌现，修的眼皮逐渐变得沉重。他想先回去，但一想到离开店以后的事就懒得动。修小口小口地啜饮着偏淡的兑水酒，等待两人聊完。

等瑠衣总算站起来时，已经凌晨六点多了。这回瑠衣没有说要请客，修付了两人份的钱，账单两万多元，以酒吧而言相当贵。他觉得一开始的酒吧和居酒屋的账单相加起来，两万元绰绰有余。一想到接下来还要花宾馆钱，他就越发忧郁。不过他不想被当成小气男，所以抬头挺胸地走出店门。

朝阳还没有升起，周围的霓虹灯却已经熄了。

清晨的冷风让修一阵鸡皮疙瘩。他觉得这回肯定是了，就往宾馆的方向走去，瑠衣却微笑着说："欸，再陪我去一家。"

修忍不住仰起身子："已经早上了，店都关了！"

"有开的，现在才要开始嗨翻天呢！"

"别了吧！你不是已经喝很多了吗？"

"拜托嘛！我请客，陪人家去嘛！"

修厌倦不已，但现在一个人上网咖睡觉也觉得寂寞。他被瑠衣拖着走，来到一栋挂满酒家俗艳招牌的大楼里。每家店看起来都关门了，瑠衣却带着他坐电梯上了四楼。

"喏，就是这里。"瑠衣指着一家店说。

招牌上写着"暮光"，但底下贴满了年轻男人的照片。修吓了一跳："难道这里是……"

"对。"瑠衣若无其事地说。

修没想到居然会在这种时间到这里来。就算瑠衣说要请客，他也没有兴致对着男人喝酒。

他总算决定放弃期待："不好意思，我先回去了。我进去太奇怪了。"

修想要解开瑠衣勾住的手，但她摇头不依。

"跟男人喝酒，我不会觉得开心。"

"那就当成学习社会经验嘛！"

听到"社会经验"，修不情愿地想进去看看了。而且他对酒吧男接待者这一行也不是毫无兴趣。在歌舞伎町，很多看上去手头阔绰的年轻人都是接待者。当然，修不认为自己干得来这行，但趁着这个机会瞧瞧他们都做些什么倒也不坏。

开门的瞬间，大音量的迷幻舞曲扑面而来。昏暗的店内，明明是早晨，卡座沙发上却坐满了客人。

修四下张望，问瑠衣："一般都开到这种时间吗？"

"才刚开店。这叫'日出营业'，从早上开到中午。"

瑠衣说，自从《风俗营业法》几年前被修正以后，他们就只能开到凌晨一点。因此将营业时间分成前场与后场，凌晨一点暂时关店，第二天早上再次开店。后来，这样的营业形态就多了起来。

瑠衣带着笑问："欸，要不要看看菜单？"

"无所谓啊！"修苦笑着说。

瑠衣似乎是常客，一个穿着黑色西装的年轻男人恭敬地出来迎接，说："为您保管物品。"修交出纸袋，觉得丢脸极了。

"客人光临了，欢迎光临！"男人朝着店内以古怪的语调吆喝道，接待者们齐声合唱："欢迎光临！"

修被诡异的气氛震慑住，在卡座沙发上坐下。很快，年轻男人单膝跪下，递上热毛巾。他的头发抓得高高刺刺的，眉毛细得像条线，或许是因为这样，年纪看起来比修小。瑠衣对男人附耳说了什么，然后开心地说："来，喝吧喝吧！"

男人在桌子对面坐下，打开像是瑠衣寄放的白兰地问："今天要怎么喝呢？"

修感到莫名其妙，眨着眼睛，瑠衣笑着说明。她说可以兑矿泉水、苏打水或乌龙茶等等。

男人以流利的动作调了兑水白兰地，端到瑠衣和修的面前："我是顺矢，请多指教。"

"你好。"修不知道该说什么，紧张地拿起烟叼着。叫顺矢的男人立刻点燃打火机，双手递到他的面前，搞得他更紧张了。

"他叫修修——"

瑠衣话才说到一半，修便打断说："我叫修。"

"不用说敬语啦！修修是客人，对平辈那样说话就行了。"瑠衣说，也请顺矢喝酒。

"我不客气了。"顺矢调了自己的兑水酒，把酒杯凑了过来。

修提心吊胆地干杯，顺矢便露出疑似营业专用的爽朗笑容说："修大哥好气派呢！"

一听就知道是奉承的话，但不吭声好像就是默认了，修更难为情了。

"哪里，我是第一次来这种地方……"

"既然如此，请趁这个机会熟悉一下，以后还请多多关照。"

"要是有那种闲钱就好了！"

"是吗？修大哥看起来很有钱啊！"

"才没有呢！我看起来像是做什么大生意的吗？"

"对不起，我踩到雷了。"

"雷？"

"他们不可以打探客人的年龄跟工作这类私事。"瑠衣替顺矢回答。

他们似乎有许多独特的规矩，让修大开眼界。

顺矢很平易近人，给人的印象不坏。问他年纪，他说同岁。

"做这行赚钱吗？"

修趁瑠衣去洗手间时提出自己最介意的问题，顺矢苦笑着说："我还只是底层的小弟，不过一个月勉强可以到一！"

"一"，不可能是十万，所以是百万吧！明明年纪与自己相同，却能有这样的月收入，简直就像做梦一样。修打从心底佩服不已："太厉害了！"

"没有啦！"顺矢害臊地挠挠头。

"如果修大哥也有兴趣，要不要试试看？"

"这……我不行的。"

"放心，修大哥绝对没问题的。"

修在连串奉承中喝着酒，醉意又上来了。瑠衣还是一样精力十足，大口地灌着兑水酒。

忽然间，店里的照明暗了下来，刺耳的音乐响起。顺矢向两人行了个礼，站了起来。

"六号桌的客人点了黑色香槟王！全体员工集合！"

除了顺矢，还有七八个接待者围绕在包厢旁，同时跳起舞。

随着"嗨、嗨、嗨"的吆喝声，两个拿麦克风的接待者以震耳欲聋的声音嘶喊着："感谢客人，请客开酒！今晚最棒！我们满怀感谢之意，嘿嘿嘿嘿，恭敬享用！"

一名瘦小的男人将香槟王倒入大啤酒杯里，一口气喝了起来。其他人则在旁边拍手唱和："来哟！喝啊喝啊喝喝啊喝，大口大口大口喝，大口大口大口喝。谢谢招待听不见！谢谢招待不可爱！来呀！再来一杯，干啦干啦干啦干！"

这好像就是所谓的"香槟CALL"[1]。修在电视上看过类似的场面，但还是第一次亲眼见到。

瑠衣说，有些客人甚至会一口气开十瓶香槟王。

修凑近她的耳边问道："香槟王一瓶多少钱？"

"这家店的话，最便宜的是白色八万，粉红色十五万吧！要到粉红色以上才会有香槟CALL。"

"太厉害了！一个人开十瓶那么贵的酒？"

"粉红色没什么了不起啊！黑色的话一瓶三十万，金色五十万，白金一瓶一百二十万呢！"

瑠衣说完，周围的客人发出欢呼声。

大厅里，一名白西装男回应欢呼声道："感谢各位今天也光临暮光，我最爱大家了！"他手持麦克风说着，不晓得是醉了还是故意的，说起话来含糊不清，但每次他一开口，客人们便开始欢呼。

瑠衣的大眼睛闪闪发亮地说："他就是这里的代表，叫优斗。"

修不懂"代表"算什么职位。优斗看起来比自己年长一些，但也不到二十五岁吧！他长得和电视上的人气影星几乎一模一样。

优斗致辞完毕后，各个包厢陆续传出香槟CALL。

店内桌上，叠成金字塔状的香槟杯在灯光下闪耀着。修在电视上看过，知道这就是"香槟塔"。优斗在杯塔顶端倒入香槟王，香槟杯便由上往下逐渐绽放出金黄色的光辉，客人们再度欢呼起来。

顺矢回到座位上，一脸歉疚地说："今天是代表的生日，香槟CALL一定很吵吧？"

---

1. 客人买下昂贵的香槟酒后，接待者表达感谢、炒热气氛的一种表演形式。

"我们也差不多该开一瓶了吧！"

瑠衣说完，顺矢立刻行礼说："谢谢！"

难道她要点香槟王？修心想。果真如此。很快，接待者们团团包围桌边，开始准备香槟CALL。

修看着粉红色的液体被倒入大啤酒杯中，问道："你点了什么？"

"粉红香槟王，点不起金色或白金啦！"

她刚才说粉红色要十五万元。瑠衣究竟是什么金钱观？虽然请客的是她，修还是不安了起来。然而，瑠衣却一脸不在乎地说："对了，修修也一口气干杯吧！"

修摇摇头说："不行，我已经喝太多了。连站都站不稳了。"

"可是机会难得，人家想要修修喝嘛！"

"噢！"众人鼓噪着。

修没喝过香槟王，是想尝尝看滋味，但一口干到底就没意义了。然而，瑠衣和其他人却拍手起哄："来来来来，修修最棒，来啊！喝啊喝啊喝！"

因为瑠衣，别人都开始叫他修修，真令人生气，但在这时退下阵来也太没面子了。修觉得，他们做得到的事，自己没道理做不到。

修双手捧着啤酒杯开始喝香槟王，周围顿时传出"噢"的欢呼声。

才喝没多少就难受起来，但修硬是把酒液灌入喉咙。比起酒精，碳酸更让胸口鼓胀、难受。修只觉得痛苦，根本没有品尝十五万元美酒的真实感。

人们拍手鼓噪："修修快喝、修修快喝，不快喝完手会痛，不快喝完再一杯！"

他不懂那是在鼓励他，还是在催促他，耳膜好像被塞住了似的，香槟CALL听起来模糊不清。

只差一点了。喝到大约九成时，修已经到了极限。

放下酒杯的瞬间，他感到一阵恶心，冰冷的液体冲上咽喉。他急忙捂住嘴巴，才刚喝下去的香槟王倒灌进鼻腔里，他激烈地呛咳起来。

修连去洗手间的力气也没有了，瘫坐在座位上。瑠衣拍拍他的肩膀说："你做到了！"

修只能勉强点点头。他懒得说话，闭着眼睛，越来越不舒服，睁开眼皮一看，天旋地转。他觉得情况不妙，意识倏地远去。

有人粗鲁地摇动修的肩膀。

随着意识恢复，修感觉头盖骨仿佛被狠狠夹紧似的，一阵头痛席卷而来，喉咙渴得要命，舌头粘在上颚上。他睁开眼皮一看，刺眼的光线照进他的眼睛。一瞬间修不知道自己身在何处，但看见顺矢探头过来，他发现自己还在店里。

"修大哥，你没事吗？"

修含糊地点点头。他爬起身来，头痛欲裂。自己似乎不知不觉躺在沙发上睡着了。店里亮到几乎刺眼，卡座沙发上的客人都不见了，只剩下两个接待者在抽烟。

顺矢在桌子对面坐下，递过来装了矿泉水的杯子。修一口气喝光问："瑠衣呢？"

"早就回去了。已经中午一点了。"顺矢冷漠地说。

修不记得一口气干杯是几点的事。都是瑠衣灌他酒他才会睡着，她怎么不等他呢？修失望地说："不好意思，睡着了，那我回去了。"

"谢谢惠顾！"顺矢行礼，将一个四方形的小盘子摆到桌上。

黑皮方盘上摆了一张细长的纸条。修有了不祥的预感："这是……"

"账单。"

"瑠衣不是付钱了吗？"

"没有。"顺矢摇摇头。

"可是瑠衣说她要请客……"修顿时感到毛骨悚然。

"那女生赊了很多账，不可能有钱请别人。"

修提心吊胆地伸手拿起那张纸条。

纸上用圆珠笔潦草地写着"十九万八千元"。

"这……"修说不出话来。

"这么多钱我实在付不出来。"

"你这样我们很为难。"顺矢蹙起细眉，与待客时判若两人，眼神阴沉，"酒是你们喝的吧，喝了就要付钱！"

"我以为是瑠衣请客……"

"别赖给别人，快点付钱！"顺矢厉声说道。

正在抽烟的接待者们靠拢过来："怎么了，这家伙没钱吗？"

"喝霸王酒，要叫警察吗？"

听到"警察"，修背脊发凉。万一再被扔进拘留所，他可受不了，急忙说："我没说不付。"

"那你想怎么样？"

"可是全额我付不出来，可以先让我赊账——"

"脸皮未免也太厚了吧！哪有第一次上门就赊账的？"

"那可以帮我联络瑠衣吗？我跟她说。"

"她才没钱！她成天钓男人骗酒喝。"

想到自己被瑠衣骗了，修头痛得更厉害了。他垮着肩膀叹了口气。

对方说："你身上有多少？"

修只好掏出皮夹。顺矢一把抢了过去，开始清点里面的钞票。

"什么嘛，不是挺有钱的吗？不过还差两万。"

顺矢咂了咂舌头，把空了的钱包扔到桌上。

"没办法，剩下的就记在瑠衣的账上吧。"

"再见！"顺矢站了起来，两名接待者好像也对他失去了兴趣，转身就走。

做临床试验兼职赚来的钱，就这样全泡汤了吗？一想到这里，修泫然欲泣。

"请等一下！"修大叫，"如果你们把钱全部拿走，我……我……"

顺矢歪着头说："你怎么？"

"我没有工作，也没有住的地方，如果没有那笔钱，我就活不下去了！"

"关我什么事，去当游民吧你！"

"一点点就好，还给我一些吧！钱我一定会还的。"

"不行。"顺矢冷漠地说。

"两万，一万也好……"

"跟你说了不行了。"

"那，"修说，"请雇用我吧！"

意想不到的话脱口而出。顺矢茫然地张开嘴巴："你说什么呢，傻瓜吗？"

"求求你！"修离开沙发，跪到地上，"不管是洗盘子还是干什么我都愿意——"

"快点滚吧！要关门了。"顺矢一脸苦涩地说。

"很有意思嘛！"这时，背后传出声音。回头一看，穿着白色西装的男子就站在那里。

是代表优斗。

"让他试试吧！暂时让他当灌酒的。"

"可是代表……"顺矢皱起眉头，"这家伙身上没钱，连住的地方都没有！"

"不是有宿舍吗？你带他回去吧！"

"怎么这样……"

优斗无视顺矢，从怀里掏出皮夹。

"稍后去一趟发廊。你那种发型，没办法让你招待客人。"

优斗抛出五张万元钞票，说剩下的暂时给他当餐饮费。

修捡起钞票行礼。优斗接着说："明天凌晨一点上班。穿的衣服就借他们的，还有，那钱算预支。"

"预支？"

"从你的薪水里预支的。你敢逃跑，马上就会有讨债的去找你！"

优斗用那张酷似当红影星的脸微笑着说。

"受不了，都是你多嘴！"一离开店里，顺矢就开始发牢骚，"像你这种笨蛋，怎么可能干得来？"

顺矢穿过歌舞伎町的宾馆街，快步往前走去。修一面追赶着他的背影，一面思考现在的状况。明明已经刻骨铭心地学到"无知就是罪"了，却又犯相同的错，都怪自己想占瑠衣便宜，跟她来这里，才会被狠敲一笔。这就是对随意闯入陌生世界的惩罚吧！他不仅一口气失去做兼职赚的钱，还欠了预支的薪水，再怎么蠢也该有个限度。不过，得到了一份工作算唯一的收获。顺矢说他做不来，但凡事都得试试看才知道。自己应该也有赚大钱的潜力吧！而且还有宿舍可以住，那么从今天开始，就不必担心睡的地方了。更换的内衣和盥洗用品都在纸袋里，搬家很容易。果然天无绝人之路，或许塞翁失马，焉知非福。

修就像想掩饰失败似的这么说服自己。这时，顺矢忽然改变方向，进入一栋肮脏的公寓楼。修急忙追上去。

那是一栋破旧得吓人的建筑物，从外观完全看不出楼龄。玄关门的玻璃破裂，呈现放射状的裂痕。狭小的入口大厅地上满是便利店塑料袋和烟蒂，墙上用喷漆喷了各种涂鸦。

"难道这里就是宿舍？"

"你吵死了！"顺矢咂了咂舌头，搭上电梯。

看看显示楼层的灯号，这栋建筑似乎有五层楼。电梯地板上有泥泞的鞋印，选择楼层的按钮似乎被香烟或打火机烧过，每一个都漆黑模糊，几乎被熔化了。

修再次心想，这公寓真脏。但这还只是开端。

在三楼走出电梯，一进房间，修便瞪大了眼睛。

狭小的玄关塞满了尖头鞋和长靴。再进去是饭厅兼厨房，流理台上肮脏的餐具堆积如山。左边是六张榻榻米的和室，两个年轻男人裹着被子鼾声如雷。被褥的周围零食包装袋、矿泉水瓶、漫画和DVD等杂物散落一地。

顺矢用下巴指了指正在睡的男人们说："他们是前场的。上班时间不一样，在他们睡的时候不要叫他们。"

听到是宿舍，修还以为是一人房，没想到要在这种地方跟一大伙人睡大通铺，他大失所望。

六张榻榻米的房间里，还有一个三张榻榻米的房间，这个房间意外地整洁。

"这是我房间，不许进来。"

"啊？"修忍不住说，"顺矢哥也住这里？"

"怎么，有意见吗？"顺矢表情有些尴尬地瞪着他。

"我没意见，可是你一个月能赚一百万，怎么——"

"谁说的！"

"那你说的'一'是？"

"啰唆！"顺矢吼道，指着厨房兼饭厅的空间说，"你睡那边，被子在壁橱里。"

浴室门忽然打开,一个又瘦又矮的男子探出头来。修觉得有些面熟,原来是在香槟CALL上一口气干杯的男人。

"怎么,你回来了!小次郎。"顺矢说。男人点点头,望向这里,他的眼睛混浊且布满血丝。

"是新人吗?"

修向他行礼说:"我叫时枝修,请多指教。"

"明天开始,他也会陪你一起努力灌酒。"顺矢说,"这样你也可以轻松一点吧!"

"嘿嘿。"小次郎无力地笑着。他看上去约二十五岁,但不知道是不是因为身上有病,脸色暗沉。因为个头矮小,脱掉西装后,看上去很没有精神。

"其他的事问小次郎,我要去睡了。"顺矢丢下这句话,进了房间。

修在饭厅兼厨房处铺了被褥,睡了一觉。

被褥买来后似乎一次也没有晒过,有股酸臭味;流理台也传来下水道般的臭味,让人很不舒服,但修累坏了,睡得像死人一样。

到了傍晚,修醒来一看,先前睡在和室的两人似乎已经去上班了,不见人影。顺矢或许还在睡,没有从房间出来。

小次郎躺在和室里看电视。修拨开周围的垃圾,在房间角落坐了下来。

"小次郎哥在这里很久了吗?"

"才第一年。"小次郎慵懒地回答。

"那之前是干什么的?"

"工人。"

小次郎说,他以前在汽车工厂当派遣员工,被裁员后才跑来的。

"因为是包住的工作,谁让我被公寓赶了出来?这里有宿舍嘛!"

"我也是被公寓赶出来的,一直住在网咖。"

"最近很多这样的人呢!我到这里以后,又来了大概二十个被资遣的派遣员工[1]跟网咖难民。"

---

1. 即和人才派遣公司签订合同,派遣到企业工作的一类员工。

"他们怎么样？"

"几乎都辞职了。因为如果没被人指名，就几乎没有薪水。"

"可是也有人赚很多钱吧？像今天早上就开了好几瓶香槟王……"

"也是！不过一个月能赚上几百万的，只有少数几个而已。"

那小次郎哥呢？话才到嘴边，修就咽了回去。不管再怎么想，修都不觉得会有人指名小次郎，但是小次郎能在这行持续干一年，就表示至少还混得到饭吃吧！

修肚子饿了，打开冰箱，却只有喝到一半的果汁和罐装啤酒。他用从便利店买来的面包和牛奶果腹，然后冲了个很久没洗的澡。

窗外的天色已经暗了下来。

虽然距离上班时间还有很久，但修必须早点去发廊。

修请小次郎告诉他地点。他不知道该弄什么发型才好，话虽如此，他又没脸开口请设计师弄。他在镜子前烦恼着，小次郎对他笑道："你只要说是暮光的员工，他们就会帮你弄了。"

发廊位于区公所大道的商住楼里。

修还在想店里要是全是女客就讨厌了，但不知道是不是地点的缘故，店内有不少男客。设计师是个四十岁左右、长着胡茬的男人，非常娘娘腔。

修照着小次郎说的告知店名，设计师便用不适合他那张胡子脸的尖细嗓音说："那我帮你弄个最流行的。"

修不晓得那是什么发型。设计师先用电棒把头发烫直，再用发蜡把束感抓出来，最后以发胶固定。镜子里出现了一颗一头菠萝叶般尖刺的脑袋。

设计师教他怎么抓头发，但修觉得他实在没办法重现，也不觉得这个发型适合自己，只觉得丢脸极了。

修略垂着头回到宿舍，顺矢正在洗脸台刷牙，一看到他，口中立刻喷出白沫。

"你那脑袋是怎么回事？根本不合适！"

"不行吗？"修觉得脸热了起来。

"不行不行，头顶太塌了。要像这样——"

顺矢对发型似乎很有一套，他拿出梳子，开始用自己的头发示范。

这个发型是让头发飞翘起来，似乎是为了让发量看起来很多。尽管照着顺矢说的去做了，发型还是不见起色。

上班时间将近，修换上据说是辞职不干的人留下的衬衫与西装。尺寸稍小，但用镜子照照全身，看起来还算像回事。

"好，差不多该走了。"

顺矢催促着，和修、小次郎两人一起离开宿舍。

夜晚的冷空气钻进胸口敞开的衬衫中，但修并不觉得冷。他为失去兼职薪资的事懊悔不已，但接下来只要再靠工作挽回就行了。

就像要振奋自己似的，修深呼吸，往歌舞伎町迈开步伐。

12

离开宿舍，约十五分钟就到了暮光。

前场刚结束营业，店里一片杂乱。亮晃晃的灯光下，一脸疲惫的接待者们正在收拾桌子和卡座沙发上的垃圾。

"早上好！"

顺矢和小次郎跟同事们打过招呼后，走进厨房，修也跟了上去。两人正在打卡，修觉得这里与打卡制格格不入，但小次郎说，这里每迟到十分钟，就罚一千元。

打卡机上的时间就快凌晨一点了，修急忙寻找自己的卡。顺矢笑他："你是傻瓜吗？连昵称都还没决定，哪来的卡？"

顺矢把新卡和圆珠笔塞给他，催促着说："你的昵称要叫什么？不快点决定就要迟到了！"

突然被这么一问，修毫无头绪。

"就叫修吧。"

"真的要用本名？干脆叫修修怎么样？"

"千万别。"

两人正在说话时，一名肤色黝黑的男子走进厨房。

顺矢突然脸色一变，一本正经地说："总经理，早上好。"

"欺负新人干什么？好好关照人家。"男人吼道。顺矢垂下头来。

男人自称笃志，年纪近三十岁，五官端正，但眼神稍嫌尖锐。总经理的职位应该相当高吧！因为是初次见面，修紧张不已。笃志又问他昵称想叫什么。修犹豫了一会儿，他不想用奇怪的名字，于是还是决定用本名"修"。

笃志在考勤卡上写上昵称和全名后，匆匆地说："那我说明一下这里的制度。"

薪水以日计算,即使没有业绩,一天仍有六千元的保障薪资。过了三个月的保障期,如果还是达不到规定的业绩,薪水就降到五千元。

"规定的业绩是多少?"

"一个月至少得有三十万,否则拿不到六千。一旦超过四十万,就可以抽成。其他的就看你的本领了,想赚多少都行。"

如果一个月的业绩超过四十万,日薪会调高到七千元,还可以抽业绩的一成;如果业绩超过六十万,就不算日薪,业绩的五成都归为薪水。

"简而言之,如果能做出六十万以上的业绩,薪水就是三十万。业绩超过百万,抽成就升到六成,也就是六十万。三百万以上则是七成。"

"那薪水就是两百一十万?"

笃志点点头。

不过,能达到这种业绩的很少吧!

或许是修的脸上藏不住心里话,笃志扬起嘴角说:"三百万算不了什么,业绩超过一千万的到处都是。"

数字太过惊人,修吓呆了。笃志接着说:"在这个世界里,一切都看业绩。只要有业绩,不只是薪水,还有津贴可以拿。指名费和出场费全归员工,全勤奖金是两万元,达成业绩也会有奖金,每一百万一万元。"

指名分成两种,进店前就被指名的称为"正式指名",指名费三千元;进店后的指名叫"场内指名",指名费两千元;出场费则是三千元。

奖金这么丰厚,感觉好像可以大赚一笔,但罚款也不少。就像小次郎说的,每迟到十分钟罚一千元;若在店内举办活动时迟到,再加罚一万元。无故缺勤扣三万元;当天缺勤或活动缺席却没有预先通知,罚一万五千元。

"还有,在营业时间内醉倒的话,就当场打卡下班,从薪水里扣钱。"笃志这么说。

如果像今天早上那样在香槟CALL中一口气干杯,无论如何都会醉到不省人事吧!一想到这里,修就不安极了。

入职后的第一件差事是店内打扫,新人得从打扫厕所做起,小次郎教他怎么打扫。修觉得扫厕所不用人教，但实际一试，才发现远比想象中辛苦。厕所的小便池和马桶不必说，连水箱后方都要以清洁剂擦拭干净。化妆室的镜子必须擦到一尘不染，还得补充各种用品。用品有梳子、香水，甚至连卫生棉、吸油纸巾和棉签都得准备。

看这个样子，光是打扫厕所就得大费周章了。修这么想时，小次郎突然用双手按住肚子，做出呕吐的模样说："今天算轻松的，有时候也会有这样的客人嘛！"

打扫完厕所后，接着是清洁桌子和地板。桌子和厕所一样，桌底和桌脚等看不见的部分都要以清洁剂擦拭后再干擦。地板也要彻底打扫，沙发和地毯下方都得用拖把拖。全部打扫完要花上整整一个小时。听到后场营业结束后还要再来一遍，修大感吃不消，但听说领导们会来检查，只要有一点没打扫干净，就要从头再来一遍。

打扫完后，修到卡座沙发那儿去向顺矢学习待客的基本技巧。

如何打招呼、如何递热毛巾、如何调饮料、如何帮客人点烟、如何更换烟灰缸，有太多事要学了。顺矢教得很随便，也不肯让他练习。

"其他的就一边做一边学吧，吊儿郎当的可干不来这一行啊！"顺矢说完，从沙发上站了起来，"好了，接下来去上街推销吧！"

没有散客会自己晃到店里，如果想开发新客源，就只能上街推销。社会条例禁止这种行为，所以表面上一般伪装成发广告。

"小次郎，把那个拿来。"

顺矢点点下巴，小次郎便拿出装了纸巾的篮子。纸巾上写着一小时千元喝到饱。虽然只限烧酒和便宜的白兰地，但一千元还是很便宜。不过，这样的优惠只适用于首次光顾的客人，以后就依照一般的价格收费。

"只要说是在发广告纸巾就行了。"

"发纸巾我做过。"

修总算发现自己擅长的事，音量忍不住变大。

顺矢哼了一声，接着说："我们可不是时尚养生馆，不管发出多少纸巾，都不太会有客人因此上门。得跟他们说上话，让对方指名自己，否则不会有业绩。"

顺矢匆匆走出店门口，但距离开店还有一段时间。

"拉到客人要怎么办？"修问。

"先要电话或e-mail！"

任何一种兼职，就算看上去很轻松，轮到自己还是紧张万分。

和顺矢、小次郎一起站在街角，路人的眼光让修如坐针毡。虽然大多数路人都漠不关心地经过，但偶尔还是会有疑似同行的年轻人，或面相凶恶的中年男子投以缠人的视线。也因为时间段的关系，有不少醉汉，感觉随时可能被找碴儿，修的内心忐忑不安。而顺矢却一脸若无其事地东张西望。

没过多久，一个年轻女人从面前经过。

顺矢立刻拍修的肩膀："好，就那个女的。"

突如其来的指令让修吓了一跳，但顺矢又推了他的肩膀，修只好不甘愿地追上去。

"你……你好。"

修从后方打招呼，但女人头也不回。他急忙绕到女人前方。

"你要去哪里？这里有一小时一千元喝到饱——"

修竭尽全力挤出笑容，递出纸巾。

女人一看到修，立刻皱起眉头说："喂，烦死了！"然后赶狗般地挥挥手。

"对不起。"修小声地说完又折了回去。

顺矢捧腹大笑："你在干什么啊？你刚才明摆着就是推销嘛！"

"可是我不知道该说什么好。"

"都说了要跟他们说上话！放轻松点，说要不要一起去喝一杯之类的。来，下一个。"顺矢指着另一个女人说。

修再次跑到女人身旁，照着顺矢的指示，邀请对方喝酒。然而，女人却连应声也没有。

"是比刚刚好一点，可是完全被忽视了，不够自然！"

顺矢话才说完，两个貌似二十岁左右的女人走了过来。

一个满头金发，另一个戴着豹纹帽，虽然外貌年轻，但衣着和皮包价值不菲。金发女人好像正在发短信，但很快又合上了手机。

顺矢抓准时机走上前去。

"哇，你的手机弄得好可爱。"

"哦，你说这个？"金发女人愉悦地说。仔细一看，粉红色的手机壳上贴满了心形的水钻。

顺矢端详着手机，接着又问："喂喂，这是在哪里买的啊？"

"哪里？美甲沙龙啊！"

"真的吗？美甲沙龙也卖这种东西？喂，告诉我是哪家店吧！下次我也去买。"

"欸，你是男生，对手机贴饰也有兴趣吗？"

"有哇有哇，喏，你看我的手机！"

顺矢掏出手机，黑色的机身上贴满了钻石般的贴饰。另一个女人见状问："好厉害！你的那个是施华洛世奇水钻？"

"对，我自己设计的。我的手很巧吧！"

"我看你们两个，是来搭讪的吧？"

"啊哈哈，看得出来？要不要找个地方喝一杯？"

"咦？今天不行，我们现在要去卡拉OK唱通宵。"

"卡拉OK的话，来我们店里——"

修才一开口就被顺矢瞪了一眼，只好赶紧闭上嘴巴。顺矢打开自己的手机说："那告诉我手机号码吧！"

金发女人顺着他的话说出号码，顺矢输入手机。

"重要的是观察力。"和女人们道别后顺矢说，"观察对方对什么感兴趣，然后立刻切入共同话题，这样才行。所以也要做功课。"

顺矢说他平时常翻周刊和时尚杂志。修感到佩服，但他和顺矢同岁，就算不看时尚杂志，也没道理跟不上年轻人的话题。

修铆足了劲和下一个路人聊天，但他既无法像顺矢一样找到共同话题，也无法轻松交谈。他磨磨蹭蹭，结果被骂恶心、快滚，直到必须回店里的时候也没要到一个电话。

修垂头丧气地走着，顺矢似乎同情起来，安慰他说："哎，第一天都是这样的！"

修更沮丧了。

“即使问到手机号，会上门的也不到一成。就算成了客人，只是点烧酒赖在店里的小户也没用！”

顺矢说，贡献少的客人叫“小户”，肯撒大把钞票的客人叫“大户”，自己的客人中，最肯花钱的叫“王牌”。

回店里的途中，修开始介意小次郎从不上街推销。小次郎个子矮小，相貌说不上帅气，也许不适合吧！但如果什么都不做，就无法增加客源。然而，顺矢什么都没说，修也不好意思问本人。

开店前，员工在代表优斗的主持下举行早会。

优斗说完注意事项后，向大家报告今日预计来店的客人和业绩目标。修在最后自我介绍，但他很紧张，不记得自己说了些什么。

早会结束后，大家陆续进休息室打理外表。说是休息室，其实只是厨房旁一个细长的房间，才四五个人就挤满了。修也走了进去，但里头的香水味和发胶味，呛得他没多久就跑了出来。

开店时间六点一到，店内播放起迷幻舞曲。过了约十分钟，第一个客人进来了。被指名的上前接待，其他人则在称为“待机席”的卡座沙发上坐着。

总经理笃志环顾四周，分配哪个接待者到哪一桌坐着。这种职务在业内叫“店控”，在称为“大箱”的大型店里，通常由内勤人员负责，不过像暮光这种中型店，或是规模更小的“小箱”，则由接待者兼做店控。

随着客人增加，待机席上的人数减少了，开店三十分钟后，只剩下修和小次郎两个人。

修不着痕迹地扫视店内，发现多是二十到三十多岁的客人，气质各有不同，有些明显是常泡酒吧的那类人，但也有看起来很朴素，像是上班族的客人。前者应该刚从酒吧出来，但普通上班族不太可能一整晚喝到这个时间。

修觉得不可思议，询问小次郎。小次郎说：“有的上班族是上班前过来喝一杯。”

上班前来店里喝酒，能好好工作吗？但现在不是担心别人的时候。修想赶快开始工作，却完全没有人叫他。尽管对接待感到不安，但一直静静地坐在这里也很窝囊。修坐立难安，最后被叫去参加香槟CALL。

他模仿同事吆喝鼓掌，结果有人说："那请新人一口气干了吧！"

昨天早上修也因为一口气灌酒而昏睡，要是现在又喝，根本没办法工作，但他无法拒绝，只好把手伸向斟满了香槟王的酒杯。这时，小次郎挡到前面说："没关系，我来！"

小次郎做出戏谑的动作，逗得客人哈哈大笑，接着双手捧起酒杯一饮而尽。在宿舍见到的小次郎一脸病容，但现在不晓得是不是酒精的缘故，看起来血色红润，回到待机席后也没有喝醉的样子。

"喝了那么多居然没醉，不愧是专业的。"

"我唯一擅长的就只有灌酒了。接待也很笨拙，所以没有客人指名我，上街推销时也总是碍手碍脚，只能负责这些杂事。"

小次郎说完，自嘲似的笑了。

这下修总算明白为何小次郎没有去了。他想换个话题，便说："为什么要用香槟王一口气干杯呢？香槟王那么贵，我觉得慢慢品尝比较好。"

"像香槟王这样的香槟不能寄存对吧，只能当场喝掉，所以不像威士忌和白兰地那么占地方，是最好赚钱的商品。一口气干杯，是为了更快消耗掉。"

"可是居然让我们喝掉那么多瓶香槟王，客人也真是大方。"

"想让人一口气灌掉香槟王的不是客人，而是店家。白金香槟王一口气干掉的话，不用十分钟，就有一百二十万的业绩进账了。"

修总算了解香槟CALL和香槟王干杯的意义了。这是在短时间内拿到大笔业绩的好方法，但简而言之，就只是为了狠敲客人一笔。

不过既然自己也加入了，就不能净说些漂亮话。离开拘留所时，他就已经下决心要在这条街上赚大钱了。正当修沉浸在这样的思绪中时，忽然有人叫他的名字。

第一次接待当然不是被指名，而是协助顺矢。

助手不会坐客人旁边，而是坐在叫助手席的圆凳上，负责调酒、更换烟灰缸，或是客人上洗手间时递热毛巾等工作，但也要在不妨碍主要接待的人的大前提下与客人寒暄。

当主要接待的人被其他客人指名离开时，助手必须帮忙撑场子，免得客人无聊。然而，无论助手再怎么努力接待，主角还是主要接待的人，业绩也不会是自己的。话虽如此，如果能赢得客人的好感，据说有时也会以助手的身份得到场内指名。不过，指名是一次性的，客人一旦做出正式指名，就不能临时更换。因此，助手即使得到场内指名，终究也只是个助手，无法升格为正式指名。

客人回去时可以指名接待者送到门口，叫作"送客指名"。与其他的指名不同，送客指名不需花费，但被指名的接待者很有可能在下回得到正式指名。因此，在送客时询问联络方式，努力推销，也是接待者的基本功。

修担任助手的客人是个年约二十五岁的女人。修向她寒暄致意，她装作没看见，始终跟顺矢很热络。她不像第一次来的客人，但桌上只放着白兰地酒瓶，也没有开香槟王的意思，看样子应该是个小户。修除了调酒几乎无事可做。这时，顺矢被其他客人指名离开，留下修和女人独处，空气瞬间凝重了起来。

"小姐常来我们店里吗？"

为了不让客人无聊，修问了个无伤大雅的问题，但女人不发一语地抽着烟。

修拼命观察女人，想寻找共同话题，却因为太紧张脑袋一片空白。他不经意地望向桌子，发现女人的手机上挂着弹珠店的公仔吊饰。修客气地指着它问："这是打弹珠赢的吗？我也喜欢。"

话音刚落，女人便用凶狠的眼神瞪他。修还以为总算找到聊天的话题，没想到却招来反效果。他失望地垂下头去，这时——

"欸。"女人开口了。

"是！"第一次被客人搭话，修探出身体，开心地回应。

"你很吵啊！可以闭嘴吗？"

接下来的每一秒修都如坐针毡，与女人在一起让他痛苦不堪。

过了一会儿，顺矢回来了，他才觉得仿佛得救。

可能是因为出师不利，后来修虽然也当了几次助手，却都无法轻松地和客人交谈。每个受欢迎的接待者对话节奏都很快，他跟不上。

他们好像都会看电视做功课，不仅对搞笑艺人的梗了如指掌，也精通客人爱看的节目和流行事物，唱卡拉OK的歌喉更是媲美职业歌手，舞跳得又好。

修原本想趁着当助手时向他们学习，却忙得团团转，无法一直待在同一桌。因为店里没有服务生，帮客人去厨房点菜也是菜鸟的工作。

店内的餐点由一个叫末松，年约四十岁的男人负责。小次郎说他本来是日本料理师傅，脾气极端暴躁。每次有人点错或取消，末松都会额冒青筋，大发雷霆，把修吓得心脏缩成一团。

但最大的问题还是香槟CALL。

跟客人聊天途中被叫过去不仅麻烦，大喊大叫也很累人，最难受的莫过于被逼着灌酒了，真让人生不如死。虽然小次郎会率先干杯，修不必一口气喝光一整瓶，但一整天下来也会灌上将近两瓶吧！

小次郎说，香槟的碳酸很重，事先用搅拌棒偷偷搅一下，让碳酸挥发，入口时会比较轻松。学到这个窍门后，喝起来是轻松了点，但也不是连酒精成分都一起挥发了。

中午过后准备关店时，修已经醉到意识蒙眬，但工作还没有结束。接下来还得收拾整理，然后像开店前那样从头打扫一次。

还以为这下就能回去了，没想到优斗又说香槟CALL不整齐，叫所有人都留下来练习。香槟CALL由主、副两名接待者拿着麦克风呐喊，周围的接待者们则负责吆喝、拍手、炒热气氛，但要想整齐划一，必须非常专心。而且因为要扯着嗓门鬼叫，所以非常累。

练习结束后，修瘫坐在沙发上，顺矢哑舌说："怎么这样就倒了？明天开始才是地狱呢！"

"明天有什么吗？"

"笨蛋，还用说吗？平安夜啊。别总叫小次郎喝，你也好好帮忙喝！雇你来就是让你喝的。"

修完全忘了明天是平安夜。

去年平安夜，修和政树还有雄介一起去卡拉OK包厢联谊。他与晴香是今年春天开始交往的，所以当时还没有固定的女友，联谊是他最期待的活动。当时他满脑子只知道玩，丝毫没有考虑过将来。修做梦也想不到，短短一年之内，自己竟会沦落到这种境况。

如果父母没有失踪，今年的平安夜他应该会和晴香共度吧！不，只要有参加临床试验赚来的钱，平安夜也是可以稍微奢侈一下的。但事到如今，埋怨也无济于事。因为失去了那笔钱，他才会入行，也暂时不必担心睡觉的地方。现在虽然难熬，但要是做到了顶尖，肯定会觉得幸好入行了吧！话虽如此，这条路似乎非常坎坷，修无法想象做到行业顶尖的自己。

下午两点多，修终于打卡下班了。

他与顺矢等人离开大楼。冬天的阳光刺眼极了，仿佛瞬间从夜晚变为白昼，让人感觉神经也跟着失调。

修觉得越来越不舒服，一回到宿舍，就在厕所吐了。他一直吐到整个胃空掉，才摇摇晃晃地走出厕所。小次郎递给他矿泉水和药片。修问那是什么药，小次郎说了个他在广告上看过的药名。那种药标榜能改善黑斑与美白，修还以为是女人吃的药。

"半胱氨酸不只可以淡斑，对宿醉也有效，是我们的常备药。"

小次郎说他还有一大堆像是姜黄、蚬精等保肝用的保健食品，每天固定服用。

"肝脏坏到像我这样，也只能当心理安慰了。"

小次郎就快肝硬化了，医生要他戒酒。

"不能设法减少酒量吗？"

"我的工作就是喝酒，没办法！我以前的同事在被公司开除后进了现在的店，最后因为搞坏胃跟肝脏辞职了。"

"那个人现在在干什么？"

"没联络了，不晓得。我猜可能变成游民了吧！"

一想到那就是明天的自己，修觉得背脊一阵冰凉。

小次郎也许只是说得比较夸张，因为就算没有业绩，还是有底薪可领。修觉得，如果只求温饱，应该还过得下去。然而，小次郎摇摇头说："光是这里的宿舍费，每个月就得从薪水里扣掉四万元了。还有服装出租费一万元，再加上福利金、储备金、旅游费，又扣掉两万五千元。当然还要缴所得税。"

修大吃一惊，在脑中拨着算盘。

罚款的事他已经听说了，但并不知道还得支付宿舍费跟其他费用。

在三个月的保障期间内，日薪是六千元。假设工作二十五天，月薪就是十五万元，扣掉一成的所得税后，实领十三万五千元。再从里面扣掉宿舍费和其他经费，只剩下六万元。而且三个月后日薪会降到五千元，除非有指名抽成，否则生活根本过不下去。

"福利金和储备金我也很疑惑，可是旅游费是什么？"

"就是大家一起去泡温泉。我进店里后一次也没去过，不过领导跟业绩好的人都会去外国旅行。"

"那不是欺诈吗？"修叹了一口气问，"没有加班费吗？现在的工作时长，一天十小时以上了！"

"没有。"小次郎冷冷地说。

"可是要打卡不是吗？"

"那只是内部管理用的，不是给外头看的。而且得工作十小时以上的，只有我们这些在底下的人，业绩好的人就算迟到也不会怎么样。"

"只要有业绩，爱怎么样都行，没业绩的就任人践踏是吗？"

"没错。这一行是彻底的弱肉强食，就像现代社会的缩影。"

就像顺矢说的，第二天早上忙得不可开交。

开店以后，修就不停地当着助手，屁股连沾到待机席的机会都没有。当然，在当助手的空当还是得帮忙做香槟CALL，灌酒灌到肚子痛。或许因为事前吞了小次郎推荐的药，修并没有因此倒下。

小次郎穿着圣诞老人的服装，像平常那样一口气干杯，因为香槟CALL的次数很多，他看起来似乎不太舒服。

过了上午十一点，来了两位客人。她们好像是看到纸巾广告后过来的，选了一小时千元的畅饮套餐，但她们指名的人不知为何不久就离席了。

修和小次郎被吩咐去接待。

第一次来的客人几乎都不指名，第二次以后才会正式指名。因此，也为了亮相介绍，接待新客的人会不停更换。可能是每个接待者都很忙，没有人叫他们去接替帮忙。

两名客人年约四十岁，外表看上去虽不怎么光鲜亮丽，但这是修当助手以来第一次独立接待，是得到指名的大好机会。

指名的人没有过来，女人的表情显得不满。修借着酒意努力聊天，她们渐渐展现笑容。

"你还蛮有趣的嘛！"

被一个女人这么说，修内心雀跃不已。

小次郎只是讨好地笑着，连个笑话也不说。修这样的新手也看得出他接待得很糟。

一个小时一到，两个女人各自付了一千元，离开座位。

回去时，笃志问她们要指名谁送客，一个选了一开始指名的接待者，另一个指名修。看这个情况，或许下回就能得到正式指名。

修踩着轻快的步伐，送两人到大楼外。

他询问指名他送客的女人联络方式。

"我很快就会再来，到时再告诉你好吗？"

听到下次会被指名，修开心极了，欢天喜地地回到店里，谢谢笃志让他接待。

然而，笃志皱起眉头说："那两个女人，我看过她们在其他店喝烧酒。大概是专喝第一次的。"

"专喝第一次的？"

"每家店都有第一次低价畅饮的优惠套餐不是吗？她们就是专挑那种优惠到处去喝，同一家店不会再上门第二次，也贡献不了业绩。"

难得被指名送客，居然是这种客人，修失望极了。也总算明白笃志支开一开始的接待者，叫他和小次郎去接待的理由了。因为是没指望的客人，才叫他们去应付，修根本没必要感谢笃志。

关店以后，修忧郁地收拾。顺矢像打落水狗似的说："明天也很忙！今晚是真正的'平安夜'！"

一想到明天也得灌酒，修就厌烦透了。住网咖的时候，他想喝酒想到疯，但喝酒成了工作以后，一看到酒就觉得累。修忘了曾经在哪里读过：无论什么兴趣，只要成为工作就不再有趣。看来这句话是真的。

这个外表看起来糜烂奢华的行业，没想到居然如此耗费体力。

第二天，店里一早就坐满了客人。

修渐渐习惯当助手了，但只要主要接待的人离座，他就紧张得支吾语塞。有些客人会明显表现出无聊的样子，有些客人则像在强忍不满，两种都教人费神。

在后场营业时段，第一受欢迎的是代表优斗，第二则是个叫飞鸟的男人。

担任助手时和飞鸟稍微聊过，得知飞鸟比他大一岁，十八岁入行。飞鸟在工作的空当对他说："干这一行，起步是最关键的。必须抓到大户才行。万一被烙上失败者的烙印，不仅好客人轮不到你，其他客人也会一个个离开。人啊，不管是对服务人员还是名牌，都喜欢抢手货。"

飞鸟不愧资深，说话很有说服力。

但每个客人都有固定指名的接待者，修根本没有对象可以发挥。今天早上，他也照常出门推销，但顶多让对方收下纸巾，没有看起来愿意上门的。如果迟迟得不到指名，等着他的将是最底层的生活。

正当修期待着散客上门时，两个年轻女人走进店里。

被叫到时，修以为指名的机会终于来了，结果却只是当顺矢的助手，他失望极了。其中一个女人染金发、戴墨镜，另一个穿着朴素，没染发，以朋友来说，两人很不搭调。

店内光线昏暗，修一开始没有察觉，等到他单膝跪下递出热毛巾时，才惊觉金发女人是自己认识的。顺矢在女人身旁贼笑着。

"啊！"修忍不住叫出声。这时，金发女摘下墨镜说："修修怎么会在这里？"

不出所料，女人是瑠衣。

一想到就是这个女人害他失去做临床试验赚到的钱，修不禁火冒三丈。

"你才是，居然还有脸来这家店。明明是你说要请客的，为什么连一毛钱都不付就回去了？把我的薪水还来！"

"喂，你怎么用这种口气对客人说话？"瑠衣蹙起细眉说，"是你自己睡着了。而且居然叫比你小的女人付钱，还算个男人吗你！"

"没错，修，你就像个男子汉认命吧！再说，也是托瑠衣的福，你才能进店里工作啊！"顺矢帮腔说道。

182

他是负责接待琉衣的，宛如共犯。不过，周围还有其他客人，修无法追究下去。

修不情愿地闭上嘴，瑠衣满不在乎地笑着，把旁边的女人介绍给他："这个女生叫小茜，是我的超友。她今天第一次来，多多关照！"

叫小茜的女人害羞地颔首，她的年纪看起来比瑠衣大多了，但与俗艳的瑠衣不同，她的气质清纯。

"你们是什么时候认识的？"修转换心情问道。

小茜歪起头来："什么时候认识的？就是刚才啊！"

"刚才？"修眨眨眼睛。

瑠衣噘起嘴巴说道："我们在开通宵的酒吧认识的，不行吗？"

"不是不行，可是这样就算超友了？"

"能不能变成超友，跟时间没关系吧？跟年纪也没关系。对吧？"瑠衣征求同意似的看着小茜，小茜腼腆地点点头。

瑠衣接着说："小茜二十七岁，是护士。才刚上完大夜班。"

接待者不能打听客人的年龄与职业，但如果客人主动提起就没关系。

修觉得，瑠衣和小茜的关系，与当时和自己是一样的。瑠衣说她们是在酒吧认识的，但肯定是瑠衣向她搭讪，邀她来这家店的。

听说瑠衣赊了很多账，所以才会钓新的客人进来，好偿还那些债务吧！而自己也完全上了她的当。照这样下去，瑠衣一定会叫小茜付钱吧！但小茜知道这里有多贵吗？虽然事不关己，但修还是觉得不安。

"难得来这里，要不要开个香槟王？"

不出所料，瑠衣向小茜提议。顺矢立刻行礼说："谢谢！"

瑠衣也不等小茜回应便说："那要开哪种？粉红色的好吗？还是黑色或金色？"

粉红香槟王就要十五万元了，黑色要三十万元，金色五十万元。

修无法再默不吭声下去，开口说："茜小姐第一次来，香槟王当然是瑠衣小姐请客对吧？"

才刚说完，瑠衣就恶狠狠地瞪他。顺矢也摆出臭脸。

"助手不要多话。"

"对不起，可是——"

修还想争辩，这时小茜忽然开口："我来请客吧！我刚领到奖金。可是太贵的我请不起，粉红香槟王就好了。"

"谢谢！"顺矢又行礼。

小茜轻笑道："我一直很想喝一次粉红香槟王呢！"

13

　　小茜说这是她第一次喝粉红香槟王。修想让她慢慢品尝，但她点的香槟王才一眨眼的工夫就在香槟CALL中被灌光了。虽说是为了提升业绩，粉红香槟王在店里一瓶也要十五万元，还被一群根本不想喝它的接待者一饮而尽，这样的场景修不管目睹多少次都觉得浪费。如果酒都留在接待者们的胃里也就罢了，但有些人会在干杯后偷偷跑进厕所吐，等于把客人花大钱买的酒倒进马桶。

　　小茜开心地喝到快打烊，才用现金付了近二十万元的账单离开，回去时她指名修送她。今天店里的客人很多，修光是当助手就忙得不可开交，他以为小茜是没有其他人可以指名才点的他，但离开店里时，瑠衣附耳对他说："那女生好像对修修你有意思，好好把握啊！"

　　修半信半疑地向小茜要手机号码和电子邮箱，小茜爽快地告诉了他。当然，光这样并不能保证她会再度光临，就算再度光临也未必会指名自己，但有了负责接待的客人，修依然觉得开心。

　　下班后，修立刻发短信致谢，没过多久就得到小茜的回复。短信上，她有礼地写着："今天玩得很开心。"修虽然觉得有些进展，但不想直接推销。距离年底只剩下几天，小茜应该没空过来喝酒吧！修打算过完年再邀她。

　　两天后的早上，小茜再次上门了。她和瑠衣一起来，所以修和顺矢两人负责接待，但这回修不是助手，而是被小茜指名。第一次得到正式指名，修心花怒放，却也更不知该如何是好。

　　小茜二十七岁，大他足足六岁。修思考着共同话题，一不小心就让对话变得断断续续的，逼不得已，他只好说了个无聊的笑话，惹得顺矢和瑠衣耸肩说："冷死了！"

"刚才那是故意的吧？修先生真是有趣。"小茜像在安慰他似的，捧场地笑了。

这天早上，小茜也点了粉红香槟王，用现金付了大笔账单后离去。

打烊后的总结会上，总经理笃志向大家宣布修第一次拿到正式指名。

"修还有待加强，但很有潜力，请大家多多支持他。"

代表优斗以笑闹的态度拍手说："你们也别输给修啊！"

同事们的掌声让修觉得难为情，他忍不住垂下头去。

被开除学籍之后，修做过各种各样的兼职，但几乎没有被称赞过。比起好不容易才拿到的指名，被笃志称赞有潜力更让他开心。

总结会结束后，顺矢用手肘撞他："你要感谢我啊。都是托我的福，你才能拿到正式指名。"

修向他道谢，但顺矢一副像在卖他人情似的接着说："我也可以叫瑠衣让小茜指名我的，可是那样你就太可怜了。"

"谢谢你。"

"唉，好吧，下回要叫她开黑色或金色啊！"

"让她花那么多钱，太乱来了。茜小姐做的不是高薪职业，是护士！"

"这样才好，护士的薪水不就那些吗？她很快就不来了，还不趁机多刮一点。"

"是吗？"

"真是的，你什么都不懂！"顺矢"啧"了一声，转身就走。

笃志随后靠了过来，他好像听见了刚才的对话。

"顺矢的话不要当真。"

"为什么？"

"如果一开始就要求客人开黑色或金色，就摆明是为了业绩。企图太明显是做不长的，对那个女生最好再多花点时间，让她变成常客。"

"那顺矢为什么要说那种话？"

"他嫉妒你吧！"

除夕到了。

186

今天是这一年里最后一个营业日，明天开始，店里将因春节休业五天。据说，领导和业绩好的接待者们会趁这时候来一趟奢华的温泉旅游。

当然，这与修这种小角色无关。前场的接待者为了跨年的倒数活动忙得不可开交，相较之下，后场的接待者只要做到中午就能休假。

进入暮光不到十天，但连日来的灌酒干杯，已经让修的内脏不堪负荷了。他想早点结束工作，好好地睡上一觉，但一看到小次郎，又觉得不能奢求。小次郎总是带头干杯，原本浮肿的脸变得更加肿胀，行动也看起来相当痛苦。然而，修得到正式指名时，小次郎却像是自己的事一样为他开心："太好了！这下子你就可以摆脱干杯人员的地位了。"

"才没有呢！我还是会陪你努力喝，小次郎哥也快点得到指名吧！"修由衷地说。

很明显，再这样喝下去，小次郎的身体绝对会出问题。修希望他快点得到指名，但小次郎其貌不扬，和客人的对话也无法热络起来。而就算想帮他，修自己也只有小茜一个指名客，根本无能为力。

修以为除夕这天店里会很清闲，没想到还是热闹滚滚。他当助手在各桌之间走动着，却被笃志叫了过去。

"干得好，她今天一个人。"笃志抬了抬下巴说。

修顺着笃志所指的方向望去，吃了一惊。只见小茜一个人坐在卡座沙发上，修立刻在她身旁坐下。因为还不习惯被指名，他紧张万分。

小茜说联络不上瑠衣，所以一个人来了。她红着双颊说："一个人来好害羞，可是我想看看修先生的脸。"

修也腼腆地垂下头。他拼了命地接待，努力营造气氛，然而顺矢却在中途跑来当助手，搞得他方寸大乱。

修当过好几次顺矢的助手，如今第一次角色对调，却搞得自己像个小媳妇似的看起他的脸色。顺矢积极的态度一点都不像是来帮忙的，他不顾修才是被指名的，频频叫小茜开酒，而且还是五十万元的金色香槟王。

"今天是除夕，热闹一下嘛，我们店也可以刷卡啊！"

顺矢不断催促小茜，但修不想这样勉强她。他不推香槟，改推白兰地，说这样可以慢慢喝，小茜也乖乖地听从了。她寄存了一瓶轩尼诗XO，花了七万元。

顺矢一脸不满，趁小茜去洗手间时说："亏我帮你拉业绩，干吗碍事啊！"

顺矢似乎是嫉妒小茜成了自己的客人，才故意怂恿小茜开昂贵的香槟，让她为难。修很想说"碍事的是你"，但还是忍了下来。

小茜喝到将近中午才离开。

修送她到大楼外，她递出一只信封，里头装了十张万元钞票。修直眨眼睛："这是干什么？"

"虽然有点早，这是给你的压岁钱。"

虽然修看过好几次客人赏同事小费，但还是觉得十万元好像太多了，这让他手足无措。当然，这是他第一次拿到小费。

"别客气。我带这些钱来，本来是想开香槟王的。托你的福，不必花那么多。"

今天的账单虽然比平时便宜，也要将近十万元。小茜虽然气质端庄，穿着和皮包等却很朴素，看起来实在不像有护士工资以外的收入。如果这时候勉强她，之后无以为继就伤脑筋了。

"你已经惠顾我们店了，我不能拿你这么多。"修狠下心来推辞，但明天开始就是假日了，他非常想要这笔钱。结果小茜又推了回来，他便顺势把信封怯怯地收进怀里。

修目送小茜离去，脸上渐渐堆起笑容。如果是一般兼职，想赚到十万元，起码得花上将近一个月，然而这笔钱却在瞬间轻松落入口袋，或许这就是这一行的诱人之处吧！

这下子春节期间的零用钱有着落了。修踩着轻快的步伐回到店里，同事拜托他端水果，他去厨房点餐，却不见负责人末松。是去厕所了吗？修踏进厨房一看，怔在原地。

只见小次郎蹲在厨房角落，用手捏起客人剩下的炸物小菜吃着。

"嘿嘿，肚子饿了。不要告诉别人！"小次郎露出尴尬的笑。

修觉得自己看了不该看的东西，一时答不出话来，只好点点头。

进入春节假期后，元旦和初二修都在宿舍无所事事地度过了。

顺矢似乎正在为什么事而烦躁，心情非常不好，不是一个人出门，就是关在自己的房间里，不怎么跟修说话。几个室友也都返乡去了，修的聊天对象只剩下小次郎。小次郎仿佛想从平日的疲劳中恢复似的从早躺到晚。他说自己累得不想动，然而夜深之后，却又喝起从店里摸回来的芋头烧酒。修觉得至少休假期间都别碰酒精比较好，但小次郎眯着眼睛，啜饮着兑冰烧酒说："没酒我动不了啊！"

"可是你的肝不好吧？再喝下去不是恶性循环吗？"

"知道是知道，可是已经成习惯了！"

除夕在厨房里偷吃客人剩下的东西，过年只能窝在宿舍喝烧酒，修忍不住怜悯起小次郎来。他初二晚上邀小次郎出去吃饭，小次郎却摇摇头说："不必顾虑我，出去玩吧！你有女朋友吧？"

修含糊地点点头。自从被警察逮捕后，他和晴香就断了联络。那时他也打过电话向政树和雄介求救，却没有人肯提供援助。修原以为政树和雄介是他的好哥儿们，但他们已经不想再跟他有任何瓜葛了吧！晴香也是，到现在都没有联络，应该是不想跟他复合了。无所谓了。离开拘留所时，别说晴香，他暂时也不打算联络政树和雄介。一方面当然是对他们三人感到愤怒，但除非自己的生活有了改善，否则修不想去见他们。话虽如此，剩下的春节假期待在宿舍里也嫌无聊。

生活不能说是有了着落，但有了小茜给的小费，修手头阔绰了，也有乍看之下还算高级的衣服。尽管觉得卖弄虚荣无济于事，但修不想被认为自己到现在仍住在网咖里，同时也想炫耀一下自己有钱的样子。看到自己从打电话说自己被警察逮捕到短短几天后摇身一变的模样，晴香一定也会大吃一惊！如果她想复合，要答应吗？一想到晴香不停赔罪的样子，他就觉得开心。虽然连修自己都觉得这种想象很可悲，但感受到一股邪恶的喜悦也是不争的事实。

第二天下午，修前往大学时居住的地区。

他离开这里明明不到半年，走出车站月台时却觉得怀念。因为正值过年，车站前方一片冷清，但郊外清爽的空气相当舒适。几个貌似母校学生的年轻人，正站在修好几次把生活费挥霍一空的弹珠店前，一副很冷的样子。大概是把零用钱输光了，又无处可去了吧！

修望着和晴香一起去过的居酒屋和酒吧，耸着肩膀往前走。

精品店的橱窗里，倒映出身穿合身黑西装、脚蹬尖头靴的男人。虽然衣服和鞋子都是借来的，但看上去无可挑剔。抓起的刘海儿率性地垂在额前，剃得细细的眉毛也帅气极了。

修为自己的模样感到满意，掏出手机，做了个深呼吸后打给晴香。铃声响着，他紧张地等待晴香接听，然而就是无人应答。修只好放弃。挂了电话后，他叹了口气。也许晴香趁着过年去哪里玩，或是回老家了，但至少也该接个电话吧？也可能是她刻意不接电话。如果见不到晴香，来这里就毫无意义了。早知如此，就事先打电话了。修想要突然现身，让晴香吓一大跳，结果却扑了个空。

他重振精神，绕到雄介做兼职的录像带出租店。

雄介似乎休假了，不在店里，打手机也没人接。

"居然两个人都不理我。"修独自咒骂着。

他也不反省自己漫无计划的行动，怒火中烧起来。照这个样子，政树八成也会故意不接电话吧！尽管这么想，他还是打了电话。

"你在做什么？我很担心你！"没想到政树激动的声音在耳边响起。

"听说你被警察抓了，我打了好几次电话给你，可是你都在信号区外。我还以为你怎么了呢！"

这么说来，刚离开拘留所时，修曾经收到政树在语音邮箱里的留言。当时修很生气，没有回电，但政树应该继续打来才对。

修简短说明在警署里发生的事，政树叹了口气说："既然被释放了，怎么不打个电话？我还以为你进去了呢！"

"怎么可能进去？我什么都没做！"

"是吗？你很有可能做出什么来。"

"什么意思？我只是走在马路上——"

修想要详细说明情形，但政树说"好了好了"，打断了他。

"那你现在在做什么？"

修觉得突然说自己在做接待者实在很难为情，而且这样见面时的惊讶也会减少许多吧！

"唉，见了面再说吧！你现在可以出来吗？"

"到新宿有点远！你过来的话——"

"我已经在这边了。"

电话另一头传来倒抽一口气的声音。难道自己不受欢迎？正当修这么想时——

"既然这样，怎么不早说！"政树答应立刻出门见面。

修和政树约在车站前的咖啡店碰面。

政树一看到修的脸，惊讶得合不拢嘴："你那是什么德行啊？"

修举起一手，把烟叼嘴里，微笑。他自以为全副武装，无懈可击，没想到政树的眼中没有半点钦羡之情。不仅如此，他还用狐疑的眼神从头到脚打量着他。

政树不停追问他在做什么，修只好说出现在的工作。

"原来如此。"政树啜饮着咖啡，深深地点头，"那会提供宿舍吧！听说最近都是些被公司资遣或开除的派遣员去干这一行？"

"你挺清楚啊！"

"也不是很清楚，不过电视上不是报道过吗？失业者专题之类的。"

修以为只要自己一副赚到钱的样子，就会引来羡慕，看来完全料错了。

政树露出同情的表情说："如果没有指名，薪水就很少，很辛苦对吧？"

"还好吧！我已经有指名的客人了，之后会越赚越多。之前也拿到了十万元小费……"

修虚荣地说着，但政树或许因为经济状况很好，没有什么反应。相反，政树说他靠着父亲的门路，即将进入一流企业工作，女朋友怜奈也通过了电影试镜。这些好消息，让卖弄借来的华服的修自觉窝囊。

两人互道近况后，修若无其事地问起晴香，但政树说他们一直没碰面。修本来快对晴香死心了，但一想到她可能已经另结新欢，就觉得可惜起来。

为了打消这个念头，他故作开朗地说："这么久没见了，我们去喝一杯吧！"

"喝一杯？可是才傍晚！而且我晚上跟怜奈有约。"

"把怜奈也找来就行了！也约雄介一起来。"

"这样太突然了，你应该先打电话的。"

"别这么不知变通！要不然我请客。"

不管修怎么邀，政树就是不肯答应。这么不给面子，修有些不耐烦起来，但追根究底，是突然开口邀约的自己不好。

"真没办法，那我去找雄介吧。"

"他应该还在做兼职吧？"

"刚才我去录像带店看过，他不在，也没接电话。"

"一定是在睡觉吧，他不一定会出来。"

修当场打给雄介，但还是一样没人接。

"那家伙要睡到什么时候，干脆去公寓把他叫起来好了。"

"太麻烦了，下回再约吧！"政树受不了地说。

修也暂时打消念头，但离开咖啡店后，他忽然改变心意。就这么一个人回去，他感到寂寞不已。

"我还是去雄介那里看看吧。如果你有空再打电话给我，我会跟雄介去喝酒。"

修说完后正要道别，政树却跟了上来："算了吧，去了也没用！"

"你不用陪我，我一个人去就行了。"

"真固执！"政树嘴里念叨着，一路跟到雄介的公寓来。

"松木城"的手写广告牌令人怀念，修望着木造灰泥的肮脏建筑物，想起了寄住的那段日子。

修在公寓入口处脱鞋，但必须把鞋子拿到房间里，否则会被偷。他一手拎着鞋子，上了二楼，敲了敲雄介的房门。

"还在睡吗？是我！"

他喊了几声，但雄介不知道是不是出门了，没有回应。

"走吧！只喝一杯的话，我可以陪你。"政树催促着。

修死了心，正要转身离开时，雄介的房里却传来窸窸窣窣的声音。

"什么啊，这不是在家嘛！"修把鞋子搁在走廊，再次敲门，"你在干吗？快点开门！"

门总算开了条缝，雄介探出头来。可能是看到修那身穿着打扮吓了一跳，他的眼神游移着，然后小声地应了声"嗨"。

"好哥儿们那么久没来看你，你居然假装不在？"

"我没有假装不在，只是头痛在睡觉。"

"唉，随便吧！快点让我进去，这里的走廊冷死了。"

"里面很乱，不好吧！"

"没事！我寄住在这里的时候更乱吧？"

修强硬地想打开门，但不知道为什么，雄介非常抗拒："我出去，你在外面等吧！"

雄介为什么不肯让他进房间？修觉得奇怪，从门缝偷看，玄关脱鞋处摆着一双女人的运动鞋。修的心脏猛地一缩。他看过那双运动鞋。下个瞬间，修不发一语地用力推开雄介，踏入房间。

四张半榻榻米的房间相当闷热。看到床上的盖被呈人形鼓起，修冷不防地掀开被子。

不出所料，床上的女人是晴香。晴香瞪着他，眼神前所未见地冰冷。那非比寻常的态度让修不知所措，雄介挡到她身前。

"你们在干什么！"修粗声大骂。

雄介一脸僵硬地说了声"对不起"。

"一句对不起就算了吗？居然骗我！"

修气得仿佛全身血液倒流似的，扑上去想殴打雄介。

这时，政树从背后架住他，他动弹不得。

"放开我！"

"叫你住手！"

修被政树拖到走廊，雄介走出房间，低着头对他说："真的对不起，但我听晴香说你们分手了——"

"少扯了！我之前就觉得你们两个很可疑，果然早就搞上了！"

雄介默默地摇头。修被架着，头扭向身后："政树，你早就知道了，所以才不想过来吧？"

"就算我说不是，你也不会信吧！"政树语带叹息地说。

回想他来到这里之前的举动，显然政树知道晴香和雄介的关系。

"我才不信，你们居然联手骗我！"修大吼。

这时，隔壁房门"咚"地一响。

那个面色苍白的女人好像还住在隔壁。每次在雄介的房间吵闹，女人就会踹墙壁。都是那个女人，害得他在这里待不下去。

修怒不可遏，随即又像是被浇了盆冷水似的，滚滚沸腾的脑袋迅速冷却了下来。

"放开我，我不会闹了。"修甩开政树的手，捡起鞋子走了出去。

"喂，等一下！"政树追上来，但修离开公寓后，后头的脚步声很快就消失了。

脑袋仿佛处在真空状态，修完全无法思考，只能不顾一切往车站走去。等他下了电车，离开新宿站时，已经入夜了。

走在歌舞伎町，一股情绪这才涌上胸口。修跑进附近的酒吧，点了兑冰的波本威士忌。

"修，修。"一个声音把他吵醒了。

脑浆好像煮滚了似的，发出阵阵刺痛，修睁开被眼屎粘住的眼皮，看见小次郎的脸，但嘴巴内部整个干透了，一时挤不出声音。他强忍着头痛抬头一看，这里是宿舍玄关。小次郎似乎很担心他，给他在肩膀以下盖了条毯子。修点了烟，但苦得立刻就捻掉了。

"已经过中午了。"小次郎微笑着说，递过来矿泉水瓶。

修道谢后接过瓶子，仰躺着咕噜咕噜地喝下去。

小次郎说，他是黎明时分回到宿舍的。修完全不记得自己去过哪些店、喝到几点，他唯一记得的只有第一家酒吧。

皮夹里的钱只剩一半不到，看来他不是喝了好几家便宜的酒吧，也许还趁着醉意去了别的店，但无论如何就是想不起来，只是钱减少了，实在是愚蠢到家。

比起钱的事，被三个朋友背叛的打击更大。一想到自己虚张声势去找他们，结果却惹来一身伤，就觉得悲惨透顶。修看了看手机，没有来电记录也没有短信。虽然不打算原谅他们，但他们至少应该发个短信道歉吧？想起晴香冰冷的眼神，胸口就难受极了。那是看陌生人的眼神。即便他有错，他也无论如何都不明白晴香为何变得如此冷漠。晴香就不必说了，他与政树和雄介的关系应该也到此为止了吧！修一直把两人当成死党，虽然偶尔会起争执，但他总相信彼此是连接在一起的。他万万没想到这段关系竟如此不堪一击。是自己想得太天真吗？还是他们太奇怪？修用宿醉后混沌的脑袋思考着，心情越发消沉。春节假期只到明天，但他什么也不想做，只想躺在厨房的垫被上。

"你好像很沮丧。"小次郎担心地问。

说出原委就像在自揭疮疤，他犹豫了，但又想向别人倾吐一下。修毅然决然地说出来龙去脉，小次郎听完笑了："我来说也很奇怪，可是女人到处多的是啊！"

尽管被这么安慰，修也畅快不起来，但随着时间过去，情绪稍稍平复了。

尽管修不是真心要和晴香分手，但也不认为两人一定能复合。离开拘留所的时候，他甚至只想快点赚大钱，让大家刮目相看。也就是说，他对晴香的感情已经淡去。看见她待在雄介的房间，他之所以勃然大怒，或许是出于嫉妒，他不甘心晴香被比自己差劲的雄介抢走。他喜欢晴香是事实，但事到如今，只能说自己没有看人的眼光。就算晴香认为他们已经分了手，但前男友连住的地方都没有，也没有收入，正在痛苦不堪时，她却勾搭前男友的朋友，她就是这种女人。

"那种女子，雄介要就送给他。两个土包子凑一对正好。"修在被子里唾骂着。

往后他要为工作奉献一切，努力赚钱。第一要务就是存钱离开宿舍。想沉迷于玩乐和恋爱，等生活稳定后再说吧！修就像想转移胸口的痛楚似的，下了这样的决心。

春节假期结束后又过了两星期。

可能是因为想通了，工作起来相当顺利。小茜每隔三天会独自来店里一次，平均花上七八万元。如果开香槟王，可以让她消费更多，但修遵照笃志的提点，花时间将她培养成熟客。

有了小茜这个指名客以后，修的工作似乎也上了轨道，渐渐受到越来越多客人的指名，从单一的助手晋升为主要接待。开店前上街推销的状况也变好了，路人开始愿意听他说话。虽然实际上门的只有两对客人，但两边都指名他送客，或许之后就有机会得到正式指名。修觉得照这样下去，自己有可能靠这行谋生。大概十天前，他第一次领到薪水，但因为是到上个月月底的薪资加抽成，数字少得可怜，下个月应该可以领到一笔不小的数目吧！

相较于修越来越顺利，顺矢的业绩却一落千丈。不仅几个指名客不再上门，连瑠衣也不见踪影，问小茜，她也说和瑠衣完全断了联系。

"那个王八蛋，在搞什么？"顺矢埋怨地说，他在春节假期会那么暴躁不安，好像也是因为瑠衣。

在接待小茜时，看到顺矢一脸阴沉地坐在待机席上，修感到一股立场逆转的优越感，但顺矢毕竟是前辈，也教会他许多事，因此修还是有些同情他。

到了月底的结算日，顺矢被笃志叫了过去。打烊以后，他们在卡座沙发上深谈许久，顺矢的脸色苍白。

"你还好吗？脸色看起来很不好……"回宿舍的途中，修问。

顺矢摇摇头说："瑠衣居然逃跑了。"

"啊？"

一起回去的小次郎也一脸惊讶："她逃跑了？不会吧！"

"是真的。直到不久前，打她手机都还会响，但现在已经变成'您拨的号码是空号'了。"

"这么说来，小茜也说联络不上她。"

"要是换了号码就没办法了！"小次郎说。

"没错，她住在网咖，所以也不知道她家在哪儿。"

"瑠衣住网咖吗？"

"之前住公寓，可是因为没缴房租被赶出来了。她付不出学费，也被大学开除了。"

修不知道原来瑠衣的情况与自己这么相似。不过她是因为沉迷喝酒，所以是自作自受。

顺矢边走边点烟："如果听到她的任何消息，要立刻告诉我！"

修和小次郎点点头。

"要是抓不到她，我就死定了。"

"为什么找不到她，顺矢哥就死定了？"

"你也差不多该懂事了吧？要是客人逃跑，谁接待的谁就要付钱！"

修知道瑠衣赊了不少账。瑠衣为了继续赊账，会在街上拉新的客人带到店里来。小茜也好，自己也好，都是瑠衣的牺牲品。

"瑠衣赊了那么多账吗？"

顺矢随着叹息吐出烟来："多到不行。我可能完了。"

进入二月后，早晨变得特别寒冷。

二月原本就是淡季，或许是天冷的缘故，客人变少了。

底层的接待者们陷入苦战，但修因为有小茜，维持着一定的业绩。感觉小茜对自己有好感，但她说话还是很有礼貌，喝醉了也不会失态，也不曾邀约修出去玩。

笃志似乎看不下去了，对他说："差不多该再熟络一下了吧，现在的状态也不错，但万一对方腻了，就血本无归了。"

这让修感到却步，可是为了业绩，这也是逼不得已的。

小茜再度光顾时，修提心吊胆地开口邀约，她的反应超乎预期："我太开心了！我好几次都想约你，可就是开不了口。"

小茜就像要压抑兴奋的情绪似的，连续喝光好几杯兑水酒。

见面的日子就定在小茜和修都休假的两天以后。修计划中午过后先去浅草的游乐园玩，回程再一起吃饭。去浅草的游乐园是小茜要求的，而修的目的是接待，不管去哪里他都没有意见。不过这是修第一次在店外与小茜碰面，他十分兴奋。

然而，第二天却发生了意想不到的事。

晚上十二点多，修正在宿舍准备上班时，外出的顺矢突然冲进来说："你可以帮帮我吗？"

他说店里逼他付清瑠衣所赊的账。

"说是不能再拖了。不好意思，可以借我一点钱吗？"

"要借多少？"

"一百万就行了。其实还需要更多，可是我也不能对你强求。"

"不可能啊！要是发薪日，我还可以凑一点。"

"那样不够！你可以拜托那个护士帮我想想办法吗？"

"你是叫我跟小茜借钱？"

"不是她也行，可是我真的不知道还能找谁借钱了。"

"可是……"修犹豫不已。

"小茜不是瑠衣介绍给你的吗？你也是因为这样才有业绩的，帮帮我吧！"

"可是，我不知道她愿不愿意借我那么多……"

"一百万而已，顶多就一瓶白金嘛！小茜的话，绝对肯借的。"

连一瓶白金都凑不出来的是你吧？修心想，但是从顺矢一副走投无路的表情来看，事态应该非同小可。

"啊、啊！"顺矢叹息着。

"我真的死定了，我们店的讨债非常厉害。如果付不出钱，不是一辈子被绑在这里，就是被卖去工寮做苦工。我不想变成那样！"

"啊？"

顺矢泫然欲泣，修听了一时说不出话来。

"拜托了，修！"顺矢趴在地上，合掌向他恳求。

14

和小茜出去玩当天，修在店里工作到中午，然后去了浅草。因为今天店里没什么生意，修几乎没怎么喝，所以除了睡眠不足导致的疲倦，身体状况还算不错。

进入二月后一直都是阴天，今天却难得放晴，让人联想到春天。可能是天气好的缘故，虽然是工作日，浅草的街上却十分热闹。这是修在高中毕业旅行之后第一次来浅草，下町¹的氛围让人怀念。

和小茜在车站会合后，两人在仲见世大道闲逛。眼前别具风情的街景，与香槟、钞票漫天飞舞的日常生活截然不同，修仿佛来到了另一个世界，觉得新鲜极了。

小茜拘谨地挽住修的手臂说："在东京，就数这里最让人安心了。"

小茜说她是冈山人，来东京后第一个观光的地点就是浅草。他们先到小茜推荐的洋食屋，吃了炸肉饼和蟹肉可乐饼，然后去了游乐园。

游乐园的气氛一如浅草，充满了复古气息，每种游乐设施都很老旧。

小茜一点都不像比修大了六岁，天真地玩闹着。她一会儿坐进速度慢得诡异的云霄飞车，一会儿又走进比起吓人机关，游客的稀少更让人发毛的鬼屋，带着修在园里转来转去。

修虽然也乐在其中，但心中卡了个难题，让他无法尽情地游玩。

自从昨天顺矢开口向他借钱以后，修一直在烦恼。顺矢自恃是前辈，从过去就待他苛刻。虽然小茜是瑠衣介绍来的，但又不是顺矢说的情，小茜

---

1. 指日本的庶民居住的地区，这里住宅和小商铺密集，民风淳朴热情，形成特有的下町文化，其中便以浅草区为代表。

指名修完全是她自己的意思，修没道理要感激顺矢。顺矢说付不出瑠衣积欠的账他就死定了，那也是他自作自受。自己和顺矢毫无瓜葛，凭什么得帮他收拾烂摊子？尽管这么想，但顺矢都向他下跪了，修实在拒绝不了。就连今天早上也是。修一离开店里，顺矢就追了上来。

"不好意思，真的拜托了。"

顺矢再三行礼，修大感吃不消地说："总之我会问问她，但如果不行也别怨我啊！"

"她绝对肯借的。拜托了，事关我的人生！"顺矢悲痛地恳求着。

修无奈地点点头，但也没有自信能向小茜借到一百万元。第一次私下出去玩就向人家借钱，未免也太厚脸皮了。万一小茜因为这样而不来店里，自己岂不成了吃亏的傻子？还是什么都别对小茜说，直接跟顺矢说没办法吧。虽然心里浮起这样的念头，但又担心下次小茜来的时候，顺矢或许又会多嘴说些什么。

太阳下山了，修在园内左思右想地走着，小茜露出不安的表情说："这种地方还是太无聊了吧！"

"没有这回事！"修急忙挥舞双手。

离开游乐园后，他们在标榜百年以上历史的老字号酒吧喝了知名的"电气白兰地[1]"，接着前往上野。在上野逛完阿美横町后，又到韩国城吃了烤肉。

好久没吃的烤肉尝起来美味极了，但修惦记着借钱的事，几乎食不下咽。他想赶快喝醉，不停地灌兑冰烧酒。今天的费用全由小茜负担。待会儿就要开口借钱了，却让对方一直掏钱，实在太不像话。修想至少请顿烤肉。

"是我邀你的，没关系。"小茜拒绝了。

不过就算请客，那些钱也是小茜给他的小费。

"那下一家请让我付账吧！"修邀她去附近的酒吧。

店虽然是随意选的，但店内光线昏暗，也有许多年轻情侣，气氛正合适。两人在吧台的长脚凳上坐下。

修下定决心，连喝了好几口兑冰波本威士忌，结果小茜蹙起眉头开口问：

---

1. 浅草神谷酒吧创始人的配方，以白兰地为基底的调酒。

"修，出了什么事吗？"

这时，醉意总算涌了上来，紧张也舒缓了。

"嗯，"修含糊其词，"不过不是可以跟茜小姐说的事……"

修觉得这个开场白不错，结果不出所料，小茜追问："你不说我怎么会知道呢？不要跟我客气。"

"那么我就说了，但你听听就行了！"

修先提醒，然后说明内情。听着听着，小茜的表情渐渐沉了下去。看样子钱是借不到了，只能坦白地跟顺矢说没办法了。

修说完后，小茜深深地叹了口气："我没想到瑠衣是那样的女孩。"

"你还是当作没听到吧！"修立刻说，"这本来就是顺矢哥跟瑠衣小姐之间的问题，我不该跟茜小姐诉苦的。"

"可是如果没有瑠衣，我也不会认识修……"小茜忽然露出笑容说，"钱我明天给你好吗？"

"明……明天——"这意外的回答让修舌头打结，"你愿意借钱，我真的很感激，可是我和顺矢哥都没钱，不知道什么时候才能还你。"

"不还也没关系。"小茜摇摇头说，"明天我会去银行提钱，你陪我一起去吧。"

第二天回去时，已经过了中午。

外套口袋里塞了一个厚厚的信封，修往宿舍走去，不时去确定它的触感，心情复杂极了。

修听说没有存折和印章，一次最多领五十万元，但小茜从ATM走出来后，递出一只装满钞票的信封。

"真的可以吗？"

小茜笑着点点头说："不过我去店里，要好好招待哟！"

"那当然了。"修挺胸说道。

与傍晚要上班的小茜在车站道别后，疲倦一口气涌了上来，但同时也有一种克服了难题的充实感。这下子顺矢也会对他刮目相看吧！他卖了顺矢这么大的人情，店里的工作肯定也会顺利许多。修觉得自己又往行业顶尖迈进一步。

"就像这样，一步一步往上爬。"

一反疲惫的状态，修英姿飒爽地走着，仰望林立的商场大楼。

回到宿舍以后，顺矢的反应超乎想象。

修把一百万交给顺矢，顺矢连声称谢，不停地低头，搞得修都可怜起他来了。

"你救了我一命。哎，请进请进。"

顺矢露出灿烂的笑容，打开自己房间的纸门。平常光是探头偷看就会挨骂了，没想到顺矢居然会请他进房间。三张榻榻米的和室收拾得很整齐，一尘不染。窗边的书架上摆满了书本，令人意外。

顺矢把修给他的一百万收进男用包里。

"这下就有三百五十万了，可以还清瑠衣赊的账了。"

皮包里塞满了据说是四处借来的钱。

"瑠衣到底跑去哪里了？"

"完全不清楚。我觉得她应该还在东京，但说不定已经回老家了。"

"不能去她老家吗？"

"她只说过父母在秋田务农，光是这样无从找起啊！"顺矢叹了口气。

"我还以为我真的完蛋了，但勉强是保住人头了。谢谢你！"顺矢又行礼要求握手，修困惑地回应。顺矢去了厨房，拎了两个装着冰块的杯子回来。

"这是很久以前跑掉的客人寄存的酒，来喝吧！"

顺矢从书架角落拿出皇家水晶瓶干邑，斟满杯子。如果在店里寄瓶，这一瓶白兰地要价在一百万以上。修已经喝腻昂贵的酒了，而且睡眠不足，不怎么想喝，但顺矢还是不停地劝酒。

"我太开心了，没想到你肯帮我到这种地步。"顺矢红着眼眶这么说。

修无法拒绝，只好喝了起来。

不论是什么情况，一旦喝开来，心情就会跟着好转。

醉意很快涌了上来，两人互帮对方斟酒。

"要不要叫小次郎哥一起来？"修问。

顺矢摇摇头："那家伙早就睡了。再把肝脏搞坏怎么办？"

修不经意地朝书架一瞥，发现关于拉面的漫画和书特别多，甚至有拉面食谱集和拉面店开业指南。顺矢好像也注意到修的视线，说："我没有告诉过任何人。将来我想开家拉面店。"他害臊地搔搔头。

"卖哪一种拉面？"

"我是东京人，所以还是酱油拉面吧！"

"我们故乡的豚骨拉面也不错！"

"你是北九州岛人对吧？九州岛我没去过。"

"有机会就来吃我们的拉面吧，我来当地陪。"修怀着轻松的心情说着，也想起了故乡的事。

就算想带顺矢去玩，老家也已经没了，更不知道父母身在何处。就连何时才能再回故乡，他都毫无头绪。

"喂，打起精神来！"

修似乎在无意识间露出了消沉的表情，顺矢拍拍他的肩膀。

修点点头，仰头一饮而尽。

本来只打算小酌一杯，结果却一路喝到快傍晚。修和顺矢喝得非常痛快，但从中途开始，他就不记得聊过些什么。他隐约记得自己连滚带爬地钻进铺在厨房地板上的被窝里。

修不知道睡了多久，忽然觉得背后一记疼痛，但他睡到连梦都没做，不晓得发生了什么事。因为背部疼痛，他翻了个身，从侧睡转为仰躺，结果这回侧腹部也传来一阵疼痛。修这才睁开眼皮，看到顺矢一脸凶相地站在那里。

"什么事？"修揉着眼睛问。

顺矢用鞋尖又踹了他侧腹一记："你把我的钱拿去哪儿了？"

"钱？"

"我凑到的三百五十万。"

"那笔钱怎么了吗？"

"我睡觉的时候，装钱的皮包不见了。"

"啊？"

"少给我装傻，就是你偷的吧？"

"怎么会？我一直在睡觉啊！"

"那是谁偷的？就只有你进过我房间！"

修总算清醒了，爬了起来。

"我，"顺矢声音颤抖地说，"是真心感谢你的，没想到你居然做出这么肮脏的事！"

"你误会了，我没有偷！"

"少啰唆！快把钱还来！"顺矢冷不防地扑了上来，把修按倒在被子上。

他骑在修身上，拳头高高举起。修用双手护着脸说："如果你觉得是我偷的，随你检查到满意为止！"

顺矢把修推到地上，一把掀起棉被，把枕头和毛巾丢开，甚至检查了垫被里的棉絮。

修趁机探头窥看隔壁六张榻榻米的和室，发现窗外天色已经暗了下来。房间里室友们的被子和衣物丢得到处都是。

"前场的两个人已经去上班了吗？"

"是又怎么了？"

"小次郎哥呢？"

"在哪儿睡觉呢吧，你别想赖到别人头上！"

"不是的，我只是觉得可能有人看到小偷了。"

"前场的人在我睡觉以前就去上班了。"

"喂，小次郎！"顺矢吼道，"你有没有看到什么？"

没有任何回应，屋内一片寂静。

顺矢咂了一下舌头，看了看厕所和浴室，但很快就回来了。

"是去便利店了吗？"

修为了洗刷冤屈，打给小次郎，但手机似乎在信号范围外，打不通。修疑惑之际，顺矢也用自己的手机打给小次郎，结果一样不通，这回他开始发起短信。

"不会吧？"顺矢的脸突然变得苍白，他跳起身，接二连三打开衣柜和壁橱。

"可恶，小次郎的东西不见了！"顺矢呻吟着说，抱住了头。

修和顺矢一起冲出公寓，寻找小次郎的下落。两人从歌舞伎町一路找到新宿车站，完全不见小次郎的踪影。如果钱是小次郎偷的，他很可能早就离开新宿了。明知会白跑一趟，但一想到小茜的钱被偷了，修还是无法袖手旁观。顺矢打电话四处拜托，请人看到小次郎就逮住他，却迟迟没有好消息。

开店的时间近了。到了这个地步，修还是不相信小次郎会偷钱。那个心地善良，总是被逼着干杯灌酒的小次郎，会这么冷血无情地背叛伙伴吗？

修扫视着歌舞伎町拥挤的人群说："小次郎哥会不会去店里了？"

"笨蛋，怎么可能！"顺矢朝马路吐口水，"小次郎这王八蛋！要是被我逮到，一定要把他碎尸万段！"

顺矢声音颤抖地怒吼着，表情扭曲得仿佛随时会哭出来。

两人踩着沉重的步伐来到店里，小次郎果然不在。听到他无故缺勤，便认定窃贼是他了。

忽然间，修想起去雄介公寓的第二天，钱包里的钱少了一大半的事。他一直以为是自己被晴香甩掉后受的打击太大，喝得烂醉后，把钱花在某家店里了，现在回想起来，那次或许也是小次郎干的。虽说人不可貌相，但小次郎曾经听修诉过苦，也鼓励过他，修丝毫没有想过会以这样的形式与他道别。

笃志听到小次郎溜了，叫来顺矢说："我们也会派人去找小次郎，不过应该没那么容易抓到，你自己要有心理准备。"

"我会负起责任找到他。"顺矢表情僵硬地说。

"你当然要负责。"

"就算得找到小次郎的老家去，我也会把钱拿回来。"

笃志摇摇头："小次郎的老家只有一个卧病在床的老太婆，就算把她榨干也挤不出半毛钱。"

"那……那请让我请假几天，我会在这段时间里找到小次郎。"

"店里没那个时间让员工请假。"笃志冷冷地说，"钱会搞丢，是你管理不周，你得负起全责。"

顺矢无力地点点头，摇摇晃晃地离开了。

笃志招手把修叫过来，附耳对他说："如果顺矢想逃跑，立刻通知我。"

"怎么可能？顺矢哥不是那种——"

"他已经完了，除了工作，不要跟他有任何瓜葛。"

修不情愿地点点头。

到了二月中旬，小次郎依旧没有音讯。

钱被偷走以后，顺矢在店内的待遇便截然不同了，笃志几乎不再让他接待客人，不是叫他当外场服务生，就是一口气灌酒干杯，处境形同过去的小次郎。可能是笃志私下叮咛过，其他同事也明显在躲避顺矢。

顺矢宛如失了魂般无精打采，修私下跟他说话，他也无力地笑说："最好不要靠近我。"然后别开脸去。

如果只是这样也就罢了，但顺矢因为连日灌酒，脸色糟糕透顶。修看不下去，想替他干杯，却被笃志叫过去警告。

"不要同情那个家伙。"笃志拍拍修的肩膀，"做好自己分内的工作就是了。照现在这样加油，这个月的业绩就可以达到六十万，超过六十万，薪水就有三十万了。"

就像笃志说的，修的业绩不错，但几乎都是小茜贡献的。

小茜来得比以前更勤了。小次郎销声匿迹的第二天早上她来了，问道："上次的钱派上用场了吗？"

总不能说钱被偷走了吧，修穷于回答，只好敷衍过去。借钱的当事人顺矢在一旁准备饮料，竟然只是随口道了声谢。

"那个人怎么搞的？"小茜脸色一沉，"虽然不是要他感谢，但他是靠我的钱才渡过难关的吧？"

修觉得小茜现在的态度跟过去有些不同，刚认识时那种端庄的气质渐渐地淡了。随着来的次数越来越多，她的态度也越来越差，说话也变得粗鲁，刚开始都叫他修先生，现在却直呼他的名字，也不再使用敬语。小茜比修年长，不用敬语也是应该的，但因为一开始气质非凡，修觉得她像变了个人似的。护士的工作好像也不顺利，她对职场的抱怨增加了。

话虽如此，小茜仍是借了他一百万元、无可替代的指名客。

这天早上，小茜去医院上班前先来店里，开了粉红香槟王。

这阵子小茜时不时就来店里，修不希望她乱花钱，但小茜坚持想看香槟CALL，然而结账时又说："欸，我今天带的有点不太够……"

由于小茜一直都以现金付账，修突然不知所措。

"我是想增加你的业绩才开酒的，别露出那种表情。"

"你的心意我很感激，可是如果你勉强自己喝酒，我也会很为难。"

"别管那么多！偶尔让我赊个账也不会怎样吧？"

修找笃志商量，笃志一口答应让她赊账。

"感觉越来越好了！让她多赊点！"

如果小茜跑了，她赊的账就会落到自己头上。没有钱竟还要喝，修对小茜的转变感到害怕。

他送小茜到大楼外，小茜说："欸，下次什么时候可以见面？"

"随时都可以见面啊！我每天都在店里。"

"非得在店里不可吗？"

修摇摇头，但在外头碰面很麻烦，情急之下他撒了谎："不是，但我暂时没办法休假了。"

"我到发薪日之前没有钱了，可以再赊账吗？"

"嗯。"修含糊地回答。

小茜是修第一个指名客，他全心全意地接待，但或许因为这样，小茜的生活平衡被打破了。虽然内疚，但为了业绩，修往后也必须这样。如果办不到，他就会成为下一个小次郎或顺矢。

都到了这个地步，没有后路了。修下定决心。

进入二月下旬，气温渐渐回暖。歌舞伎町的人潮中，大衣和羽绒外套减少许多，色彩明亮的服装逐渐增加了。

这天，修上完上午的班回到宿舍，已经中午一点多了。

修是和顺矢一起回来的，但两人还是没有对话。成为灌酒人员以后，顺矢一回到宿舍，连饭也不吃倒头就睡。

少了小次郎这名室友后，宿舍住起来舒适许多，但没有说话的对象，还是让人寂寞。修这阵子的期待，就是怎么花掉刚领的薪水。

因为小茜的贡献，修的业绩超过六十万元，薪水有三十万元之多。然而，被扣掉的费用也数不胜数。所得税、宿舍费、服装出租费、福利金、储备金、旅游费……林林总总就扣掉了十万元。再扣掉年底预支的五万元薪水，手上就只剩十五万元。话虽如此，领到一大笔钱还是让人开心。总算能穿自己买的上班用的衣服了，也买得起不太昂贵的手表和饰品。

修扒着便利店便当，正盘算着要买些什么的时候，手机响了。

是笃志打来的。

"抓到瑠衣了。"

"真的吗？"

"立刻把顺矢带来店里。"笃志说完就挂了电话。

找到瑠衣是好消息，但为什么自己也得去店里？修觉得不解，但还是叫了顺矢。

"干吗？别叫我！"顺矢把自己关在房间里，以无比慵懒的口气说，但一听到瑠衣被抓到了，他便猛地冲出房间，差点没把纸门给踹破。

修和顺矢赶到店里，只见瑠衣一脸不悦地坐在卡座沙发上。

她好像才刚哭过，漆黑的眼线直淌到脸颊上，让人看了心痛。笃志与代表优斗、飞鸟围站在她身旁。

"是我和飞鸟找到的。"优斗说，"下班后我跟客人去烤肉店，看到这家伙在跟大学生小鬼头喝酒。"

飞鸟嗤之以鼻地说："这女的脸皮也太厚了，居然还敢在新宿闲晃。"

"顺矢，好好感谢他们两个吧！"笃志说。

瑠衣像条被捕的流浪狗似的，凶狠的眼神散发着光芒，紧抿着嘴唇，以前灿烂抢眼的一头金发，现在不仅顶部一片漆黑，还粗糙得像堆稻草。

"现在就把这家伙带去吉原叫'西露比亚'的店。"笃志对顺矢说。

"吉原吗？"顺矢的声音变得低沉，"我也会努力赚钱，让她去茶室或者健康养生馆不行吗？"

"那种店赚得了几个钱？"优斗吼道。

笃志表情不变，冷冷地说："我已经跟那家店谈好了，但不能由我们店做中介，这次完全要说是你介绍的。万一再让这个女的跑了，就真的要把你卖了！"

顺矢默默地垂下头。

"修，你盯着他们，跟到吉原去。"

被笃志这么吩咐，修吃了一惊。他明白自己是为了这个目的才被叫来的，但被分派到这么讨厌的任务，他一时无法答应。

笃志似乎察觉了他的想法，眯起锐利的眼睛说："感情用事的家伙是丧家之犬。我说过，干这行最重要的就是看得开。你还不懂吗？"

被笃志这么一说，修只好点头答应。

离开店里后，顺矢飞快地率先走了出去。瑠衣似乎认命了，乖乖地跟在后头。修被吩咐监视两人，只能盯着他们往前走。

他们在新宿车站坐上总武线电车。因为时间不早不晚，车厢非常空旷，三人在座位上坐下。

离开店里后，顺矢和瑠衣就一脸尴尬，一语不发。修也想不到该说什么，只能怀着如坐针毡的心情在顺矢身旁坐下。

"你怎么了？变得这么憔悴。"瑠衣总算开口了。

顺矢咂了一下舌头说："还不都是你害的！"

"对不起，可是我——"

"啰唆，事到如今说什么都太迟了！"

他们在秋叶原换地铁，在三之轮站下车。用手机查询地图，从这里到吉原，大约要十分钟。走过充满下町气息的复杂巷子，目的地就在眼前。天还没黑，一身黑衣的员工就早已站在店门口。

顺矢忽然放慢脚步，头也不回地问："你为什么跑了？"

瑠衣伸了个懒腰回道："都无所谓了吧！"

"我在乎。这是我最后一次看到你了，至少在最后告诉我为什么要骗我。"

瑠衣叹了口气说："我的超友向地下钱庄借了钱，被讨债的追杀。"

修想起第一次遇到瑠衣时，有个被瑠衣称作超友的年轻女人，或许就是那个人。瑠衣接着说："我想要救她——"

顺矢突然停下脚步，修和瑠衣也跟着停下来。

顺矢一脸凶相地回头问："怎么救？"

"我只是当了她的保人。"

"什么只是，不就变成你还钱了吗？"

"没错没错。"瑠衣说得事不关己，"结果我的超友马上就跟男人跑了，害我差点被绑架，所以我也跑了。"

"结果被我们店里的人逮到了。"

"嗯。"

"为什么不联络我？"

"人家不想再给你添麻烦了嘛！"

"不联络才是给我找麻烦！啊、啊！"顺矢叹气，"我本来就觉得你是个笨蛋，没想到居然没脑子到这种地步。"

"就没有别的方法可以筹钱吗？"修问。

"没办法。三百五十万，还不起的！"

"走了！"瑠衣说着，快步走了出去。这回换他们跟在瑠衣身后。

很快，马路另一头出现了"露西比亚"的招牌。生意似乎欠佳，廉价的宫殿式建筑外处处是明显的黑色污渍。一想到瑠衣要在这种店里工作，修觉得胸口就像被什么堵住似的，呼吸困难。

顺矢慢吞吞地走在瑠衣身旁。修朝旁边一瞥，发现微低着头的顺矢眼中泛着泪光。

看见这一幕，修再也无法忍耐。

"顺矢哥，还是别这么做吧！"修喘气似的说，停下脚步，"我不想看到这种事。"

顺矢停下来说："笨蛋，那瑠衣借的钱怎么办？"

"借的钱是没办法……"修支吾道，"可是你喜欢瑠衣吧？"

"你别闹了！"顺矢涨红了脸骂着，"谁喜欢这种笨蛋女人！"

"顺矢哥真的觉得这样好吗？"

"修修，算了！"瑠衣摇头。

"哼，"顺矢笑了一下，"这家伙也骗了你吧，你干吗护着这种女人？"

修的视线落向马路。

就像顺矢说的，瑠衣会落到这步田地，是她自作自受，不需要同情。尽管如此，修还是不想眼睁睁看着瑠衣被卖掉，他觉得如果坐视不管，一定会失去什么。明明自己早就没有什么可以失去的了，却还是觉得会失去无可取代的什么。这样的想法就像一团灼热的物体，卡在胸口深处。

"笃志不也说了吗？"顺矢说，"感情用事的人是丧家之犬，你想变成丧家之犬吗？"

"丧家之犬就丧家之犬！顺矢哥也跟我一样，没办法彻底狠心吧？"

"你说什么？这个王八蛋！"顺矢骂道，朝修扑了过去。

修反射性地揪住顺矢的衣领。

"住手！"瑠衣叫道，挡在两人之间，泪水决堤似的涌出，"修修，你真的太天真了！"

沉默持续着。瑠衣一边哽咽，一边吸鼻涕。

"唉……"顺矢无力地叹息，"你说要怎么办？"

"你们一起逃走吧！"修说。

顺矢皱起眉毛问："那你怎么办？"

"回去店里，说你们跑掉了。"

"你天真也要有个限度。要是那样做，会变成你替我们还债！"

修咬住嘴唇。确实，笃志不可能接受这种理由，不论找什么借口结果都一样。干脆辞掉工作算了，但这样一来，又得继续住网咖。

修正在烦恼该怎么办时，顺矢说："哪有现在才在想的？你简直跟这个女的一样笨！啊，受不了！"顺矢抓着头发："既然如此，你也跟我一起跑吧！"

"啊？"

"既然要逃，两个人结伴比较好。阿佐谷有我高中的学长，去投靠他，至少睡的地方不成问题。"顺矢说，然后也不等修回应，继续说："瑠衣，你在我联络前先躲在老家。你家在秋田对吧？"

"可是我已经好几年没回去了。"瑠衣的表情忽然变得像个小孩，"我从大学退学，要是现在回去，肯定会被父母骂死的。"

"不管被骂得多惨，都比现在好吧？"顺矢从钱包里掏出所有钞票，塞到瑠衣的手中，"现在立刻就回去。千万、绝对不要再靠近新宿一步。"

瑠衣又开始啜泣，顺矢拍了她的头："动作快！马上就会有人追来的。"

三人往来时的方向跑了起来。

15

离开吉原约二十分钟后，三人来到东京车站。

顺矢催促还在抽噎的瑠衣，要她买好到秋田的车票。

"没空送你了。等你回老家安顿好，再联络我。"

瑠衣怯怯地点点头说："你们两个接下来要怎么办？"

"还能怎么办？回宿舍收拾东西跑啊！"

"对不起，都是我害的……"

"吵死了！别担心别人了，快点回家。"

顺矢把双手插进口袋，别开脸去。瑠衣抱住顺矢的肩膀，号啕大哭起来。

修怀着复杂的心情看着两人。

虽然是自己先开口的，但事情的发展让修始料未及。他虽然反对把瑠衣卖掉，但并不打算辞掉工作。既然放瑠衣走，就不可能再回店里了，不仅如此，他连新宿都待不下去了。

修知道自己又做错决定了，但他没办法对瑠衣见死不救。

"这样就好了。"他对自己说。

"修修，谢谢你！"

瑠衣跑过来向他行礼。可能是因为眼泪冲掉了妆，她的脸变得像少女般天真无邪。修觉得胸口一阵难过。

"保重啊！"他勉强挤出这句话。

顺矢催促着，修走过中央大厅，瑠衣也追了上来。

"你快回去，万一被人看见怎么办！"

顺矢吼她，但瑠衣就是不肯离开。

他们从中央线的月台上了车后，瑠衣在车窗另一头挥手。修也向她挥手，顺矢依旧别过脸去："又不是在演电视剧，少装模作样了！"

电车开动，等瑠衣的身影消失后，顺矢深深地叹了口气。

其实顺矢是不是想一起去秋田？修忽然这么觉得。他选择留在东京，可能是担心因为瑠衣而失去工作的修。如果是这样，就太让人过意不去了，但现在不是感伤的时候，必须尽快回宿舍收拾行李，否则会被笃志他们逮住。

在新宿车站下车后，他们全力冲刺。

回到宿舍时，幸好前场的两个同事仍在熟睡，但随时有人会破门而入的感觉还是让修紧张极了。

他和顺矢收拾出两个人带得动的行李，冲出宿舍。

不知不觉间已经过了四点，到了夜晚男人们开始活动的时刻。这时候靠近车站太危险了，加上行李很多，因此他们决定搭出租车到阿佐谷。

顺矢说，他高中的学长在阿佐谷经营拉面店。

"他叫逢坂，比我大两岁，是个学霸。可是他没有上大学，高中一毕业就开了拉面店。"

"真果断啊！"

"这就是逢坂大哥的厉害之处。他说上班族赚不了钱。他是我崇拜的对象。逢坂大哥长得帅，又能干，煮的拉面美味极了。"顺矢在出租车里热情地说着。

修身边没有崇拜的对象，所以很羡慕。不过，突然跑去投靠学长，对方愿意收留他们吗？修客气地提出疑问。

"放心，放心。"顺矢一派轻松地说，"逢坂大哥很乐于助人。我去他家玩过一次，他家是大豪宅呢！就算我们两个跑去住，也完全不成问题。"

"就算这样，也不能白吃人家的饭吧？"

"干脆在他的拉面店帮忙好了。然后请他教我们秘方，我们俩一起独立开店，怎么样？"

修觉得这个想法太跳跃了，但合伙做生意的提议又十分吸引人。

出租车进入阿佐谷的住宅区，停在三层楼的大楼前。

外墙的钢筋裸露，格调类似精品店或酒吧，一楼的抽风机传出猪骨拉面的香味。

顺矢指着店招牌说："这是逢坂大哥自己题的字呢，很厉害吧？"

木制广告牌上煞有其事地以毛笔字写着"面王"两字。穿过不像拉面店风格的黑色门帘走进店内，里头空荡荡的，不见半个客人。

吧台的另一头，身穿黑色T恤的男人正在大汤锅里搅拌，胸前印着白色的文字"面王"。

"学长，好久不见了。"顺矢打招呼说。

男人抬起头来："噢，好久不见！"

这个人似乎就是逢坂，他的头发染成褐色，脸部皮肤也像在日晒沙龙晒过般黝黑，不像拉面店老板。

"他是我的好兄弟，叫修。"顺矢介绍。修向逢坂行礼。

修在吧台的椅子上坐下，正纳闷着自己何时升格为好兄弟时，顺矢与逢坂深谈了起来，似乎在向他说明状况。

修无所事事，环顾四周。

店内和外观一样，是裸露的水泥墙面，墙面上贴满了艺人与运动员的签名板，也有许多逢坂和他们的合照。这表示拉面店非常有人气，但迟迟不见客人上门。虽然生意清淡，但抽油烟机和排气管周围很脏，令人介意。

不久后，顺矢谈完，拍了拍修的肩膀说："不愧是逢坂大哥，他说现在就可以介绍工作给我们。"

"什么工作？"

"在工地打零工。从今天开始就有宿舍住，还供三餐。"

"啊？不是要在拉面店帮忙……"

"总不能一下子就强人所难吧？逢坂大哥很忙的。"

"可是我没有做过工地的工作。"

"我也没做过，但现在也不能奢求什么吧？"

都是你害的。修很想这么说，但会变成这样也有自己种的因。

"是正规经营的建设公司，不需要专门技术，任何人都做得来。"

逢坂说完，将两碗拉面放到吧台上。

"吃吧！我请客。"

修道了谢，但这急转直下的发展让他困惑不已。短短几小时之前，自己还是个接待者，现在却向陌生男人低头道谢，还即将成为工人。与其打零工，还是当接待者比较好。修一边懊悔着一边吃起面来。

这时，修明白为什么没有客人了。拉面的口味似乎是豚骨酱油，但汤头不够热，面也泡得有些烂了，味道不浓郁。他觉得与其吃这种东西还不如吃泡面，菜单上最便宜的拉面也要六百五十元。

顺矢目不斜视，默默埋头吃面。

他还把汤喝得一滴不剩，赞叹道："啊，真好吃！"

逢坂满意地点点头说："虽然也想把这味道传授给你，但我最近很忙，没空收弟子。"

逢坂没空真是不幸中的大幸。修觉得就算学了这种味道也毫无用处，但要他去打零工，他也提不起劲来。

修坐立难安，等待着建设公司的员工。这时，手机响了，屏幕上显示着笃志的名字，让他毛骨悚然。放瑠衣逃走的事终究还是曝光了。这电话当然接不得，但手机响个不停，除了笃志，也有其他同事来电。

"我已经关机了。他们会打上一阵子，你也关机吧！"

修照着顺矢说的关掉手机电源。

虽然是为了救瑠衣，背叛笃志还是让修觉得不安，他想至少道个歉，但一想到对方会说什么，他就没有勇气打这通电话。

三十分钟后，一个五十岁左右的男人来接他们。

男人自称牛岛，生着一张和善的圆脸，胖到肚子几乎要撑破工作服。他与逢坂好像是旧识，一派轻松地打招呼。

"噢，说要找工作的就是你们两个吗？"牛岛露出友善的笑容说。

"我们的员工个性都很好，环境很不错！安全帽、工作服之类的，需要的东西都会提供，完全不必担心。也有宿舍，还供三餐。"

修原以为到工地工作，会被脾气火暴的男人当牛马使唤，但听牛岛的口气，这份工作好像还挺优哉的。

"日薪有八千元哟！别的地方差不多都是七千元，薪水很高对吧？虽然会扣掉宿舍费和伙食费，不过比起自己付房租电费什么的，还是很划算的。"

"会扣掉多少？"修问。

牛岛说住宿费和伙食费是两千五百元。

等于实领五千五百元，和之前的底薪差不多。修不知道这样的条件算好还是不好，但情况不容许他拒绝。

明明是顺矢请人介绍工作的，他却默不吭声。

"那请你们签个约，我带你们去公司吧！"

两人坐上牛岛开来的厢型车，十分钟后就到了挂着"鸣户建设"招牌的大楼。

事务所很整洁，感觉就像一般的公司，除了穿工作服的男人，也有女职员和穿西装打领带的男职员。不过，打零工的年轻人对他们而言似乎无关紧要，没有半个人抬起头来看他们。

牛岛指着写满了工人名字的白板说："每天早上会在这里分配工作。明天是第一天，六点集合就行了。"

一听到是六点，修觉得太早，但又听说平常五点就得起床，他吓了一大跳。而且契约为期十五天，他担心会不会十五天一过就要被开除。

"几乎都会续约，放心吧！"牛岛说。

"你们还那么年轻，努力一点，还有可能转全职呢！"

他们在办公桌上填了契约书。契约书的内容非常简单，只需要填写姓名、住址、年龄、血型和电话。问题是地址要填哪里。

他与顺矢面面相觑，牛岛笑道："填哪里都可以。如果想不到，我可以借你们地图。"

修像过去那样填了雄介的地址，但又觉得万一联络上雄介，会被他知道自己正在做这种工作。他画了两条线涂掉雄介的地址，重新填上之前的宿舍的地址。

填好契约书后，他们被带到了餐厅。

说是餐厅，其实只是一个摆着长桌和圆凳的简陋房间，两个身穿工作服的男人正配着炸鲹鱼吃饭。餐厅里头是厨房的出菜口，那里堆满了塑料托盘和茶杯。牛岛说，在那里报上名字，饭菜就会送出来。

"晚饭五点就可以开始吃了,你们晚点再过来吃吧!"

但刚才的拉面堵在胃里,修没有食欲。

宿舍位于离事务所步行不到五分钟距离的巷子里。反正一定脏乱无比吧!修虽然早有预感,但看到建筑物的瞬间还是觉得浑身无力。

那是一栋两层楼的木造公寓,疑似兴建于昭和时代,老旧的外观像极了雄介的公寓。修觉得自己仿佛又回到寄人篱下的时光,忧郁极了。

"这是公司整栋租下来当宿舍的,所以住户很单一。"牛岛得意地说。

修和顺矢被分配到二〇三号室,是没有隔间,六张榻榻米的房间。

修以为会跟顺矢两个人住,但牛岛说还有三名室友。可能是为了增加居住空间,壁橱的纸门被拆掉,里面铺着被子。

厕所就只有走廊上那间肮脏的公共厕所,房间里头没有。既然厕所都这样了,当然不可能有浴室,必须上附近的澡堂,洗衣服也得去自助洗衣店。

狭窄的房间里丢满了室友们的衣物与私人物品,连下脚的空间也没有。

而且还弥漫着一股酸臭味,也许是汗味和体味渗透了整个房间的缘故吧!榻榻米上都是沙土,踩起来触感粗糙,袜底都变成了灰白色。至于电器用品,就只有一台小电视和冰箱。

虽然今天上午以前住的宿舍也好不到哪里去,但这里又更糟了。

一天的伙食费算一千五百元,每天的宿舍费也要一千元,等于一个月要为这个房间付出三万元。即使得多付点钱也没关系,他真想住在人少一点的房间里。

他问牛岛还有没有其他房间。

"很快就会习惯了,有同伴会更开心的!不过钱一定要好好保管!"

说什么住户很单一,还不是有人被偷吗?关于盗窃,小次郎的事已经让修吸取教训了,但住在这么破旧的公寓里,再怎么小心也无济于事,就算自己人信得过,外人也能轻易入侵。

"最好把钱藏在肚围里。"

牛岛这么忠告着,但修才不想穿什么肚围,只能买个腰包,或是拿个袋子挂在脖子上了。

牛岛说明完澡堂和自助洗衣店的位置,就回事务所了。

顺矢放下行李，在榻榻米上盘腿而坐，依旧不悦地沉默着。修拍掉附近的沙子，在顺矢身旁坐下来。

"不是说逢坂大哥家是豪宅，寄住在他那里没问题吗？"

"他说他把房子卖了，搬到小地方了。"顺矢愤恨地说。

"不是说逢坂大哥的拉面特别好吃吗？"

"以前很好吃的。"

"不是说逢坂大哥特别乐于助人吗？"

"他说经济不景气，日子过得很苦。"

"就算不想让我们在店里帮忙，逢坂大哥就不能介绍更像样一点的工作吗？"

"好像不行！"

"这跟说好的不是不一样吗？"

顺矢咂了一下舌头说："你有完没完，不要一直用那种口气问，行吗？很恶心！"

"你是前辈，我是在请教你！"

"我们已经改行了，我现在也不是你前辈了！"

"那我就直说了，"修尖起嗓子说，"总之，就是指望落空了？"

"对！"

"之前瑠衣跑掉的时候，你说要是还不起债，就会被卖到工寮对吧？"

"嗯。"

"这里跟工寮有什么两样？"

"笨蛋！被卖到工寮，你想跑也跑不了。这里很自由啊！"

"还自由呢，反正哪儿也去不了！而且这房间这么脏……"

话才说到一半，几个穿着工作服的男人闹哄哄地走进来。一股汗臭味扑鼻而来，修忍不住皱起眉头。这三个男人好像就是他们的室友。

"噢，新来的吗？房间又要变窄了。"一个上了年纪的男人说。

那秃头又粗犷的相貌把修给吓到了。这时，另一个年约三十五岁的男人接着说："长伯，别这样说，人家都是伙伴！"

男人戴着银框眼镜，留着长发，外表像个精英分子。

"塞了五个人，转都转不开！你说对吧，长伯？"另一个男人傻乎乎地笑道。

他看上去四十多岁，一头乱发，活像个游民，门牙还缺了两颗。

眼镜男苦笑着说："我叫小早川，你们呢？"

修和顺矢报上名字后，自称小早川的男人开始介绍他的两个伙伴。

秃头男叫长沼，长伯；乱发男叫花井，花哥。

"你们可以叫我小早。"小早川说。

看见眼前的新同事，修内心一阵凄凉。倒也不是上一份工作更了不起，但脏兮兮的工作服与帅气的西装，落差还是太大了。

他们正准备去澡堂，也邀请了修和顺矢，但两人不想跟刚认识的人裸裎相见，聊些有的没的。或许是因为从早到现在都不曾合眼，眼皮也沉重了起来。

三人离开后，他们铺床堆在房间角落的被子躺下。垫被和毯子不知道多久没晒了，湿气都很重，满是汗臭味。

如果样样挑剔，肯定没完没了。顺矢似乎也抱有同样的想法，他裹上毛毯，背过身子。

感觉就像被放上输送带，人生不断随波逐流。

今天早上为止那纸醉金迷的世界宛如一场梦，修还没有成为工地工人的真实感。

"感情用事的人是丧家之犬。"

笃志说得没错，自己确实是丧家之犬。

不忍心看瑠衣被卖，这番说辞对笃志而言只是漂亮话吧！以笃志的标准来看，修都自身难保了还想耍帅，但他不愿违背自己的意志也是事实。

不过，他很担心小茜。过年时小茜给他多达十万元的小费，还为顺矢出了一百万元的巨款。虽然小茜最近的账越赊越多，态度也越来越粗鲁，但难得小茜那么支持他，要是知道他无故辞职，一定会大失所望吧！想到这里修就心痛不已，但他还不想联络小茜。

修在被窝里左思右想地烦恼着。这时，男人们从澡堂回来了，每个人手里都提着便利店塑料袋，里面装着酒和小菜。

"怎么，已经睡了？不嫌弃的话，要不要一起喝？"

小早川说完，把杯装的日本酒和烧酒放在榻榻米上。

"不，我累坏了。"

虽然这么婉拒，但说句老实话，他只是不想喝那种便宜的酒。一想到要是没有辞掉之前的工作，高级酒爱喝多少就有多少，修又恋恋不舍了起来。

小早川他们围成一圈，吵吵闹闹地喝着，但可能因为要早起，大伙九点多就熄了灯，钻进被窝。

"还是该卖了的。"顺矢在一旁的被窝里低声说道。

修忍着哈欠问："卖什么？"

"瑠衣。"

"事到如今，这是什么话！"修吼了回去。

不知道为什么，顺矢竟"咯咯咯"地笑了起来。

第二天早上，修五点半就醒了。平常这个时候，修早就因为开店而忙成一团，但从今天开始他是一个工人了。小早川他们似乎已经上工去了，房间里只剩下顺矢。

到了事务所，牛岛给他们两个纸袋。

大纸袋里装着二手安全帽、工作服、手套、安全带和安全靴。工作服和安全靴的尺寸都太大，但牛岛要他们暂时将就一下。安全带是进行高处作业时绑在腰上当救命绳的，上面有绳索和钩子，钩子要钩在鹰架上。

另一个纸袋里装了两个便当，好像是这里的厨房做的。

"便利店的便当更好吃点！"顺矢嘀咕说。

"快点吃饭，要出发了！"

两人在牛岛的催促下到了餐厅。

早餐是生鸡蛋、海苔和味噌汤。鸡蛋好像不太新鲜，吃起来软软烂烂的，味噌汤里的料也只有高丽菜丝。因为肚子饿，修吃个精光，然后坐上牛岛驾驶的车。

牛岛一边操作方向盘一边说："今天的工地我会带你们去，明天开始要自己去。"

工地基本上每天都会换，工作内容也都不同。听到前往工地的人员和人数每次都不一样，修不安了起来。

"会碰到什么样的工地就看运气了。有时候很累，有时候很轻松。视对方要求，有时候也会在同一个工地连续待上好一阵子。"

牛岛的车停在中野一带的商业街上。

他们在绿网覆盖、兴建中的大楼前下了车。二月底的冷风吹过，修怀着忐忑不安的心情仰头望着漆黑的建筑物。

"进到事务所后，说是鸣户建设来的就行了。"

牛岛留下这句话就离开了。

两人提心吊胆地走进大楼，向一个刚好路过、貌似师傅的男人询问事务所的方向。

走进铁皮搭建而成的事务所小屋，报上公司名后，监工走了出来，是个近三十岁的男人，态度极其冷漠，两人向他行礼，他却连声招呼也不打。

"八点要开早会，在事务所前面集合。"

他话才说完就要离开，顺矢臭着一张脸问："那我们要做什么？"

男人讶异地眯起眼睛："等一下会有指示。难道你们是第一次来工地？"

"嗯，是。"

"不要妨碍大家。工期落后了，师傅们都很暴躁。"

男人匆匆说完便转身离去。

顺矢气得跺脚："那家伙装什么装！看了就生气。"

修也觉得生气，但他曾听父亲说过，监工夹在公司与业主之间，是压力很大的工作。

仔细想想，下落不明的父亲做的就是建筑设计，如果他知道自己的儿子成了工地的临时工，不知道会作何感想。

他们在称为工棚的铁皮屋里换上工作服。

"你穿这身一点都不搭！"

"你也半斤八两好吗？"

修和顺矢看到彼此的模样，哈哈大笑起来。

修从没戴过安全帽，觉得头皮发痒，而且还是二手的，不知道被什么人戴过，光想想就觉得不舒服。

这天的工作是清运废料。

将木材、水泥碎块等废料收集起来，搬上卡车。虽然工作内容简单，但废料堆积如山，又因为平时运动不足，手臂肌肉不一会儿就酸痛起来。

监工的态度依然冷漠，但不只是他，工地里的每个人都不苟言笑。也许从他们的外貌和态度就看得出他们俩是新人吧，就连年纪比他们小的说话口气也同样粗鲁。

"喂，让开！"

"别拖拖拉拉！"

只是走在旁边也会无端挨骂。每次挨骂血压就跟着升高，但看见对方壮硕的身材，修也就敢怒却不敢言。

早上十点有一次休息时间，但只能休息十分钟左右，抽根烟就差不多了，到午休时修已经累坏了。

他和顺矢到工棚吃便当。饭和配菜都凉了，而且满嘴都是沙，难吃死了。

"得买个口罩才行！"修喃喃地说。

顺矢嘲笑他："佩服佩服，很有干劲！"

"才不是有干劲，需要的东西也只能买吧？"

"这种认真到可笑的精神就是你的长处！那时候也是，明明没钱还跑来喝酒，结果就那样赖在店里工作了。"

"那个时候我是被瑠衣骗了！"

"谁叫你看上那种女人，你这个色鬼！"

"你说什么？你这个骗子！"

"你说谁是骗子？"

"说你啊！说什么逢坂大哥乐于助人，居然给我们介绍这种烂工作！"

"你敢说我学长坏话，小心我揍你！"

"好啊，要打架就来啊！"

两人先是互瞪，后来不知道哪一方先叹了口气，最后双双无力地垂下头来。

填饱肚子后，下午的工作干起来更吃力了。

顺矢不停地吵着要翘班去别的地方，但不知道有没有人盯着他们。修拒绝了，又被骂死脑筋、不知变通。

傍晚，修和顺矢两人合力扛着水泥袋，却被中年的师傅骂："那样要搬到什么时候，去拿猫来！"

顺矢纳闷地歪头问："拿猫干什么？"

"笨蛋，连猫都不知道吗？"师傅骂得更大声，指着单轮推车。

两人这才知道原来单轮推车被叫作猫。工地上还有许多专门用语，像是四方形铁锹叫方铲，尖头的叫尖铲，去除油漆和铁锈的刮刀叫汤匙，补强鹰架的X字管叫叉杆。

到了五点，工作总算结束了。

两人坐牛岛的车回到事务所，领了装有日薪的信封。信封里装了一张五千元钞票，但日薪应该是五千五百元。修急忙向牛岛确认，牛岛说："五百元是昨天晚上的伙食费和宿舍费。"

"可是昨天晚上我们没有吃饭……"

"是你们自己不吃的，没办法！"

累得像头牛，竟然只赚得五千元，太不划算了，但争辩也无济于事吧！薪水比想象中少，任何一种兼职都是如此。顺矢一副累到极点的模样，好像连埋怨的力气都没了。

他们在餐厅吃了晚餐，菜色是可乐饼和肉丸。接着先回宿舍，然后去了澡堂。冲洗了黏腻肮脏的身体，在宽阔的浴缸里泡过澡后，似乎舒服了些。

两人在便利店买了罐装啤酒后回到宿舍，三名室友今晚也在饮酒作乐。

修和顺矢在房间角落打开罐装啤酒。做过苦力、泡过澡后喝啤酒，那滋味格外沁人脾肚。

长沼的秃头冷不防地凑了过来，他看了看罐上的标签说："居然喝啤酒，小兄弟们真有钱。我们都只喝发泡酒。"

"长伯也买得起吧，只差一百元而已！"小早川说。

长沼摇摇头说："这一百元可是很宝贵的。只要有一百元，就可以喝一杯杯装烧酒了！"

花井用门牙缝吸吮着鱿鱼丝说："年轻人可以奢侈，真羡慕！"

"你才四十五岁吧，还年轻得很，哪像我都年到花甲啦！"长沼说。

小早川转向修和顺矢，接着说："三个人里面我最年轻，不过也已经三十六岁了。"

"我们二十一岁。"修说。

三人闻言发出感叹声。

长沼身体探过来说："还这么年轻，怎么会跑来这种地方？"

"还有更像样点的就业啊！"花井也说。

总不能说是逃出来的。就在修不晓得该怎么回答时，小早川说："不要探人隐私，现在这么不景气，每个人都有自己的苦衷！"

听到这番话，长沼和花井都噤声了。虽然小早川是三人之中最年轻的，但其他两人好像都对他另眼相待。

罐装啤酒才一眨眼的工夫就喝光了，但筋疲力尽的身体还想再喝。修与顺矢猜拳决定谁去便利店，结果小早川递出杯装日本酒说："如果不嫌弃，喝这个吧！"

昨晚修瞧不起廉价酒，根本不想喝，今天却老实地伸出手去。酒很甜，味道一直残留在舌头上，但也可能是身体疲累的缘故，喝起来特别美味。

顺矢也咕噜咕噜地喝着杯装酒，脸一下子就变得通红。他平常醉酒都不会现在脸上，果然还是太疲劳了吧！顺矢很快就醉得口齿不清："每个工地都像那样吗？像今天去的地方，简直把我们当奴隶使唤……"

"啊哈哈！"小早川笑了。

"工地上有鹰架、泥水、木工、水电等各种师傅，像我们这种打杂的叫杂工，是身份最低的。"

"这不是歧视吗？"

"要说歧视的确是歧视，不过杂工替换频繁，又不是专职的，被瞧不起也是没办法的事。问题是压榨这些身份低微者的制度。"

"这里的伙食费和宿舍费简直坑人，对吧？就算不吃也照扣，而且中午的便当难吃死了……"顺矢越说越来劲，埋怨个不停。

修提心吊胆，生怕惹他们不高兴，但三人只是默默地听着。

"提供食宿的公司要抽头获利，所以是当然的。不过实际支付的日薪，有一半从一开始就被抽走了，坑人也要有个限度！"顺矢埋怨着。

但比起在酒吧当接待者，这还不算多坑人，直到昨天为止，他们还在向客人榨取贵得不合理的酒钱。

"不过这里的工作还算好的！"花井说，"以前我待的工地在深山里，只能在福利社买东西，一包烟五百元，小小一罐啤酒要六百呢！"

"花哥以前待的是工寮嘛，都是因为向地下钱庄借钱，才会被捶得那么惨。"长沼笑道。

花井歪起没有门牙的嘴巴说："可是我在汽车工厂当季节工赚来的钱全被弹珠店坑走了！消费者信贷又不肯借钱给我，我连吃饭的钱都没了，没办法只好借高利贷了！"

"谁叫你都一把年纪了还成天打弹珠，才会连老婆都讨不到。"

"长伯你还不是一样，老婆、小孩都跑了还敢说别人。"

"没钱就没缘！我只是被裁员，可没侵占公款什么的。"

"我也是，除了爱打弹珠，其他方面都很认真啊！"

"好了好了，"小早川插嘴道，"你们两个都没有错，不对的是这个世道！修和顺矢也是，沦落到在这里工作也不是你们的错。"

"是吗？"修问。

"是啊！难道你们认为没办法好好找到工作，是因为自己不够努力吗？"

"别说进公司了，没考上好大学，我就觉得是自己读书不够认真。"

"或许是这样没错，但是就算从好大学毕业，在现在这种社会，也不一定就能进好公司吧？"

"因为一直不景气嘛！"

"不景气是原因之一，但还有更根本的问题。我常拿这打比方，就是抢椅子游戏。有好几张椅子跟好几个参加者，音乐响起，参加者就绕着椅子转啊转，在音乐停止的瞬间，抢到椅子的人就是赢家，没抢到椅子的就是输家。把这游戏当成求职活动来想想看吧！"

"公司就是椅子吗？"

"把椅子分等级就更容易懂了。比方说一流企业的椅子、二流企业的椅子、中小企业的椅子。这样来看，一流企业的椅子数量最少，所以竞争激烈；中小企业椅子很多，所以竞争没那么激烈。能坐到哪张椅子跟学历有关，也和学历以外的能力有关，所以个人的努力占了相当大的比重。但是如果没办法抢到任何一张椅子，就不是个人的错了吧？"

"呃，没办法坐到好的椅子，可能是个人的问题，但没办法坐到任何一张椅子，是因为椅子的数目不够……"

"是现今社会本身有问题。椅子的数目根本就不够，人们努力也无济于事。所以大家不必太苛责自己，该责备的是制造出这种社会的人。"

"原来是这样！"顺矢佩服地点点头。

"小早是精英分子嘛！他本来是精英上班族，再怎么说，大学念的都是——"

长沼说了一家知名私立大学的名字。

"那不重要！"小早川蹙起眉头说，"在过去被称为'一亿总中产'[1]的时代，国民的经济差距是灯笼形的，中间人数最多，顶端和底层的人数最少。简而言之，没什么贫富差距。现在却成为一座只有顶端和底层的金字塔，中间一片空洞，也就是常说的经济两极化。"

"只剩下亿万富翁和穷人，是吗？"

"说是穷人，也不只是贫穷而已。在这个毫无安全网可言的现代社会，只要走错一步，每个人都有可能沦为游民。"

"什么是安全网？"

"就是在紧急状况下能保障个人生活的保护网。简单地说，有国家、家庭和企业这三种。在过去的日本，国家不会提供太多援助，但因为有另外两者，所以人们都熬过来了。现在少子化越来越严重，几乎每户人家都是核心家庭，遇到困难时能提供照顾的亲人变少了。企业也是一样，成天搞裁员，不再珍惜员工。这三个保护网都失去了功能，个人就只能任凭沉沦了。"

"变成游民是吗？"

"没错。20世纪90年代以前的游民，几乎都长年从事打零工的工作，因为年纪大或生病而无法工作，才变成了游民。"

"那就是长伯了！"

---

1. 20世纪70年代，日本约有一亿人口，当时绝大多数的日本国民皆认为自己是中产阶级。

"放屁！你不也半斤八两吗？"

"确实，长伯所处的那个年代是危险水域。现在，因为安全网的崩坏，像花哥这样四十多岁的人和我这样三十多岁的人，连你们这种才二十多岁的人，都流落到打零工来了。没有家，靠打零工维生，离游民只有一步之遥。"

修点点头说："这我有切身之感。"

"兼职族和尼特族[1]之所以没有变成游民，是因为还有父母的支持。再过几年，父母的支持消失了，游民人口就会一口气暴增吧！当然，靠打零工维生的人口也会急速增加，所以贫穷产业会更赚钱。"

"贫穷产业？"

"就是专靠剥削穷人赚钱的生意，像这里的工地派遣、弹珠和地下钱庄，网咖和漫咖或许也算贫穷产业的一种。不过，既然国家不肯伸出援手，穷人需要贫穷产业也是事实。"

小早川的这番话让修想了很多。原本他以为自己会陷入这种困境，都是因为父母突然失踪，现在他开始觉得原因不止如此。话虽如此，他还是不知道该如何是好。

第二天起，修和顺矢就被分派到不同的工地，工作内容也不一样。

修做了"拆养护"的工作，帮忙拆除鹰架、搬入石膏板模等工具，才短短几天，他就经历了形形色色的工作。所谓的养护，就是擦油漆时使用的纸胶带，还有搬运时避免碰撞而覆盖的塑料护材。

时序已经进入三月，工地的早晨还是冷得像隆冬。因为不习惯劳力活，肌肉酸痛得非常厉害，结束一天的工作后，修的手脚都严重浮肿。

在高处进行拆鹰架的工作时，修怕得不敢动，作业速度缓慢，被鹰架师傅恶狠狠地臭骂了一顿。

"这种烂工作谁干得下去，我们快点跑吧！"

明明是自己朋友介绍的工作，顺矢却自私地这么说。

修虽然也想辞职，但还是想先多存点钱。

---

1. 英文 "neet" 的译音，全称是 "not currently engaged in employment, education or training"，指不升学、不就业、不进修或参加就业辅导的闲散族群。

当接待者赚来的十五万元薪水他还没动，而且每天都有新的收入。虽然买烟和餐饮会用掉一些钱，但只要不乱花，一天还是可以存下将近四千元。

只要工作一个月，存的钱就能租间附卫浴的房子吧！修打算找到能稳定居住的地方后再找新工作，他把这个想法告诉顺矢，顺矢却说："找工作？找什么工作？"

"还不知道，所以才没办法行动。"

"再继续拖拖拉拉下去，你会被这里的生活同化。"

"不会的。今天我也紧张得要命，担心会被分到什么工作。"

"可是我看你每天晚上都喝得挺开心的。"

"因为没别的事情可做啊！"

虽然这么说，但从澡堂回来后的酒宴，是修每天唯一的期待。

当接待者的时候，修喝得心不甘情不愿；开始劳动后，就连便宜的酒也变得美味极了，可以感受到酒精循环全身，纾缓肌肉的疲惫。

这天晚上，大伙也在宿舍喝到九点多才上床睡觉。

顺矢和小早川他们很快就打起鼾来，但修不知为何神志清醒，迟迟无法入睡。九点的熄灯时间一过就不能开灯了，所以也不能看电视或漫画。

修闷得发慌，拿起手机。笃志他们应该打过好几次电话，但他没有开机，不知道有多少未接来电，却收到数不清的短信。几乎都是笃志和同事们发来的，不是要他快点联络，就是问他人在哪里。没有恐吓的言辞，反而让人内心发毛，但修也觉得内疚。

修怀着难受的心情看着短信，发现了小茜发来的信息。

"怎么突然辞职了？我好担心你。请联络我，随时都可以。"

看到这样的内容，他顿时湿了眼眶。

修悄悄溜出被窝，一手拿着手机，来到公寓外面。

他只想通知小茜一个人自己的现状，并向她道歉。为了纾缓紧张的情绪，他在附近的小巷来回踱步了好一阵子，才下定决心打给小茜。

"对不起，都没有联络……"修开口说。

他以为会听到惊慌失措的声音，没想到小茜的声音却意外地冷静："你现在在哪里？"

“在阿佐谷打零工。”

“顺矢也在那里吗？”

“嗯。”

“这样啊，”小茜冷淡地应道，“公司叫什么？”

“这不太方便说……”

“你不相信我？”

“不是的。我不知道会在现在的公司待到什么时候，所以……”修支吾其词，“等我稍微稳定下来再去找你。”

“这样啊，那好，钱快点还我啊！”

“啊？”

“你装什么傻？我借给你的一百万啊！”

小茜的态度突然转变，让修感到害怕，他回想起收下钱时的情形。

小茜去银行取了一百万元，修说不知何时才能还她，她当时的回答应该是“不还也没关系”。

“那、那笔钱不是给我的吗？”

“那时候说好要在店里好好招待我的，你却突然辞职，连通电话或短信都没有，这算什么？”

“对不起。”修低声说。

就像小茜说的，辞掉工作却没有联络是自己的错，但话说回来，要他把原本说要送给自己的钱还来，他也没办法一口答应。当然，不论想不想还，修都没钱可还。他正烦恼着该怎么回应时，小茜厉声吼道：“你干吗不吭声啊，毁约的人是你吧！”

“我是打算等到稳定下来再联络你，而且我也想再见到你。”

“不好意思，我可不想。只要把钱还我就好了，再说，那笔钱是我用信用卡透支的现金，是为了你而借的钱，你要怎么赔我？而且我还有其他欠债，店里赊的账也没还……”

这么说来，小茜从银行ATM取出一百万时修就觉得古怪。

他听说一天的提款金额上限是五十万元，原来小茜是向信用卡公司或高利贷透支的现金。

再说，一个普通的护士当然不会有很多钱。从小茜开始赊账起，修就明白她在勉强自己了。

　　小茜还在电话的另一头大吼大叫。

　　"我懂了。"修插嘴说道，"钱我一定会还，可是没办法一次还清。如果每个月还一点——"

　　"不行！我也被逼到走投无路了，现在立刻还我！"

　　"我没办法……"

　　"电话讲不清楚，我现在就过去，把地址告诉我！"小茜歇斯底里地吼道。

　　她凶狠的气势把修吓得将手机拿远，却不小心挂断了电话。小茜立刻回拨过来，但这次修把电源也关了。他连看到手机都觉得害怕，急忙将手机收进口袋里。

16

进入三月中旬，天气一天比一天缓和。

由于白天变得温暖，加上渐渐熟悉作业内容，工作也变得轻松许多。在澡堂照镜子一看，修觉得自己的肌肉稍微增加了，可能也因为这样，他不再像过去那样饱受肌肉酸痛的折磨。

顺矢还是成天发牢骚，但表情变得明朗，连一开始嫌弃得要命的餐厅饭菜也吃得一干二净。

"流汗之后的饭果然特别香。"顺矢像个独当一面的师傅般说出这种话。

确实，开始在工地工作后，饭菜和酒都变得异常美味，虽然价格低廉，完全无法和当接待者时的饮食相提并论，却觉得奢侈许多，真是不可思议。

由于酒变得特别好喝，从澡堂回来后的宴会也比以前更令人期待。虽然每次的话题都不同，但只要小早川谈到工作与社会议题，就会令修获益良多。

"并非凡事只要花钱就好。人最重要的是心，只要心境对了，就有办法变得幸福。"有天晚上小早川这么说。

花井搔着蓬乱的头发说："可是，没钱什么都不能买啊！"

"你会买的就只有烟和酒，要不就是浪费钱打弹珠而已。"长沼就像平常那样抬杠说。

小早川接着说："会去打弹珠，是因为想赚零用钱吧？现在这个社会被设计成没钱就无法得到幸福，所以人们只能把钱花在浪费上。"

"只要衣食住能获得满足，就很足够了是吗？"修问。

小早川"嗯"地低吟了一下说："只有这样，大家是不会满足的吧！可是现代社会实在太过头了。美容整形、减肥这些产业就是例子，连外貌与健康方面都开始营造流行，拼命煽动人们消费。想煽动消费，就必须让消费者感到不满足，比方说没有什么东西就等于落伍。"

"像手机就是！明明还能用，可是新机型一推出，就觉得不买就太丢人了。"

"没错。新商品、新流行，说得好听，其实只是在制造新的不幸。想获得幸福，就只能得到它。结果人人都变得只能通过消费来换取幸福。"

"我老婆和女儿也是，成天想要名牌衣服跟新手机，真是没救了。"

"就是因为长伯不买给她们，老婆、女儿才跑了的！"

"放屁！一家之主都被裁员了，居然还把人家的离职金全部卷走，真是为了钱连良心都不要了。"

"我也是这样！"顺矢喃喃地说，"不管是吃的、穿的，都觉得贵的东西才好。以前我都觉得把钱花在昂贵的东西上才叫奢侈。"

小早川点点头说："浪费与奢侈是两回事，但年轻时是分辨不出来的。"

"开始在这里打零工以后，我发现其实靠这点薪水也可以过得很奢侈。现在的年轻人都被媒体和大企业控制了。"顺矢说。

"来到东京的年轻人全是如此，他们从小就被教育'金钱就是一切'，误以为不快点到大都市赚钱就会变成人生失败者。"

"我也是这样。从小就只关心钱，想要发大财。"

"可是，"修说，"每个人都想过得富裕，这也是没办法的事吧？"

"修，你认为什么叫富裕？"

听到小早川的问题，修沉思起来。

"我不太懂。大学的时候，我满脑子只知道玩，觉得金钱就是一切。现在我还是想要钱，不过我更想有个归宿。像是自己的住处、有意义的工作……"

"就算有办法拥有自己的住处，想找到有意义的工作还是非常困难！社会高度成熟之后，能从事专门职业的机会就减少了。几乎所有工作都变得像便利店或快餐店的工作那样一切照着手册来，已经没有像以前的师傅那样仰赖个人技术的工作了。"

长沼叹了一口气说："我也是。以前当电气工师傅的时候，是人生最快乐的时期！"

"我当季节工的时候就很好，虽然没什么意义，不过不必担心住的地方。"

"像我这样年过六十的，连公寓都租不到。万一这个公司不要我，第二天开始就是游民了。"

"这都不是花哥和长伯的错，千万不能自暴自弃。"小早川说，"保障国民最起码的生活是国家的责任。宪法第二十五条规定，所有国民都享有拥有健康而文明的最低限度生活的权利。"

"连住的地方都没了，还谈什么生活补助。"

"原本就算居无定所也能获得生活补助。比方说，可以进入自立支持中心，用那里当住址，但以现在的情况来看，几乎所有的游民都没有领到生活补助。"

"那国家岂不是根本没在保障国民的生活吗？"顺矢噘起嘴巴说。

"没错。而且光靠生活补助，没办法帮助到真正有困难的人。所以'无条件基本收入'的引进才会变成话题。"

"无条件基本收入？"

"就是无条件发给所有国民维持最低限度生活所需的金额。据说是大约两百年前一位英国思想家所提倡的，不过到了最近才渐渐有实现的可能性。"

"真的吗？真希望能早点实现。"长沼说。

"这样好是好，可是不是说'一日不作，一日不食'吗？"花井说。

"现在这个时代，就算想工作也无事可做，所以那种'自己的人生自己负责'的论调已经是过去式了。就像我之前说的，是抢椅子游戏的椅子不够，不能归咎于个人！"

"我从小就觉得哪里怪怪的，原来真的不是我们的错嘛！"顺矢说。

修纳闷起来："这样太极端了吧？我们自己还是有责任的吧？"

"你是站在哪一边的？你要把这归为自己的责任吗？"

"也不是站在哪一边，但我觉得不了解这种社会形态，是自己不够上进。"

"真是不可救药！你一直那么努力，却处处碰壁不是吗？"

"即便如此也不能放弃努力吧？就算说国家或社会不对，对我们也无济于事啊！"

"你真的太笨了！小早兄就是在说你那种想法不行。"

"没这回事，"小早川苦笑着说，"修说得很对，但是还能自己谋出路的，就只有像你们这样的年轻人了。接下来的时代，聘雇只会越来越不稳定，即使从一流大学毕业，坐上一流企业的椅子，也不能保证一辈子安泰。因为现在所有企业都只信奉成果主义。”

“成果主义，就像业绩那样吗？”

“不一定是业绩，但跟单凭成果来评价员工差不多。简而言之，就是非得做出数字才行。”

“电话营销的兼职就像这样。拿到约访就能赚钱，拿不到的就会被开除。”

“你居然做过电话营销？”顺矢说。

修干咳了一下，催促小早川继续说下去。

“如果奉行成果主义，工作的过程和资历就变得无关紧要。因为不是根据资历给薪，所以除非不断做出成果，否则在公司的地位只会日渐低微。即使待在一流企业，要是到了中老年后再被裁员，一样会无处可去。如果还有亲属需要扶养，那就是攸关生死的问题了。”

“会裁员的公司还算一流企业……吗？”

“我也这么想，但日本闻名世界的一流企业，甚至会特别设立称作资遣部门或清理部门的部署，逼员工主动提出辞呈。比方说大型电机厂商——”小早川说了几家众所皆知的一流企业，“我们把逼迫员工在恶劣环境或条件下工作的公司叫作黑心企业，而这类黑心企业正在不断增加。或者说，现在每一家公司都成了黑心企业。”

“怎么会这样？”

“拿削价竞争和服务竞争打比方。我们消费者不断追求便宜与便利，这样的需求造成商品价格下降，可以用低廉的价格买到质量不错的东西。随着便利店和网络日益发达，购物的便利性也大大提升，但是背后那些赶不上削价竞争和服务竞争的个人店铺、中小企业接连倒闭，被高科技取代的专门技术劳工也因此失业。”

“所以很多地方的商店街才都成了卷帘门街呀！”

小早川点点头。

“不过，”顺矢说，“量贩店和购物中心却越开越多。”

“那些量贩店和购物中心也都受到网络商店的影响，以及被维持营运而产生的庞大支出压迫得经营困难。不过，消费者想以更便宜的价格买到好东西的欲望永无止境，只要在价格或服务上输给其他店家，就会立刻失去客人的青睐。话虽如此，成本再怎么削减还是有其限度，到了减无可减的时候，就只能删减人事费了。因此，劳力成本，也就是薪水，才会不断往下降。我们以低廉的价格买到好东西，过着方便的生活，其代价却是失去稳定的人生。"

"那该怎么办？"

"除非我们放弃现有的生活，否则是无解的，但是态势一旦形成，就不可能回到过去，这样的趋势应该无人抵挡得了。那么就应该重建安全网，至少让人民能维持最起码的生活。今后进入老龄化社会，创造工作岗位将更加困难。要拯救没有抢到椅子或是从椅子上被赶下来的人，就必须启动'无条件基本收入'这种国家级的机制。"

如果小早川说的"无条件基本收入"能够实现，高龄者和游民或许能得到解救，但这么做就能使生活富足吗？修感到疑惑。他觉得，即使领到足以维持生活的补助，人们还是会有新的不满和怨言。

别人的事姑且不论，修连自己在追求什么样的富足都不太清楚。当接待者时，他觉得只要有钱赚就好，但开始打零工以后，比起奢侈，他更渴望安定。

修想抬头挺胸地活下去，但给别人添的那些麻烦总让他良心不安。他觉得最好向笃志和同事们赔罪，也应该好好把钱还给小茜，但要是到店里露脸，绝对不可能全身而退；而且他也没办法一下子筹出一百万元。

那天以后，小茜天天打电话或发短信来，修觉得心烦，把她的电话设成拒接。连自己都觉得这么做很过分，但想想现在的生活，他实在无能为力。

简言之，他只是依据当时的情况，提出对自己最有利的说法罢了。他冠冕堂皇地对顺矢说什么"我们也有责任"，实际上却过着不负责任的生活。一想到这里，修越发觉得自己没用，忧郁极了。

修怀着种种不安，过着表面上平静的每一天。劳力活除了让饭菜和酒变得美味，还让精神压力减少许多。打零工的作业员，也就是杂工，在工地上身份是最低微的，总是被监工和师傅们呼来唤去，成天因为一点小事被骂得狗血淋头。

不过，因为几乎每天都会换工地，所以不管被骂得多惨也都只有当下而已。只要甘心处在最底层，就不会感到特别不满，与当接待者时喝酒还必须看客人和同事的脸色比起来健康多了。

这天的工地是早稻田一座正在兴建的大楼，工作内容是凿削水泥。

凿削水泥是非常耗体力的苦工。因为水泥粉尘会四处飞散，护目镜与口罩绝不可少。师傅会先用机器大略处理过，杂工再以凿子与铁锤修整细节。修做的当然是后者，一早就被关在大楼地下，不停凿削水泥。因为是费劲的差事，刚到工地报到时修觉得郁闷极了。不过，这次的工头人很好，时不时就让他休息，倒是让人感激。

这天据说厨房负责人休息，公司不提供便当，牛岛说会把便当钱还他们，要他们自行解决午餐。到了午休时间，修正盘算着要去哪里吃饭时，工头从钱包里掏出万元钞票，要他去帮大家买便当和饮料。他问师傅们要吃什么便当，工头给了他张便条，说："你的那份也一起买吧！"

修开心极了，拿着便条前往工地旁的便当店。

正值正午，店门口前大排长龙，都是上班族。

修排队时，一个貌似大学生的年轻女人回头看他，皱起眉头。那种仿佛看到脏东西似的眼神让修感到恼火。他瞥向便当店的玻璃窗，玻璃窗映出身穿工作服的自己。头发和工作服都被水泥粉尘染得一片雪白，难怪女人会表现出那种态度。

修忽然觉得不安，环顾四周。

因为这里是早稻田，便当店前的马路上许多貌似大学生的年轻人正鱼贯往来着。也许是一流学府出身的缘故，个个看起来相貌聪颖，衣着也时尚高雅。有些人与朋友们一起谈笑，也有情侣亲昵地手挽着手。

他们与自己年纪相仿，境遇为何有天壤之别？

短短半年之前，修虽然念的是三流大学，好歹也是个大学生，现在却已经是不同世界的居民。他们享受着大学生活，为何自己浑身水泥粉尘？为什么在这里排队，帮师傅们买便当？

这样的疑问涌上心头。不过换个角度想，虽然自己浑身水泥粉尘，还被派来买便当，但也没有必要感到羞耻。比起靠父母资助的大学生，自食其力的自己更该抬头挺胸才对。

问题出在认为现在的身份见不得人的自己身上。

"喂，你要什么？"

等回过神时，便当店的中年妇人正臭着一张脸嚷嚷着。

修发现自己不知不觉已经来到队伍的最前方，便急忙念出便条上的内容。

这天一早就下起雨来。被分派到室内工作的人都上工去了，其他人则休假一天。室友今天都休假，长沼和花井结伴去打弹珠。

修与顺矢碰上突如其来的休假，不知道该做什么，只好看电视。小早川趴在被子上，拿着铅笔在笔记本上奋笔疾书。

顺矢探头看着他的笔记本问："你在写什么？"

"呃……稿子。"小早川的口气异于平日，害羞地说。

"稿子？是小说之类的吗？"

"嗯，差不多。"

"好厉害，小早哥在写小说！"顺矢回头看修。

小早川摇摇头说："没什么，只是随便写写而已。"

"你要拿去投稿比赛吧？"

"我几年前就一直在投稿，也有两次进入终审。"

"太厉害了！那结果怎么样？"

"落选了。不过因为进入了最后终审，所以得意忘形，辞掉了原本的工作专心写小说，结果却连复审都进不去。如果那时干脆收手就好了，但我到现在都还死不了心。"

"为什么要死心？我最尊敬这种有梦想的人了。"顺矢一脸兴奋地说。

"小早哥说的话都很有趣，总有一天一定可以出书的。"

"谢谢。不过即使出书，因为是纯文学，也不会卖得多好。"

"纯文学是哪一类的小说？"修问。

"这叫私小说，多半以身边的题材为主题。不过解释各有不同，也有人说追求艺术性和文章形式的就叫纯文学……"小早川说着，合上笔记本问，"修，你对文学有兴趣吗？"

"呃，还兴趣呢，我根本就不看书。"

"最好趁年轻时多读点书！"

"这我有切身的体会。什么都不知道，就只能吃亏。"修说。不过，看起来饱读诗书的小早川也和自己打一样的工，就表示再怎么有知识，也很难混得好吧！

小早川或许觉得受到了修他们攀谈的干扰，拿起笔记本站了起来。

"赏花季就快到了，到时候就麻烦你们两个占位了！"

小早川离开房间后，顺矢咂了一下舌头说："看吧！都是因为你啰唆，小早哥才走了。"

"是你先跟他说话的！"

"啊，"顺矢叹气，"小早哥果然也想离开这里。"

"那当然了，他才三十六岁，又从不错的大学毕业，不会想永远打零工吧！"

"像小早哥那样坚持梦想，真的很帅气。"

"你也有梦想不是吗？不是要开拉面店吗？"

"拉面店的梦想我还没有放弃啊！倒是你，以后打算怎么办？"

"我想等存到租房子的钱再找工作。"

"找什么工作？"

"还没有想那么多，你不也一样吗？"

"也是！可是在工地工作久了，渐渐觉得流汗的工作也不坏。"

"开拉面店也会流汗吧？"

"不只是流汗而已，我想做这种可以活动身体的工作。"

"那你留在工地当师傅就行了！"

"那也有点不一样。喏，瑠衣不是在她老家秋田务农吗？我在想那种工作也不错。"

修忍不住笑出声来，说："你也太拐弯抹角了吧，你就直接说想去找瑠衣呗。"

"笨蛋！我不是从一开始就这么想的，是最近才渐渐这么觉得。"

"瑠衣赞成吗？"

顺矢点点头。

"那你去秋田呗，跟瑠衣一起务农。"

"不知道她的父母会怎么说。"

"不去看看怎么知道？"

"可是，"顺矢说，"如果我走了，你怎么办？"

"不用担心我！"

"可是你那么笨。"

"我哪里笨了？"

"为了我跟人家借一百万，不但下不了手卖掉瑠衣，还辞掉工作……"

"又不是为了你，是我自己想这么做的。"

"瞎扯。"顺矢无力地说完后垂下头去。

在东京车站与瑠衣道别时，修也这么想过，顺矢果然想去秋田，但他仍选择留在东京，是因为担心丢下他一个人吧。

虽然嘴上说要顺矢去秋田，但要是顺矢不在了，修也会觉得寂寞。与政树和雄介断绝关系以后，顺矢是他交到的第一个好朋友。虽然认识不久，但他们曾一起工作，也一起经历过许多事，所以才能触碰到彼此的内心深处。

不过，如果顺矢想和瑠衣一起得到幸福，身为好友，还是该笑着送他启程吧。

修深深地吸了一口气，用力推了顺矢的肩膀一把："你要垂头丧气到什么时候？"

顺矢不安地抬起头来，向上看的眼睛里闪着泪光。

"修，你一个人真的没问题吗？"

"笨蛋，我没事的！"修也忍不住眼眶一热，他不想被顺矢察觉，别开脸说，"我没问题的，你赶快去秋田吧！"

"谢谢你。"顺矢用手指抹了抹眼眶说，"那我会待到赏花那时候。"

"为什么？快点去找瑠衣吧！"

"我才不！不知道她给我们添了多少麻烦，最好再让她多焦急一下，让她反省反省。"

"你的个性怎么这么扭曲？"

"不是我的问题，是社会把我扭曲成这副德行的。"

到了三月底，东京樱花盛开。

赏花当天，修和顺矢一早就去占位置。赏花的地点是公寓附近的公园，只比儿童公园大上一丁点，人潮应该不会太多，但这天是星期天，不能大意。

两人挑了一棵开得最美的樱花树，在树下铺好蓝色塑料垫后，坐下来打发时间。然而，过了中午时分，赏花的游客依旧稀稀落落，公园里一片冷清。偶尔会有一阵隆冬般的冷风吹来——这似乎就叫"花冷"，吹得人直打哆嗦。

顺矢抱着膝盖，嘴唇颤抖着说："都是你说要早点来，才会在这儿受冻。"

"是你一早就铆足了劲要来占位的吧？"

两人互相埋怨，这时室友们带着料理和酒过来了。

今天的主菜是烤肉，长沼双手提的塑料袋里装着看起来多到吃不完的肉，有牛肋排、横膈膜、内脏、瘤胃、牛肝等等。

"我在朋友工作的超市，用非常便宜的价钱买了今天到期的肉。"长沼得意地说。

修却担心会不会吃坏肚子。

小早川切起高丽菜、洋葱、青椒等买来的蔬菜。修为他灵巧的刀工佩服不已，小早川苦笑着说："我一个人生活久了，料理难不倒我。"

花井把说是从工地顺来的铁板放在卡式炉上，烤起肉来。油脂的香气令人垂涎三尺。

大伙用纸杯装的啤酒干完杯后，不管是烧酒还是日本酒，有什么就喝什么，气氛欢乐极了。可能是在外头吃的缘故，便宜的肉也觉得特别美味。随着酒足饭饱，他们渐渐忘了寒冷。

宴会接近尾声时，顺矢像在等待时机似的并拢双膝说："各位，我很快就要离开这里去秋田了。"

小早川三人的脸色稍微动摇了，但这是个同事来来去去的行业，他们似乎也习惯了，很快又恢复开朗的神情。

"那，这就算送别会了。"小早川说完再次干杯。

"跟女朋友一起耕田，太令人羡慕啦！"花井说。

"就算去了秋田，有空也要回来玩啊！"长沼也说。

顺矢听到三人的话，红了眼眶。

"坦白说，我一开始很瞧不起在工地打零工的工作，没想到大家对我这么照顾……"顺矢哽咽了。

修一面听着顺矢说话，一面思考自己将来辞职的事。一点一滴存下的日薪已经将近十万元了，加上之前的十五万元薪水都没有动，合计是二十五万元。只要再存一点，就能租个便宜的房间生活一阵子了吧！

虽然必须在那之后找到下一份工作，但因为胜任了自认最不拿手的劳力活，修有了什么事都难不倒他的自信。虽然留在工地当个师傅也不坏，但他想探索自己的可能性，想找个面对大学生时不会自卑、让自己为之骄傲的工作。

"跟这里比起来，上一份工作真是烂透了！"顺矢拍拍修的肩膀说，"对吧？"

还以为他要说什么，没想到顺矢说起了往事。之前他们没有透露过，因此三人都睁圆了眼睛。

"每天晚上都能喝到好酒吧？"小早川问。

"没错。"顺矢苦着脸说，"每天都灌香槟王，喝到想吐。应该说，是真的喝到吐。"

"那种酒，我都没喝过！"

"真想在死前喝一次看看！"

"可是比起香槟王，在这里喝的酒实在美味多了。在做香槟CALL的时候硬灌酒，真的觉得命都快没了。浪费钱，还浑身不舒服……"修说。

长沼拍了一下膝盖说："对了，就当作赏花的余兴节目，让我们看一下那个香槟CALL吧！"

"我也想看。"

虽然周围没什么人，但修不想在公园中央喊什么香槟CALL，所以拒绝了。然而，顺矢大概是喝醉了，兴致勃勃地说："好哇！就当作道别，我来表演吧！"

"哪儿来的香槟啊？"

"用这个就行了！"顺矢把罐装啤酒倒进装烧酒冰块的桶子里，"我会把它传下去，要配合我们的口号一口气干杯啊！"

小早川他们点点头，开始拍手。既然如此，修也不能扫兴。

修被顺矢抓起手臂，不甘愿地站了起来。

"来，开始啰！"

"一、二！"修拉开嗓门。

就在这时，背后传来男人的声音："玩得很爽嘛！"

听见熟悉的声音，修回过头去，只见笃志站在那里。

修顿时醉意全消，觉得口中干巴巴的，想要咽口水，舌根却涌出苦涩的液体，引来一阵刺痛。

"啊哈哈！"笃志低声笑着说，"你们是笨蛋吗？居然在这种地方对着工人玩香槟CALL？"

笃志身后跟着两个年轻男人，眼神阴沉得令人毛骨悚然，体格壮硕得宛如摔跤运动员。

顺矢僵着一张脸，结冰似的杵在原地不动。

"你们怎么知道这里……"修总算挤出这句话。

"小茜说你们在阿佐谷打零工，我们就找遍每一家工人派遣公司。"

"茜小姐怎么了？"

"为了还清借给你的一百万，被卖到吉原去了。反正欠我们的账也收不回来了。"

修咬住嘴唇。小茜出卖自己固然让人震惊，但她的经历更让修难受。

笃志以仿佛要射穿人的眼神瞪着修说："我对你真是失望透顶，本来还觉得你很值得期待的。"

修无言以对，垂下头去。

这时，顺矢突然跑上去抱住笃志的脚说："都是我不好，请放过修吧！"

"不行。"笃志说，"如果只是擅自离店，还可以罚款了事，但居然放走瑠衣，不可原谅。"

"那也是我的责任，是我怂恿修的。"

"如果想要救他，现在立刻付钱。擅自离店一个人五十万，两个人一百万；放走瑠衣损失的三百五十万，再加上小茜借给修的一百万，还有你的呆账两百万，一共是七百五十万。"

顺矢垮下肩膀，无言以对。

"那走吧！"笃志用下巴指了指。公园前停了一辆黑色厢型车。

修朝车子走去，却觉得双脚仿佛不是踩在地上，顺矢也像个死人似的，摇摇晃晃地走着。这时，花井和长沼追了上来。

"到底怎么啦？"

"我不晓得你们是谁，可是不要妨碍人家喝酒啊！"

两人一脸凶相地叱呵着。然而，穿着黑色西装的男人一挡到他们面前，他们的气势便顿时萎靡。

笃志嗤之以鼻地说："你以为有多少工地是归我们帮管的？敢随便顶撞，从明天开始你们全都去当游民！"

花井和长沼求救似的回头看着小早川。

"小早哥……"顺矢喃喃地说。

小早川坐在蓝色塑料垫上，肩膀微微颤抖着："对不起……不好意思，我无能为力。"

坐上厢型车时，一片樱花花瓣飘落膝上。

修以空洞的眼神盯着它。

17

厢型车由笃志带来的男人驾驶。

离开公园后，车子开进宿舍，笃志要他们收拾东西。一想到再也没办法回到工地工作，修感到一阵心酸，但接下来即将发生的事更令他恐惧，没有余力继续沉浸在感伤里。

厢型车从涩谷穿过明治大道朝品川开去，完全不知道目的地是哪里。笃志和男人们就像约好了似的，始终闭口不语。

厢型车开了一个多小时，驶进一条疑似港口附近的道路。周围的大型拖车往来行驶着，道路两侧高高地堆满了货柜。没过多久，厢型车便在老旧的仓库前停了下来。

窗外，夕阳即将西沉，隔着海的对岸，红白相间的起重机映入眼帘。

修和顺矢一下车就被带进仓库。

仓库里又湿又暗，充满霉味与灰尘的味道。木箱直堆到天花板，看不到仓库深处。

水泥地上有几条肮脏的垫被和毯子，四周散落着泡面碗和空瓶。有人在这里寝居的痕迹让人觉得诡异。

"这是什么地方？"

"大井码头。"笃志说，"今晚就会出船。在那之前，你们先在这里等着。"

"出船？"修和顺矢异口同声地问。

修以为是捕鱼船，但笃志说："去Ａ国的船，你们要去Ａ国工作。"

"怎么会……"顺矢呻吟着说。

"我们不会说外语啊！"

"不必担心，工作对象会说日文。"

顺矢说过还不出债会被卖掉，修当时没当一回事，他以为顶多是留在店里，被当成牛马使唤。

没想到居然会被逼着上船，被载到外国去工作。这简直是电视或电影里才有的情节，修无法相信自己会遇到这种事。但无论再怎么荒谬、离谱，一旦成为现实，也只能相信。

修感到一阵眩晕，问道："我们去干什么？"

"运送商品。"笃志说，"只要忍耐个两三年就可以回来了。"

顺矢以惊骇的表情问："你说运送商品，该不会是运毒吧？"

"天知道！不管是什么，你们都没有选择的余地。"

"我会想办法还钱，请不要把我们送去运毒！"顺矢拼命恳求。

笃志摇摇头说："已经跟对方说好了，你们已经被卖掉了。"

"请放过我们吧！"顺矢双腿跪地，额头抵在水泥地上。

修也跪在地上说："求求你，只要能留在日本，什么事我都愿意做！"

"不想送货也可以，不过会被用在别的地方，那样一来，回到日本的可能性就是零了。"

"什么叫用在别的地方？"顺矢趴在地上问。

"你们为什么不必接受制裁？为什么刻意让你们偷渡？仔细想想其中的理由吧！"

顺矢忽然从地上抬起头来说："如果我说出瑠衣在哪儿，可以放过修吗？"

"不可以说！"修大叫。

笃志嘲笑着说："那种疯婆子卖不了几个钱，不过我可以成全你。如果能从瑠衣的父母那里拿回一大笔钱，我就放了修。"

"顺矢，绝对不可以说！"修吼道。

"修还是老样子，真是个善良的好青年。我就看在你们的友情上，放过瑠衣好了。不过你们的烂摊子就自己收拾吧！"笃志说完转身离去。

笃志离开仓库以后，穿着黑色西装的男人们靠了过来，脱掉他们的外套。皮夹和手机都放在裤袋里，所以外套被抢也没多少损失。

最令人担心的是皮夹。皮夹里装着修全部的财产二十五万元。一想到这些钱随时可能被抢，修的内心七上八下，但男人们的目的似乎只是监视，没有要他们把钱吐出来。

然而，他们要求交出手机，修慌了手脚。如果把手机交出去，就没办法向任何人求救了。修想拒绝，但是看到男人们锐利的眼神和摔跤运动员般的体格，不由得软弱下来。

如果和顺矢联手反抗，就是二对二的局面，就算打不赢，或许还是有机会逃走，干脆豁出去大闹一场怎么样？修这么想，看看身旁，顺矢似乎察觉到他的想法，摇了摇头。

修小声地问："为什么？"

"没用的。"顺矢带着叹息地说，把手机交给男人们。一个人抵抗毫无胜算，修不甘愿地也交出了手机。

两人的手被绑在身后。修偷偷往后看，发现他们被捆电线用的尼龙束带绑住双手。

修和顺矢听从男人们的命令坐下。两人的外套都被没收了，只剩一件单薄的T恤，水泥地冰凉，让人直起鸡皮疙瘩。

一个男人把铺在地上的垫被和毯子拖过来说："暂时还不会来接人，你们两个都先睡吧！"

修觉得不可能睡得着，但还是受不了寒意，就钻进了被窝。垫被和毯子不晓得被多少人用过，渗满了汗臭味，熏得鼻子都快麻木了。

过去被偷渡的人恐怕也都睡过这些被褥吧！其中或许也有人被逼着运毒，成了死刑犯。一想到这里，修就不寒而栗。

他无论如何都不想去运毒，可一旦上了船，想逃走也难吧，只能趁还在这里时一决胜负了。话虽如此，但双手都被绑住，想抵抗也没有办法，只能伺机而动。

穿着黑色西装的男人们坐在折叠椅上监视着这里。他们极度寡言，只是偶尔掏出手机，和什么人简短地对话几句，此外几乎没有开口。

修趁着他们不注意，在被窝里对顺矢说："刚才为什么不动手？或许可以逃走……"

"你以为手无寸铁打得过他们吗？要是弄不好，会更难跑掉。"

"可是不试试看怎么知道？"

"笃志不是说了吗？叫我们想想为什么我们没有受到制裁。"

"为什么？"

修想继续追问，但看到监视的男人作势起身，随即闭上嘴巴。

被带到仓库后过了多久？

因为看不到时钟，修不知道几点，只觉得时间漫长得难熬。尽管觉得不是睡觉的时候，疲劳还是让眼皮沉重了起来。

修打着盹，忽然被子被一把掀起，他醒了过来。穿着黑色西装的男人们也掀开了顺矢的被子，扔到仓库角落。

很快，仓库门打开了，一群陌生男子鱼贯而入。

一共有五个人。其中两个是二十出头的年轻人，一个留长发，染成金色，另一个则理了个大平头。两人面相凶恶，像是混混，但手被绳子绑在身后，似乎碰到了和修他们相同的遭遇。两人眼神锐利地朝他们一瞥，席地坐了下来。

其余三人光是外表就散发出诡异的气息。

一个是四十出头的胖男人，穿着不合年纪的鲜红色西装，全身戴满金饰。另一个戴着墨镜，蓄着胡子，看不出年龄。最后一个看上去五十左右，光头上有蛇的刺青。这三个人似乎就是毒贩。

两个穿黑色西装的男人向毒贩打完招呼后离开仓库，看来他们的监视任务结束了。

胖男人和墨镜男留在原地，光头男则提着像是工具箱的皮包走进仓库里的办公室。

没过多久，里头便传出类似马达运转的"叽叽"声响。

"好了，各位。"胖男人以古怪的语调说，他的脸光滑得诡异，没有眉毛，"各位从现在开始就是我们的伙伴。要刺上代表'同伴'的图案记号。"

"刺青？"金发年轻人怪叫道。

"对。"胖男人点点头说，"现在阿毒在里面的办公室准备，大家轮流刺青。"

"什么样的刺青？"

"不必担心，日本的年轻人都喜欢刺青。"

"别闹了，别随便在别人身上乱刺！"

金发男拼命扭动身体，试图挣脱束缚双手的绳索。

胖男人皱起只有肉没有毛发的眉毛说："你不想当我们的伙伴？"

"废话！不就是欠地下钱庄钱没还，为什么就得当毒贩子的走狗！"金发男吼着，双手在背后不停挣扎。

只见绳索渐渐松脱，被他一口气扯开后掉到地上。

毒贩还没有发现。修屏住呼吸看着，结果金发男立起膝盖，从袜子里抽出折叠刀。

金发男以熟练的动作举起刀子说："这下子形势倒过来了。谁敢碍事，我就不客气地给他一刀！"

胖男人夸张地耸耸肩，墨镜男毫无反应。

金发男绕到被一起带来的大平头背后，准备割断他的绳子。

这时墨镜男迅速逼近两人。

"不是说了别碍事吗！"金发男吼道，同时挥舞着小刀。

就在这时，墨镜男的身体轻盈地腾跃起来，下个瞬间，他的脚尖陷进金发男的脸中。金发男像个破娃娃般被踢飞，一头撞在墙上。这是个完美的回旋踢，简直就像在看动作片。

"如果加入我们，我可以忘了刚才的事。"胖男人说。

金发男靠在墙上，用手背抹掉嘴唇上的血："开玩笑，我迟早要宰了你们！"

"这样啊，那没办法了。"胖男人说完，向墨镜男比比下巴说，"这家伙就拿去做'货'吧！"

墨镜男点点头，捡起掉在地上的折叠刀。金发男慌忙想爬起，却被墨镜男揪住头发，强按在地。

墨镜男骑跨在金发男腰上，右手拿刀抵住他的脖子，左手手指沿着背部游走。

金发男扭头朝背后大骂："你在干什么？快滚开！"

墨镜男默默地将刀尖刺入金发男背部。

金发男下巴一仰，发出呻吟。

他双手撑地，但似乎使不上劲，站不起来。他仍挣扎着想要爬起来，但他至多只能伸直双臂撑起上半身。

胖男人在大平头面前蹲下说道："你是不是也不想加入我们？"

大平头拼命地点头："我要、我要加入！"

"那从你开始刺青。"

大平头急忙站起来，往仓库里面走去。

虽然不想刺青，但看到躺在眼前的金发男的下场，修根本不敢有反抗的念头。面对暴力，只能屈服，他对这样的自己感到窝囊。

大约过了三十分钟，大平头苦着一张脸回来了。

T恤袖口露出一点蓝色图案，修想看看是什么刺青，但大平头一坐下，就背对他们躺了下来。

接下来是轮到顺矢还是自己？既然逃不掉，谁先谁后都一样了。

尽管这么想，但修从来没有刺青过，不安极了。他紧张地观望着，墨镜男朝顺矢比了比下巴。

顺矢露出彻底死心的表情站了起来。

顺矢离开后没多久，胖男人便打起电话，他以高亢的声调说着外语，修完全听不懂。

墨镜男突然往这里走来，修全身紧绷。

"下一个，你。"

听到墨镜男这么说，修无奈地点头。结果墨镜男咂了一下舌头说："什么，厕所？"

修呆呆地盯着他看。

修并没有说自己想上厕所，但墨镜男用下巴指了指仓库门。或许是自己听错了，墨镜男可能是在叫他刺青前先去个厕所。修满怀不安地跟在墨镜男身后。

离开仓库后，一股带着潮香的温暖夜风吹了过来。港口的灯光下，如重油般漆黑的大海波浪起伏着。

修正纳闷要在哪里小解时，墨镜男忽然指着绑住他双手的束带说："那束带，横的拉不开，可是，从垂直方向就拉得开。"

"咦？"

"去阿毒那里的时候，用力把手往腰上撞，就可以挣脱。"

这个人为什么要告诉他这些事？修莫名其妙地眨着眼睛，男人摘下了墨镜。

看到那张脸，修大吃一惊。他正疑惑是在哪里见过时，记忆忽然在脑中苏醒。

"你、你是一起在拘留所的……"

男人微微扬起嘴角说："我是张。"

"果然！"修大叫。

是去年年底被关进新宿署拘留所时住在同房的张，怀念与惊讶让修忍不住提高声调。

"没想到居然会在这种地方见面……"

"安静，没时间叙旧。"张面无表情地说，"解开束带，进去办公室，用力打阿毒。办公室里面，有紧急逃生门。"

"这……你叫我揍他，可是我打不赢的。"

"放心，阿毒是毒虫，身体虚弱。"

"可是你为什么要救我？"

"你在拘留所，给我东西吃，我要还人情。"

"那、那顺矢也……请放我朋友一起逃走吧！"

"不行。放两个人走，我会完蛋。还有，"张接着说，"不要报警，如果警察来，我马上杀掉你朋友。"

修含糊地点点头，张抓住他的肩膀，强迫他面向前方。

接下来，张不再吭声，进仓库后也完全不靠近他。修装作若无其事，但意想不到的发展让他亢奋不已。

丢下顺矢让他感到内疚，但如果两个人都被丢上船，就再也没有逃生的机会了，看来只能先脱离这场危机再去求救。

话说回来，只是把手用力往腰部撞，真的就能解开束带吗？即使顺利解开，还有揍倒那个面相凶恶的阿毒这个难题在等着他。如果逃生失败，自己可能会像金发男一样的下场。

修需要更多时间思考，但顺矢比预期的更早回来。修立刻看向他的手臂，还渗着血的皮肤上一片蓝色刺青，看了就痛。图案是数字"39"，旁边围绕着两条蛇，这个数字有什么意义吗？

"刺青这么小，在街上走都嫌丢脸。"顺矢小声骂道，"回到日本以后，我第一件事就是把它弄掉，然后重新刺个像样一点的。"

修无力地回以笑容。

一想到即将面临关键时刻，刺青的图案便无关紧要了。修紧张得双腿发软，他努力撑住，摇摇晃晃地走过去。

穿过木箱堆与墙壁之间的走道，是一间用三合板隔出来的办公室。走进办公室之前，必须先解开束带才行。修确定自己的位置不会被人看见，接着做了个深呼吸，将被绑住的双手高高举起，往腰部用力撞击。

然而，束带没有松开。

再来一次，比刚才更用力地撞击，结果还是一样。

就在修焦急地想着该怎么办时，赤裸着上身的阿毒从办公室探出头来问话。

虽然听不懂，但从诧异的表情来看，应该是问他在干什么吧！修急忙挤出笑容，往办公室走去。

阿毒嘴里嘀咕着，转身背对他。

要是错过这一刻，就再也没有机会了。修用力举起双手，使尽浑身力气把手朝腰上一撞，束带松脱掉到地上。修把双手背在身后，走进办公室。办公室约三坪宽，只有一张办公桌和一把椅子。

阿毒手里拿着刺青机器，坐在椅子上。他的身体各处刺着蛇、龙、蜘蛛等吓人的图案。一想到要殴打这种人，修就觉得害怕，但既然束带已经解开，就再也没有退路了。

往办公室里面望去，就像张说的，有道紧急逃生门。

阿毒用下巴指了指前方的圆凳子。

修点点头，站到圆凳前，但还是下不了决心。就算挥拳打阿毒，修也没有一拳打昏他的臂力。万一演变成扭打，张出于立场，不可能放过他吧！

要怎么做才能让阿毒闭嘴，来争取逃走的时间？修绞尽脑汁，这时发现阿毒背后的桌上有捆封箱胶带，似乎是转印刺青图案用的。用胶带封住他的嘴巴，再绑住他的双手，或许就能成功。

"坐下！"阿毒指着圆凳子吼道。

修在圆凳子上慢慢坐下，握紧身后的拳头。阿毒卷起修的T恤袖子，将脸靠近他的肩膀。

下一瞬间，修使尽全力朝阿毒的鼻子挥出拳头。

拳头打中软骨，阿毒从椅子上翻倒在地。修立刻伸手要拿桌上的胶带，但阿毒左手按着满是鲜血的鼻子，右手把胶带抓了过来。没空再拿胶带了。

修用膝盖往阿毒胸口一端，头也不回地跑了。他打开紧急逃生门冲出室外，背后传来阿毒的叫声。想到他的同伴恐怕已经察觉了，修就吓得双腿发软。

他在夜晚的码头没命地狂奔。

穿过码头进入仓库街时，修气喘如牛，停下了脚步。

似乎没有人追上来，但还不能就此放心，他按住疼痛的侧腹部再次往前跑，边跑边想该如何救出顺矢。

张说警察一来就要杀掉顺矢，想到他们是一群亡命徒，所以那番话应该不是唬人的。

如果不可以报警，能与他们谈判的就只剩下笃志了，但把自己和顺矢卖掉的就是笃志，跑回去向他求救未免太可笑了。笃志那里应该也接到自己逃走的消息了吧！

虽然对顺矢过意不去，但现在或许应该忘了他，先考虑自己的人生。修的手上有二十五万元，暂时不愁生活。只要再去住网咖、打零工，很快就能存到租房子的钱。只要租到房子，就可以找到像样的全职工作，重建生活。

虽然顺矢是他的好朋友，但要是没被笃志抓到，他现在应该已经到秋田找瑠衣了吧！也就是说，横竖他们都是要分别的。

都是自己不小心把工作的事泄露给小茜，才会害他们被笃志逮到，修对此感到自责，但追根究底，都是瑠衣跑掉才引发这一连串的灾祸。顺矢自作自受，演变成这种状况也是无可奈何的事——只要这么想就可以了。

不过，顺矢为了救修，竟打算把瑠衣的所在地告诉笃志。一想到这里，修就觉得胸口一阵苦涩，但他也曾向小茜借钱帮助顺矢，所以算是扯平了。

过去，因为自己的天真，一路吃了许多亏。那是对自己的纵容，也是对别人的纵容。

该切割的时候就切割，如果不想着怎么做对自己有利，就永远无法脱离现在的生活。更何况这次的麻烦攸关自身性命，实在没有必要为了讲义气牺牲自己的人生。

"顺矢，对不起。"修自言自语地说，放慢了脚步。

马路的另一头停了一辆空的出租车。

先到没人的地方去吧！修这么想，上了出租车。

"去哪里？"上了年纪的司机问。

修想要随便说个去处，思绪却平静不下来。

顺矢是他在这世上唯一的好朋友。不管对方怎么想，现在能让他敞开心扉的人就只有顺矢了。而自己对这样的挚友见死不救，究竟打算逃去哪里？

当然，想逃是他的真心话。要是就这样投宿某家旅馆，钻进床铺，不晓得该有多舒服，但舒服的只有肉体而已，背叛好友的痛楚一辈子都不会消失吧。话虽如此，但随着时间过去，痛楚或许会跟着转淡。如果试着努力遗忘，或许就能忘怀。

但修不想变成一个能忘掉那种痛楚的人。

"喂，客人——"司机发出不耐烦的声音。

明知道自己又在感情用事，但修已经顾不了那么多了。

"去歌舞伎町！"他吼道。

由于时间已晚，久违的歌舞伎町一片冷清。

下出租车时，修向司机问时间，居然已经凌晨一点多了。

修走在霓虹灯稀稀落落的马路上，总觉得有人在看他，内心紧张万分。

因为手机被抢，他没办法联络笃志。想见笃志，就只能到暮光去，但修觉得这么做太有勇无谋，事到临头又犹豫了起来。

今晚船就要出海了，不快点做点什么，就算想救顺矢也为时已晚。修放空意识，什么都不想，在歌舞伎町跑了起来。

推开暮光的门，前场的清扫时间刚好正要结束。

以前的同事一脸惊讶地看着他，七嘴八舌地叫嚷了起来："你来干什么？"

"来这种地方，你不要命了吗？"

修无视他们，冲进店里。

笃志正在洗手间洗脸。

他以为笃志会大吃一惊，没想到他映在镜中的表情却毫无变化。

笃志用毛巾擦脸，看着镜子说："我就知道你会来。"

这句出乎意料的话令修手足无措。

"刚才我接到电话，说你跑了。"

"光是这样，你就知道我会来？"

"你不是那种会独自逃跑的人。就算先暂时逃走，也会设法搭救顺矢吧！但你一个人没有胜算，又不能报警，既然如此，就只能来找我了。"笃志咧嘴一笑，"你这种天真的行动，我了如指掌。"

笃志满不在乎的态度让修感到难以捉摸的恐怖，但既然都被看透到这种地步，事情也就好谈多了。修向笃志深深地低头说道："求求你，救救顺矢吧！"

"你知道求我也是白费工夫吧？没有想过呆呆地回到店里，会被抓起来交给那帮人吗？"

"就算被抓回去也没办法……"修低着头说，"可是如果我筹出钱来，可以救我和顺矢吗？"

"你们两个总共被卖了七百万。要赎回顺矢，需要三百五十万。你去哪里筹这么一大笔钱？"

修掏出皮夹，抓出所有的万元钞票递给笃志。因为搭出租车用掉了一些，万元钞票剩下二十四张。

笃志转过身来，一把抓过钞票："这么一点，连擅自离职的罚款都不够！剩下的打算怎么办？"

"现在我只有这些，但剩下的我会赚来还你。"

"你背叛了我，这种人说的话我怎么能信？再说，我哪有时间等你这种没用的废物慢慢赚钱！"

笃志说完，从口袋里掏出手机。修纳闷他要打去哪里，听到笃志说起外语，吓了一跳。

笃志果然要把他交给毒贩吗？如果真是那样，一切都泡汤了，修感到眼前一片黑暗。这时，笃志挂上电话说："因为你跑了，他们说出海的时间推迟了，正睁大眼睛到处找你。"

"你要把我交给他们吗？"

"我还在考虑。"笃志说。

"让你跑掉是他们的疏失，我没必要帮他们收烂摊子，但如果把你交出去，倒是可以卖他们一个人情。"

"我什么都愿意做，请救救我们！"修一再低头恳求。

笃志嗤之以鼻地说："天真到这种地步，也真令人佩服。唉，好吧！再给你一次机会。喂！"笃志一出声，就过来了三四个人。

"把那家伙带来。"他们点点头，转过身去。

修奇怪那家伙指的是谁，但笃志就像拒绝接受发问似的离开了洗手间。

修坐在待机用的沙发上，等待笃志的指示。

大约过了二十分钟，店门打开，他们回来了。一个小个子男人被拖也似的带进店里。看到那张脸，修瞪大了眼睛。

"小次郎哥！"修低声说。小次郎露出卑贱的笑容。

"你们一跑掉，我们就在北陆逮到他了。"不知不觉间，笃志站到修身旁，"夜晚的世界看似宽阔，其实很小。不管逃到哪里，很快都会有消息传来。"

"既然找到小次郎哥了，那顺矢的钱应该也拿回来了。"修兴奋地说。

笃志摇摇头："没那种事，这家伙居然每晚跑去夜总会挥霍。"

小次郎的脸色比以前更暗沉了。明明带了一大笔钱逃走，为何还要耽溺酒乡？自己和顺矢会被卖掉都是小次郎害的，但看到他那憔悴无比的模样，比起愤怒，修更感到怜悯。

"这家伙身体已经搞烂了，所以只能给他投了保险。"

"我让他在宿舍从早喝到晚，等他喝到挂，但怎么都喝不挂，所以才想给你个机会。"

修有了一股不祥的预感，问道："什么意思？"

"你来让小次郎解脱吧！这么一来，保险金立刻会下来，就可以救顺矢了。"

"什么解脱，难道……"

笃志用下巴指了指，有人拿碎冰锥过来。笃志接过冰锥："你跟小次郎也有仇，有足够的动机。我们会做证，说你是在冲动之下失手杀人。如果顺利，关不到十年就会被放出来了。"

　　"这……我不能杀人。"

　　"你不是说什么都肯做吗？偶尔也该对自己的话负起责任吧？"

　　"修。"小次郎跪在地上，"不用管我，一口气杀了我吧！"

　　"喏，你看，小次郎也想快点解脱。"

　　笃志说完，把碎冰锥塞进修的手中。修逼不得已接了下来，但木柄很快就被汗水染得湿滑。接待者们正在铺塑料垫，让小次郎躺在上面，似乎是为了避免弄脏地板。

　　小次郎指着自己的胸膛。

　　"心脏在这里，刺这里吧！"他神情平静地说。

　　修叹了口气："小次郎哥，为什么？你为什么要说这种话？"

　　"已经无所谓了，我的人生老早就完蛋了。如果最后能帮上什么人，也算死得瞑目。"

　　"好了，动手吧！只刺一下死不了的，要在心脏上刺上好几下啊！"

　　在笃志的催促下，修胆战心惊地举起冰锥。

　　冰锥锐利的尖端前方是小次郎的胸口，他似乎已经做好心理准备，闭上了眼睛。

　　如果就这样把冰锥刺进去，会穿过肋骨之间，刺进心脏吧！到了准备动手的关头，修却全身颤抖，没办法对准方向。虽然进监狱让他害怕，但杀人更让他胆寒。这么做是为了救顺矢，但杀死小次郎这样的考验他还是难以承受。

　　笃志从后面拍修的背说道："快点。再拖拖拉拉下去，后场的人都要来上班了。"

　　修重新鼓起勇气，举起冰锥。

　　反正小次郎也来日无多，就算自己不动手，他也会每天被迫灌酒，注定死期将近。既然如此，为了救顺矢，只能杀死小次郎。

　　修这么告诉自己，脑袋却猛地热了起来。

　　修做了个深呼吸，使劲握住冰锥。

"下手啊，修！"笃志吼道。

下一瞬间，修扔开冰锥跌坐在地。一股灼热从喉咙深处涌了上来，泪水泉涌而出。

"你想救好朋友的决心就只有这么点程度吗？"笃志以干冷的声音说。

修不知道该怎么回答，默默地拭泪。

笃志哼了一声，对众人说："把修撵出去，带去后面的停车场。"

修立刻被揪住双臂，拖出店外。小次郎神情哀戚地跑了过来，却被他们抓了回去。

自己接下来会怎么样？修已经没有力气思考了。

在他们的包围下离开商场大楼后，修被带到无人马路旁的投币式停车场。里头只停了两辆车窗贴着黑膜的进口车，其他车位全是空的。四周被大楼包围，一片幽暗。

"这家伙我来收拾，你们回店里去。"

笃志吩咐完，其他人便转身离开。

"好了，我说修老弟啊，"笃志说，"你又背叛我了！"

"我不是有意背叛的，可是要我杀死小次郎哥，实在……"

"你没想到得做这种事是吗？你老是这样。"笃志脱下外套丢开，向修逼近，"只知道任性妄为老是说大话，连自己的烂摊子都收拾不了，还蹚别人的浑水。不知世事却瞧不起社会，看到你这种根性烂到家的家伙，我就恶心！"

笃志忽然大吼，拳头飞到修的眼前。

修来不及闪避，下巴"喀"地一响，眼底爆出一阵火花。瞬间脚绊缠在一块，跌了个四脚朝天，紧接着胸口也吃了一记狠踹。

修无法呼吸，呛咳了起来。这回一个飞踢撞进肚子里，随着肠子纠结般的痛楚，一股酸液涌了上来，从口鼻喷出。

修痛苦地弯着身子，笃志用脚跟踏住他的侧腹部。

这样下去真的会被活活打死。修觉得恐惧极了，笃志失心疯似的疯狂踹他。

就在修痛得快要失去意识时，笃志的脚总算停了下来。

修用被泪水沾湿的眼睛张望四周，只见笃志身子前屈，肩膀上下起伏喘息着。

"本来想宰了你……"笃志一边喘气一边说道，"但是为了你这种杂碎进去也太蠢了。就像小次郎一样，就算丢了不管你也会横死街头！"

修艰难地爬了起来说："我也要和顺矢一起去Ａ国，请让我上船。"

"蠢货，太迟了！"笃志嘲笑，"船早就开走了。"

"啊？！"修忍不住惊叫，肿起的嘴唇划过一阵刺痛。

"那、那你刚才说延后出船……"

"骗你的。我只跟那些人说找到你会和他们联络。"

"请立刻联络他们，我想去顺矢那里！"

"你就那么想死吗？"

"顺矢是我唯一的好朋友。就像你说的，我待在东京恐怕也一事无成。既然如此，干脆去救朋友——"

"别天真了！"笃志打断修的话，"连杀小次郎的胆量都没有，还说什么好朋友！让你去Ａ国很简单，但我就是不想成全你。你就这样留在东京横死街头吧！"

修垂下头，视线落在地上。

终究没办法解救顺矢。他像以往那样胡乱挣扎，结果就只是让状况更加恶化而已。修对自己的无能感到厌恶，一想到顺矢的心情，眼前更是一片漆黑。

顺矢正在怨恨丢下他逃走的自己吧！如果是这样倒好，要是顺矢不恨他，就更令人难以承受。嘴上说着顺矢是自己唯一的好朋友，结果却连他也背叛了。

"最后我再告诉你一件事。"

听到笃志出声，修慢慢地抬起头来。

"顺矢的确面临危机，但还是有生路的。"

"可是要怎么样……"

笃志不知道在想什么，忽然解开衬衫纽扣，露出肩口。

上头有个刺青，是蛇围绕着数字"13"的图案。

"动动脑子吧！像我这样。"笃志留下这句话就走了。

修哑然失声，目送笃志的背影。

18

修在东口广场过了一夜。

他已经无处可去，也不想去任何地方了。修靠在篱笆的栅栏上，仰头望着逐渐泛白的天空。因为被痛打了一顿，脸和身体都发热作痛，但疼痛的不止这些。

笃志的刺青烙印在脑海里。

既然有刺青，表示笃志也和他们一样，曾经被卖去 A 国。笃志从那里爬到现在的位子上，肯定经历过难以想象的辛酸吧！一想到笃志的过去，修深深了解到自己有多天真。

但他没办法活得像笃志那样。被大学开除、赶出公寓以后，修始终任凭当下的感情驱使，为了微不足道的虚荣心，一再错过脱离苦海的机会。

刚开始当接待者的时候，他曾想要在歌舞伎町出人头地，却不愿为了钱伤害别人、欺骗别人。尽管明白冷酷地切割是最重要的，但他就是跨不出那一步。

昨晚从大井码头仓库逃出来的时候也是，修曾想过抛下顺矢，但又不愿为了自保而抛弃好友。即使会被送到 A 国，他也不想失去与顺矢的友情。

然而，就结果而言，他还是抛弃了顺矢。

一连串的失败中，没有刺死小次郎是他唯一的救赎，但笃志肯定早就看透他不可能下得了手吧！

四周完全亮了起来，通勤人潮穿越广场。

随着挨打的疼痛与慌乱趋于平缓，饥饿与疲劳涌了上来。马路另一头，两名穿着制服的警察正以凶恶的眼神看着他。

修缓缓地站了起来，往车站走去。他懒得去任何地方，但是继续待在新宿，也只会被认识的接待者当作笑柄。

他一边走过中央广场，一边检查皮夹，里头只剩下六张千元钞票和零钱。为了搭救顺矢而把钱交给笃志真是错了，但昨晚那种状况，如果被发现他不舍得把钱掏出来，或许不是只挨揍就能了事的。

尽管知道懊悔也无济于事，修还是对那笔钱依依不舍起来。靠手上的钱，就算住网咖也只能撑上三天。如果不尽快找到工作，就真的要饿死街头了。既然如此，只能回阿佐谷继续做先前打零工做的工作了。

但是一想到小早川、长沼和花井的脸，他又踌躇不前。如果他们问起顺矢的事，该怎么回答？

小早川他们或许会默默接纳他，但既然那家公司被笃志知道了，回去说不定又会给他们添麻烦。他实在没那个脸回阿佐谷去。

话又说回来，找新的工作简直难如登天。即使想找日领的工作，手机也被笃志的同伴抢走了。没有手机，就不能注册派遣工作，甚至接不到录取通知。

不过比起工作，应该先联络电信公司才对。不快点停掉电话，不知道会被拿去做什么坏事。不能说手机被黑道抢了，应该要报遗失吧！他向站员问了公共电话的位置，站员说在检票口的对面。

要穿过检票口，必须先决定去处。修在车票售卖机前思考着哪里有便宜的住宿时，突然想起那张肥胖的痘疤脸。

是去年年底吗？修在做发纸巾的兼职时，同事轻部提过蒲田的网咖一小时只要一百元。他想起这件事，于是买了到蒲田的车票。

穿过检票口，修用公共电话打给电信公司。

虽然请对方停掉了号码，但仔细想想，这个月的电话账单也还没缴。之前每个月的电话费，修都是从提款机转账到银行户头，一经扣款，那就是个余额零元的账户了。因为手机是必需品，他一直以来都会设法缴清电话费，但终究还是撑不下去了。

电话费暂时付不出来，想换电话也需要地址吧！一想到不知何时才能再使用手机，修的心情就更加郁闷了。

从新宿搭上山手线，在品川转乘京滨东北线，约三十分钟后到了蒲田。

这是修第一次来蒲田。听说网咖很便宜，他还以为会是个杂乱的地方，没想到车站大楼既新颖又宽广。

不过，一离开车站，就看到好几个拿着广告立牌的举牌人。

立牌广告五花八门，以刺眼的颜色写着可疑店家的介绍，有信用卡现金化、包厢录像带店等等。举牌人的脸晒得黝黑，空洞的眼睛不知道看着哪里。

站前广场上，貌似游民的中年男子与老人无所事事地坐着，另一头是成排的消费者信贷大楼。从周围的气氛来看，这一带似乎住着许多经济上不宽裕的居民，这一点让修感到宽慰。

修走进高架桥旁的小巷寻找网咖。

没走几步就有家网咖，不过跟歌舞伎町那家一样的连锁店，价格很贵。白天是五小时一千两百元，光是睡一觉，手上的钱就会少掉四分之一。

如果是轻部说的一小时一百元的店，同样花一千两百元，可以睡到晚上。

距离车站越远，街上的环境就越发杂乱。马路两侧老旧的居酒屋和食堂并排着，其中还掺杂着韩国料理、泰式料理、中国料理的广告牌。

路人清一色都是男性，每个人的穿着打扮都是一副落魄样。也有些男人顶着酡红的脸，好像大白天就在喝酒。

修想找的那家网咖就在肮脏的商住楼里。

大楼前有块立牌写着"网络广场GET"，注明一小时一百元。

一楼是弹珠店，二楼挂着消费者信贷的招牌，三楼到顶楼八楼都是网咖，规模相当大。

大楼里有十二小时一百元的投币式置物柜，旁边还有果汁和内衣裤的自动售卖机，应该是供GET的客人使用的；不过连内裤都卖，看来有不少人长期住在这里。

修搭电梯上了三楼，门一开就是柜台。

员工是一个三十岁左右的胖男人，态度非常傲慢，连一声"欢迎光临"也没有，一看到修的脸，就狐疑地蹙起眉头问："有会员卡吗？"

修用手遮着红肿未消的嘴唇说："没有，我第一次来……"

"那可以出示身份证吗？驾照或健保卡也行。"

修把皮夹里的健保卡交给员工，但没想到这种店也得看身份证。健保卡是大学时期的，应该还是受扶养者的身份。不过父母失踪后，大概没有再继续缴费了吧！一想到万一生了病，健保卡无法使用，修就感到害怕。

员工复印健保卡后回到柜台。

"那么请先缴一千元押金。"

修纳闷这笔押金做何用途，员工说这里的制度是先缴一千元，离开时再结清。居然得收取押金，或许是因为有不少客人没付钱就跑了。

修把一千元交给员工后被指示前往六楼的包厢。

走出六楼的电梯，一股酸臭味迎面而来，是体臭、汗臭与香烟焦油味混合而成的臭味。

修拿着单子寻找自己的位置，但店内复杂得像座迷宫，迟迟找不到。楼层大小和歌舞伎町的网咖差不多，包厢数目却是两倍之多，也就是说，每个人分配到的包厢空间狭窄多了。然而，生意似乎相当好，用来取代门的门帘另一头，每间包厢都有客人的身影。

总算找到自己的位置了，修进入包厢，在躺椅上坐下来。怪不得一小时只要一百元，这里待起来极不舒适。躺椅的软垫很糟，刚坐下屁股就开始痛了；隔板很薄，而且很矮，只要稍微偏离中间，就会看到隔壁的客人。

修的左边坐着身穿工作服的中年男子，正趴在键盘上睡觉；右边一个满头乱发、看起来像游民的老人正吃着便利店便当。腌萝卜的味道掺杂着酸臭的体味，十分刺鼻。

可能是为了防窃，电脑被粗壮的锁链绑在桌上，但机型老旧到这年头根本没有人想用。屏幕被香烟熏成黑褐色，键盘每一处都黏答答的，鼠标也沾满手垢，脏到不敢摸。

修打开电源，发现速度慢得要命，只是打开个图片就要读上老半天。照这个样子，光是找兼职招聘信息，也得花上一番工夫。看来这家店主打的不是网络，而是能以便宜的价钱待上很久。

在歌舞伎町的网咖过夜的时候，修也对狭小的包厢感到不满，而这里只能勉强坐下，连伸腿的空间都不够，也没有饮料吧和淋浴间，甚至连漫画都没有。

没有半个女客，也证明了这里是最底层的店。现在修觉得歌舞伎町的网咖简直就像高级饭店。

"原来还有更差的啊！"修喃喃自语，卧倒在椅子上。

因为实在累坏了，等到修清醒过来时已经傍晚了。

在柜台结账时只拿回一百元，所以他睡了九个小时之久。修漫无目的地离开店里，去书店翻书，逛逛游戏厅，进快餐店喝百元咖啡，在蒲田的街道上四处游荡。

到了四月，户外已经不冷了，但修从年底开始就一直在工作，所以像这样毫无意义地打发时间，还是令他痛苦不堪。他撑到十点左右，终于受不了了，便回到GET。

越靠近GET所在的大楼，就看到越多背着背包或提着大纸袋的男人。男人们似乎都在下班回家的途中，但手里的东西异常地多。只见他们陆续走进道路两旁的网咖里。

修有股不祥的预感，快步赶往GET。

不出所料，柜台前大排长龙。离末班电车的时间还早，人却这么多，看来他们打算在这里过夜。男人们的汗味与体臭让店里充满了浓浓的酸馊味。

排队的中年男子咂了一下舌头说："今天又不是周末，人怎么这么多？"

"晚上都是这样的，有很多长期住在这里的客人。"柜台员工面无表情地回答。

如果客满，就只能在外头过夜了，但幸好轮到修的时候还有空位。背后的人一听到已经满了，异口同声地叹息，但他们不像要离开的样子，仍然站在原地。

修听说网咖难民越来越多，没想到实情更胜传闻。不过，自己跟难民也没有两样。他没有工作，没有家当，处境比难民更恶劣。

到了十一点，天花板上的荧光灯熄了，店里没入一片黑暗。

歌舞伎町的网咖总是一片昏暗，所以修并不觉得奇怪，但照明突然熄灭，总觉得自己不被当成客人对待，感觉很不舒服。

修不想在这种地方久待，所以明天得早起找兼职才行。他靠在躺椅上，摆出睡觉的姿势，但四周的鼾声和磨牙声吵得他难以入睡，敲键盘的声音也很刺耳。

"吵死了！"有人吼道。敲键盘声瞬间停止。

这里明明是网咖，打键盘的声音却被嫌吵，太莫名其妙了！无人出声反驳，修觉得自己仿佛来到了贫民窟。

第二天早上，手机的闹铃声吵醒了修。

当然不是自己的手机，而是别人的。看看电脑上的时钟，才六点而已。很快，各个包厢陆续传出闹铃声，然后是男人们走动的声息。大清早就离开店里，应该是准备去工作吧！

修为了快点找到工作，四处浏览招聘网站，但日领的兼职原本就少，加上他没有手机，光是应征就很困难。如果想联络招聘的地方，就只能暂时离开店里，去使用公共电话。

好不容易打了电话，不是十元硬币不够，通话中断，就是因没有手机而遭到拒绝。就连标榜不拘年龄、经历的派遣公司也对他爱理不理："去山谷或横滨的寿町看看吧！那里就连游民都有工作。"

那种一口咬定他是游民的态度令人气愤。修听说过山谷和寿町的传闻，但与其住在临时工人群居的区域，待在网咖还是像样多了吧！

修毫无斩获，就这样到了傍晚。

虽然舍不得口袋里的钱，修却无法下定决心离开店里，有一搭没一搭地浏览着网站。到了第二天，他稍微习惯了电脑的龟速，但每次一开图片就延迟，实在让人烦躁。

想浏览网页转换心情，影片也加载不了，大型图片才开到一半就卡住不动。况且跟隔壁的距离太近，抒发欲望需要胆量。

今天的邻居，左边是个五十岁左右的男人，在包厢里贴了镜子和月历，甚至在电脑旁边以纸箱隔出书架。到了这种地步，完全是住户了。

右边则是个二十多岁的胖男人，咔嗒咔嗒地敲着键盘，不时喃喃自语。

"啊，居然这么说，我忍无可忍了！"

"干吗把人当小白？明明死缠烂打的垃圾是你！"

修想知道他在做些什么，从隔板探头一看，男人正在知名网络论坛上留言，但看不出在哪个版块。他似乎跟人笔战了起来。

"这家伙真的是蠢货啊？愚人节早就过啦！"

听到隔壁男人的这句话，修才发觉不知不觉间已经四月了。

如果自己还是大学生，现在已经四年级了。一想到这里，他再次觉得自己与社会严重脱节。政树与雄介应该开始面试工作了吧，自己却毫无进展，不仅如此，生活也将面临问题。

三餐只靠便利店饭团果腹，烟也尽量不抽了。尽管如此，他还是会喝个果汁，所以皮夹里只剩不到四千元。如果想撑得更久，就算百般不愿意，也只有离开网咖一途。

修离开GET，走在向晚的街道上。

进入四月以后，身着西装、貌似新晋上班族的年轻人们在路上来来往往，虽然那身穿不惯的西装看上去很别扭，但每张脸上都充满了愉悦的紧张感，让修感到自卑。自己永远没有机会以那种表情走在街上了吧。

接待者和打零工的工作都辞了，好不容易存下的钱也都化为泡影，唯一的好友顺矢肯定也正怨恨着他。

"只知道任性妄为老是说大话，连自己的烂摊子都收拾不了，还蹚别人的浑水。不知世事却瞧不起社会，看到你这种根性烂到家的家伙，我就恶心！"

回想笃志的这番话，修顿时觉得自己没有活下去的价值。

往后不管做什么，都只会重蹈覆辙，折磨自己，也让别人痛苦。就算挣扎也只是浪费时间，像笃志说的那样在东京饿死街头，或许还好些。

但话说回来，修不认为一切都是自己的错，他还是有股想打破困境的决心。如果真会饿死街头也就算了，但别说就这样沦为游民，要他像过去那样被当成牛马使唤，日渐磨耗人生，他也不愿意。

没有什么可以一夜致富的方法吗？

修觉得自己的想法又不知不觉退回到过去，但饥饿与不安的情绪交迫，他能想到的只有钱。

走在车站前，修又幻想着靠弹珠翻盘了。弹珠已经让他吃过好几次苦头，而且手上只有三千元，都打不了十分钟吧！不过，如果是最近流行的一元弹珠，虽然赚得不多，至少可以消磨时间。

修正在犹豫该怎么做时，看见举牌人手中的广告牌上写着："无职、卡奴、黑名单都能当场借贷五十万！拨款率99％！"

"那里或许可以借到钱。"修看着广告，喉咙发出"咕噜"一响。

说到借钱，修做电话营销的兼职时办了张信用卡。为了支付房租，他以信用卡透支现金十五万元，但还是被赶出公寓，所以连一元都还没还。信用卡大概不能用了吧！但他身上的债务也就只有这些。

连卡奴跟黑名单都能借到五十万元的话，自己应该也没问题。他有健保卡当身份证明，地址只要填雄介的就行了。问题是手机号，但修只是没有手机，并非没有号码。

只要能借到一点钱，就可以买手机、恢复通话，所以还是值得去问问。干脆拿弄丢手机，而且付不出电话费当作借钱的理由也行。

立牌上写着"诚心信用卡"和手机号码。修一边在口中默念，免得忘了号码，一边快步往前走。

询问兼职时，他已经找过哪里有公共电话了。他气喘吁吁地冲进电话亭，打到"诚心信用卡"。

因为是可疑的公司，修格外紧张，但接电话的是个语气温和的男人。

"那我们会进行简单的审核。"

男人接着询问他的地址、姓名、年龄、生日、职业和电话。立牌上说无业也可以借，所以他坦白地回答没有全职。

"就是兼职族对吧？"男人以开朗的声音说，"你想要借多少？"

虽然他想借到足够租公寓的钱，但对方不可能借他那么多。修犹豫良久，回答十万元。

"那么我们会先进行审核，再打电话通知结果，请您稍候。"

"啊……"这突如其来的状况让修慌了，连忙说，"其实我手机丢了，目前停机了。"

"这样有点伤脑筋……"男人支吾了一下，然后说，"不过我想应该是没问题，你可以过来吗？"

"可以！"修的声音抑制不住地欢快起来。

修依照男人指示的路线走，来到位于住宅区一隅的公寓楼。

那是一栋连自动锁和电梯都没有的老旧建筑，一楼集合式信箱的其中一间贴了张纸，以计算机印刷字写着"诚心信用卡"。信箱号码是三〇二号室。

店铺居然设在公寓楼里，真是可疑到极点，令人却步，但修自己没有家，没有工作，实在不能批评别人什么。只要能借到钱，从哪里借都无所谓。

他按下三〇二号室的门铃，一个近四十岁的瘦男人出来应门。男人穿着松垮垮的衬衫，领带邋遢地垂挂着。

"时枝先生对吧？"

听声音明明是刚才的男人，态度却跟刚才截然不同，十分傲慢。

室内只有一张办公桌和接待沙发，相当简陋。除了这个男人，不见其他员工的身影。

男人没请他坐下，便皱着眉头说："借贷的事我们重新审核过，结果不行。"

"怎么会……"修说，"你刚才明明说没问题。"

"本来我也这么以为，但是上司说不行。最近呆账很多。不好意思。"男人行礼说。

修垮下肩膀叹了口气。他本来就不觉得可以轻易借到钱，果然真的不行。他为白跑一趟而失望，掉头准备离开。

"我们这里是没办法，不过——"

听到男人这么说，修又回过头去。

"有一家金融公司应该可以借你钱。我朋友在那里当店长。"

"可是我没有工作，连手机都没有，很困难吧？"

修因借钱遭拒大受打击，自暴自弃地说道。男人却摇摇头说："那里跟我们不一样，是家大公司，审核也比较宽松。他们连宣告破产的人都愿意借。"

听到连宣告破产的人都借得到钱，修燃起一线希望。男人接着说："不过，向店长拜托需要手续费，如果你愿意，我可以介绍。"

男人说手续费要三成。借十万，得付三万手续费，根本是坑人，但修已经顾不了那么多了。修拜托他介绍，男人说："那就收一万当订金吧！剩下的两万，等借款拨下来再收好了。"

"订金？现在就要付吗？"

"是啊，万一你借到了钱就跑掉，我们也没处找！"

"我不会做那种事，我会好好过来付手续费的。"

"你连手机都没有，我没办法那么相信你。"

"可我连一万元都没有啊！"

"那你身上有多少？"

修说三千元，男人咂了一下舌头："真没办法，那就三千好了。"

他伸出手来，一副催人快快付钱的态度。修不安了起来："真的能借到吧？"

"我会好好请店长通融，没问题的。不过这是私下交易，不要跟那边的员工说是我们介绍的！万一曝光，这件事就告吹了。"

修无奈地付了三千元后，身上就只剩下硬币了。他向男人讨了张纸，抄下"诚心信用卡"的电话号码，免得忘记。

男人从房间后面拿出一包写着店名"艾克"的纸巾出来。

"你现在去这里，借到钱后立刻打电话回来。"

看看纸巾上的地图，那家店位于上野车站前。现在去上野不方便，而且还得花电车钱，修觉得吃不消。他问男人："没有别的地方能借了吗？"

"没有了。不快点过去，店就要关了！"

"如果借不到，三千元你会还我吧？"

"算了！"男人突然高声说，"既然你那么不相信我，三千元还你，你回去吧！"

修急忙摇头。

修来到了上野，但因为付了电车钱，手上的钱更少了。算算口袋里的零钱，只剩下三枚一百元和一枚十元硬币。

一想到万一店已经打烊，修就忐忑不安。他按着纸巾上的地图向前跑去，穿过阿美横町后终于抵达了目的地。

是栋有便利店和咖啡厅的新颖卖场大楼，二楼挂出"艾克"的广告牌。感觉与"诚心"相比规模要大上许多，但一进入店里，修就被吓到了。

在挂着货款开户牌子的柜台里，一个短卷发的男人双手叉在胸前坐着，看上去大约四十岁，眉毛剃得细细的，戴着金边眼镜。

修忍不住想转身就走，但眼镜男用下巴指了指柜台前的椅子说："坐啊！"

柜台前有个满头白发的老太婆，正被二十岁出头的员工怒骂着。那员工的年纪都可以当老太婆的孙子了，老太婆却不停地对着他低头赔罪。

修为那凶险的气氛感到不知所措，在椅子上坐下。

"你是第一次来吧？"眼镜男问。

修点点头。

"你是从哪里知道我们这里的？"

"呃，"修支吾了一下，"有人给我纸巾……"

眼镜男懒懒地哼了一声说："有身份证明吧？"

修掏出健保卡，放在柜台上。

"那填一下申请书，有空栏就不借！"

眼镜男递出纸笔，拿着健保卡站了起来。

申请书上有住址、姓名、年龄、电话、职业、资历、年收入、住家类型、居住年数、其他公司的借贷金额、希望借贷金额等项目。

对方说有空栏就不借，但职业和资历修无从填写，而且年收入也不清楚。他一边烦恼着该怎么写，一边张望店内。

旁边的座位上，老太婆依然被员工怒骂着。

"上个月都迟缴了还想再借，这怎么可能！"

"拜托你，这样下去我只能上吊自杀了。"

"要上吊我帮你。要是可以摆脱你这种臭老太婆客户，我这个专员就不用被上头压榨了。"

虽然是消费者信贷，但好歹也算服务业，这实在不像员工与客人间的对话。修觉得果然来错地方了，这时眼镜男回来了。

眼镜男把健保卡还给修，抓起他填到一半的申请书说："现在的公寓住了几年？"

"三年。"

"别撒谎了！"

修情急之下摇摇头，但心跳一下子变得剧烈。

"你啊，去年十月用信用卡借了十五万就一直没还对吧？这家信用卡公司审查很松，可是讨债讨得很凶！你一毛钱都没还却能一直住在同一个地方，怎么可能？"

只是一张健保卡，怎么能查到那么多？

修无从辩解，只能闭口不语。

"老实招了吧！你是网咖难民对吧？"

被一语道破，修只好垂下头去。眼镜男哼了一声："我们这里只要有固定地址，就算是宣告破产的人也借。可是对居无定所的人，连一毛钱都不能借。快滚吧！"

羞耻与绝望让修感到一阵天旋地转。

他摇摇晃晃地站起身来，旁边的老太婆咧着没有牙齿的嘴巴笑了。

眼镜男落井下石似的又说："我想你八成是被中介的人骗了，可别把人给看扁了！"

听到被中介的人骗了，修心头一惊。"诚心信用卡"的男人说他会跟店长说好，原来是骗他的？

修用沙哑的声音问："呃，请问这里的店长是……"

"就是我！"眼镜男说。

修逃也似的离开艾克，寻找公共电话。

他在拉下卷帘门的香烟铺的屋檐下找到老旧的电话，一把抓起话筒。

"真快啊！已经借到钱了吗？""诚心信用卡"的男人优哉地说。

修匆匆说明状况，男人却不为所动："怎么，原来你居无定所吗？那么你也把我骗了！那借不到钱也是没办法的事。"

"你不是也骗我跟店长说好了吗？"

"我是跟店长说好啦！但是他在客人面前总不能明说吧？"

"算了，把我的三千元还给我。"

"你在说什么傻话？我确实介绍贷款公司给你了，三千元是手续费啊！虽然三千元连塞牙缝都不够。"

"这根本就是欺诈！"

"啊，是吗？如果你觉得我欺诈，那就去报警啊！"

修想要反驳，这时警告声哔哔一响，电话断了。

修立刻重拨，却转进了语音邮箱。

"在干什么，快接电话啊！"修吼道。

电话那头依旧毫无反应。这样下去不是办法，修放下话筒，心头一凉。因为一时气愤，重打时他不小心投下了百元硬币。

到蒲田的车票是两百九十元，还差九十元。如果要去"诚心信用卡"把钱拿回来，只能缩短为两百元的车程，再走到蒲田。

"糟透了！"

修差点没昏倒，他勉强撑着，前往上野车站。

天色已经完全暗了下来，街角亮起霓虹灯。虽然不知道两百元能坐到哪里，但等到他走到"诚心信用卡"，那个男人也早就下班回家了吧！即使还在，从刚才的口气来看，也不可能轻易把钱还他。

回到阿美横町时，修的气力也逐渐萎靡了。当然，放弃那三千元让修不甘心极了，但疲劳也让他濒临极限。他饿得要命，也渴得要死。与其去蒲田白跑一趟，不如想想还有什么法子可以弄到钱。

可是要怎么做才能弄到钱呢？

自从被大学开除后，修好几次像这样走投无路，但这次或许就是他人生中最大的危机。他有预感不管做什么都没用，也无力挣扎了。

前往"诚心信用卡"以前，他还想着一夜致富，但照这样下去，从今晚开始他就得露宿街头了。

不能在这时候放弃。修如此激励自己，在人群拥挤的阿美横町走着。

他望向街角的橱窗，突然眨起眼睛。

橱窗上映出一个脸上伤痕累累、布满胡茬、相貌寒酸的男人。

一瞬间，修难以相信那是自己，但仔细想想，自从被笃志他们逮到以后，他就没有洗过澡，也没有换过衣服。全身黏糊糊的，鞋子里又湿又闷。

修已经不想搭电车了，他折回来时的路。当然，他没有目的地，只想找个地方休息一会儿。他想起穿过阿美横町就是上野公园，便摇摇晃晃地往那里走去。

在上野公园的长椅上坐下后，修感到一阵虚脱。

赏花高峰期已经过去，但樱花依然盛开。修以空洞的眼神看着被照明打亮的成排樱花树，想起和小早川他们一起赏花的事。他无法相信距离当时只过了短短两天。因为情况一下子改变，他觉得就像过了好几个月那么久。

修觉得不能再死要面子，应该回鸣户建设工作才对。虽然没钱坐电车到阿佐谷，但走还是走得到。除了向小早川他们求助，他已经没有办法渡过这场危机了。

一从长椅上站起来，顺矢的脸就掠过眼前。

顺矢的船早就抵达A国了吧！他正面临痛苦的遭遇，自己却想厚着脸皮回到原本的工作单位？

即使回阿佐谷，也不必担心被顺矢知道，小早川他们也不会多问吧！可是如果扭曲意志，就等于背叛了自己。虽然已经没有任何东西可以失去了，但修还是不愿意抛弃最后的一丝自尊。

"还是不行。"修叹了口气，闭上眼睛。

自己和顺矢还有重逢的一天吗？

忽然间，一股难以承受的思绪涌上心头，泪水滚落脸颊。

修蜷起背呜咽起来。

哭了约十分钟，心情总算逐渐平静下来。

泪痕干掉的脸颊变得干燥，修用手背抹着。这时，一个戴着猎帽、四十多岁的男人经过他面前。

男人走过后又立刻折返回来，在长椅前停下脚步。他身穿黑夹克、黑长裤，散发出一股非正派人士的气息。修正担心对方是不是想找碴儿时，男人那张晒得黝黑的脸却笑开了："小兄弟，想找工作吗？"

"工作？"

"在工地，明天就能上工。"

修心想，这就是传闻中的临时工掮客。不过，听他说的工作，似乎跟阿佐谷的鸣户建设一样。修直到刚刚都还在犹豫要不要回阿佐谷，所以涌出了兴趣。

"日薪多少？"

"七千元。宿舍在池袋，很方便，而且是单人房，有空调也有电视。"

虽然薪水比鸣户建设少了一千元，但宿舍是单人房，似乎很舒服。不过住宿的话，被扣掉的钱也多，实拿的就少了。想存钱的话，还是住网咖比较有效率。

但男人说非住宿舍不可，因为扣员工食宿费也是公司的利润来源吧！

"我们是正经经营的公司，不雇游民的。"

修觉得这只是个好听的借口，不过他不能奢求。原以为今晚只能露宿街头，没想到工作机会竟从天而降，太幸运了。

"怎么样？如果你要住宿，我就送你到公司。"

"拜托了。"

"那走吧！"

男人离开公园，坐上停在路旁的小厢型车。

修上了副驾驶座，车子便开了出去。男人自称中村。

小厢型车来到车站西口的住宅区。

因为是池袋，修以为会很热闹，没想到四下一片漆黑寂静。马路两旁倒闭的商号和肮脏的公寓林立，只有投币式洗衣店亮晃晃地发出光芒。

每次弯过巷子，都会与几名东南亚相貌的男女擦身而过。也有人拿着脸盆和毛巾，可能刚从澡堂出来。

"喏，到啰！"中村在被水泥高墙围绕的大楼前停车。

修和他一起下车。大楼是三层楼建筑，红褐色的墙面上用白漆写着"犬丸组"。大楼旁有停车场和临时小屋，场地相当宽敞，但侧拉式的门关着，无法进入。

中村按下门旁的电铃，和对方交谈。很快，一个身穿工作服的矮个子男人从大楼出来开门。中村没有要进去的意思，举起一只手说："那我先告辞了。"

这句话太过简短，令修不知所措。中村朝着工作服男子比了比下巴说："剩下的加治木先生会告诉你，照他说的做就是了。"

中村离开后，修被加治木带往宿舍。

加治木的个子只到自己胸口，但工作服包裹的肩膀肌肉发达。他相当冷漠，丝毫不打算关心修，只是一个劲地快步往前走。

宿舍是二层楼的临时小屋。房间在一楼，约一坪半的木地板上摆了一台映像管式的小电视。虽然装有数字电视信号器，但打开电源一看，信号非常差。

房间角落堆着被褥，这里几乎没有任何家具，只有墙上挂着的铁丝衣架，和一台老旧的空调。厕所是公共的，洗澡要去附近的澡堂。

加治木从胸前口袋取出契约书和笔："我们这里是预扣制，什么都有卖的，需要什么就跟我说。"

"预扣制？"

"你连这个都不知道吗？工作手套、雨衣、澡堂使用券等，所有需要的花费公司都会帮忙代垫。酒和香烟等等也可以买，所以身上没钱也不必担心。"

修立刻拜托加治木准备安全帽、工作服等工作用具，但听到出租费一天两百元，他内心直呼吃不消。工作手套和袜子等消耗品是买断的，加治木说都是直接从日薪里扣钱。

鸣户建设也有类似的扣款制度，但没有这么坑人。

其他条件跟鸣户建设差不多，签约期是十五天。修用墙壁充当桌子填写契约书。

加治木离开房间，过了约五分钟，又提着便利店塑料袋回来了。

"餐厅已经关了，吃这个吧！"

塑料袋里装着饭团便当和瓶装茶，平常好像都是在隔壁大楼的餐厅用餐。

"如果有贵重物品，就交给我保管吧！"加治木说。

修本来打算交出健保卡，但把这么重要的东西交给才刚认识的人未免太不小心了，所以他说没有贵重物品。

"两手空空，该不会是通缉犯吧？"

修连忙摇头，加治木以狐疑的眼光看着他说："我们社长是很严格的，要是敢人间蒸发，绝对不会有好下场。"

"人间蒸发？"

"就是开溜！在契约到期以前好好工作啊！"

加治木一离开，修立刻拿起便当。看看标签，已经过了保质期限半天，但他一直饿着肚子，口水忍不住涌了出来。

吃饱之后，疲倦席卷而来。不晓得被多少人盖过的被子湿气很重，散发出汗臭味，但他还来不及厌恶，眼皮就盖了下来。

第二天早上，他被加治木的吼声叫醒。

"起床了，上工了！"

打开电视看看时间，才五点半而已。

加治木在宿舍里走来走去，猛力敲打各处房门，感觉人就像是被他打醒似的。想到往后的生活，修心情黯淡。

在隔壁大楼的餐厅就着咸得要命的味噌汤和腌菜把饭扒进肚子以后，他和其他工人一起坐上厢型车前往工地。工人全是四五十岁的人，没有年轻人。

这天的工地在大手町，是兴建中的办公大楼。

工程即将进入装潢阶段，这次的工作是清理积在各楼地板上的混凝土灰。修以为清扫工作会很轻松，实际开始作业后，才发现比想象中更加吃力。

如果直接用扫把清扫混凝土灰，只会让粉尘四处飞散。必须先把沾湿的木屑撒在地上，把粉尘吸附在上面，再用扫把集中至一处。

尽管如此，还是会有大量粉尘在半空中飞扬。虽然戴了口罩，粉尘还是会穿过纱布，侵入口鼻。鼻子一下子就痒了起来，喉咙也沙沙的，吐出口水一看，全被粉尘染得乌黑。很快，修开始咳嗽，但工作迟迟看不见进展。

监工使唤人的态度更是异乎寻常地苛刻。他看上去不到二十五岁，穿着崭新的工作服，手叉在腰上，趾高气扬。工人们在早会时向他鞠躬，他也板着一张脸说："你们临时工是工地的垃圾，不要随便跟我说话！"

既然那么了不起，坐在一旁别动就好了，然而监工却像拘留所里负责看守的人一样，频繁地在工地上四处巡逻，以不堪入耳的话到处吼人："没用的废物，还在拖拖拉拉些什么！我要向你的公司抗议，把你开除！如果不想当游民就给我认真工作！"

然而，同事们没有半句怨言，只是低声下气地行礼。

"这样的工地很多吗？"吃午饭的时候，修问五十多岁的同事。

"在这里不会挨揍，还算是好的。"

"如果揍人，不会惊动警察吗？"

"哪来的警察？上次从鹰架上摔下来把腰摔断的人，都不知道被抬去哪里了。我们就算遇到工伤也得不到赔偿。"

"太过分了，这样不是完全违法吗？"

"我们这里差不多等于工寮了。晚上门不是都关起来，让人没办法跑吗？"

"围墙那么高，也是……"

"没错。单人房也是为了不让我们团结起来。就算约期满了也不会让你辞职，简单地说，就是把你养在这里一辈子。"

男人说到这里，监工正好经过。他耸耸肩膀离开了。

虽说是为了渡过难关，但这么糟的工作单位也不能一直待下去。修打算存到一笔钱后就设法逃跑。

随着时间的推移，修咳得越来越厉害，全身也热了起来，关节酸痛。结束工作回到宿舍时，他已经累得连话都说不出来了。

不能浑身粉尘地入睡，修好几天没洗澡了，身体已经够脏了。他向加治木要了澡堂使用券，去往附近的澡堂。

洗过澡后清爽多了，但身体状况迟迟没有好转。修连晚饭的炸鲹鱼和炖煮料理都没吃完，就早早钻进被窝睡觉了。

第二天早上，修因为身体实在太难受，便去请假。

"才工作一天就想翘班啊？今天人数不够，不准休息。"

修的要求被驳回，他只好无奈地去了工地。他从加治木那儿拿了感冒药，却完全不见效。

今天的工地是位于涩谷的工厂，工作是拆除地下管线。

作业内容很单一，但必须使用电动锉刀切断铁管或拆除排气管，切的过程中会有大量的火星喷溅出来，而且高速旋转的电动锉刀也很危险。一般工地为了安全起见，不会让临时工也就是杂工使用电动工具，但犬丸组似乎完全不理会这些规定。

修用电动锉刀切开天花板的粗铁管，灼热的铁粉朝脸部倾注而下。就算戴了护目镜和口罩，也不可能完全避开铁粉。他的眼睛有严重的异物感，嘴巴里全都是沙。

唯一的安慰是工作很快就结束了，五点多就可以回公司。修的身体状况不断恶化，咳嗽和发烧的症状也越来越严重。医院应该还开着，他想去打一针。

修拖着沉重的身体走到事务所，领了两天的日薪。扣掉各种经费后，实际拿到的只有八千元。虽然舍不得花医药费，但如果继续恶化下去就没办法工作了。他在事务所问了最近的医院后离开宿舍。

然而，来到医院柜台前时，修发现健保卡不见了。

看看皮夹里，提款卡和网咖会员证也全没了，他急忙回宿舍检查房间，却找不到健保卡和其他卡片。昨天明明都还在，一定是被偷了。

加治木正在餐厅里吃饭，但现在不是客气的时候。

修一边咳嗽，一边说明情况，但加治木说："之前就跟你说过，贵重物品要交给我保管。"

"可是我没想到会被偷。"

"真的是被偷了吗？不是你自己弄丢了？"

"健保卡一直放在皮夹里面，不可能弄丢。"

"你是在指控我们的人偷了你的东西？"

加治木扔也似的放下筷子，环抱起双臂。修咳了一阵说："不一定是，但为了慎重起见还是报一下警……"

"公司哪管得了你那么多！是你自己东西不保管好。"

由于正值用餐时间，越来越多的同事来到餐厅。

加治木拉大嗓门，仿佛刻意说给众人听似的："明明没证据是被偷的，不要随便怀疑同事！"

周围的男人同时往这里看。

修无法承受他们的视线，垂下头去，加治木接着说："一会儿装病，一会儿诬赖同事偷东西，你真是个废物。明天我会把你派去最难熬的工地，做好心理准备吧！"

对这个人不管说什么都没用吧！修已经失去了反抗的力气，转过身去。

277

他踩着沉重的步伐往宿舍走去，但一想到明天的事内心就一阵恐惧。他不知道会被派去干什么，不过身体状况这么差还勉强工作，随时都可能把命赔上。

好像又有同事回来了，大门打开，厢型车开了进来。

修与厢型车擦身而过，摇摇晃晃地往门外走去。

19

"才短短两天……"修走在夜晚的路上，心中喃喃自语。

这指的是他在犬丸组工作的天数。一想到又要失去工作和住处，脚步就变得迟缓。如果现在回宿舍，事情或许还有转圜的余地吧！可是加治木扬言明天要把他派到最辛苦的工地去。昨天和今天的自己就已经形同奴隶了，要是碰上比这更累的工地，身体一定不堪负荷。

修甩开犹豫的情绪，往池袋车站走去。

可能是发烧得更厉害了，意识变得模糊，路上的霓虹灯在眼前晕成一片。

喉咙渴了，他在便利店买了罐咖啡。在店前喝着咖啡时，修注意到旁边有个烟灰缸。他摸摸屁股口袋，有包被压扁的烟，里头只剩一根。修用一次性打火机点燃香烟，但才吸进一口，就剧烈地呛咳起来。修立刻熄了烟，却呛咳不止。他咳到喉咙几乎要断了才总算平静下来。以感冒来说症状太严重了，或许是生了别的病。

健保卡被偷了，他不能上医院。他不知道八千元够不够付医药费，就算够付，生活也是个问题。

修想先找个地方过夜，等病情好转再说。说到能过夜的地方当然是网咖，但池袋车站前每个地方都很贵。他觉得再拖拖拉拉下去，迟早会被犬丸组的人抓回去，于是焦急起来。

蒲田的GET一小时只要一百元，也不必担心被人找到。虽然可惜电车钱，但修觉得这是最保险的选择。

在池袋车站坐上电车，约四十分钟就到了蒲田。

时间还早，GET应该有空位吧！想起那极端狭小的包厢和店内异样的臭味，修就觉得郁闷，但在那里想睡多久就睡多久，总比犬丸组的工寮来得好。

然而，他来到GET柜台前时，三十多岁的男员工却面无表情地说："我们不接受没有身份证明的客人。"

"我的会员卡和健保卡被偷了，能不能通融一下？"他双手合掌恳求。

男人摇了摇肥肉松弛的脖子，脸上露出欺凌弱者的喜悦。

"我之前也来过，你应该记得我吧？"

"就算记得，没有身份证明也不能进店里。"

"你不是有保险卡的复印件吗？只要看那个——"

"复印件是不行的，这是法律规定。"

那冷漠的态度让修感到愤怒，但他没有力气反抗。

修重重地踩着脚离开GET，走进下一家网咖，但那里一样说没有身份证明不能入店。下一家，再下一家，他都因为同样的理由吃了闭门羹。

"去强制收容所吧！那里不用身份证明也可以进去。"在最后一家店，中年员工这么说。

什么叫强制收容所？修正觉得纳闷，员工蹙起眉头说："就是一小时一百元的GET！这一带都这么称呼那家店。"

那家GET也拒绝了他，他丢脸到不敢说出来。只不过是在网咖过个夜，何时开始非要身份证明不可了？现在这个社会，越沦落底层就越寸步难行，令人愤慨。既然如此，就只能在桑拿店过夜了，虽然比较贵，但是和GET比起来，睡觉的空间更宽敞，而且还可以泡澡。不过站前的几家桑拿店好像联合起来对付他似的，全部客满。

随着夜越来越深，车站前的马路上聚集了越来越多的临时工和貌似游民的男人。他们似乎和自己一样，正在寻找过夜的地方。因为四处走动，咳嗽与高烧越来越严重，修不舒服得随时都会倒下。

他进入快餐店，点了百元咖啡，上到有卡座沙发的二楼一看，座位被外貌寒酸、与店内明亮的氛围格格不入的男人们占领了。修勉强坐到角落的座位上，但诡异的气氛还是令他坐立难安。

鼾声大作，睡到几乎快从椅子上滑下来的四十多岁男人；面前摆了个空杯，茫然地望着窗外的三十多岁男人；翻看免费招聘杂志的中年女人；四处搜集烟灰缸烟蒂的五十岁左右的男人。

年轻男员工朝他们投以尖锐的视线，故意以大动作清扫地板。每当碰到男员工的视线时，修就觉得对方仿佛在说"快滚"，便赶紧别开脸去。

这下他连打个瞌睡都不行了，却也没有力气离开店里。咖啡连一半都还没有喝完，修的眼皮就重得盖了下来。

"吵死了！"男人的怒吼让他回过神来。

修以为自己靠在椅子上打盹，却在不知不觉间趴到桌上，咳个不停。他刚刚似乎睡晕了过去，用手背抹抹嘴巴，全是湿黏的唾液。他从桌上抬头一看，年约五十岁的男人正以布满血丝的眼睛瞪着他，是刚才在搜集烟屁股的男人。

"咳咳咳，吵死了！身体不舒服就滚去医院！"男人布满污垢的脸扭曲着，用下巴朝店外一指。

不管再怎么嫌吵，对病人说这种话未免也太冷血了。修想要反驳，但咳嗽依然止不住。

周围的客人也频频朝这里瞄。

修受不了沉重的气氛，站了起来。没有人为他说话，他们似乎都赞成他离开。

修来到外面，夜风冷冽极了。脸颊因为发烧而热烘烘的，不觉得多冷，但脖子到肩膀一带就像被什么附身似的，恶寒不止。修垂着头咳嗽着，走在夜晚的路上。

站前广场上有几张长椅，但已经有好几个游民在那儿了。感觉在这里也会被当成碍事者，修不敢在长椅上坐下。哪里都好，他想在可以不必顾忌他人眼光的地方躺下。

他沿着铁轨走着，咳嗽总算停下来了。

周围的景色从闹市区变成了住宅区。

住宅区相当安静，但突然有狗放声吠叫，吓得修心脏一震。也有居民听到狗叫声后打开窗户。他觉得自己仿佛成了闯空门的窃贼。

修快步走着，找到一处小公园。

公园里刚好没有人。修松了口气，正要在长椅上坐下时，警车缓缓驶过。如果以这副模样遭到警察盘问，可能又会被抓进拘留所。修连忙起身离开公园。

他的喉咙就像破掉的纸门，不停发出咻咻声。喉咙深处卡着痰，非常不舒服，但只要稍微一动喉咙就咳个不停，所以他连痰都不敢清。

走了大约三十分钟，视野忽然变得开阔，他来到一处大河的堤防边。

说到这一带的大河，应该就是多摩川吧！堤防下是一片宽广的河岸，长满了茂密的杂草。除了远处停着几辆车子，四周不见人影。在这里应该能不被任何人抗议而一直待到早上。现在还是四月上旬，深夜的气温可能会很低，但也只能忍耐了。他打算天一亮就回到车站前，找家桑拿店休息。

修在河岸中央一带坐下，闻到青草和泥土的气味。他不想弄脏屁股，便将半路捡来的便利店购物袋铺在地上，一开始还抱膝坐着，很快便躺倒在草地上。

想到要露宿在这种地方，修觉得自己已经沦落到最底层了。

当务之急是养好身体，但就算病好了，工作也没有着落。失去手机已经是个致命的打击，现在连健保卡都被偷了，修没有任何可以证明身份的证件了。不仅如此，被偷的健保卡还有可能被盗用，但是修连向消费者信贷借钱都没办法办到，歹徒就算想拿去作奸犯科也是白费力气吧！虽然这一点可以放心，但前途仍充满不安定因素。要是手头的钱用光，就只能再到犬丸组那样的工寮工作了，或变成真正的游民，靠翻垃圾维生。当然，两者修都不愿意，但他早就失去了选择的权利。

自从被大学开除，修一直对各种工作单位心怀不满，但能埋怨表示他还有工作可挑。几天前第一次投宿GET的时候，他也还有几个选项。当时他认为情况已经够糟了，但现在又比那时还糟，而且还生了病，简直走投无路了。

"就这样在东京横死街头吧！"笃志这么说过，他的预言似乎很快就要成真。

修仰躺在草地上，就像在乞求什么似的仰望着天空。

夜空一片混浊，看不见月亮，也看不到星星。修叹息着合上眼皮，湿暖的眼泪滑落。

不知道睡了多久，一阵震耳欲聋的音乐声将他吵醒。

日本饶舌乐手的嘻哈音乐以大音量传来，其中充斥着有关爱情、幸福等的廉价的歌词。修从草丛里撑起身子，发现附近停了一辆黑色厢型车。

车子周围有三个年轻男人，十八九岁的样子，穿着一身松垮的嘻哈服装。修希望他们快点离开，但他们一会儿跳舞，一会儿蹲在地上抽烟，似乎没有要离开的样子。

他想忽略他们继续睡觉，但那刺耳的嘻哈音乐把他发烧的头震得发痛。

在快餐店会被赶走是因为他咳嗽很吵，那或许是他的错，但这回不对的应该是三更半夜制造噪声的年轻人吧！然而，修却只能转移阵地，理由不必多说，因为他没胆量向他们抗议。

"糟透了……"修自言自语地站起来，往反方向走去。

突然，背后传来"哇"的一声惊叫。

修吓了一跳，回头看去，一个男人正指着这边大呼小叫。因为音乐太吵，一开始他什么都听不到，但好像有人把音量调小了，男人的声音这才传入耳中。

"吓死我了，突然有人冒出来，我还以为见鬼了！"

修忍不住苦笑，又转过身去。

"喂喂喂！"另一个男人出声了，"你在这种地方干什么？"

不能理这种人。修假装没听到，继续往前走。

"喂，小兄弟，回答一声啊！"

"欸，你要去哪里？"

不出所料，他们你一言我一语地开始找碴儿。如果这时拔腿就逃，只会刺激他们，最好装作什么都没听到，尽快离开这里。修忍住想要奔跑的冲动，往堤防走去。

男人们纠缠不休，从后方追了上来。

"等一下，喂！"

"装什么死啊！"

骂声从背后传来，修无奈地停下脚步。就算想跑，凭现在的体力也跑不动吧！修别无选择地转过头去，顶着倒竖金发、眼神凶恶的男人正对着自己贼笑，他穿着迷彩连帽外套，脖子上有部落图腾的刺青。

男人上下打量修的身体："小兄弟，很年轻嘛！多大了？"

"二十一……"

"什么啊，是个大哥啊！"另一个男人说。他理的是大平头，鼻子和耳朵都穿了许多环，脖子上戴了条坠子，手上戴着风格粗犷的戒指。

"大哥在这种地方干什么？难不成是游民？"

"不是，我只是在这里休息。"

"瞎扯！"第三个男人说。明明是夜晚，他却戴着墨镜和连帽外套的帽子，虽然看不出长相，但声音听起来很青涩。

"年纪轻轻就成了游民，丢不丢脸啊？怎么不好好努力工作？"

"喂喂喂，别欺负这位大哥嘛！虽然人家看起来又土又矬，但也不一定是游民啊！对吧？"金发男说完，亲昵地把手搭上修的肩膀。

修忍不住把他的手拨开，金发男夸张地摊开双手："哎呀，被讨厌了。本来想攀点交情的！"

"大哥有点过分啊！"

墨镜男说完，耳环男也点点头说："真让人恼火。看这样子，大哥不请我们喝杯酒，可能会不太妙啊！"

"不太妙啊！不太妙啊！"

情况正慢慢朝着凶险的方向发展。修额头冒汗，强忍屈辱低头说："放过我吧！我没有钱，身体也不舒服。"

然而，墨镜男却噘起嘴巴说："放过你？放过什么？干吗说得一副我们欺负你的样子？"

修想开口说些什么，却突然咳了起来。他蜷起身子不停猛咳。

"这家伙怎么了？真恶心！"

"想假咳蒙混过去吗？你其实很有钱对吧？"

"哎，等等嘛！"金发男说，"大哥才不会撒谎！既然他说没钱，那就是没钱啦！"

"那我们就来检查看看呗！"耳环男卷起T恤袖子说。

"如果搜到钱怎么办？"

"对兄弟撒谎可不对吧？要是找到钱，就'全力攻击'啰！"金发男说完靠上前来。

"大哥，让我们看看你的口袋嘛！"

因为恐惧和紧张，修口中干巴巴的。虽然挨揍也很可怕，但修更害怕钱被抢走。如果身体没事，就算一对三赢不了，至少还可以虚张声势。现在因为咳嗽，修连正常说话都没有办法。

忽然间，堤防亮了起来。修朝那边一瞥，有辆车子驶近。只能向那辆车求救了，修转过身子拔腿就跑。喉咙"咻咻"地响了起来，但一旦停下脚步就完蛋了。修在草丛里连滚带爬地跑。然而，他才刚跑到堤防，带着笑的声音就在耳边响起。

"大哥，你跑什么跑啊？"

修惊吓地转头，瞬间金发男的拳头陷进了脸里，眼前爆出苍白的花火，鼻腔深处一阵被棒子插进般的剧痛。

修捂着脸蹲了下去，背部被踹了一脚后向前扑倒，他就这样被压倒在地。对方的手伸过来摸索他的裤袋，修拼命挣扎，但被三人压着，根本无从抵抗。

才一眨眼的工夫，他所有的财产全被抽走了。

耳环男数着千元钞票说："明明就有钱嘛！虽然只有一丁点。"

"大哥真是个骗子。"

"来，'全力攻击'啰！"

金发男话音刚落，三人便朝他全身一阵乱踹。

修像虾子一样蜷起身体，双手护住头部，但他们仍踢个不停。

随着剧烈的呛咳，胃液涌了上来，从口鼻喷出。或许是肋骨被踹裂了，一阵无情的踢踹过后，修光是咳嗽，胸口就剧痛不已。

三人似乎正俯视着他，修浑身紧绷。

"大哥好像真的身体不舒服呢！"

"本来就够脏了，这下脸和衣服上都是呕吐物了。"

"真可怜，到河里洗一洗吧！"

"可是大哥这么不舒服，如果在河里洗澡，可能会死掉哟！"

"大哥是游民，死掉也没人在乎！"

"没错，那帮他洗一洗吧！"

这样下去会被杀掉的。修觉得非逃不可，身体却动弹不得。金发男抓起他的双手手腕，耳环男与墨镜男一人抓住一只脚踝，把他抬到河边。

"一、二！"男人们发出吆喝，抬着他的身体左右摇晃。

"住手！"修大喊，喉咙发出的却只有咳嗽声。

下一瞬间，身体飞过半空，背部撞击水面。激烈的水声响起，身体随之下沉。耳朵也听不见声音了，只有咕噗咕噗的闷响震动着耳膜。不小心从鼻子吸进去的水带着泥巴与藻类混合的气味。

修一边呛咳一边划水，但河里一片漆黑，什么也看不见。他想踩着河底浮上来，但不知道哪边才是上方。修屏住呼吸胡乱挣扎，身体不断往下沉。

"已经不行了……"意识某处传来这样的声音。

为了设法脱离现在的生活，他做了许多努力，然而全是枉然。他被那些小鬼当成玩具，毫无招架之力，就要溺毙了。

据说，人死前，过去会宛如跑马灯般——浮现，但修没看见什么跑马灯，眼前只有漆黑的河水。

不管怎么挣扎，身体都宛如陷进焦油之中，抓不到任何东西。气也已经憋到了极限。修再也无法忍受，张口的瞬间，胸口感到一阵被压扁般的痛楚。水灌进肺里了。下一瞬间，脑袋热得仿佛快要烧起来，他昏过去了。

修清醒过来时，四下一片漆黑。他觉得快要窒息，但还能勉强呼吸。这表示他已经不在水中了吗？一想到这里，意识就像从黑暗深渊浮起来似的渐渐恢复。

自己身在何处？不，他连自己是不是还活着都不清楚。一切仿佛噩梦般模糊不清，但随着意识逐渐清晰，猛烈的头痛与伤口的痛楚席卷而来。

睁开眼一看，刺眼的光线射入瞳孔。低矮的天花板角落吊着灯。灯泡的形状古怪，仔细一看，原来是机车灯。说到古怪，天花板也很古怪，是在交错的木材上覆上了蓝色的塑料布。墙壁也是同样的构造，但横木条上悬挂的物品琳琅满目，像是手电筒、平底锅、酒店的月历等。某处传来古老的歌曲，留神一看，地上放了台老旧的收音机。不管怎么想，这都不像死后的世界，看来自己还在人世。

这里究竟是哪里？修提心吊胆地抬起头，发现自己正躺在简陋的被褥上，不知道是谁把他搬来的。旁边铺着另一套被褥，但不见人影。脖子以下盖了条肮脏的毯子。这时他才发现自己的身体是干的，掀开毯子一看，他在没意识的情况下被换上了衬衫和裤子。两件衣服都很眼生，而且尺寸很大。

"是我的衣裤，不好意思啊！"

忽然传来男人的声音，修吓得心脏顿时一缩。

一个五十岁左右、体格壮硕的男人走了进来。男人头戴棒球帽，穿着成套的工作服。修不知道他是谁，全身紧绷着，男人那张布满胡茬的脸笑了开来："你总算醒啦！"

修战战兢兢地点点头说："呃，请问，这里是……"

才一开口声音就哽住了，他呛咳起来。

"这里是我家。"男人在旁边的被褥上坐下，"我发现你时，你溺水失去意识。我本来犹豫要不要叫救护车，但身份不明的人，只会被当成人球丢来丢去。我把你拖上岸，压了压胸口，结果你把水吐了出来，所以我想应该是没事了。"

看来是这个人救了他。

修向男人行礼道谢，男人挥挥厚实的手说："要道谢，去谢巴巴吧！是巴巴说有人溺水，叫我去河边看看的。如果不是巴巴发现你，你早就溺死啦！"

"巴巴？"

"很快就会让你们碰面的。那么，你叫什么名字？"

"时枝修。"

"时枝修啊，叫你修就行了吧？"

修点点头。

"话说回来，你怎么会掉进河里？是跳河自杀吗？"

修一边咳嗽，一边说明被三名年轻男子攻击的经过。

"这一带到了夜里，就会有那类坏小子跑来玩！前阵子我也有朋友遭到攻击，受了重伤呢！"男人握住靠放在房间角落的铁管说，"如果我在，就拿这玩意痛揍他们一顿了。"

"没有报警吗？"

"虽然报案了，可是连对方身份都不清楚，警察根本不会好好调查。也有些警察会说'谁叫你们要睡在河边'。"

修无力地笑着说："那我也是不该睡在那种地方，活该被打吗？"

"哪有那种事？不过既然睡在外头，你也是游民吗？"

"也？那么你……"

"我叫熊西。说到多摩川的阿熊，在游民中可是小有名气。嘿嘿！"男人害臊地笑了，用粗壮的手指擦了擦鼻子。

这天晚上开始，修在熊西的帐篷里住了下来。

尽管打从心底感激熊西救他一命，寄住游民家中还是让他不知所措，但他身无分文，身体状况又糟透了，根本无法行动。

不过，帐篷里相当宽阔，也打扫得十分干净。除了有股酸臭味，也没有厕所、浴室，待起来并非特别不舒服。帐篷角落里摆了好几个贴着烧酒标签的大宝特瓶，装的是生活用水。

熊西说，他以前是跟朋友两个人住的。

"我的朋友去年冬天过世了，你睡的床就是他的，不过可别觉得不舒服啊！"

感觉被子里似乎渗透着死者的体臭，让人浑身发毛，但修没有力气离开床。虽然烧稍微退了，但还是咳个不停，全身的伤也在发热作痛。

刚开始的两天，除了到河边的草丛里排泄，修几乎成天躺着。

他走出帐篷察看四周，发现有五六顶和熊西家一样的蓝色塑料帐篷呈环状搭建着。这里好像就是所谓的帐篷村，但他第一次来到河岸时，并没有注意到这些东西。从附近的景色判断，这里似乎是他遭到不良分子攻击的地方的下游。

帐篷村的中央广场上有棵大树，周围好几只野猫野狗游荡着，好像跟自己一样正等着游民分它们一杯羹。

"你就在这儿待到身体好起来吧！"

熊西说完，勤快地为他煮乌冬面、咖喱饭、关东煮等餐点。

想到是游民煮的东西，修一开始不敢动筷，但终究还是抵挡不了饥饿。他下定决心尝了一口，每一样都格外好吃。

熊西会带回来据说是被便利店下架的便当和饭团，也用卡式炉煮水泡咖啡或茶给他喝。因为熊西的照顾，修的烧退了，咳嗽也渐渐好转。黏答答的衣服和内衣裤，也是熊西拿到投币式洗衣店帮他清洗干净的。

为什么熊西要这样照顾自己？修害怕熊西事后会要求报答，但目前还没有这样的迹象。

　　熊西说他以前是建设公司的监工，但是四十多岁时碰到裁员，失去了工作，现在靠回收空罐维生。熊西会趁着家家户户拎出垃圾的时间段，一早出门捡拾空罐。上午回来后吃过饭，接着动手压扁搜集来的空罐，然后睡个午觉，听听收音机，优哉地休息，晚饭后再次出门捡拾空罐。晚上去有交情的餐饮店等地方回收垃圾，回来时已经是深夜了。压扁的空罐则趁空闲时送到废品回收者那里卖掉。熊西一天可以捡十至二十公斤的空罐。铁罐不行，只有铝罐才能换钱。一公斤的回收价格将近一百元，因此月收入有四万元左右。不过，这几年的行情似乎逐渐下滑。

　　"我干这行大概八年了，但打乱地盘的游民越来越多，钱就越赚越少。像上个月，整整工作了一个月，连四万都没赚到。"熊西叹息着说。

　　"这样说很冒昧，不过靠捡空罐居然能维持生活啊！"

　　"就看怎么下功夫啦！三餐基本上自己煮，如果想吃别的东西，就用便宜的价钱向同伴买。有同伴会搜集店里下架的便当或汉堡，那些东西只是过了保质期，味道还是跟店里卖的一样。"

　　定价五百元的便利店便当，只是过了保质期几个小时，就变成一百元。汉堡则是三十元以上。

　　"电饭锅、收音机跟家电全是捡来的，电是从汽车电池牵来的，所以不用钱。没有自来水不太方便，但眼前就是河，附近也有公厕。得花钱的大概就只有这个了吧！"熊西仰头做出饮酒的手势。

　　修客气地问："他不考虑重新谋职吗？"

　　"都已经五十五岁了，没人雇啦！刚被公司裁员时拼命找工作，但那个时候已经只剩洗碗工可以做了。"

　　对于自己的过去，熊西不再透露更多。他也没有探问修的往事，但人家这么照顾自己，默不吭声也让人内疚。修说出他成为游民的来龙去脉。

　　"最近有很多像你这样的年轻人变成游民呢！不过没有多少人像我们这样，住在同一个地方。"

　　"为什么呢？"

　　"因为还年轻，不好意思住纸箱屋或帐篷吧！"

"如果没有住的地方，也没办法回收空罐吧！"

"就算是这一行，也不是门外汉随便就能上手的。捡空罐有诀窍，也有地盘，如果外地来的随便闯进地盘，可是会有苦头吃的。"

熊西说，游民之间有时也会因为工作上的纠纷和地盘之争，闹出死伤事件来。修没想到就连游民也得面临这样的劳苦，实在太残酷了。

"那年轻的游民都怎么生活？"

"只要翻垃圾，吃的不成问题，过夜的地方每天都不一样。也有些人会配合爱心厨房的行程，在东京到处移动。"

"爱心厨房是义工主办的那种……"

"嗯，教会、寺院也会举办。东京的话，几乎每天都有地方供应街友热食，游民就跟着这些活动移动。不必工作是很轻松，但没有家实在很难受啊！"

听到熊西的这番话，修想起寄住在雄介住处的那段日子。雄介一开始很欢迎他，但后来受不了他赖在房里无所事事，态度渐渐变得冷淡。当时的修满肚子不满，只想快点搬到干净宽敞的公寓里去。

与现在的帐篷生活相比，雄介的破公寓形同天堂。熊西虽然现在对他很好，但也许已经开始对他的存在感到有负担了吧！如果熊西改变心意把他赶出去，修立刻就会成为露宿街头者的一员。到了那个时候，自己甚至会觉得帐篷生活宛如天堂吧！捡空罐和爱心厨房都不再是事不关己的事了。想到不久之后，自己也可能过着那样的生活，修就欲哭无泪。

这天晚上，一个略显老态的瘦削男子来到帐篷里。

"他是住在隔壁的芹泽先生，是这一带长得最帅的美男子。"熊西说。

芹泽苦笑："什么美男子，我都六十多了。"

不过他看起来很年轻，头上套顶毛线帽，戴着看似高级的无框眼镜，衣着是短外套配牛仔裤。他现在的工作好像是卖捡来的杂志，但十年前可是印刷公司的老板。

"新来的难民是个小兄弟啊？"芹泽以清晰的口吻说。

"嗯，也不算难民，是游民……"

"游民这个字眼听起来就像没有地方住的人，我不喜欢。我们是因为战争被夺走了住处，所以是难民没错。"

"战争？"

"没错。小兄弟也是在争夺金钱的战争中打输了，才会在这里的吧？"

"嗯，或许吧！"

"这里说起来就像是难民营。好好休养吧！"

芹泽留下这句话就回去了。

"难民营"这个称呼很有意思，但如果是真的难民，一旦战争结束就能回到原本的住处吧！然而，这场争夺金钱的社会战争，却没有结束的一天。

在阿佐谷鸣户建设认识的小早川把现代社会比喻为抢椅子游戏。小早川认为，抢不到一流企业这些好椅子，是个人的责任；但没有半张椅子可坐，是因为椅子的数量根本就不够，是社会本身出了问题。

像自己这样的年轻游民越来越多，果然是社会有问题吧！话说回来，修也不认为自己毫无责任。就连这几天之内，他也做出了许多错误的判断。如果现代社会是战场，那么他就是溃败再溃败，最后终于沦为游民。不，别说是溃败了，或许他根本就没有抵抗过。他在寻找自食其力的出口时，就陷入了死胡同。如果把这都当成社会的责任，在心理上确实会好过一点，但对现状依旧毫无帮助。

想改变现状，必须先改变自己，必须有像笃志的那种就算把别人踹下去也要活下去的力量。他实在不想为了赚钱泯灭良心，笃志一定会骂他都自身难保了还想要帅吧！

确实，修没有余力去关心他人，个性也没有善良到那种地步。还是大学生的时候，他满脑子只想要钱，只想玩耍。当然，修现在更切实地想要钱，他只想有足够的金钱过着普通的生活。然而，现在已经沦为不折不扣的游民，再想东想西也为时已晚。

回想过去，他懊悔不已，但千金难买早知道。就算放眼未来，也只有对前途茫茫的不安，毫无希望可言。或许，那晚被不良分子扔进河里时，他就应该干脆地死掉。尽管这么想着，修还是依靠熊西过活，这让他自觉凄惨。

帐篷生活过了四天。修身上的伤几乎都好了，咳嗽也都停了。

一早醒来，熊西正从帐篷后方牵出一辆生锈的自行车。

看着熊西像平常那样去捡空罐，修便说："我也去帮忙吧！"

既然身体恢复了，呆坐在这里也没用，修想多少回报一点熊西救他的恩情，但实情是，他害怕自己被熊西赶走。

熊西摇摇头说："捡空罐的地方是固定的，就算两个人去，也不会捡得更多。"

"可是我总受你照顾……"

"看到别人有难，伸出援手不是理所当然的吗？"

"就算是这样，我还是觉得很过意不去。熊西先生自己过得都不轻松了。"

"我也是年轻时过得太放肆，成了游民后才总算了解别人的痛。虽然巴巴说我道行还不够。"

"巴巴是你上次说的……"

"这么说来，我还没介绍你们认识呢！"熊西向修招手，往前走去。

修跟了上去，熊西在帐篷村广场的大树前停下脚步。

大树下坐着两个男人，一个约莫五十岁，穿着手肘处破掉的运动服配工作裤；另一个则是秃头老人，蓄着长长的白须，身上裹着毯子，看起来七八十岁，或者更老。白须老人把手按在穿着运动服的男人额头上，口里念念有词，像在念经似的。两人的身边，野猫野狗一派悠闲地躺着睡觉。过了一会儿，穿着运动服的男人向老人双手合十，再三行礼后离开了。熊西抓住机会，走近老人附耳说了什么。

老人缓缓抬起头的瞬间，修的内心一惊。

"天蛾人！"

老人是以前在大学对面的公园出没的游民，因为身上的肮脏毛毯和白须就像蛾一样，大家才替他取了个绰号"天蛾人"。天蛾人是美国都市传说中的蛾形怪物，据说只要看见天蛾人，就会碰上灾害与事故。

天蛾人怎么会在这里？大学的时候，大家都半开玩笑地说，看见天蛾人就会遇上倒霉事，但修万万没有想到，自己居然会在这种地方再见到他。

天蛾人——现在被称为"巴巴"的男人盯着他说："我以前就认识你。"他的声音沙哑，发出大地震动般的声响。

一想到对方也认得自己，修就羞耻得满脸通红。直到去年他都还是个大学生，现在却让巴巴看到他变得如此落魄，实在令人丢脸。

　　就算巴巴笑他活该也是无可奈何的事，然而巴巴却一脸淡然地说："我也早知道你会来这里，也知道你来这儿以前做了些什么。"

　　"为什么？"修说，"你怎么会知道？"

　　"巴巴有神秘的力量。"熊西替巴巴回答，"所以才会发现你溺水了。那个时候巴巴人明明在这里，却叫我去河边。"

　　修觉得难以置信，但既然熊西说是对方救了他，他也不能装作若无其事。

　　修以连自己都觉得不诚恳的语气道谢，巴巴那双埋没在皱纹里的眼睛却发出光芒，对他说："你吃了不少苦。"

　　修好久没听到这种安慰的话，忍不住动摇了。

　　"往后也会继续吃苦吧！"巴巴又补了这么一句，然后闭上眼睛，仿佛拒绝更进一步的对话。

　　"原来你认识巴巴？"折回帐篷的路上熊西问他。

　　"这是我们第一次说话。他是什么时候来到这里的？"

　　"我来这里的时候，巴巴就已经在树下了。不过他偶尔会消失不见，不知道去哪里做了什么。你就是在他离开的时候遇到他的吧！"

　　熊西说，巴巴的年纪和来历都是个谜。修用手指在半空比画着问："'巴巴'的汉字写作'马场'[1]吗？"

　　"不知道。有人说因为第一次见到他时是在高田马场，也有人说他是国外来的。没有人知道他的来历。"

　　"巴巴是游民吧？"

　　"看上去是，但巴巴不是普通的游民，我们每个人都很尊敬他。"

　　"那么他是某种教主？"

　　"巴巴确实就像个教主，但是他不收钱，也不会强迫别人做些什么。"

　　"刚才熊西先生说巴巴有不可思议的力量。"

---

1. 日本姓氏"马场"发音亦为"baba"。

"嗯，巴巴能读懂别人的心情。"

"这样的一个人怎么会成为游民呢？"

"因为没有欲望啊！巴巴什么都不想要。"

熊西似乎对巴巴深信不疑，但修可没那么容易接受。

况且，看修年纪轻轻就成了游民，任谁都能想象到他过去吃了许多苦，往后也会吃苦吧！尽管用预言般的语气那么说，也完全打动不了修的心。但巴巴记得还是大学生时的修，一想到巴巴是用什么样的眼光看待那时候的自己，修就觉得内心发毛。

熊西似乎没有察觉到他的想法，接着又说："如果你有什么烦恼，就找巴巴倾吐吧！心里会好过很多。"

"嗯……"修觉得跟那种人没什么好说的，但还是含糊带过。

熊西跨上自行车，出门去捡空罐。忽然，他想到什么似的回头说："如果你想找工作，可以去问问芹兄。卖杂志的兼职仔刚好辞了，他正在烦恼。"

说到卖杂志，就是在车站前或闹市区街头摆摊卖周刊和漫画吧！修担心自己不能胜任，但也不能永远受熊西照顾。他应该尽快存钱，离开这里才是。

修探看隔壁的帐篷，芹泽正一边吃着泡面一边看着小电视。和捡空罐相比，上班时间似乎晚些。

修立刻提起找工作的事，芹泽露出严肃的表情说："你要在我这里工作也行，但卖杂志不轻松，也赚不了多少钱！"

卖杂志的工作，主要分成从车站垃圾桶搜集杂志的进货人与在街头卖书的店员两种。进货人每捡一本当天发售的杂志可以拿到五十元，日期越旧，收购的价钱就越低，所以几乎是看业绩。店员工作时间约半天，实领一千五百元。虽然视销售情况也会有些福利，但薪水还是比法定的最低薪资少了许多。话虽如此，修没有其他工作可做，也不想离开这里，回犬丸组那样的工寮。

"请让我试试看。"修拼命拜托。

芹泽点点头说："既然你这么说，就从今天开始吧！不过我可不像阿熊那么宽容，在商言商啊。"

芹泽问他要做进货人还是店员，修回答说两种都要。他觉得只做其中一种永远存不到钱。

下午，修和芹泽一起前往蒲田车站。两人双手都提着大纸袋。

抵达车站后，芹泽笔直地朝检票口走去。

连车票也没买，他要去哪里？修正感到奇怪，只见芹泽紧跟着前方上班族模样的男人，就这样直接穿过检票口。

"啊！"

那意外的行动让修停下脚步。

芹泽一脸严肃地在检票口另一头招手。他好像在叫修快点过去，但修没有钱买票。要穿过检票口，只能用和芹泽同样的方法。他东张西望。一名中年主妇一手拿着车票走在前面，修急忙贴上主妇的背。

车票被吸入检票机，门"吧嗒"一声打开，修贴着主妇走上去。穿过自动检票机只要一瞬间，他却觉得时间异常地久，警告铃声仿佛随时会响起，他心脏跳个不停。

穿过检票口的瞬间，修安心地吐出一口气。

"你还在拖拖拉拉干什么！"芹泽跑过来怒骂，"跟在那种大婶背后，会被当成色狼抓起来的。"

"对不起。可是这样不是逃票吗？"

"就算上了电车，只要不出站，就不算逃票。"

芹泽以完全不像六十多岁人的步伐快速跑上月台阶梯。修大病初愈，气喘如牛地跟在后面。

进了月台，芹泽把手插进垃圾桶，接连挖出杂志来。那利落的动作让人叹为观止，但修在意四周的视线，心跳再次加速。

芹泽把搜集来的杂志放进纸袋，前往下一个月台。

"不要呆呆地看，你也照做啊！"

被芹泽这么说后，修战战兢兢地把手伸进垃圾桶。

这是专丢报纸和杂志的垃圾桶，洞口呈细长状。修的手被卡住，因为迟迟捞不到杂志，不耐烦了起来，于是硬是把手塞了进去，结果手臂的皮肤被刮破，渗出血来。

然而，芹泽不理他，冲进停靠在月台边的电车，以飞快的速度捡拾放在网架和座位上的报纸及杂志。修跟在芹泽后面，在车厢内东张西望，被乘客们投以白眼。他强忍羞耻捡了几本，却没注意发车铃声，差点被关在电车里面。

"不小心坐过站没什么，在下一站继续捡就是了。"

芹泽若无其事地说。他说自己平常都会坐电车到远方去。

"今天有别的进货人，在这一站捡一捡就好了。明天开始，只这样捡是不够的，在我说可以之前，要跑遍全东京的车站。"

"我知道了。"

"捡杂志的诀窍是要果断、迅速，如果介意别人的眼光，拖拖拉拉的，会惹来怀疑。万一被站员盯上就麻烦了，要小心。"

"会被抓去警察局吗？"

"大部分都会睁只眼闭只眼，但也有些站员会故意找麻烦。那些人会说报纸和杂志算失物，任意取走是盗窃。"

"要是变成盗窃就糟了呢！"

"明明是人家丢掉不要的，我们捡了有什么错？如果有人说什么，就——"

见芹泽挺起胸膛，修重复他的话："就？"

"低头赔罪，然后拔腿就跑。"

那窝囊的答案让修一阵虚脱。

手中的纸袋装满后，芹泽折回检票口。

两人又以相同的方法通过自动检票机。今天顺利通过了，但是万一哪天失败，门关上了该怎么办？修担心地问芹泽。

"没事的。可以用蛮力扳开，也可以跳过去。"

芹泽说，可以用别人掉落的车票，也可以以纸袋挡住红外线传感器，让机器不要响，总之有很多方法穿过自动检票机。

离开车站后，修和芹泽准备开店。

说是店，也只是在闹市区街头铺上塑料垫，摆上书本而已。设摊的时候，貌似游民的男人们陆陆续续送来装着书的纸袋。芹泽迅速地挑选分类，再付钱给男人们。他们似乎也是从别的地方弄来这些书的。这些书，一会儿就被眼尖的上班族和年轻人买走了。

太阳西斜，一辆黑色汽车停在摊子前，车里走下一个年约三十五岁的男人。男人头发理得很短，穿着成套的运动服，他从后车厢搬出装满DVD的纸箱，摆到书报杂志旁。

芹泽向男人哈腰鞠躬，用下巴比比修说："这位小兄弟是今天新来的，他叫，呃……"

"我叫修。"修向男人行礼，但男人瞥了他一眼，没有说话。

男人走后，芹泽咂了一下舌头，踹了一脚装着DVD的纸箱。

"那个王八小混混，收我场地费，还逼我卖这种东西！"

刚才的男人会向这一带的摊商收取保护费。居然连游民的钱都要坑，实在太贪得无厌了，但为了发生纠纷时有个靠山，还是必须跟他打交道。

"如果出了什么事，报警不就好了吗？"

听到修这么说，芹泽哼了一声："去报警，反而会被抓起来。在路边卖东西，是违反《道路交通法》的。警察和站员一样，对我们睁只眼闭只眼，但倒霉时还是会被扔进牢里的。到时就做好心理准备吧！"

听到这番话，修顿时感到毛骨悚然。他才不想因为效率这么差的生意又被抓进拘留所。芹泽似乎察觉了他的想法，拍拍他的肩膀说："放心，两三年才会被抓上一次啦！"

20

修帮芹泽卖杂志已经一个星期了。

他已经习惯了在街头卖杂志这份工作。虽然一身寒酸打扮蹲在闹市区街头，一看就像个游民，刚开始内心还有些抗拒，但觉得丢人现眼也只有一开始，很快修就不在乎路人的眼光了。因为他做过发纸巾的临时工，早就习惯冷漠的视线，只要明白没有人对自己感兴趣，羞耻心便随之烟消雾散。

不过，杂志不是摆着就会卖掉的，还是需要揽客、赔笑。

"今天发售的杂志，每本只要一百元！"

芹泽教他的话术就只有这么一句，不过大声招呼和默不吭声地坐着，效果还是截然不同。向人群吆喝这一点，修已经在电话营销和接待者工作中锻炼过了，所以驾轻就熟。比较麻烦的是上厕所，独自看店时只能拼命忍耐，要是无论如何都忍不住，就到附近美食街的公共厕所解决。只是一想到书可能在自己离开时被偷，就上得提心吊胆。

管店的是芹泽，店员除了自己，还有一个叫幸田、三十出头的男子。幸田个子高挑，长相端正，服装也很新潮；不过仔细一看，他的脸很脏，还缺了一颗门牙，衣服上的污垢也很醒目。据说，幸田四年前还在IT相关企业任职。

"我是业务员，为公司努力卖命，结果却搞得患上抑郁症而被开除，还被赶出公寓，走投无路。"

幸田的老家在北海道。

"不过我跟父母本来就处得不好，几乎是断绝关系了。"

幸田住在四张半榻榻米的公寓里，但房租迟缴了将近半年，好像就快被停电了，他却连兼职都找不到，只能靠着变卖家私过日子。电视和电脑都卖掉了，阅读每本一百元的过期杂志是他唯一的娱乐。幸田几乎每天都来芹泽这里买杂志，但后来他连杂志都买不起了，只能从摊子前面经过。芹泽也许是看他日渐消瘦而担心，便开口向他攀谈，结果就这样，幸田开始帮起芹泽的生意。不过，他只会帮忙摆书，不进货也不揽客。

"如果小幸也帮忙进货，就可以赚得更多！"芹泽这么劝幸田。

幸田只是摇摇头。他不做进货可能是抑郁症的缘故，精神压力太大。不过修也还不习惯进货。他对没买票就穿过检票口感到心虚，也讨厌翻月台的垃圾桶找杂志。

"只是把别人丢掉的东西捡起来而已，又不会给谁添麻烦，抬头挺胸地捡吧！"

尽管芹泽这么说，但分明就有人觉得困扰，证据就是站员会瞪他们。

跑遍整个车站和电车车厢，却只能搜集到几本杂志，修觉得悲惨极了，但如果芹泽没有雇用他，他根本不知道怎么维持生存。虽然有钱拿就该心存感谢，但一天不到两千元的日薪，实在毫无前景可言。

尽管修的处境已经跌破最底层了，但永远还有更差的。还有许多人没有住处也没有工作，露宿街头，四处翻厨余垃圾维持生存。

天蝎人——熊西和芹泽称为巴巴的老人，比这些人更夸张，他甚至连厨余垃圾也不翻。巴巴会在帐篷村广场的大树下就这样坐上一整天，日复一日。至于巴巴都做些什么，他只会对游民们说些类似神谕的话。尽管如此，帐篷村的人似乎都会为他张罗住处和三餐。靠着游民的供应过活，简直就是敲诈弱者的寄生虫。

熊西和芹泽说他们很尊敬巴巴，但修不懂巴巴到底好在哪里。因为他很老了，所以敬老尊贤吗？或者只是被他的花言巧语给骗了？不管怎么样，修都觉得大家对他太好了。因为修自己也寄住在游民的帐篷中，所以没资格说别人。尽管想快点过上普通的生活，修依然对此毫无自信。手机和健保卡都丢了，也联络不上任何人，甚至无法证明自己是谁。再这样下去，还有希望回归社会吗？

深夜，修在熊西的帐篷里裹着散发汗臭的毯子，多摩川的水声听起来哀凄极了。忽然间，他觉得自己得一辈子当游民了，心情惨淡却又无力回天。

尽管修内心焦急，却还是有些小乐趣。虽然环境糟糕透顶，饭吃起来却是前所未有地香。和工地临时工一样，卖杂志与进货都需要活动身体，所以回到帐篷村时，肚子早就已经饿扁了。

还是大学生的时候，修当然也有食欲，但由于随时都能吃到想吃的东西，没怎么有过饥饿的感觉。忙着玩乐时懒得吃饭，也常常以零食和果汁随便果腹。现在与过去则完全不同，每一粒米饭都显得宝贵，舌头似乎变得敏感，米饭配腌菜这种简陋的菜色，也美味得令喉咙发颤。

饭多半是熊西在煮，但修觉得白吃白喝过意不去，一开始也会买些过期的便当和汉堡来吃。

卖这些东西的，是一个叫梅吉的四十岁左右的游民，大家都喊他梅叔。他个头矮小，而且胖胖的，总是背个大背包。梅吉不知道有什么门路，不只是食物，还会进一些旧衣物和家电用品。

修正好想要换洗衣服，便向梅吉买了旧衣裤和毛线帽，全部只要八百元，便宜得难以置信。对头发容易蓬乱的游民来说，毛线帽是必需品。

据说，梅吉直到三十多岁，都还在大阪郊区经营食品店。那是从他祖父那一代就开始经营的老店，但因为附近开了量贩店，生意大受影响，又碰上员工卷款逃走的倒霉事，搞得梅吉自己也被迫连夜逃走。

"我被黑道抓住，差点被抓去灌水泥。"

梅吉是个天生的生意人，身段很低。

"修哥啊，谢谢你喽！真是帮了我大忙。"

只是向梅吉买点东西，他也会夸张地低头道谢。修被他的热情所吸引，几乎每天都向梅吉买吃的，结果熊西却要他吃自己煮的饭。

"不必花的钱，最好都存下来，否则需要钱的时候就麻烦了。"

"那至少让我付个房租吧！"

"谁要你的房租啊。如果你真的那么在意，就自己搭个帐篷吧！"

熊西说会帮他搭帐篷，但修支吾带过。他觉得要是有了自己的帐篷，一定会深陷现在的生活不可自拔，他对此感到害怕。

这天，收工比较早，修傍晚就回到了帐篷村。

因为一直坐在路边，脸和身体都沾满了灰尘，但修舍不得花钱去澡堂，只是用浸了热水的毛巾擦拭脸和手脚。熊西都在附近的公厕洗澡，修还没有胆量那么做。

修正盘算着今天要吃什么，打开电饭锅一看，饭没剩多少。熊西就快回来了，最好先煮个饭。

他用塑料桶里的水洗着米时，梅吉探头进帐篷说："我弄到了这个。"

他双手各拿着一瓶一升装的日本酒。在帐篷村看到的都是宝特瓶装的便宜烧酒，梅吉手上的日本酒就显得特别稀有，况且还是知名品牌。好一阵子没喝酒了，修忍不住咽了咽口水，但知道不能乱花钱。

修把洗好的米放进饭锅里，按下开关说："我是很想喝，可是这不便宜吧？"

"不用钱。不过是十年前的酒了，不知道还能不能喝！虽然要看怎么保存，不过一般日本酒的保质期大概只有一年吧！"

虽然尚未开封，但瓶中的液体有些泛黄。梅吉叫修试喝看看，修还在犹豫，熊西正好回来了。

"哎哟，酒过了十年还是酒啦！"熊西开封，喝了一口说，"好喝。"

有了酒之后，宴会便开始了。下酒菜是各自带来的熟食和零食。梅吉带了炸鸡和沙拉过来，当然都过了保质期。

巴巴靠在大树上，小口小口地喝着倒在纸杯里的酒。他还是老样子，身上裹着毯子。游民们围绕着巴巴坐下，相互举杯。周围的野猫野狗正等着分一点残羹剩饭。

十年前的酒有点酸，但依旧美味。时序已经进入四月中旬，到了傍晚也不再寒冷，倒映在多摩川河面上的夕阳，看在微醺的眼中十分美丽。

宴会一开始很热闹，但话题在中途转为消沉。

据说，日本各地都在制定新的条例，禁止回收空罐、纸箱、旧报纸等资源垃圾。将来只有专门从业者能够回收这些东西，违者将处以罚金。东京都内有些地区已经开始施行这样的条例，靠资源回收维生的游民失去了收入渠道，变得更加穷困。

"如果这一带也制定出那样的条例，我就完啦！"熊西说完，仰头饮尽纸杯中的酒。

芹泽苦着一张脸说："因为条例的关系，捡杂志的竞争也变得激烈，因为有很多人不再捡空罐，改来做我们这一行。可是这一行的利润根本不够新来的分。说什么为了防止恐怖袭击，越来越多的垃圾桶设计成没办法翻捡东西的样子，警察也取缔得越来越严格了。"

"怎么会有那种条例？"修问。

熊西叹息着说："因为居民抗议，说什么游民四处游荡，会危害妇孺，或者破坏市容什么的。"

"真敢说！这个年头只要走错一步，谁都有可能变成我们这样，却还相信自己能独善其身，真可笑！以前怎么样我不知道，但最近的难民，很多都是老实打拼却沦落到这种下场的。"

芹泽坚持把游民称呼为难民。

"这已经不是认真苦干就有办法生存的时代啦！但还是有一堆人误解，把我们说得像一群懒鬼。"熊西指着河川对面的高楼大厦说，"那些大楼全是我们汗流浃背盖起来的，却没有任何人感谢我们。上了年纪，没了工作，就把我们当成累赘。"

"我已经习惯被当成累赘了，可是那种条例真的很糟！如果回收垃圾被当成犯罪，我就走投无路啦！"梅吉说。

芹泽咂了一下舌头说："我们已经被当成懒鬼、坏蛋了，要是再被当成罪犯，世人对我们的眼光就更苛刻了。一堆小鬼认为，如果是罪犯，就算欺凌也没关系，对难民越来越无法无天了。"

"往后攻击游民的事件只会越来越多。之前千代田区的公园就有游民被中学生浇开水，差点没被烫死。而且那个游民还是个失聪的老年人，真是太残忍了！"

"我们没办法抵抗年轻人。要是随便对他们动手，反而是我们被关进拘留所，所以不管碰到什么事，都只能忍气吞声。"

"可是该反抗的时候还是得反抗，所以我才在帐篷里放铁管。"

"不行啊熊哥，要是拿那种东西打人，你会被丢进监狱的。"

"到我那里卖书的人说，他们晚上遭小鬼头攻击，怕得不敢睡觉，但是白天又忙着捡书，所以睡眠严重不足。"

"这什么世道啊！我们到底该怎么办才好？"熊西叹了口气，对巴巴说。

巴巴还是老样子，啜饮着纸杯里的日本酒说："别烦恼，只要有人需要你们，总有办法的。"

"但根本没有人需要我们啊。"

"同伴需要你们，还有……"巴巴指着天空。

太阳即将西沉，把天空染成一片紫色。

"又是神吗？"

巴巴点点头。

"抱歉老是问同样的问题，不过世上真的有神吗？"

"心不在焉，视而不见，听而不闻，食而不知其味。若不放下执着，看得见的也会看不见。"

"可是，在这里的不都是些没有执着的人吗？每个人都只能勉强糊口。"

"贫穷与不执着是两回事。贫穷不一定清洁，有钱也未必肮脏。"

"听起来太深奥了，不过我们维持现状就行了吗？有同伴为了反对禁止回收空罐的条例示威抗议，我还在犹豫要不要参加……"

"我不会阻止你，但时代潮流不可违。我们就是生活在这样的时代。"

"意思是虽然这个世界这么烂，还是要忍耐着过下去吗？"

"无论如何叹息，世界都不会就此改变。与其改变世界，改变自己容易得多。接纳一切吧！"

熊西似懂非懂地点点头。

熊西说过巴巴有不可思议的力量，但修觉得巴巴根本是个骗子。大家都在苦苦挣扎，巴巴却只会摆出教主的姿态，净说些世上有神之类的屁话，根本毫无用处。跟之前想的一样，巴巴就是个寄生在游民身上的老头。

随着宴会人数增加，两升的酒才一眨眼的工夫就喝完了。有人拿出了宝特瓶装的烧酒。四周天色转暗，点亮吊在大树上的自行车车灯，宴会继续进行。那仿佛迟来的赏花氛围，让修想起在阿佐谷当临时工的日子。现在顺矢怎么样了？如果他在A国的某处活得好好的就好了，但帮忙走私可不好过。

一想到顺矢天天在走险路，修便担心得胸口难受。可能是因为想到顺矢，修失去了酒兴，离开原地。

后方的野狗们以为他会赏点什么，摇着尾巴，猫也谄媚似的伸起懒腰。修从小菜碟子里拿了一些炸鸡肉屑丢给猫狗，忽然脚下一阵瘙痒。这才发现一只小狗在他的脚边玩耍，是只圆滚滚的小狗，似乎混有柴犬血统。修蹲下来，摸摸它的头。小狗用牙齿还没长齐的嘴巴轻啃他。看看它的下腹部，是只小公狗。修突然想起小学三年级时在附近草地上捡到小狗的事。他被父母恶狠狠地骂了一顿后，只好哭哭啼啼地把小狗放回草地上，眼前的这只小狗像极了那只狗。

"喂，你叫什么名字？"修让小狗啃着自己的手指，喃喃地问。

"很可爱，对吧？"

忽然传来一道女声，修抬头一看，一个年约二十岁的女人站在那里。她和自己一样穿着连帽外套和牛仔裤，黑色的头发在脑后绑成一束。

女人脸上脂粉未施，微笑着说："它叫小圆，是我取的名字。"

比起小狗叫什么，修更在意怎么会有年轻女人在这里。

他不知道该怎么回应，眨着眼睛，结果芹泽和熊西大声说："噢，这不是真理吗？"

"你来得正好，一起来喝吧！"

女人也没有犹豫的样子，加入游民，拿起纸杯。

"那我只喝一点，马上就得回去写课题作业了。"

要写课题作业，她是大学生吗？修更不明白她的身份了。

修抱着小圆回到原本的位置上，女人就坐在对面。仔细一看，她生了张清爽的瓜子脸，眼睛很秀气。感觉就快四目相接时，修别开脸去，熊西却指着他说："我来帮真理介绍一下，这位小兄弟是新来的，叫修。"

修害羞地点点头，女人露出大方的笑容说："我叫光本真理，今年升大三。我在这儿当义工协助大家。"

"多谢你照顾了。"有人模仿她端庄的语气说，惹得众人都笑了。

真理除了上课，还参加义工社团，四处察看游民的状况，解决他们生活上的问题，或是给爱心厨房等活动提供帮助。今年大三，也就是小修一岁。

真理问修年纪，他回答："二十一。"

在这种地方跟年轻女人说话让他觉得丢脸，于是口气变得冷淡。

"还这么年轻，真辛苦。有什么困难请随时告诉我。"

"嗯。"修小声回答。

"最近，越是年轻人越容易勉强自己，也有人认为变成游民是自己的错，不愿向任何人求助，结果却生了重病。"

"我现在还可以。"

"你知道紧急暂时保护中心和自立支持中心吗？"

真理说，紧急暂时保护中心，顾名思义，是暂时收容游民的设施，由福祉事务所审核后方可进入，居住期限原则上是一个月，除了供应三餐和日用品，也提供健康咨询服务。而自立支持中心则以紧急暂时保护中心的居民中有工作意愿的人为对象，以更具体的方法协助他们回归社会，基本居住期限为两个月。

"如果你愿意，我随时可以介绍。"真理说。

修看看周围说："比起我来，还有人更需要支持吧？"

"我也一直请这里的各位向中心寻求支持，但他们说大家互助着生活比较舒适……"

"没错。"熊西说，"就算随便进去那类机关，这把年纪了也没工作可以做，期限一到就会被赶出来。与其重当一次游民，干脆一直待在这里更好。"

"可是，以后因为不景气和社会老龄化，难民会越来越多；相反，街上却越来越干净。所以，一般人会觉得我们这种人碍眼得要命。会不会过不了多久，这里也被强制拆除啊？"芹泽说。

梅吉纳闷地歪着头说："我听说多摩川有很多人住在河边，所以没办法那么轻易把人赶走，不过以后的事谁知道呢？干脆去找代办生活补助的圈养人，或许可以图个轻松。"

"不行，千万不能去找那种人！"真理严厉地说。

"那是什么？"修问。

芹泽皱起眉头回答："是剥削最底层的人、专吃人的恶质生意。他们会去找游民跟卡奴，照顾他们吃住，然后给他们申请生活补助。说是提供住宿，住的却是破公寓，吃得也比这里还差。等到生活补助下来了，就以餐饮费、水电费、房租费等名目全部扣走，被圈养的人最后领到的只有一两万元。"

"现在怎么样我不清楚，但听说有段时期，西成一带有一大堆圈养人。"梅吉说，"表面上他们用的是非营利机构或公司的名义，但听说其实背后都有黑道，一旦被圈养，想逃也逃不掉。"

修想起池袋的犬丸组。那里也有人盯着，不让员工逃走，但圈养人更严格吧！

熊西咂舌说："我以前的同伴也有几个住在圈养人公寓里，明明当游民要自由多了。"

"虽然这么说，但总比饿死强吧！"

"我可不要！与其一辈子被养在那里，我宁愿死在外头。"

"就是说啊，还是要活得自由自在啊！"

"等到连空罐都没得捡，又从这里被赶走，我也只能去死了。"熊西这么说。

这时，小圆溜出修的手中，跑到巴巴那里。

巴巴把手放在小圆的头上说："不必担心。时候到了，不情愿也得死；时候未到，怎么想也死不了。"

修觉得巴巴这番话就像在嘲笑众人严肃的烦恼，感到很不愉快。他再次站起来，回到帐篷里。

进入四月下旬，修手上的钱还是未见太大起色。虽说不需要住宿费，伙食费也只花一点点，但还是有不少开销。澡堂钱、投币式洗衣店的钱、香烟钱，加上偶尔也会喝酒，所以存得多的时候，一天也只有一千元。

尽管如此，手上还是存了八千元。去网咖需要出示身份证明；特价桑拿的话，应该可以住上几天。修也考虑过趁这段时间找工作，但没有手机，应该也找不到像样的工作吧！芹泽似乎也为他担心。

有一天，两人一起外出进货。

"你还年轻，得快点想想法子啊！"他们在月台吸烟区抽着烟，芹泽这么说。

"我之前做了很多工作，但到现在还是不明白该干什么才好。"

"可是一直当难民也不是办法啊！"

"或许芹兄说得对，但我并不觉得不满，而且大家都待我很好。"

"现在这季节还算舒适，你才说得出这种话，到了夏天你就知道。又闷又热，湿气重得不得了，还有赶不完的蚊子，根本不是人过的。不过，夏天不怕被冻死，还是比冬天好一点。"

"熊哥要我自己搭个帐篷，我也正在犹豫……"

"混账东西！"芹泽破口大骂，"阿熊跟我已经无处可去了，才会留在那里。就连这个工作也不知道能撑到几时。如果我是你这个年纪，就会重新做生意，设法东山再起。"

"再开一次印刷公司吗？"

"在纸上印东西已经落伍啦！车站和电车上能捡到的书也一年比一年少。大家都不看书了，成天玩手机游戏。明明就连看漫画也比玩游戏要像话些。"

"那芹兄想做什么生意……？"

"我的事不重要！你要不要去真理之前说的什么中心看看？如果是你，或许找得到工作。"

"哦……"修含糊地应声。他对紧急暂时保护中心和自立支持中心有兴趣，但手续好像很麻烦，也觉得自己这个年纪就寻求机构的保护，似乎太软弱了。

看摊的时候，他把这些机构的事告诉同事幸田，幸田却说："我因为住在公寓被拒绝了，而且就算进了中心，也只会介绍洗碗工之类的工作，与其去那种地方，领生活补助要快得多。"

"生活补助不是没办法工作的人才能领吗？幸田先生还那么年轻……"

"福祉事务所的人也这么说，可是我生病了。"

"如果能领到补助，你会怎么做？"

"在我的病治好之前，就一直这样吧！就算一辈子都这样也无所谓。"

修虽然同情幸田的病，但还是觉得领补助领到死的想法未免太自私了。虽然只是坐在街头看摊子，但也说明有工作能力，修觉得幸田应该专心休养，快点把病养好才对。如果连幸田这种年轻人都开始领生活补助，那么真正有需要的老人或病人或许就没办法获得补助了。

　　之所以思考起这些不像自己会想的事，是因为成了游民吗？大学时他满脑子只知道玩乐，对于游民，只觉得他们是社会边缘人。同样是大学生，光本真理却在当义工，没有钱拿却仍在照顾别人，这是过去的自己完全无法想象的事。真理为什么想救助游民？帐篷村的人似乎都把她的帮助视为纯粹的好意，但真的是这样吗？或许真理是想受老男人们的吹捧；也或许是出于自我满足，想高高在上地看着他们，沉醉于为他们奉献的自己。连修自己都觉得这种想法太扭曲了，感到自我嫌恶，但身为同龄人，他想知道真理真正的想法。

　　宴会后又过了五天，这天晚上真理来到帐篷村。她带了一大堆说是自己做的饭团，分送给帐篷村的人。修不想主动去讨，但还是若无其事地前往广场，希望被她看到。

　　小圆立刻摇着尾巴跑了过来。自从上次宴会上跟它玩过以后，小圆完全对修放下心防，每次看到他，都会扑上来嬉闹。虽然周围有几只野狗，却没看到像是它妈妈的狗，小圆应该是弃犬吧！

　　修蹲下来跟小圆玩，真理走了过来。

　　"你跟小圆很要好呢！"

　　虽然她会搭话在意料之中，但修的心跳还是加快了。他无法回答，支吾其词。

　　真理说："你那份饭团我放在帐篷里了。"

　　"谢谢。"修总算说了这么一句。

　　真理点头致意后转过身去，修急忙追了上去："呃，真理小姐——"

　　他下定决心叫住真理。她回过头来，轻笑了一下说："别叫我什么小姐，直接叫我真理就好。"

　　修提心吊胆地点点头说："真理，你为什么会来当义工？"

　　真理眨眨眼睛，很快地露出微笑："因为很快乐。"

　　这过于单纯的答案让修一阵困惑。

　　"但是，"他反驳说，"你还在读大学，不会很累吗？当义工又赚不了钱，游民也不全是好人……"

"嗯，不过还是很快乐。"

"什么地方让你觉得快乐？"

"跟大家聊天之类的。"

"要聊天的话，跟学校的同学聊天不是更愉快吗？"

"是吗？但长辈们的话让我学到很多。"

修似懂非懂地点点头。

真理露出困窘的表情说："你看起来好像不能接受？"

"也不是这样……"

"对不起，我不太会解释。不过想到有人在等我来，我就觉得开心，我觉得我就是因为这样才当义工的。"

"这样说或许很怪，总之就是自我满足吗？"

才说出口，修就觉得这句话说得过分了，但真理的表情没有变化："我想应该也有自我满足的成分。毕竟会觉得快乐，就表示自己的欲望得到了满足。"

疑问被干脆地肯定，修再度语塞。

"修，你怎么变成游民的？"

"这个嘛，说来话长……"

"下次请慢慢告诉我吧！"

"嗯……"

"那，拜拜。"真理挥挥手，走了出去。

修呆呆地停伫原地，目送她的背影。

忽然，他感觉到一股视线，回头一看，巴巴正在大树下看着这里。

到了五月，阳光一天比一天灿烂。世人正在享受黄金周连假，但街头的杂志摊没有连假。不过由于上班族都放假去了，杂志进货量锐减，DVD反而增加了。

送来DVD的，是向芹泽收取保护费的黑道。男人虽然还是一声不吭，但偶尔也会朝修投以凌厉的目光。修是与笃志发生纠纷后被赶出新宿的，所以很害怕身份曝光。芹泽说他不想卖低俗光盘，因为会被警察盯上。

"利润又少，根本没好处，但如果跟那帮人断绝关系，生意也甭做了。"

修已经习惯卖旧杂志了，但是要他在闹市区中心，大白天的就摆出光盘卖，还是觉得丢脸。每当有年轻女孩经过面前时，他总是忍不住想低头。也有些高中生指着这里嘻嘻哈哈，修怒不敢言。

这天，蒲田的街道上熙来攘往，好不热闹。

下午，幸田去吃饭，剩修一个人看摊。

"喂。"头顶上忽然传来男人的声音。

修以为是客人，抬头时却吓了一大跳。

站在那里的是政树，身边则是他的女友怜奈。

修急忙别开脸，但已经太迟了。

"果然是修！你在这种地方干什么？"

"干什么，你看一眼就知道了吧？"

"干吗这么冷淡？你一直没有联络，我很担心你！"

政树说完转向背后，朝马路另一头招手："喂，这边这边！"

修看到雄介和晴香跑了过来，顿时面红耳赤，热得几乎要烧起来。雄介发现是修，瞪圆了眼睛；晴香则蹙起眉头，别开头去。

"你在这种地方干什么？"雄介瞪大了眼睛，提出和政树一样的疑问。

修叹了口气说："你们才是，在这里干什么？"

"怜奈正式出道当女明星了，刚才在这儿有摄影工作。"

"这样啊！"

怜奈频频瞄着这里，对晴香咬耳朵。可能是受到怜奈的影响，晴香的妆容和服饰都变得招摇，手上还提了个名牌包。

政树细细端详DVD说："那你怎么会在这里卖这些光盘啊？"

"今天是碰巧，平常都是卖杂志。"

"上次遇到你，你看起来很阔气。怎么不干了？"

记得上次遇到政树，是刚过完年的时候。修把政树叫到咖啡店，后来去了雄介的公寓，发现晴香睡在雄介的床上。

修回想起当时的愤怒，说："后来出了很多事！不好意思，不要管我。"

"你好像瘦了很多，还好吗？"雄介问道。他关心的表情仿佛透露出优越感。

"我没事。"修想要这么回答，喉咙却哽住了，发不出声音。

"我们现在要去吃饭，你要不要一起来？"政树说。

修默默地摇头。

"那我们走了。如果有什么事，再联络我们啊！"

四人离去后，修抱住膝盖，垂下头来。他紧紧闭上眼睛，咬紧牙关，想要阻挡涌上来的情绪。

这天晚上，修不想直接回去。虽然知道非节省不可，但就这么清醒地回去，根本不可能睡得着。这几天赚的钱让他的存款增加到一万多元。修在车站前的无座酒吧连续喝了几杯兑冰烧酒，白天的屈辱感又涌上心头。

修没想到居然会碰上政树和雄介，还被晴香看见自己那副模样，实在窝囊到了极点。晴香一定会跟雄介一起嘲笑自己吧！一想到这里，修觉得既悲伤又不甘心。直到去年秋天，政树和雄介都还是他最好的朋友，晴香则是他的女朋友。曾经有段时间，他想让他们对自己刮目相看，现在却早已失去那样的力气，还沦为三人侮蔑的对象。今天碰到政树他们时，他们看起来好耀眼，与自己截然不同。他觉得他们无比尊贵，遥不可及。从大学生沦为游民只要一刹那，然而要从游民回到原来的位置，简直比爬上垂直的断崖还要难。

即使有朝一日能脱离游民生活，自己也永远无法追上他们吧！不过话说回来，修并不羡慕他们的生活。他已经不想像大学时那样成天玩乐，也不想再卖弄虚荣。他只想在这个世上有个栖身之处。

修回到帐篷村时，时间已近深夜。

熊西好像去做夜间的空罐回收了，不在帐篷内。修喝得酩酊大醉，怒意仍旧难消。在无座酒吧花钱买醉后，口袋里只剩下七千元。好不容易才存到一万元，这下子又退回几天前的水平，一想到这里，修的脾气就更加暴躁。

修离开帐篷，踩着不稳的步伐寻找小圆。他拿着小圆喜欢的鱼肉香肠蹲在地上吹口哨。

平常小圆一听到声音就会飞奔过来，今晚却不见踪影。

"连它都抛弃我了吗？"修自嘲着，向四周张望。

黑暗中，广场上的大树形成一团格外深浓的阴影。仔细一看，巴巴就坐在树下。修正纳闷他怎么在外头待到这么晚时，巴巴沙哑的声音响了起来："为何在意他人的眼光？"

"啊？"修忍不住站起来。

"同学、前女友，执着于无聊的过去，又能如何？"

"你怎么会知道……"

或许巴巴是在哪里看见了吧！但巴巴不可能连他和晴香交往过的事都知道。修感到古怪，向巴巴走去。

巴巴说："你羡慕他们吗？"

"羡慕也有，但被他们看见我成了游民……"

"被人看见真实的模样，有何丢脸？难道你做了什么亏心事？"

"没有，可是你怎么会知道我的事？"

巴巴没有回答，继续说："你的人生只属于你自己，无法过他人的人生。"

"这道理我也懂，只是觉得为什么只有我这么惨。"

"你放不下过去。过去会束缚人们，未来会迷惑人们。你仅拥有现在，究竟在烦忧些什么？"

"烦忧什么？当然是一切啊！"

"你想成为什么？"

"不知道，我只想普普通通地过日子。"

"什么叫普普通通地过日子？"

"当然是有稳定的工作、稳定的住处……我想在社会上有个归宿。"

"那就去找到归宿吧！"

"就是因为做不到才烦恼啊！"

"还没有做，怎么知道做不到？"

"我不是没有努力。先前也试过很多方法，只是全都失败了。"

"既然全都失败，就从头再来吧！会觉得不行，是因为对过去尚有执着。有这样一句谚语：执着于昨日，梦想着明日，忘却了今日。"

"执着于昨日，梦想着明日，忘却了今日。"修鹦鹉学舌地重复着。

巴巴抚摩着白须说："不要被过去束缚。无论过去如何，都予以肯定。如此，过去便能成为成长的粮食。"

"意思是要活用过去的经验吗？"

"一切选择在你，过去以来一直都是。不过……"巴巴接着说，"你能活到现在完全是运气，是外力让你活下来的。"

修的脑袋还没从醉意中清醒过来，不明白巴巴究竟想表达些什么，但是听到他说不要执着于过去，修的心情舒畅了一些。晴香就不必说了，被政树和雄介看到自己凄惨的模样也让他深受打击，但这是自己原原本本的模样，而他们已经是没有瓜葛的陌生人了，与其为他们沮丧，倒不如思考现在该做些什么。自己拥有的只有现在。

修一直把巴巴当成可疑的老骗子，但或许就像熊西说的，他真的有不可思议的力量。修想再问这件事，结果巴巴伸手指着他的脚。

不知不觉间，小圆在他的脚边跑跳着。

修摸摸小圆的头，再次抬头时，巴巴已经不见人影。

从这天开始，修默默投入工作。不过，他不认为自己已经醒悟或是洗心革面，只是要求自己别再想多余的事，做好当下能做的事。当前的目标是存到钱，让自己可以自由行动。为了达到目标，他尽量不烟不酒。因为贫穷而忍耐着不烟不酒令人难受，但如果是依自己的意志减少奢侈品的量，就不觉得多么痛苦了。如果想抽烟喝酒，就做个深呼吸，告诉自己待会儿再做就好了。他学到了安抚自己的技巧。

由于减少了烟酒，日常生活也发生了变化。

工作结束用完晚饭后，修开始翻阅卖剩的书，听听广播，如果兴致来了，就到河边散步。虽然没有网络和手机会有不便，但与这些信息来源隔绝以后，他发现时间多到用不完。当然，他还是会感到不安，仿佛被世界抛弃。世上有什么他该追逐的事物也是个疑问。他为了赶上周围的人而吃尽苦头，可再焦急也不会赚得更多。他想不疾不徐，照着自己的节奏去做。

积沙成塔，到了六月，修已经存到将近三万元。有了这笔钱，就可以脱离游民生活，找到包住的工作了，但修下不了决心。他不想离开熊西他们，也习惯了帐篷生活。

更让他在意的是巴巴。后来，他又有几次机会与巴巴交谈，每次巴巴都说出仿佛看透他内心的话。

有一次，巴巴一看到他，就咧嘴笑道："存钱好玩吗？"

"啊？"

"我问你存钱好玩吗？"

"你怎么知道我在存钱？"

"一看就知道。最近你没喝酒，也不抽烟。"

"你在观察我吗？"

"谁观察你了？你的想法全写在脸上。"

"那你知道我为什么要存钱吗？"

"想存钱离开这儿吧？"

"嗯，没错！"修不满地回答，"这种理由很容易猜到啊！我在这种年纪就成了游民，说到存钱的理由，就只有为将来的生活准备资金了。"

"没钱不方便，但钱能买到的富裕，可想而知。"

"巴巴不想要钱吗？"

"我对一切都没有执着。"

"如果毫无执着，那不就是神了？你在搞宗教或是什么吗？"

"所有宗教都通往同一条路。"

修纳闷了起来，他觉得话题偏了，但还是问："同一条路？"

"通往神的道路。"

"既然说神，那果然是宗教嘛！"

"宗教是个人的信仰。任何宗教只要成了组织，就会走向腐败。"

修再次不解地歪着头。

还有一次，修工作回来，买了酒和下酒菜去找巴巴。虽然神气地说什么对一切没有执着，但巴巴毕竟只是个老人。他不工作，只靠同伴照顾，应该对酒和食物毫无招架之力才对。修想看巴巴向他低头。

为了隐瞒意图，他露出爽朗的微笑说："如果你不嫌弃，这些请你吃。"

修把酒和下酒菜放到巴巴面前。他观察巴巴的反应，只见巴巴连句道谢的话也没有，径自打开杯装酒的盖子，喝了一口，然后把装鱿鱼丝的袋子扔到一旁。修见状一阵恼火："你讨厌鱿鱼丝吗？"

巴巴大大地张开嘴巴。嘴里只有数得出来的几颗牙。

"对不起，可是也用不着丢掉吧？"

"不机灵的家伙，做任何事都不会成功。"

"何必这样损人？我以为你会开心才买的。"

"少卖人情了，你以为我会向你道谢？"

企图仿佛被看透似的，修内心一惊，但这更令他气愤难当。

"你都不感谢大家吗？"

"感谢？感谢什么？"

"大家都会照顾你啊，比如吃的还有睡的地方——"

"那都是多余的。人各有职责。"

"那你的职责是坐在这里吗？"

"不一定是这里，我会去需要我的地方。"

"你有信徒吗？"

"没有那种东西。你相信什么吗？"

"没有，而且我也不知道该相信什么才好。"

"相信是一种赌注。赌输了就恨恶对方、怪罪别人，是没道理的事。嫉妒会让人成为败者。"

修觉得话题又和往常一样偏了，但重新再问也嫌麻烦，便说："简而言之，就是要自己负责吗？全都是赌输的自己不对——"

"没必要责备自己，但没办法从过错中学习的人不会成长。孔子也说：'过而不改，是谓过矣。'过，也就是过去。"

"你说的肯定过去，就是这个意思吗？"

巴巴喝了一口酒，沉默不语。

和巴巴交谈时，修经常觉得牛头不对马嘴，不是无法理解他的用意，就是一阵鸡同鸭讲，不过也确实有股奇妙的韵味。当修思考着该如何反驳眼前这个老人时，便觉得又重新面对了自己。

时间到了六月中旬。

根据广播的天气预报，似乎很快就要进入梅雨季了。湿气一天比一天重，帐篷里头也逐渐闷热了起来。如果为了改善通风而掀开入口门帘，蚊子就会飞进来。就像芹泽说的，住帐篷似乎也不轻松。

怕热的熊西搔着因汗水而湿透的身体，用湿毛巾冰敷额头和脖子。因为多了个寄住客，才感觉更加闷热吧！修一想到这里就觉得抱歉："熊哥，抱歉！都是因为我……"

"别计较小事啦！不管是一个人还是两个人，夏天都一样热。在决定怎么做以前，你就待着吧！"

虽然熊西这么说，但自己显然给他造成负担了。干脆定下心来，自己搭个帐篷吧！他这么想。

这天一早天色阴暗。晚上结束工作回到帐篷，熊西刚好出门去捡空罐。饭锅里还有剩饭，却没有可以下饭的配菜。修想去梅吉那里买个便当，这时真理来了。

"晚饭吃了吗？"

修摇摇头。

真理说太好了，然后递过来一个铝箔纸包。

余热未散的铝箔纸包里装着炒香肠和煎蛋。修问是她自己做的吗。

"嗯。蛋煎得很丑，不好意思。"

真理露出羞涩的笑容，折起大纸袋。这一瞬间，修期待着她会不会只送给他一个人，但真理似乎发给了每个人同样的料理。修对忍不住萌生可笑期待的自己感到厌烦，向真理道谢。

"最好快点吃，我想应该还没有凉掉。"

"那我就不客气了。"

修拿碗盛饭。真理拿起热水壶，以熟练的动作开始泡茶。

"不用帮忙那么多啦！"

"没关系，我自己也想喝。"

真理双手捧着茶一边喝着，一边看着修吃饭。被盯着看令人紧张，修食不下咽，却又不好开口要她回去。他觉得得说点感想才行，便用冷淡的语气说："很好吃。"

真理笑了。修胸口忽然怦怦乱跳了起来，便急忙把饭扒进嘴里。他已经准备收拾碗筷，真理却还不回去。坦白说，修并不希望她离开，但两人在狭窄的帐篷里独处，令他尴尬。

"去呼吸一下外面的空气吧！"修喃喃说完走出帐篷。真理也跟了上来。

云层密布的夜空下，多摩川的河水泛着黑光。河的对岸高楼大厦林立，夜景美极了。潮湿的晚风吹来，在四周的草地上形成阵阵涟漪。两人离开帐篷村，在河岸上走着。

真理指着草丛说："以前这里好像也有萤火虫呢！"

"这种地方有萤火虫？"

"我听说更上游的地方现在还有。"

"我的老家在北九州岛，不过得到很远的郊外才看得到萤火虫。"

"原来你的家乡在北九州岛。我从来没去过九州岛，真想找个机会去看看。"

"我可以当地陪——虽然想这么说，但我已经没有可以回去的地方了。"

"为什么？"

"我因为学费迟缴，突然被大学开除学籍了，也联络不到父母，回到故乡一看……"

父亲经营的设计事务所铁门深锁，回到老家也不见父母踪影，所有的家具用品全都消失不见，还被两个疑似黑道的男人追赶，所以只能拼命逃走。

"逃走之后怎么了？"

"回到东京，然后变成现在这副德行。"

"不是，我想听你回东京以后发生了什么事。"

"别说我了！"

"不行，你上次说好要告诉我的。"

真理停下脚步，在河边坐下。

修不情愿地在她旁边坐下，娓娓道出至今为止的遭遇。

自从被大学开除学籍以后，他做了形形色色的工作。派报、电话营销、发纸巾、临床试验、接待者、工地临时工，还在类似工寮的地方做过粗活。住的地方也辗转流离。被赶出公寓后，一开始他寄住在雄介的住处，但后来待不下去了，开始睡在网咖。那时睡的是新宿的网咖，后来进入歌舞伎町郊区的暮光宿舍，再来是阿佐谷的鸣户建设宿舍，然后是蒲田的网咖GET、池袋的犬丸组。最后回到蒲田，开始过起帐篷生活。修本来打算简略地交代就好，结果越说越起劲。

真理诚挚地倾听着。听到顺矢的遭遇，她湿了眼眶。

修说完后，真理深深地叹了口气说："你真的吃了好多苦。跟你比起来，我根本毫无人生经验。"

"这不是什么值得称赞的事。我只是随波逐流地活着而已。"

"就算是随波逐流，能体验这么多不同的工作，还是很厉害。"

"谢谢你。"

"可是，"真理露出调皮的笑，"你看起来不像当过接待者。"

"为什么？别看我这样，我也是有指名客的。"

"因为你看起来太老实了，态度也笨笨的。"

"大概是因为我现在很沮丧吧！"

"因为变成了游民？"

"是。"

一意识到真理是大学生，而自己是个游民，修的心情便不由得消沉起来。

修改变话题："你的老家在哪里？"

"我是东京人。"

"真的吗？没想到你是东京人。"修喃喃地说。

"为什么？因为我看起来很土吗？"

"不是，怎么说呢……"

"因为我没化妆，穿着又很朴素对吧？以前我可是很招摇的。高中时还打扮得像个辣妹呢！"

"那怎么会改走现在这种路线？"

"大一时我和同学一起出国旅行。我们去了泰国，然后去了印度。本来打算到曼谷逛街，印度只是顺便去的，可是……"

真理在印度看到了许多贫穷的人。一偏离观光路线，四处都是年幼的孩子沿街乞讨。目睹他们悲惨的生活后，真理开始思考贫穷这个问题。对于物质生活从未匮乏，却不曾认真生活也从不思考的自己，她感到羞耻。以此为契机，她对义工活动开始产生了兴趣。

"日本也有很多人身陷困境，所以我想帮助他们。就算别人说我同情心泛滥也没办法。"

"没那回事。熊哥和芹兄都很开心。"修咧嘴贼笑，"巴巴就不一定了。"

"呵呵，"真理也笑了，"巴巴是特别的。"

"他到底是何方神圣？"

"没有人知道他的来历。本名和年龄都不清楚，也不知道他从哪里来，过去做了些什么。"

"很可疑啊！该不会做了什么坏事吧？"

"可是我很尊敬巴巴。巴巴知道很多事，而且跟他说话，会让我思考很多过去连想都没有想过的问题。"

"他确实懂得很多，可是乖僻成那样，让人想感谢也感谢不起来！"

"回到家以后，我告诉爸妈巴巴的事，他们说以前有很多这样的老人家。"

"有那么多那种乖僻老头子，以前的人怎么受得了？他训了我很多，你是不是也被他说教了？"

"巴巴总是说要为了别人工作，人只能从帮助他人中得到真正的喜悦。"

"对别人讲这种话，自己却无所事事地坐上一整天就能过活，他也太爽了吧？"

这时，夜空忽然变得一片灿亮。紧接着，一道震耳欲聋的雷声响起。真理尖叫一声，一把抓住了修。

她的体温透过外套传来，修心跳加速。

"对不起，我很怕打雷。"真理害臊地说，放开修的身体。

瞬间，像沙子撒落般"哗"的一声，豆大的雨珠倾盆而下。

真理急忙站起来说："那我先回去了。跟你聊天很开心。"

话音刚落，真理便朝堤防冲了过去。

修目送她离开后，便沿河岸跑了起来。

那天晚上的雨似乎揭开了梅雨季的序幕，第二天开始便连日下雨。

帐篷里虽然不会漏水，但十分潮湿不适。连日的降雨让多摩川的水位上升、流速加快。熊西担心地看着河面说："万一河川泛滥，我们会最先遭殃！"

据说，几年前的台风造成约三十顶帐篷浸泡在浊流里，许多游民受困水中，还惊动了消防队出面救援。

"当时这里没事，挺不可思议的。不过我认识的游民，存款跟家私都跟帐篷一起被冲走了，变得一无所有。"

"真的很令人同情，不过幸好保住了一条命！"

"是啊。不过也有人说，救我们是浪费税金。"

"太过分了，怎么可以说那种话？"

"理由是我们没有缴税，还有非法占据河岸什么的。要说税金，我们还在工作的时候，可是缴了一大堆啊！"

在阴雨绵绵的日子里听到这种事，实在令人忧郁。不过卖杂志的工作更令人忧郁。如果只是小雨，还可以用透明塑料布盖住书本继续卖，一旦碰上大雨，就只能把书堆在芹泽的手拉车上，等待雨停。

这阵子几乎天天下雨，修只好在拱顶商店街拉下铁门的店前，或下雨打烊的商店屋檐下做生意，但业绩还是大幅减少。路人不但会快步通过，而且因为撑着伞，根本看不见商品。

芹泽嘴上说每年都是如此，但心情仍然糟透了："摊子修一个人顾就够了！只要我常来换班就没问题了吧？"

"嗯，确实是这样……"

"可是，阿幸也要维持生计啊！"

修知道芹泽想辞退幸田，他不敢乱说话。

而幸田似乎也察觉了芹泽的想法，在看摊的空当对修说："自从阿修来了以后，芹兄就变得冷淡了。"

"没有那种事！"

"不，芹兄想开除我。"

修不知道该怎么回答，只好沉默不语。幸田接着说："阿修你会进货，也会招呼客人，提升业绩。而我只会呆坐着，这也难怪。"

"我没有什么！你才是，还在公司的时候，不是个厉害的业务员吗？"

"那都是以前的事了。现在就连这种工作也快被开除了。"

"我不认为芹兄想开除你，不过如果你介意业绩，那就一起加油吧！"

"喂，"幸田叹气说，"听到别人说加油，最令人难受！"

修顿时狼狈万分，连忙向幸田低头道歉："对不起。"

"我可是病人啊！如果勉强振作，抑郁症会变得更严重的。"

"那就继续保持现状——"

"阿修，"幸田低声说，"你可以辞职吗？"

"啊？"

"开玩笑的，开玩笑！"幸田立刻收回前言，但眼神游移着。

这天晚上，修回到帐篷，想着幸田的事。

幸田要他辞职，那应该是真心话吧！如果芹泽要幸田离开，幸田就失去收入来源了。他的公寓房租似乎仍然欠缴，也无法申请生活补助，要是失去工作，很可能得流落街头。如果到时候幸田依然没有工作，就只能靠翻垃圾维生了。生了病，还成为不折不扣的游民，实在太辛苦了。但自己也要生活。虽然存款超过了四万元，但一想到要离开这里，修仍然感到不安。他也不想为了幸田而辞掉工作。也就是说，即使要牺牲幸田，修还是想以自己的收入为先。连在日薪一两千元的世界里，也存在着攸关生活的竞争，这令他感到疲累。这种时候，巴巴会怎么说？

真理说，巴巴要她为了别人而工作，还说人只有在帮助别人过程中，才能得到真正的喜悦。这种老生常谈，并没有让修特别感动，如果要遵守那种说法，自己是不是该为了幸田而辞掉工作？话又说回来，如果他辞职，应该也会给芹泽造成麻烦，所以在帮助别人的这一点上就有了矛盾。

如果幸田的状况迫切呢？之前熊西说过，有人认为救助游民是浪费税金。如果弃幸田于不顾，自己不就与那些人一样了吗？

修想知道巴巴的答案，便走出帐篷。外头飘着小雨，巴巴却在大树下打盹。

修怯怯地喊他，巴巴揉揉埋没在皱纹里的眼睛说："我正在冥想，有什么事？"

"冥想是睡觉吗？"

巴巴没搭理他。

这个老人一被惹毛，嘴巴就会像贝壳似的紧紧闭上。修觉得最好快点切入正题，于是提出刚才的疑问。为了不被知道是自己和幸田之间的问题，他编出一套话来。

"如果那个人辞职，虽然同事可以保住工作，但雇用那个人的老板会觉得困扰。要怎么做才能同时帮助两个人呢？"

"你加倍工作，扶养同事就好了。"巴巴当场回答。

"这怎么可能？再说，什么'你'，这又不是在说我。"

"任谁都一样。如果真心想帮助他人，就只能献出自己的性命。"

"那不就会死吗？"

"没错。"

"那自己的人生怎么办？"

"就是那样的一段人生。"

"啊，啊！"修叹了口气，"我以为找巴巴商量或许能得到什么答案呢……"

"别把自己不懂的事怪到我头上。帮助他人并非如此单纯的事。再说，你真能判断是否能帮上他人吗？"

"这……"

"有可能因为你随便伸出援手，害得同事失去自立的机会。当然，也有可能恰恰相反。"

"那我该怎么做才好？"

"人只能通过主观去看事物。也就是说，不管做什么都是自我满足。若是连自己都满足不了，更遑论满足别人。"

修心想，巴巴又一如往常净说些莫名其妙的话了。

巴巴说："你的脑袋空无一物。想为人担心，等自己的脑袋充实一点再去操心也不迟。"

"嗯……"修低吟起来，"意思是别管他吗？"

"我已经回答过了。再说，你的关键时刻就快到了。"

"关键时刻？"

巴巴闭上眼睛，没有回答。

到了六月底，终于放晴了三天。

托此之福，杂志的销路转好，修松了口气。幸田还是老样子，一脸阴沉地盯着路面，向他搭话也不见回应，但修也不想随便刺激他。

到了傍晚，幸田也不等芹泽来换班便说："我有点不舒服，先回去了。"

他从当日的营业收入里任意拿走了自己的日薪就离开了。

没多久芹泽来了，他知道幸田回去后便说："那家伙没救了，居然擅自拿走店里的钱，太不像话了。"

"难道你要辞退他吗？"

"明天他一来，我就当场开除他。"

"就不能放他一马吗？幸田兄生了病——"

"混账东西！不许干涉我做生意！"芹泽厉声吼道。

"对不起。可是如果幸田兄离开，我也会很困扰。"

"我来跟你换班就行了吧？"

"可是芹兄不也说过吗，一直当难民也不是办法。"

"怎么？你要辞职吗？"

"嗯，也不是马上。"

"对吧？那最好趁你还在的时候，找个更开朗点的兼职仔来。就算是这种工作，还是有多到数不清的人抢着做。"

修无可奈何，不再说下去。

芹泽站了起来，往马路另一头的便利店走去。修站在烟灰缸前，一脸严肃地抽起烟来。忽然间，一个像是客人的人影挡住了视线。修转换心情说："欢迎光临，今天发售的杂志——"

抬头的瞬间，他发出"啊"的一声惊叫。

前方站着一个满头白发、戴着银框眼镜的中年男子。

"爸。"修只说了一个字就哽住了。

站在那里的是父亲浩之。

"总算，"父亲呻吟似的说，"总算找到你了。"

阔别已久的父亲白发增加了，看起来像一下子老了十岁。

这突如其来的再会令修不知所措。

“之前爸怎么了？”

“出了很多事。可以找个地方说话吗？”

修望向对面的便利店，芹泽似乎察觉到气氛不寻常，点了点头。

两人也没心思挑选餐厅，随便进了附近的咖啡厅。

面对面坐下后，父亲再三低头说：“对不起，爸妈害你吃苦了……”

“没关系。”修摇摇头，“到底出了什么事？我一直联络不到你们，去年秋天还回过家一趟。结果公司关了，家里一片空荡荡，我还被像流氓的人追……”

“对不起。”父亲又低头说，“都是因为我一时疏忽，替朋友当本票保人，结果跳票，搞得自己背上一大笔债。为了不让公司倒闭，我向高利贷借钱，结果变成还不出高利贷，只好拿房子去抵押，接下来就……”

债务滚雪球般地增加，公司经营也陷入危机，终于到了进退维谷的地步，但是高利贷依然穷追不舍。当他发现那家高利贷是黑道的幌子公司时，已经太迟了，连公司设备都被搬运一空。最后父亲甚至被囚禁在旅馆，被逼着加入保险。父亲感到生命受威胁，趁隙逃出旅馆。

“我不想让你担心，所以没有告诉你，没想到反而弄巧成拙。”

“妈还好吗？”

“嗯，”父亲无力地微笑，“她回娘家了。”

“回娘家？”

“我们离婚了。为了避免高利贷也找上你妈。”

“这是暂时的吧？妈还会跟爸在一起吧？”

“谁晓得呢？你妈总是我行我素嘛！”

“讨债的已经不再上门了吗？”

“嗯，我找到一个好律师，他居中跟高利贷谈妥了。虽然还有欠债，但我现在在朋友的公司帮忙，大概不久后就可以还清了吧！倒是你还好吧？现在住在哪里？”

“朋友那里。”修不想说自己寄住在游民那里，“话说回来，爸怎么会知道我在这里？”

“躲过高利贷讨债后我联络过你，但你的手机打不通，我问过公寓管理公司，他们说你积欠房租，下落不明。"

"是公寓的人把我赶走的。因为手机丢了，所以我换了号码。虽然现在连手机都没了。"

"我也是怕讨债的，所以换了号码。"父亲苦笑。

"我联络大学，大学说你被开除了，不知道你的去向，我真是没辙了，所以这件事就先暂时搁下了。最近我也渐渐安顿下来，我再次打电话到大学，也跟你的辅导员谈过了。"

"野见山老师是吗？"

"我拜托老师问了你班上的同学，有同学说看到你在蒲田卖书，所以我昨天就过来了，四处找你。"

父亲口中的同学一定是政树和雄介。黄金周连假碰到他们的时候，修消沉到了谷底，没想到因祸得福，终于能与父亲再会了。

"总之能找到你，真是太好了。"父亲喃喃地说，"你好像也有自己的工作，不过如果你愿意，要不要回来？虽然是栋破公寓，房间也很小，但还是有地方让你睡。如果愿意做兼职，我可以拜托朋友安排。"

这过于突然的发展，让修说不出话来。他沉思了半晌。

这下子总算可以脱离游民生活，也不必再卖杂志、住帐篷了。

然而，不知为何，修却不感到欢喜。明明那么渴望回归正常生活，然而机会真的来了，他的心却一片沉寂。不仅如此，他甚至产生不愿离开东京的想法。当然，如果继续留在东京，或许他会后悔。从过去的经验来看，他总是在关键时刻做出错误的判断，这次也非常有可能又做出错误的抉择。如果回到故乡，就不必再担心当下的生活了。那里有高中时的朋友，应该不会觉得无聊吧！虽然乡下的工作机会少，但靠着父亲的门路做兼职，还是有机会谋得全职的。尽管如此，修还是不想回到故乡。自从被大学开除，他每天都过着随波逐流的生活，但他仍然以自己的方式奋斗过了，虽然最后成了游民，他还是有种总算就要抓住什么的真实感。他想试试靠着自己的力量，究竟能奋斗到什么地步。

"怎么样？"父亲迫不及待似的瞄了一眼手表，"我明天还有工作，等一下就得去搭新干线了，如果你能一起回去——"

修打断父亲的话说："我想留在这里，再努力看看。"

父亲沉默了一会儿，点点头说："这样啊。"

"难得爸来找我，对不起。可是知道彼此都平安无事，就可以放心了。"

"修，你变了。"父亲感慨良多，喃喃地说。

修与父亲在咖啡厅门口道别。

临别之际，父亲递过来写着联络方式的纸条和一个白色信封说："虽然只有一点，先当生活费用吧！"

"不用了，爸也很辛苦吧！"

修想要退回信封，但忽然改变心意，收了下来。

信封里装了五张万元钞票。想想以前每个月父母都会汇十五万元的生活费给他，就可以想见父亲现在的生活过得有多拮据。修这时才热泪盈眶了起来，但他强忍泪水，回到书报摊。

他自以为不动声色，芹泽却眼尖地凑到他身旁说："刚才那个人是你爸吧？"

修点点头，他曾经把父母失踪的事告诉过芹泽。

修简短说明状况后，芹泽说："我也在自己的公司倒闭时连夜跑路，从此以后就跟家人断了联系，真的很寂寞。你能再见到家人，真的太好了。"

"嗯。"

"那你要怎么做？好不容易跟老爸重逢了，要回故乡去吧？"

"不，我不打算回去。"

"为什么要糟蹋父母的好意？好不容易可以脱离难民生活了！"

"可是我想留在东京努力看看。"

"留在东京，你要干什么？"

"暂时先继续做这份工作。"

"你不是刚刚说过你很快就要辞职吗？干脆现在就辞职回故乡去，不是更好吗？"

如果自己辞职，或许幸田就不必被开除了，但是他不想在找到下一份工作前辞职。

"如果我现在辞职，就没人进货和看店了。"

"混账东西！生意总有办法的。比起我，你更应该担心自己吧！"

芹泽顽固地劝修回父母身边，但修的心意没有动摇。他不想借助父亲的力量，想靠自己爬出这个地方，虽然现在连养活自己都很勉强。找到下一份工作后，他还有很多该做的事。

寄放在东都不动产的东西，他已经不需要了，但他想付清积欠的钱。还有预借的十五万现金。向晴香和小茜借的钱，也非还不可。最重要的是向顺矢道歉。虽然想立刻去救他，但现在的自己没有这样的力量。顺矢何时才会回来？笃志说，只要忍耐个两三年就能回到日本，虽然笃志的话不能尽信。如果顺矢回来，修想尽己所能地援助他，所以他无论如何都必须自食其力。

入夜以后回到帐篷村，芹泽立刻向熊西告状。

"太可惜啦！"熊西在帐篷后面压空罐，不解地说，"既然都可以过上普通日子了，为什么不回故乡？"

"喏，熊哥也这么想对吧？还是回去跟老爸一起住比较好！"

来兜售便当的梅吉也中途加入对话："阿修啊，当然是回故乡好啦！我一回大阪就会被黑道追杀，所以只好待在东京，但要是可以回去，我还真想回去！"

众人七嘴八舌地劝他回去，修开始觉得自己被大家讨厌了，叹了口气说："我留在这里会给大家添麻烦是吗？"

"不是那样的，大家只是担心你啊！"熊西说。

"就是就是！"梅吉说。

"像阿修这种年轻人，不能在这种地方浪费生命。"

"不是说你留在这里会添麻烦！"芹泽说，"可是阿熊自己日子都不好过了，你也不能老赖在他这里嘛！"

"不，我完全没问题啊！"熊西急忙挥手。

"我知道。"修说，"我想自己搭个帐篷。"

"什么？"

"那样不行！"

芹泽和梅吉面面相觑，熊西环抱起粗壮的手臂说："如果你无论如何都不想回去，那也没办法，不过要不要跟巴巴谈谈？"

"就算跟他谈，我的心意也不会改变。"

修还是被三人催着去了巴巴那里。巴巴周围躺着好几只野猫野狗。

芹泽说明状况，巴巴哼了一声说："随他去吧！他脑袋空无一物。"

"可是就算留在这里也不能怎样啊！"芹泽说。

巴巴摇摇头："这人不是旁人劝得动的。就让他跟这里的人一起当游民当到死吧！"

那粗暴的说法让修忍不住大动肝火："我不打算当游民当到死，而且待在这里的人，也不一定永远都是游民吧？"

"假言安慰又能如何？"

"就算现在是游民，将来也不知道会怎样。每个人都有得到幸福的权利吧？"

"什么是得到幸福的权利？"

"有个像样的家，不必担心生活……我不太会说，总之是可以过着不贫困的生活的权利。"

"这不叫作贫困。"巴巴冷冷地说。

"为什么？大家都是游民啊！"

"东京这块土地，随便挖开一处，底下都是漆黑的灰。"

"什么灰？"

"第二次世界大战。"巴巴说，"那个时候，东京因为空袭，成了一片焦土。数不清的人失去家园、家人，连穿的衣服都没有，更别说食物了。你们不懂得什么叫作真正的饥饿，也不懂得饥饿的可怕。"

"不过那是以前的事了吧？拿现在跟过去比也没用啊！"

"哪里是以前？明明就是不久前的事。"

"巴巴到底多大年纪了？"

巴巴没有回答这个问题，继续说："你说可以过着不贫困的生活，就是得到幸福的权利。那么穷人都没办法获得幸福吗？"

"不一定是这样，可是比起穷困，富裕当然比较好吧？"

"只要还在用金钱的多寡来衡量幸福，人就无法获得幸福。"

"意思是人不能追求富裕吗？"

"真正的富裕是精神的样态。在现在这个时代，被称为幸福的其实是快乐。所谓的快乐，是个人的喜悦。"

"个人的喜悦？"

"就是做你喜欢做的事。"巴巴似笑非笑地说，"快乐追求到了极限，就是凡事随心所欲的世界。在那个世界，就连他人也会成为任由自己操纵的工具。彼此虽然没有摩擦，但也没有人情、没有心意。最后人就变得孤独。"

"世上追求那种极端快乐的人没有多少吧？"

"还真不少！证据就是，人们想用钱买到幸福。人们相信，只要有钱，就能获得幸福，但是钱能买到的是快乐，而不是真正的幸福。如果把快乐当成幸福，得不到快乐就会变得不幸，因此现在这个世上充满了不幸的人。"

"什么是真正的幸福？"

"从内在油然而生的事物。"

"从内在油然而生的事物？"

巴巴指着自己的秃头。

"真正的幸福在脑子里吗？"

"不。真正的幸福，是万物与我为一的体悟。自我只是个微不足道的器皿，当器皿和宇宙之间的界限消弭时，一切的烦恼都会消失，进入至福的境界。"

"要怎么做才能进入那个境界？"

"相信巨大的事物。"

"巨大的事物？"

"没错，也可以称之为神。"

又是神，修在心里嘀咕。

"嗯，"熊西低吟，"抱歉打断你们谈话，意思是修这样就行了对吧？"

"那无关紧要。"巴巴带着哈欠说。

这时，女人的声音传来："晚上好。"

回头一看，真理正抱着小圆站在那里。

"怎么了？大家在聊什么？"

"就是……"芹泽迫不及待地说明状况。

"真理，你也说说阿修吧！我们劝他，他也不听，还说要自己搭帐篷。"

这个话题好不容易才要结束，时机真不凑巧。真理是义工，她一定会反对修继续当游民吧！然而，真理却露出笑容说："我觉得很了不起啊，明明可以依靠父母，却选择自己搭帐篷，自食其力。"

"你太奇怪了。"熊西说，"义工的工作是帮助游民吧？怎么能劝人过帐篷生活呢？"

"我们义工虽然也会协助无法工作的游民，但主要的工作还是协助大家自立。从这个意义来看，我认为阿修非常独立自主。"

"可是就算卖书报，也不知道何时会失去工作啊。如果我把他开除，他要怎么办？"芹泽说。

修苦笑着说："到时候我会去当临时工什么的。"

"好！"熊西说，"就这样了。我会帮你搭帐篷，材料你自己去找啊！"

修点点头。

芹泽咂了一下舌头说："既然阿熊都这么说了，那也没办法。不过到了夏天，可别哭哭啼啼地说什么很热很痒啊！"

"好的。"

"太好啦！"梅吉说，"虽然不晓得能不能说好，不过太好啦！阿修。"

"谢谢你。"

"那既然如此，我们来庆祝一下吧！"真理说。

修眨眨眼睛问："庆祝什么？"

"庆祝阿修成为这里的一分子。我会做好吃的带来。"

"那太好了。咱们热闹地喝一场吧。"熊西说。

"好，我再去弄酒来。"梅吉说。

"真是，"芹泽苦笑，"从来没听过有人特地庆祝变成游民的。"

五人商议之后，决定在下个星期日举办宴会。巴巴闭上眼睛打盹，不过如果问他是不是在睡觉，他一定会说是在冥想吧！

很快，众人回到帐篷，广场上只剩下真理和巴巴。修还想跟真理聊聊天，却想不到合适的话题，只好陪小圆玩耍。

两个月的时间，小圆长大了许多，牙齿也渐渐冒了出来，就算是轻啃也很痛。

"好痛!"

修发出惨叫,真理笑着看他,忽然想到什么似的说:"话说回来,你真的很喜欢这里呢!"

"嗯,大家都是好人。"修说完之后,又加了句,"巴巴的话也很发人深省。"

"少撒谎了!"巴巴突然作声说,不知不觉间,他的眼睛睁开了,"你中意的不是我们。"

"不是你们,那是谁?"修忍不住问。

巴巴用下巴指了指真理。

第二天天色昏暗,但雨滴还没有落下。

芹泽说要把雨天累积的库存拍卖清仓,一早就出去做生意,留修一个人去进货。一想起昨晚的事,他就羞得面红耳赤。巴巴一口咬定自己对真理有意思,都是那个老人多嘴,害得修和真理接下来无法正常交谈。幸好真理没有受到冒犯的样子,但不知道她内心究竟是怎么想的。当然,真理很有吸引力,自己对她也有好感,但真理会对他好,是因为她是义工。修还没有迟钝到误会这一点。

即使真理真的对修有意思,以修现在的立场也只会让他自惭形秽。如果有一天,他能找到连自己都觉得满意的工作——这种天真的想法浮上心头,修设法甩开它,在车站里四处奔走。

进完货回到书报摊后,幸田也来了。他今天似乎不太舒服,表情阴沉,弯腰驼背。芹泽别开脸,而幸田也连声招呼也没有,径直在书报后方坐下,呆呆地抱起膝盖。

修不知道事情会怎么发展,紧张不已,只见芹泽声音高亢地说:"阿幸,你可以回去了。"

"哦!"幸田倦怠地应声,站了起来,"意思是我被开除了是吧?"

"废话!"芹泽一副要咬上去的表情说,"只是呆坐在那里,就可以摆出一副你在工作的态度吗?"

幸田默默无语，摇摇晃晃地走了出去。修忍不住站了起来，芹泽却摇摇头，就像在叫他别理会，但是修还是追上了幸田。

幸田的步伐格外快，修跑到高架桥下的阴暗巷弄里，才总算追上他。

"请等一下。"修叫住他。

幸田停下脚步回过头来，一脸虚脱地问："干吗？"

"请你收下。"修递出父亲昨天给他的白色信封。

幸田瞥了信封内容物一眼说："这是干吗？"

"也不是干吗，算是钱别。"

"是吗，我真的可以收下？"

"嗯。"修点点头，"那我回去看摊了，你也——"

他本来想说加油，临时又把话咽了回去，改说"多保重"。

"嗯。"幸田没劲地应了一声，掉过头去。那过于冷漠的反应令人失落，但修也并非有所期待。因为自己不辞职，所以幸田才被辞退。他将五万元当成赔礼。

修急忙回到摊子那里，芹泽狐疑地看他，但什么也没说。

进入七月后依旧阴雨绵绵。

修想快点搭好自己的帐篷，但碰上下雨，作业难有进展。自己的帐篷可能得等到梅雨过后才有办法搭了。

广播的天气预报说梅雨会比往年更早结束，必须在那之前搜集好搭帐篷的材料才行。修的存款已经将近六万元，只要去一趟五金卖场，就可以买到崭新的材料，但熊西叫他去捡材料。

"帐篷不知道什么时候会被拆除，没有人会为了这种东西花钱。"

修无可奈何，开始四处搜集材料，但因为是第一次做这种事，材料找起来困难重重。

这天下班以后，他前往熊西告诉他的加油站捡发电用的电池。熊西说那家加油站很随便，常把电池丢在店后面，但修没看到什么能用的东西。

晚上有上星期大家说好的宴会。自己就是主角，让人不好意思，但能见到真理还是令人开心。修放弃找电池，回到多摩川，太阳已经西下。

今天也一早雨就下个不停，一到傍晚却成了蒙蒙细雨。这点小雨应该不会妨碍宴会进行。修走在河畔，帐篷村传来音乐声。宴会已经开始了吗？但样子有些不对劲。侧耳细听，是嘻哈音乐。修有了不祥的预感，加快脚步。帐篷村旁停了一辆黑色厢型车。不祥的预感越来越强烈了。

修急忙冲进帐篷村，瞬间双腿瑟缩。广场上站着三个曾经见过的年轻人，染金发穿迷彩连帽外套的男人、大平头穿耳环和鼻环的男人，还有头戴外套帽子、戴墨镜的男人。

是那个时候——修睡在河岸时攻击他的不良分子们。修躲在帐篷后方观望，真理、芹泽和梅吉站在他们旁边，大树下还有巴巴。修发现金发男怀里抱着小圆。小圆挣扎着想要逃脱，却被金发男强搂在臂膀中。

"这只小狗我们来养。"金发男说。

真理摇摇头说："不行，那只狗是这里的人养的。"

"胡扯，游民哪可能养什么狗？"穿环男说。

墨镜男不正经地笑道："是要养来吃的吧？"

看来他们正在为小圆起争执。修勃然大怒，但回想起先前吃的苦头，他不敢走出去。

"你们给我适可而止！"芹泽一脸凶悍地说，"放下那只狗，快点离开！"

"就是啊！熊哥就要回来了，大块头就要回来了！"梅吉说。

这么说来，熊西不在这里，是去捡空罐了吧！

"不止养狗，还养熊啊？那种瞎话吓得了谁啊？"

金发男笑着，抓住小圆的尾巴倒吊起来。小圆划动四肢，想要咬金发男却咬不到。穿环男和墨镜男捧腹大笑。

真理靠近金发男说："住手，你为什么要这么残忍？"

"啰唆！你干吗跟游民混在一起啊？"

"我是义工。"

"义工？供这里的老头们发泄的义工吗？"

"放屁！"芹泽怒骂，挡在真理前面。

下一瞬间，穿环男猛地推开芹泽，芹泽一个踉跄，跌了个四脚朝天。

真理想要扶起芹泽，但芹泽按着腰，表情扭曲，痛苦万分地双手撑地，腰似乎痛得爬不起来。

"这下糟了！"梅吉面色苍白地跑了出去，"我去叫熊哥来！"

"如果你们继续动粗，我要叫警察了！"真理瞪着他们说。

金发男拎着小圆说："要叫警察啊，好害怕啊！我们把大姐姐跟这只小狗一起带走好了。"

"这个主意好，我们去兜风吧！"穿环男说。

"才不，谁要跟你们这种小鬼兜风！"真理说。

"咦，居然说这种话。她说我们是小鬼！"金发男呆呆地张口说。

下一瞬间，他把小圆抛到半空，一记飞踢把它踹飞了。小圆发出痛苦的哀鸣，摔在地上。

真理尖叫着跑了过去，但穿环男和墨镜男挡到她面前。小圆无力地瘫在地上，一动也不动，金发男把脚上的登山鞋抬到小圆上方："要不要踩下去呢？"

"住手！"真理尖叫。

"回去吧！不回去会受伤的。"这时巴巴的声音忽然响起。

"哎呀？"金发男探头看向大树底下，"这种地方还藏了个老头子啊！"

"死老头，你说谁会受伤？难不成你要跟我们对干？"

穿环男说完站到巴巴面前。

巴巴默默地瞪着穿环男。在夜色之中，也看得出他的眼睛一片赤红。

"你那双眼睛恶心死了！"穿环男吼道，一拳揍上巴巴的头。

巴巴一下就被击倒，趴伏在地。

修看着广场上发生的事，感到肝肠寸断。他想去叫警察，但那么做肯定来不及。可是一对三，他不认为自己有胜算。

"我知道了，我跟你们去就是了，别再打人了！"真理说。

"好！"金发男说，把脚从小圆身上挪开。

"那我们快走吧！在这种地方待久了，臭味会传染的。"

金发男抓住真理的手臂，往车子的方向走去。穿环男和墨镜男朝地上啐了一口，跟了上去。

如果现在不追上去，事情就无可挽回了。该怎么办？修绞尽脑汁，想起熊西的帐篷里有根铁管。

这时巴巴爬了起来，大叫："慢着！"

不良少年们一脸诧异地回过头来。

"这钥匙是你们的吗？"巴巴指尖捏着东西，左右摇晃着。他的手中拿着车钥匙。

穿环男摸索口袋说："王八蛋，居然偷我的钥匙！死老头，钥匙还来！"

穿环男和墨镜男急忙折返。

巴巴把钥匙丢进口中，"咕噜"一声吞了下去。

"很有意思嘛！"穿环男说着，从口袋里掏出折叠刀。

他灵巧地挥舞着折叠刀，把锐利的刀尖伸到巴巴面前。

"这下只能剖开你的肚子，让你把钥匙还回来了！"

"杀了我吧，杀了我进监狱去吧！"

"啊哈哈！"穿环男大笑，"别看我们看起来老成，我们才十五岁而已。就算被条子抓了，顶多进管教所。"

"不过是杀了个老游民罢了，顶多判保护管束吧？"墨镜男附和着说。

穿环男举起刀子，一步步逼近巴巴。

修蹑手蹑脚地走进熊西的帐篷，抓起铁管。既然事已至此，只能硬干了。

修下定决心回到广场，这时，穿环男发出惨叫："呜哇！"

一只野猫扑上穿环男的脸，乱抓一通。墨镜男也在嚷嚷，仔细一看，他的脚被野狗咬住了。

修跳进广场，恶狠狠地拿铁管朝穿环男的背砸去。穿环男仆倒的同时，猫也跑掉了。墨镜男踢开狗，扑了上来。修朝他的脸挥铁管，墨镜男弯身想要躲开，结果铁管砸在脑门上。墨镜男双手抱头，蹲了下去。

"还以为是谁，这不是上回的大哥吗？"背后传来金发男的声音。

修回头望去，只见金发男一把搂住真理，折叠刀抵在她的脸颊上。

金发男用下巴指了指铁管说："把家伙丢掉。不丢掉，我刀子要割下去了。"

"阿修！"真理说，"不要管我，打倒他们！"

"怎么了，大哥，今天很强嘛！"金发男笑着说，"因为是在女人面前，所以想要帅，是吧？但我要是发起狠来，真的很恐怖哟！我要把这个女人的脸刮花，再叫你吞下那只狗的眼珠子。"

真理看着修摇头。她是要他不要丢掉铁管吧！但是不知道金发男会做出什么事来。他们曾经差点就杀了自己，或许真的会伤害真理的脸。修咬牙切齿，丢开铁管。

金发男咧嘴一笑："那，大哥也一块儿去兜风吧！"

完了。正当修这么想的时候，金发男忽然呻吟一声，跪在地上。真理甩开金发男的手跑开。一瞬间修不明白发生了什么事，他望向金发男身后，只见一名长发的瘦削男子手持木棍站在那里。

"幸田。"修喃喃地说。

这时，金发男猛一回头，刀子刺进了幸田的大腿。幸田一手按住大腿，跌坐在地上。修捡起铁管，扑向金发男。

"我要杀了你，他妈的！"金发男嚷嚷着，伸出折叠刀冲了过来。

修将铁管往旁边挥去，打中金发男的手，折叠刀应声而落。修扔掉铁管，用拳头殴打金发男的脸。拳头传来一阵鼻子软骨碎断的触感，金发男鼻子喷血，仰面向后跌倒。修立刻骑坐上去，挥舞拳头。金发男停止抵抗后，他仍然揍个不停。

"不要再打了！"

修无视真理的喊叫继续出拳。被大学开除以来积压的郁闷、无处发泄的愤怒，一口气全都爆发开来。直到被人从背后架住，修才回过神来。

"可以了，再打下去会死人的！"

修回头一看，是熊西的脸。梅吉也在旁边。修粗重地喘着气，放下手来。金发男满脸是血，翻着白眼，自己的拳头也沾满鲜血。

"我听阿梅说了，我在的话……对不起！"熊西低头说。

修摇摇头，走到幸田旁边。幸田按着大腿站了起来。修问他伤口要不要紧，幸田摇摇头说："我是来为上次的事情道谢的，那个时候我一声不响地就回去了。谢谢你。"

幸田行礼微笑："居然有人担心我，我好开心。托你的福，我醒悟过来了。虽然没自信能把病养好，但我想再努力一次看看。"

修第一次看到幸田的笑容，正觉得不知所措时，幸田却朝他伸出右手来。修胸口一热，回握了他的手。忽然间，他听到拖行的声音，回头望去，穿环男和墨镜男正搀扶着金发男，摇摇晃晃地离开广场。

广场上不知不觉聚集了好几只野猫野狗，不停地低吼，就像在威吓着那三个男人。小圆似乎也缓过来了，跟着野狗们一起吼叫。真理叫小圆，小圆立刻摇着尾巴跑了过来。

真理说，他们在准备宴会时，金发男一行人闯了进来。

巴巴若无其事地盘坐在大树下，身体似乎也没事，修松了口气。巴巴从嘴里吐出车钥匙，掷入河里。

"他们迟早会回来的。车子也还在这里。"

"回来报复吗？"修问。

巴巴摇摇头："毕竟只是小孩子，而且被打成那样，顶多去找警察哭诉。"

"那不就没事了吗？"

"怎么可能没事？"芹泽说。

芹泽用幸田递给他的木棍当拐杖，艰难地站了起来。

"你是游民，现在又打伤了未成年人，事情不会就这样结束了。"

"可是明明是对方的错！"

"那种道理是讲不通的。社会是站在普通人那里的。我们也会报警，但你最好在警方开始调查之前躲起来。"

真理担心地看着修。

"没有人知道你是谁。"巴巴说。

熊西和芹泽点点头。修思考着该怎么做，但是继续待在这里或许会给大家添麻烦。

"我明白了。"修说，"我会暂时远行，避避风头。"

"等一下。"熊西说，然后进入自己的帐篷，很快又折了回来，塞了个褐色信封给他，"拿去多少当作补贴吧！"

梅吉也从钱包里掏出一万元钞票。

"虽然只有一点，不过算是钱别，收下吧！"

修把信封和钱推了回去。

"我没事的，我的钱很充足，大家的好意我心领了。"

"真没办法。"芹泽喃喃地说，"既然修不在了，也只好叫阿幸回来上班了。"

"麻烦你了！"幸田激动地说，向芹泽行礼。

修进入帐篷，迅速收拾行李。他想向每个人好好道别，但不知道警察何时会来。

修回到广场上，熊西涕泪俱下地说："你要好好保重啊，阿修……"

梅吉也湿了眼眶："一定要回来啊，我们会一直在这里等你。"

"修，你非常努力。"芹泽说，"如果是你，一定可以脱离难民生活。往后不管这时代变成什么样子，都不能认输。然后总有一天——总有一天，你要让我们看看你出人头地的样子。"

芹泽别开脸，用手背揩拭眼角。幸田在一旁肩膀不停地颤抖。

真理挤出僵硬的微笑说："我也会等你。等到你回来的那一天……"

众人的话让修几乎要呜咽起来，但他不想表现出哭哭啼啼的样子。

"我一定会回来的。谢谢大家一直以来的照顾。"他深深地低头行礼。

修不经意地望向巴巴，巴巴默默地向他点头，眼睛深处泛着光芒，直直地注视着他。巴巴举起一手，就像在叫他快走。修再次行礼，转过身去。

修走在多摩川的堤防上，过往的岁月掠过脑中。虽然流浪生活不满一年，但是和上大学的时候比起来，他经历了多到无法想象的事。他不知道自己从中学到了什么、是否多少有点成长。不过，往后这样的日子也会持续下去。

不，真正的旅程，现在才正要开始。究竟何时才会抵达目的地呢？那一定会是漫长得让人无法想象的路程吧！前方一定有着超乎过往的困难在等着他吧！虽然对未来感到不安，但被过去所束缚，终究无法前进。

"你仅拥有现在，究竟在烦忧些什么？"巴巴这么说过。

而自己能够做的，就只有注视着现在，一步一步往前走。

忽然，背后传来脚步声，修回过头去。

真理抱着小圆，沿着堤防跑了过来。修停下脚步，等她赶上。

真理肩膀起伏，喘着气说："今晚你要在哪里过夜？"

"哪里……我会随便找个地方……"

"如果你不嫌弃，请来我住的地方吧！"

这意外的善意让修惊讶得眼睛直眨，真理害羞地垂下头去。

修想了一下说："现在还是算了。不过，我想拜托你一件事。"

"什么事？"

"我想拜托我爸把住民卡的复印件寄过来，这样就可以当成身份证明使用了。只要有身份证明，就可以办手机号，也可以租公寓。不过，我没有地址可以收信，正在伤脑筋。"

"那样的话，寄到我的地址来吧！"

真理从牛仔裤口袋里取出做义工用的名片。

修接过名片后，真理不安地问："工作要怎么办？"

"工作？"修露出笑容，摸了摸小圆的头，"工作的话，我什么都能做。"

不知不觉间，雾雨停了，星星从云隙间露了出来。

今年会是个炎热的夏天吧！毫无来由地，他这么感觉。

修神采奕奕地在河岸上跨出脚步。

参考文献

[1]生田武志. ルポ最底辺——不安定就労と野宿 [M]. 東京：ちくま新書，2007.

[2]門倉貴史，雇用クライシス取材班. リストラされた100人貧困の証言 [M]. 東京：宝島社新書，2009.

[3]坂口恭平. TOKYO 0 円ハウス 0 円生活[M]. 東京：河出文庫，2011.

[4]和田虫象.「裏モノJAPAN」別冊 きっついお仕事[M]. 東京：鉄人社，2011.